D1932444

Emma Straub

Die Launen des Lebens

EMMA STRAUB

Die Launen des Lebens

Roman

Aus dem Amerikanischen
von Elfriede Peschel

LIMES

Die Originalausgabe erschien unter dem Titel
»All Adults Here« bei Riverhead, New York.

»No One's Easy to Love« written by Sharon Van Etten
Excerpt from EVERY TIME THE SUN COMES UP
written by Sharon Van Etten
© 2014 Big Deal Beats (BMI), Paperweight Music (BMI)
All rights on behalf of Big Deal Beats and Paperweight Music administered by
Words & Music, a division of Big Deal Music Group.
All Rights Reserved. Used by Permission. International Copyright Secured.
The author gratefully acknowledges permission to quote lyrics from
»You Love to Fail« written by Stephin Merritt.
Published by Gay and Loud Music.
Lyrics reprinted with permission of Stephin Merritt.

Sollte diese Publikation Links auf Webseiten Dritter enthalten,
so übernehmen wir für deren Inhalte keine Haftung,
da wir uns diese nicht zu eigen machen, sondern lediglich auf deren Stand
zum Zeitpunkt der Erstveröffentlichung verweisen.

MIX
Papier aus verantwortungsvollen Quellen
FSC® C014889

Klimaneutral*
Druckprodukt
ClimatePartner.com/14044-1912-1001

Penguin Random House Verlagsgruppe FSC® N001967

1. Auflage 2021
Copyright © 2020 by Emma Straub
Copyright der Deutschen Erstausgabe © by Limes
in der Penguin Random House Verlagsgruppe GmbH,
Neumarkter Straße 28, 81673 München
Redaktion: Margit von Cossart
Umschlaggestaltung: www.buerosued.de,
unter Verwendung von Motiven von
© T.S. Harris / Bridgeman Images
JB · Herstellung: sam
Satz: Buch-Werkstatt GmbH, Bad Aibling
Druck und Bindung: Friedrich Pustet GmbH & Co. KG, Regensburg
Printed in Germany
ISBN 978-3-8090-2735-5

www.limes-verlag.de

Für meine Eltern, die ihr Bestes gaben,
und für meine Kinder,
für die ich mein Bestes gebe

Every feeling you're showing
Is a boomerang you're throwing

ABBA

No one's easy to love,
don't look back, my dear, just say you tried

Sharon Van Etten

You love to fail, that's all you love.

The Magnetic Fields

Kapitel 1

Der schnelle Tod

Gemocht hatte Astrid Strick Barbara Baker während ihrer vierzigjährigen Bekanntschaft nicht einen einzigen Tag, aber als Barbara vom leeren Schulbus am Kreisverkehr der Kreuzung von Main und Morrison Street erfasst wurde, stand für Astrid fest, dass ihr Leben sich verändert hatte, wenn Schock und Erleichterung sich auch nicht voneinander trennen ließen. Der Tag war ohnehin schon vollgepackt gewesen – den Vormittag hatte sie im Garten vom Big House zugebracht, um halb zwölf stand ein Friseurtermin an, und dann erwartete sie ihre Enkelin, die allein mit dem Zug kommen würde (sie brauchte mal eine Auszeit von ihrer Schule). Cecelia musste am Bahnhof von Clapham abgeholt werden.

Der Bus erwischte Barbara kurz nach elf. Astrid saß in ihrem geparkten Wagen auf der Innenspur des Kreisverkehrs und richtete im Rückspiegel ihr Haar. War es nicht immer so, dass die Frisur am Tag des geplanten Friseurtermins am besten saß? Sie wusch ihr Haar nie selbst, außer sie war am Strand gewesen oder in Chlorwasser geschwommen oder irgendeine fremdartige Substanz (Farbe, Kleber) hatte sich versehentlich hineinverirrt. Nein, Birdie Gonzales wusch es jeden Montag, und das bereits seit fünf Jahren. Davor war es von Nancy gewaschen worden, ebenfalls im Shear-Beauty-Salon. Wenn man durch die offenen Seiten des weißen Holzpavillons blickte, der auf der grünen Insel des Kreisverkehrs stand, befand sich der Salon auf der südöstlichen Seite, im Viertelkreis zwischen Clapham Credit Union und Susan's Bookshop gleich neben Spiro's Pancake House.

Dass Astrid das Waschen ihres Haares den Händen von Profis anvertraute, war ein Relikt aus der Generation ihrer Mutter, aber auch ein Bedürfnis, das diese nicht gekannt hatte. Es war ein Luxus, der nicht viel kostete, wenn man es gegen eine richtig gute Haarspülung aufrechnete. Jeden achten Montag schnitt Birdie ihr das Haar. Nancy war geschickter darin gewesen, aber Birdie shampoonierte besser, und eitel war sie, Astrid, nie gewesen, nur pragmatisch. Jedenfalls hatte sie Nancy noch nie vermisst, seit diese sich zur Ruhe gesetzt hatte. Birdie stammte aus Texas, ihre Eltern waren aus Mexiko eingewandert, und für Astrid war sie Mensch gewordener Sonnenschein: strahlend, warmherzig, manchmal ein wenig ruppig, aber immer ein Stimmungsaufheller.

Der Sommer war zu Ende, und das bedeutete, dass Clapham schon bald wieder von Montag bis Freitag den Einwohnern gehören würde. Kinder kehrten in die Schulen zurück, Feriengäste wurden wieder zu Wochenendgästen, und alles würde wieder ein wenig ruhiger vonstattengehen. Astrid untersuchte ihre Haut auf Flecken. Zecken und Hautkrebs waren die Ängste von allen, die im Hudson Valley Zeit im Freien verbrachten, auf jeden Fall von allen über fünfundzwanzig. Im Rückspiegel beobachtete sie das morgendliche Treiben von Clapham: Frauen mit zusammengerollten Yogamatten kamen aus der Stadthalle getrottet, wohlsituierte Sommergäste schlenderten über die Gehwege und hielten Ausschau nach möglichen Kaufangeboten, die ihnen während der vergangenen drei Monate entgangen waren, Einheimische tranken ihren Kaffee am Tresen von Spiro's oder dem Croissant City, wo man morgens um halb acht die über fünfundsechzigjährigen Männer bei der Zeitungslektüre antraf, und das an sieben Tagen die Woche.

Frank, dem das Haushaltswarengeschäft gehörte, wo es von Fensterventilatoren und frischen Eiern bis zu Batterien und einer kleinen Auswahl an DVDs alles gab, stand vor dem Haus unter der Markise, sein Teenagersohn zog das Eisentor hoch. Die kleinen Läden, die T-Shirts und Sweatshirts mit der Aufschrift CLAPHAM in Großbuchstaben verkauften, machten nicht vor Mittag auf. Der nobelste Kleiderladen auf der Main Street, die Boutique Etc?, deren Name sie sowohl der Grammatik als auch der Philosophie wegen immer irritiert hatte, würde auch erst mittags öffnen – das wusste sie, weil sie dort, wenn auch widerwillig, fast all ihre Kleidung kaufte.

Ihre Augen schweiften ab zum Schandfleck, dem Reizthema sämtlicher Bewohner von Clapham, egal ob dauerhaft ansässig oder nur sommerlicher

Eindringling – dem riesigen trapezförmigen Gebäude, seit einem Jahr leer stehend bis auf das, was der letzte Mieter im Innenraum zurückgelassen hatte: eine Leiter, zwei Kübel Farbe und drei prall gefüllte Müllsäcke. Im Schaufenster hing ein VERKAUFT-Schild mit einer Telefonnummer, zu der aber schon lange kein Anschluss mehr gehörte. In den Bezirksakten, die für jedermann einsehbar waren, der sich die Mühe machte – und das hatte Astrid –, hieß es, dass das Gebäude in der Tat ein Jahr zuvor verkauft worden war, aber keiner wusste, an wen. Wer immer es war, hatte nichts weiter getan, als die Vermehrung der Staubmotten zu begünstigen. Und dabei war es so wichtig, was dort reinkam: Wäre es ein großes Kaufhaus oder ein Laden einer Kette, käme das einer Kriegserklärung gleich. Einem Todesurteil für die Stadt, so wie die Bewohner sie kannten.

Als die Drogeriekette Rite Aid sich angesiedelt hatte, und zwar nicht mal im Zentrum von Clapham, sondern am Stadtrand, waren die Leute durchgedreht. Sie hatte noch immer eines der LOKALE-EINZELHÄNDLER-UNTERSTÜTZEN-Schilder neben ihrem Briefkasten in der Erde stecken. Von ihrem eigenen Geld hatte sie die Schilder bezahlt und dann verteilt. Und wenn es den Stadtkern getroffen hätte? Das wollte Astrid sich gar nicht ausmalen. Wenn die Person, die das Gebäude erworben hatte, davon nichts wusste oder sich nicht darum scherte, würde es zu Krawallen kommen, die sie höchstpersönlich mit der größten Mistgabel, die sie besaß, anführen würde.

Weil die Schaufensterfront am östlichen Rand des Kreisverkehrs lag – aus der Richtung kamen die meisten Autos, die nach Clapham hineinfuhren –, begrüßte die Stadt nun die Menschen mit riesigen Schaufensterscheiben, hinter denen es nichts zu sehen gab. Ein sehr trauriger Anblick. Wenigstens war Sal's Pizzeria mit den rot-weiß gefliesten Wänden und den Schachteln mit dem aufgedruckten Porträt des schnurrbärtigen Besitzers ein einladender Anblick.

Barbara stand auf dem Gehweg, direkt neben dem Briefkasten vor dem Friseursalon. Ihr Wagen, ein grüner Subaru Kombi, stand vor der Stadthalle, in der das Büro des Bürgermeisters sowie eine Vorschule, ein Yogastudio und im Winter der Bauernmarkt untergebracht waren. Wollte sie wieder in ihr Auto einsteigen, nachdem sie einen Brief eingeworfen hatte? Richtete sich ihr Blick auf die andere Straßenseite auf das VERKAUFT-Schild, als würde es eine neue Information liefern? Astrid würde es nie erfahren.

Sie beobachtete, wie Barbara um die vordere Stoßstange ihres Autos herum auf die Straße trat. Dann sah sie, wie der gelbe Schulbus der Clapham Junior High mit seinen vierundsechzig Sitzen die Straße entlanggebrettert kam und Barbara so ruhig umwarf wie ihre Enkel ihre Spielzeugsoldaten. Astrid klappte den Schminkspiegel zu und sprang aus dem Wagen. Bis sie bei Barbara war, hatte sich bereits ein halbes Dutzend Leute eingefunden. Da war Blut, aber nichts Blutrünstigeres als das, was jeder Zwölfjährige im Fernsehen zu Gesicht bekam. Tote hatte Astrid bereits aus der Nähe gesehen, aber nicht so, nicht auf der Straße, als wäre ein Waschbär überfahren worden.

»Er war leer«, sagte Randall. Ihm gehörte die Tankstelle, was ihn zu einer Autorität in puncto Fahrzeuge machte. »Bis auf den Fahrer. Keine Kinder.«

»Soll ich sie zudecken? Ich sollte sie zudecken, oder? Soll ich?«, fragte Louise, die den Yogakurs leitete – ein ziemlich begriffsstutziges süßes Mädel mit zwei linken Händen.

»Ich hab die Polizei dran«, rief ein nervös wirkender Mann, und das war natürlich das einzig Richtige, wenngleich die Wache zwei Häuserblocks weit entfernt war und die Polizei hier eindeutig nichts mehr tun konnte, jedenfalls nicht für Barbara. »Hallo«, sprach er ins Handy und wandte sich ab, wie um die Herumstehenden vor dem abzuschirmen, was noch auf dem Asphalt lag. »Es gab einen Unfall.«

»Ach, um Himmels willen«, sagte Birdie, die aus ihrem Laden kam.

Sie entdeckte Astrid und nahm sie beiseite, hielt ihren Ellbogen umklammert und wartete gemeinsam mit ihr schweigend, bis der Rettungswagen kam und die Polizei eintraf. Sie gab den Männern Telefonnummer und Adresse von Barbaras Ehemann. Für Situationen wie diese hatte sie immer ein wohlgeordnetes Adressbuch dabei. Die Rettungssanitäter hoben Barbaras Körper hoch und legten ihn auf eine Trage.

Nachdem die Ambulanz abgefahren war, schob Birdie Astrid sanft in Richtung Salon.

Shear Beauty war im Laufe der Jahre behutsam modernisiert worden. Die rahmenlosen Spiegel und die silbernen Tapeten mit dem grauen geometrischen Muster sollten dem Raum einen gehobenen Anstrich geben, was natürlich nicht wirklich gelungen war. Birdie konnte einfach nicht von den Schalen mit den verstaubten Potpourris auf der Toilette lassen und ebenso wenig auf die bestickten Kissen verzichten, die auf der Bank im Eingangsbereich lagen. Sollte jemand was Schickeres suchen, konnte er das gerne tun.

»Ich fass es nicht«, sagte Astrid. Sie legte ihre Handtasche auf der Bank ab. Der Salon war leer, wie er das montags immer war, denn da war er für die Öffentlichkeit geschlossen. »Ich fass es nicht. Ich stehe unter Schock, ich bin zweifellos geschockt. Hör mir zu! Mein Gehirn funktioniert nicht mehr.« Sie machte eine Pause. »Ob ich ein Aneurysma habe?«

»Du hast kein Aneurysma. Sonst würdest du einfach tot umfallen.« Birdie führte sie zu einem Waschbecken. »Versuch dich zu entspannen.«

Birdie schnitt auch im Heron Meadows Haare, einer Einrichtung für betreutes Wohnen am Stadtrand von Clapham, und hatte deshalb einen ziemlich gelassenen Blick auf die Vergänglichkeit. Am Ende versuchte jeder zu tricksen. Astrid nahm Platz und lehnte sich zurück, bis ihr Nacken das kalte Porzellan des Waschbeckens berührte. Sie schloss die Augen und lauschte, während Birdie das warme Wasser aufdrehte und mit der Hand die Temperatur testete.

Wenn Randall recht hatte und der Bus tatsächlich leer gewesen war, dann war das wichtig. Astrid hatte drei Kinder und drei Enkelkinder, und selbst wenn sie diese nicht hätte, fand sie, dass der Verlust eines Kindes die schlimmste Tragödie war, dicht gefolgt von dem eines jungen Elternteils, von Krebsforschern, dem jeweiligen Präsidenten, Filmstars und vielen anderen. Menschen ihres Alters – Astrids und Barbaras – waren zu alt, um für eine echte Tragödie zu sorgen, und in Anbetracht dessen, dass Barbara keine eigenen Kinder gehabt hatte, würde man es wohl einen Segen nennen, soll heißen, einen Segen, dass der Schulbus nicht jemand anderen umgefahren hatte. Aber das wäre Barbara gegenüber nicht fair. Sie hatte immerhin einen Ehemann und Katzen gehabt. Sie war – Ironie des Schicksals – viele Jahre zuvor sogar Schülerlotsin der Grundschule gewesen. Wenigstens ist es nicht in ihrem Viertel passiert, dachte Astrid und atmete tief durch, während Birdie ihr die Kopfhaut massierte.

Was mochte Barbara wohl durch den Kopf gegangen sein, als der Bus auf sie zugerast gekommen war? Warum hatte sie überhaupt dort geparkt und nicht auf der anderen Straßenseite? Was hatte sie sich für diesen Tag vorgenommen? Astrid richtete sich auf, und von ihren Haaren tropfte es in den Nacken und auf die Bluse.

»Alles in Ordnung mit dir?«, fragte Birdie und wickelte ein Handtuch um ihr nasses Haar.

»Nein«, erwiderte sie, »ich denke nicht. Dabei habe ich Barbara nicht mal gemocht, wie du weißt. Ich bin nur ein wenig … na ja … erschüttert.«

»Nun, wenn das so ist«, sagte Birdie, kam um den Sessel herum und ging davor in die Hocke, um mit ihr auf Augenhöhe zu sein. »Lass uns nach hinten gehen.«

Birdie wirkte so gefasst wie eine katholische Lehrerin. Sie hatte für alles eine Lösung.

Astrid nickte bedächtig und reichte ihr die Hand. Gemeinsam gingen sie in den Raum, in dem eine augenbrauenlose junge Frau namens Jessica an drei Tagen in der Woche anderen Leuten die Körperhaare entfernte. Dort legten sie sich nebeneinander auf die Doppelmatratze – sie selbst auf den Rücken und Birdie auf einen Ellbogen gestützt. Plötzlich erschöpft, schloss Astrid die Augen. Und wie üblich, denn nach so langer Zeit gab es einen gewissen Rhythmus, begann Birdie, sanft ihre Wangen und Ohren und ihren Hals zu küssen, alles bis auf den Mund, aber an diesem Tag war es anders. Astrid zog sie an sich und drückte ihre Lippen auf Birdies. Es gab keine Zeit zu verlieren, nicht in diesem Leben. Es gab immer irgendwelche Schulbusse. Wie oft musste man daran erinnert werden? Diesmal war es eindeutig. Sie war Witwe und achtundsechzig. Besser spät als nie.

Kapitel 2

Taxi TV

Cecelia saß zwischen ihren Eltern auf dem Rücksitz eines Taxis, in dem es muffig nach Körperausdünstungen roch. Amtrak hatte sich für die Beförderung unbegleiteter Jugendlicher eine Reihe von Hindernissen einfallen lassen, wozu unter anderem gehörte, dass sie in Begleitung eines Erwachsenen zum Zug gebracht werden mussten. Eigentlich sollte so eine Reise Spaß machen, aber Cecelia wusste, was Sache war. Sie war dreizehn und hatte Zugang zum Internet. Es ging mehr oder weniger um Zeugenschutz. Sie war nicht der Schule verwiesen worden, jedenfalls nicht offiziell. Es war eher ein Übereinkommen, sich eine Auszeit zu nehmen, wie das im Fernsehen Eltern unmittelbar vor der unvermeidbaren Scheidung machten. Sie hatte es wie nebenbei erwähnt, als sie und ihre Eltern gemeinsam nach einer Lösung gesucht hatten. Eigentlich war es als Scherz gedacht gewesen: *Vielleicht sollte ich einfach für den Rest des Jahres zu Granny ziehen.* Aber am nächsten Morgen hatten ihre Eltern mit rot verweinten Augen am Küchentisch gesessen, als hätten sie sich seit dem Abendessen nicht mehr davon wegbewegt, und ihr erklärt, sie hätten es der Schule mitgeteilt und mit Astrid gesprochen und ja, das sei nun der Plan.

Die Entscheidung, auf wen ihre Wut am größten war, fiel Cecelia schwer: auf ihre Eltern, die sie aus allem herausrissen, oder auf ihre Schule, die das zuließ. Es war wirklich nicht fair. Eigentlich war es das genaue Gegenteil. Eine beschissene Situation, selbst wenn sie nun von einer kleinen Wohnung in ein großes Haus zog. Das Gefühl apokalyptischen Versagens und tiefster Ungerechtigkeit überwog bei Weitem jeden Vorteil. Aber sie hatte bereits tausendmal versucht, alles zu erklären, und war dennoch an diesem Punkt angelangt, weshalb der Gedanke an Gerechtigkeit nicht wirklich zählte. Es war passiert.

»Big House ist im Spätsommer besonders schön, eigentlich das ganze Tal.«

Cecelias Vater Nicholas Strick, auch Nicky Stricky genannt und das Nesthäkchen der Familie, war noch vor seinem achtzehnten Geburtstag aus dem Haus seiner Eltern abgehauen und nur mehr für Feiertage oder besondere Anlässe, die schon Monate im Voraus mit Schuldgefühlen beladen gewesen waren, dorthin zurückgekehrt. Das Taxi bog in die Flatbush Avenue ein und steuerte die Manhattan Bridge an. Cecelia fand, dass ihr Vater die Liste der attraktivsten Väter dieser Welt anführen könnte, wenn er sich den Bart abrasieren würde oder den wirren Pferdeschwanz abschneiden ließe, den er für gewöhnlich um den Hals geschlungen trug, sowie sich Klamotten kaufte, die nicht für Cowboys und Rancher gedacht waren. So jedoch sah ihr Vater immer aus wie jemand, der gut aussehen könnte, wenn er wollte, wovon Bart, Kleidung und Haar jedoch wirksam ablenkten.

»Sie verfügt wirklich über einen ganz hervorragenden Geschmack, und sie kennt Gott und die Welt«, warf Juliette ein. Cecelias Mutter war Französin und kannte sich aus mit gutem Geschmack, das sagten alle. Sie war Astrid mehr zugetan, als ihr Ehemann es war. Womöglich mochte sie Astrid sogar lieber als ihren Ehemann. »Es gibt dort große saubere öffentliche Schwimmbäder, und du brauchst höchstens mal zu warten, weil jemand langsam ist, und nicht, weil hundert Leute vor dir sind. Clapham ist großartig, das weißt du. Du warst immer gern dort, sogar als das Haus eine Katastrophe für Kleinkinder war und ich in ständiger Sorge, du würdest irgendwo zu Tode kommen. Außerdem ist das Leben auf dem Land viel besser für die Gesundheit. Es gibt viel mehr Sauerstoff fürs Blut.«

Das klang wenig überzeugend, aber Cecelia wollte nicht widersprechen. Und wenn dem so wäre, wie zum Teufel hatten ihre Eltern es dann verantworten können, ihrem Blut während der vergangenen dreizehn Jahre das Maximum an Sauerstoff vorzuenthalten?

»Ich habe diesem Plan doch bereits zugestimmt. Es ist in Ordnung, ehrlich.«

Cecelias Koffer befanden sich im Kofferraum. Gemeinsam füllten sie – Cecelia, ihre Eltern und der Fahrer – den Platz im Wagen bis auf den letzten Zentimeter, wie Pendler in der U-Bahn zur Stoßzeit.

»*D'accord*«, sagte Juliette und tätschelte Cecelias

Schenkel. Ihr Kinn bebte, und sie wandte ihr Gesicht dem Fenster zu. »Okay.«

»Bist du dir auch sicher, dass du allein dorthin reisen möchtest? Wir könnten im Zug mitfahren und bleiben, bis du dich eingelebt hast.«

Nicky hatte bisher nie freiwillig nach Clapham fahren wollen – vielleicht war bereits das ein Fortschritt. Er strich mit den Händen über seinen Bart.

»Es ist alles gut, Dad. Ich werde einfach *Harry Potter* weiterlesen. Es sind doch nur ein paar Stunden.«

»Wirst du das mit den zwei Koffern schaffen, was meinst du? Dort gibt es hoffentlich Rolltreppen.«

Juliette war Tänzerin und in Körperhaltungsfragen streng und erfahren. Eine gute Eigenschaft einer Mutter. Cecelia versuchte, sich an die vielen positiven Eigenschaften ihrer Eltern zu erinnern. Es war nicht ihr Fehler, aber sie selbst war auch nicht schuld, und Eltern sollten schließlich diejenigen sein, die einschritten und alles wieder zurechtrückten, was im Leben ihrer Kinder durcheinandergeraten war. Nur dass ihre Eltern nie um irgendwas Aufhebens gemacht hatten.

Ihre Mutter gab vor, aus gesundheitlichen Gründen nicht zu rauchen. Ihr Vater war ein Hippie, der übers Internet an jüngere Hippies Räucherstäbchen und Kristalle vertickte. Seinen Anspruch auf Ruhm außerhalb der Familie, wo er sich diesen mit Quinoasalaten, Trompetenfürzen und lustigen improvisierten Songs verdient hatte, verdankte er einer Rolle als gut aussehender Highschoolschüler in dem Film *The Life and Times of Jake George*, der gedreht worden war, als er noch ein gut aussehender Oberstufenschüler gewesen war. Die Erfahrung, von Teenagermädchen angebetet zu werden, hatte er als so beängstigend empfunden, dass er sich zum Buddhismus bekehrt und das darauffolgende Jahr in einem Kloster in Tibet verbracht hatte. Weder er noch Cecelias Mutter waren dafür geschaffen, irgendjemandes wegen loszubrüllen, nicht einmal um ihrer selbst willen.

»Ich komm schon zurecht, Mom.«

Am Rückspiegel baumelte ein Duftbäumchen, und Cecelia verfolgte, wie es bei ihrer Fahrt über die Brücke hin und her baumelte. Das Taxi-TV plärrte, und Juliette brachte es mit ihrem Daumen zum Schweigen. Es war ein herrlicher Tag – blauer Himmel, wolkenlos, kein Verkehr. Fast wurde Cecelia traurig, die Stadt zu verlassen, aber dann dachte sie daran, wie es wäre, nach den Ferien wieder zur Schule zu gehen, wo ihre beste Freundin nicht mehr mit ihr sprechen wollte und alle anderen annehmen würden, dass sie die Schuldige war. Schande über sie! Cecelia Raskin-Strick, die noch bis vor einem Jahr mit ihren American-Girl-Puppen gespielt hatte!

Und schon war sie nicht mehr traurig, jedenfalls nicht, weil sie wegging. Für den Rest der Fahrt starrten ihre Eltern aus ihren jeweiligen Fenstern, sie selbst schaute über die Schultern des Fahrers nach vorn und vertraute darauf, dass er den richtigen Weg wusste.

Kapitel 3

Eau de Bock

Porters Badezimmer roch nach Ziege, weil sie selbst nach Ziegen roch. Sie konnte das nicht immer riechen, schon gar nicht, wenn sie bei den Tieren war, und sobald sie nach Hause kam und unter der Dusche stand, öffnete der Dampf die Poren, und der ganze Raum wurde zum Bauernhof. Schlimmer war es nur, wenn sie nach Käse roch, hauptsächlich weil die Leute den Käsegeruch eher ihren Körperausdünstungen zuschrieben, wohingegen sie ganz klar den Tieren die Schuld gaben, wenn sie nach Ziege roch.

Nach ihrem Abschluss am Hampshire College war Porter umgehend nach Clapham zurückgekehrt. Ihr Vater war damals bereits seit zweieinhalb Jahren tot gewesen, und es hatte sich völlig bescheuert angefühlt, weiterhin in Massachusetts zur Schule zu gehen, aber ihre Mutter hatte darauf bestanden. Was soll das bringen?, hatte sie gefragt. Was würdest du außer herumsitzen und Trübsinn blasen in Clapham tun?

Porter jedoch war davon überzeugt, dass die Suche nach ihrem Vater, in welcher Form auch immer, nur zu Hause erfolgreich sein konnte. Und so war sie zurückgekommen und rasch wieder in ihre Teenagergewohnheiten verfallen, nur dass die nun unvollständige Familie ihr vermittelt hatte, ihr Vater sei nur ein Traum gewesen. Es war so gewesen, als hätte sie lernen müssen, sich mit einem Gehfehler zu bewegen – was anfangs schwierig gewesen war, bis sie sich so daran gewöhnt hatte, dass sie sich nicht mehr daran erinnern konnte, wie sich das Leben auf zwei gesunden Beinen angefühlt hatte.

Sie hatte als Vertretungslehrerin an der Highschool gearbeitet, dann im Clay Depot, einem Töpferladen auf der Main Street. Danach, mit fast dreißig, hatte Porter sich mit ihrer Freundin Harriet aus Kindertagen zusammengetan, die das von ihren Eltern geerbte Land in einen Biohof hatte umwandeln wollen. Sie hatten ein paar Ziegen gekauft und Bücher über Fermentierung gelesen, und nun, fast acht Jahre später, gab es den Clap-Happy-Ziegenkäse sowohl in New York als auch in jedem Restaurant Claphams, sogar in besonderen Käseläden im ganzen Land. Harriet hatte ihr das Land und ihren Anteil an den Ziegen verkauft (es waren insgesamt zwei Dutzend) und war mit ihrem Ehemann nach Oregon gezogen, sodass die Käserei nun ihr allein gehörte.

Womöglich lag es an den Ziegen, dass sie die Idee, eine Schwangerschaft selbst in die Hand zu nehmen, gar nicht so beängstigend fand. Sie war es schließlich gewohnt, bei der Fortpflanzung zu assistieren, die Hand bei der Schaffung von Leben im Spiel zu haben, auch wenn es Ziegen waren. Samenbanken gab es auch für ihre Tiere, und sie war mit genügend Bauern groß geworden, um sich in Biologie auszukennen. War es inzwischen nicht verrückterweise Mainstream, dass ganz normale Heteropaare sich den Partner aufgrund von Eigenschaften wie Sinn für Humor aussuchten? Oder aufgrund des besuchten Colleges? Was sie beim Küssen mit ihrer Zunge anstellten? Und dann ein Baby bekamen. Warum suchte sich nicht jeder einfach eine Person zum Heiraten und wählte dann das gewünschte Spermium getrennt davon aus? Väter starben nun mal irgendwann, jeder konnte irgendwann sterben. War das den Leuten denn nicht bewusst?

Menschen konnten einem weggenommen werden, also war es besser, sie gar nicht erst zu bitten, einem Ein und Alles zu sein. Natürlich wäre es ideal, einen Partner zu haben, der einem half, wenn das Kind geboren war – sie war nicht blöd und wusste, dass sie nur zwei Hände hatte –, aber sie wollte nicht warten, bis sie vierzig wäre. Würde sie an einem größeren Ort wohnen, wo auch ihre Chancen, sich zu verabreden, größer wären, empfände sie ihre Lage vielleicht als weniger dringlich. Aber in Clapham kannte Porter jeden, mit dem sie eventuell Sex haben könnte, und auf dieser Liste war kein Glückslos dabei.

Es hatte Liebespartner gegeben, mit denen sie Babys hätte haben können: Jeremy, ihren Freund und ihre erste Liebe aus der Highschool, der sie mit achtzehn hatte heiraten wollen und jetzt am anderen Ende der Stadt wohnte mit seiner Frau und zwei Kids im Schulalter. Jonah, ihren Freund aus dem

College, der lieber Gras geraucht hatte, als etwas zu essen. Er war nach Vermont gezogen und machte sich dort auf Facebook für Bernie Sanders stark. Hiro, der Typ, mit dem sie während ihrer Beziehung zum Kiffer einmal geschlafen hatte – ein japanischer Student, der keinerlei Kontakte in den sozialen Medien unterhielt und dessen Name sich nicht googeln ließ, weshalb sie seine Spur verloren hatte. Der Sex war nicht gut gewesen. Aber was war schon guter Sex? Womöglich wäre er ein guter Ehemann, ein guter Vater gewesen, wer weiß? Und vermutlich war er das auch – mit einer anderen. Dann waren da noch die Typen gewesen, mit denen sie nach dem College geschlafen hatte: Chad, der Anwalt, den sie genauso sexy und langweilig gefunden hatte wie ein Baseballspiel. Matthew, der unausgelastete Kellner, mit dem sie ein paar Monate zusammen gewesen war, der eine andere Freundin gehabt, ihr aber manchmal spät nachts geschrieben hatte und seinem *Hey, ich denk an dich* kleine leere Sprechblasen hatte folgen lassen, die genauso schnell verschwunden gewesen waren, wie sie aufgetaucht waren. Billy, der Mann aus Wisconsin, den sie in ihrem Urlaub in Puerto Rico kennengelernt hatte und dessen linker Ringfinger, wie Porter sich ziemlich sicher war, ein hellerer Bräunungsstreifen geziert hatte. Und dann Ryan, ihr letzter Freund, der Einzige seit dem College, den sie auch ihrer Familie vorgestellt, der sie aber wahrscheinlich gar nicht geliebt und der definitiv keine Kinder gewollt hatte.

Unfälle waren nicht auszuschließen, aber Porter hatte die Pille genommen, seit sie auf der Highschool gewesen war, und war seitdem bis auf einen Ausrutscher davon verschont geblieben. Ihre Freundinnen feierten ausgiebige Verlobungspartys, Hochzeiten, Babypartys und Geburten, sie gingen ab wie Raketen – von ihr weg. Ihre beiden Brüder hatten Kinder, und wenigstens eins davon, nämlich ihre Nichte Cecelia, war das tollste Kind, das je geboren worden war. Porter war auch bereit, abzugehen wie eine Rakete, und verzichtete deshalb darauf, auf einen Piloten zu warten.

Sich Spermien auszusuchen war das ultimative Onlinedating – alle Informationen, die man brauchte, hatte man schwarz auf weiß vor sich. Porter war sich aber nicht sicher, ob sie dem trauen sollte, was im Wesentlichen Lebensläufe waren, denn bei Lebensläufen nahm es keiner so genau mit der Wahrheit. Sie konzentrierte sich deshalb auf die Fakten. Sie selbst war groß und brauchte keine Gene für Größe, sie war keine Jüdin, und deshalb wäre ein jüdischer Spender im Hinblick auf das Tay-Sachs-Syndrom und anderen Krankheiten auf der »jüdischen Liste« eine gute Wahl, wie ihre Endokrinologin für Fortpflanzungsbiologie ihr erklärt hatte. Porter wollte eigene Mängel wettmachen – Körperkoordination, die Fähigkeit, einen Ton zu halten.

Am besten stellte man sich diese in einen Becher masturbierenden Männer gar nicht vor. Schwer zu sagen, was abstoßender war – ein Mann, der Samen spendete, um Geld zu verdienen, oder ein Mann, der Samen spendete, weil ihm die Vorstellung gefiel, jede

Menge Kinder mit fremden Frauen zu haben. Porter verdrängte das. Der Samen war eine Zutat, und auf diese Weise hatte sie die Wahl, welche Art von Kuchen sie zubereiten wollte. Das Kind wäre ihres ganz allein, und dieser Becher voller Schwimmer war nur ein Mittel zum Zweck. Und jetzt war sie mit einem Mädchen schwanger. Die Wissenschaft funktionierte, Wunder geschahen. Beides schloss sich nicht gegenseitig aus.

Porter drehte den Wasserhahn ab und betrachtete die seifige Pfütze um ihre Füße. Ihre Brüste waren immer klein und bescheiden gewesen, obwohl der restliche Körper mit dem Alter in die Breite gegangen war. Ihre weichen Hüften und der Bauch wahrten ihr Geheimnis noch – dünnen Leuten, die mit Käse zu tun hatten, traute sie nicht. Man traf hin und wieder welche, hauptsächlich im Verkauf, von ihnen hielt sie sich immer fern. Man musste das Produkt genießen. Gott sei Dank war ihr Käse pasteurisiert.

Nun hatte sie Halbzeit, und da man ihr die Schwangerschaft mittlerweile ansah, stand für sie fest, dass sie diese publik machen musste. Aber bevor sie das tat, würde sie es ihren Brüdern erzählen müssen. Und bevor sie es ihren Brüdern erzählte, würde sie es ihrer Mutter sagen müssen. Für die meisten Frauen war es mit Sicherheit unvorstellbar, nicht mit ihren Müttern über ihre Schwangerschaft zu sprechen – Porter hatte jede Menge erwachsener Frauen erlebt, die sich im Wartezimmer der Frauenärztin an die Hände ihrer Mütter klammerten. Aber Astrid Strick war keine solche Mutter. Sie wusste, wie man Flecken aus weißen Hemden bekam. Sie kannte die Namen sämtlicher Pflanzen in ihrem Garten und konnte Bäume und Vögel identifizieren. Sie konnte aus nichts alles backen. Nur lud sie nicht zu einer Vertraulichkeit ein, wie Porter sie bei anderen Müttern beobachtet hatte, Müttern, die ihre Kinder bei sich im Bett schlafen ließen, wenn sie schlecht geträumt hatten, oder zuließen, nach dem Schwimmen mit nassen Haaren nach Hause zu fahren.

Die Existenz ihrer Mutter war immer – sowohl vor als auch nach dem Tod ihres Ehemanns – geordnet gewesen. Bei ihr gab es Regeln und für jedes Wetter die richtige Kleidung, beides gab es für sie selbst nicht. Das spielte natürlich mit. Porter würde ihre Tochter bei sich im Bett schlafen lassen, und zwar jede Nacht, sofern sie das wollte. Sie würde ihr das Essen vorkauen und in den Mund spucken, wenn das Baby das brauchte. Porter würde ihr ein warmer, kuschliger Ort sein. Und das würde sie ihrer Mutter auch sagen.

Ihr verstorbener Vater Russell war Fan von *Twilight Zone* gewesen, und Porter überlegte, was sie ihm erzählt hätte: Sie hätte ihn gebeten, sich eine Episode vorzustellen, in der ihr ein in einem Labor erschaffenes Baby in den Körper eingepflanzt wurde. Es war ungerecht, dass die meisten Leute ihre beiden Elternteile behalten durften und damit Großeltern für ihre Kinder hatten und süße Kosenamen. An diese Ungerechtigkeit war sie gewöhnt – ihr Collegeabschluss, die Hochzeiten ihrer Brüder, der fünfzigste Geburtstag ihrer Mutter, der sechzigste, all diese verdammt großen Tage ohne ihren Vater –, aber irgendwie war es nicht leichter geworden. Er fehlte ihr noch immer, und er würde auch ihre großen Tage verpassen, genauso wie die ihrer Brüder. Er hätte sich gefreut, dass sie ein Baby bekam, und es vielleicht sogar ein wenig genossen, neben ihren Brüdern die männliche Hauptrolle zu übernehmen und als Grandpa von großer Bedeutung zu sein. Grampa, Gramps, Pops. Porter wusste nicht, welch albernen Spitznamen Cecelia ihm erteilt hätte, einen, den dann alle weiteren Enkelkinder übernommen hätten.

Sie hatte davon geträumt, dass ihr Vater durch eine Mischung aus Zeitreise und Magie, aber ohne eine der verstörenden Konnotationen, die so etwas im realen Leben hätte, irgendwie auch der Vater des Babys wäre – in ihrem Traum war ihr Vater gleichzeitig ihr Großvater und ihr Vater und der Vater des Kindes alles zugleich, ein altersloser Geist. Die Frauen in der Familie erledigten die Arbeit. Wie in diesem Brad-Pitt-Film, der einen auch dann zum Heulen brachte, wenn er vernichtende Kritiken bekam.

Porter stieg aus der Dusche und wickelte sich in ein Handtuch. Mit der Hand wischte sie den Spiegel ab, eine Fläche so groß, dass sie sich betrachten konnte.

»Du bist erwachsen«, sagte sie zu sich. »Du bist eine ausgewachsene Frau mit einem heranwachsenden Baby im Bauch. Du bist eine Erwachsene. Es ist dein Leben.« Porter stellte sich seitlich vor den Spiegel und legte ihre Hand unter ihren Bauch. »Hey du. Ich bin deine Mom, und ich schwöre bei Gott, dass alles gut werden wird. Ich bin mir zu fünfundneunzig Prozent sicher, dass alles gut werden wird. Mindestens zu siebzig Prozent. Ich schwör's. Verdammt.«

Heute würde sie es ihrer Mutter sagen. Oder morgen. Allerspätestens würde sie es ihrer Mutter morgen sagen.

Kapitel 4

Unbegleitete Minderjährige

Der Zug hielt unterwegs nur viermal – in Yonkers, Croton, Poughkeepsie, Clapham. Cecelia hatte einen Fensterplatz, was ihr aber nicht wichtig war, denn sie war sowieso in ihr Buch vertieft. Der Schaffner hatte ihr ein Armband mit der Aufschrift UNBEGLEITET gegeben, aber genauso gut hätte FINDELKIND, BITTE NIMM MICH MIT ZU DIR UND MACH MIR EIN SANDWICH darauf stehen können. Sämtliche Mütter im Zug – Cecelia erkannte sie, obwohl nur wenige Kinder bei sich hatten – bedachten sie mit mitleidigen Blicken und sagten sinnlose Sachen zu ihr wie »Sie wird sicherlich da sein, wenn du ankommst«, was sie mit einem Lächeln und einem bestätigenden Nicken beantwortete. Väter hüteten sich, ein heranwachsendes Mädchen anzusprechen, das sie nicht kannten, vielleicht blendete ihr Gehirn aber auch Kinder, die nicht die ihren waren, völlig aus.

Andere Mädchen – die Mädchen, mit denen sie noch bis vor Kurzem befreundet gewesen war, solche die den kalten Kaffee aus den auf dem Küchentisch stehen gebliebenen Bechern ihrer Eltern tranken und sich manchmal einen Schluck Wodka aus dem Kühlschrank mopsten – hätten sich wohl in einem passenden Moment auf der Toilette versteckt und wären an einem Ort rausgesprungen, der verlockender klang als Clapham – Rome etwa (auch wenn es Rome, New York, war) oder Niagara Falls (obwohl sie keinen Regenmantel hatte und zu jung fürs Glücksspiel war) –, aber Cecelia wollte nicht, dass ihre Eltern sich Sorgen machen mussten. Schon gar nicht jetzt.

Was würde passieren, wenn sie nicht aus dem Zug stieg? Richtig vorstellen konnte sie es sich nicht. Ihre Granny würde zweifellos wissen, was zu tun war, wie man den Zug anhalten und die Bahnsteige der folgenden Dutzend Haltebahnhöfe durchkämmen konnte zum Beispiel. Vermutlich hatte sie sogar ein Walkie-Talkie in einer Schublade mit allerlei Plunder, mit dem sie den Schaffner persönlich erreichen könnte. Und dann wäre Cecelia in Schwierigkeiten, und ihre Eltern müssten gemeinsam in den nächsten Zug springen, und sie würden sich anschreien, und wenn sie dann im Big House wären, würden sie sich darüber streiten, wessen Fehler das Ganze war, ohne je zu verstehen, dass es tatsächlich *ihr* Fehler war, wenn man es genau betrachtete. Davon abgesehen hatte sie nur vierzig Dollar dabei und eine Kreditkarte mit Zugriff auf das Bankkonto ihrer Eltern, was diese sicher gleich sperren lassen würden, weshalb sie nicht lange durchhalten könnte, selbst wenn sie allen gern Stress bereiten würde. Für ein Leben auf der Flucht war sie nicht gemacht.

Der Bahnhof von Clapham hatte nur einen langen Bahnsteig mit Gleisen an jeder Seite. Daneben rauschte der Hudson vorbei. Cecelia wuchtete mithilfe des Schaffners ihre Koffer auf den Bahnsteig und gab sich Mühe, nicht vor Peinlichkeit im Erdboden zu versinken, als der Bahnbedienstete mit seiner dröhnenden Stimme den Namen ihrer Großmutter rief, wobei er das Summen des Zuges und die Geräusche der vorbeifahrenden Autos und der zwitschernden Vögel übertönte. Das Bahnhofsgebäude befand sich oberhalb einer gewagten Treppenflucht, wo der Warteraum mit Bänken aus Holzlatten war. Und dort sollte Astrid im Moment sein. Niemand war zu sehen.

Städte flößten manchen Menschen Angst ein, wie Cecelia wusste, aber diese Leute hatten sich durch fehlgeleitete Statistiken und *Batman*-Filme verunsichern lassen. An Orten zu sein, an denen man von Hunderten von Leuten umgeben war, hatte nichts Beängstigendes – immer war jemand in der Nähe, der einen schreien hören konnte. Außerdem wusste Cecelia als modernes Mädchen, dass man sie dank ihrer ethnischen Herkunft und ihres ökonomischen Status nicht nur schreien hören, sondern ihr auch helfen würde. Und weil sie ein Mädchen war, hatten ihre Eltern ihr beigebracht, dass sie ihre Hausschlüssel, wenn sie allein nach Hause kam, immer in der Hand halten sollte, für alle Fälle.

Der Schaffner rief wieder den Namen ihrer Granny. »As-trid Stri-ick!«

Als wäre ihre Großmutter die einzige Kandidatin der Show *Wer möchte sich um diese Minderjährige kümmern?*. Sie lachte nervös, weil sie sehr gut wusste, dass ihre Granny in ihrem Leben nie zu spät gekommen war.

»Sie ist sicherlich oben auf der Toilette.«

Cecelia verschränkte die Arme vor der Brust. Alle anderen waren bereits ausgestiegen und trabten fröhlich die Treppe hinauf in die wartenden Arme ihrer Lieben oder stiegen in ihre Autos oder gingen zu Spiro's, das nur einen Häuserblock vom Wasser entfernt war.

Der Schaffner warf sichtlich genervt einen Blick auf seine Uhr. »Jetzt halten wir den Zug auf, Ma'am.«

Cecelia wollte ihn schon fragen, warum um alles auf der Welt er eine Dreizehnjährige »Ma'am« nannte, da entdeckte sie ihre Großmutter, die mit flatternder Jacke die Treppe heruntergerannt kam.

»Da ist sie ja, sie ist da«, sagte Cecelia und war so erleichtert, dass sie glaubte, weinen zu müssen.

Sobald ihre Großmutter den Bahnsteig betreten hatte, winkte sie mit beiden Armen, bis sie bei ihr war, griff dann nach ihren Oberarmen und küsste sie auf die Stirn. Sie waren jetzt mehr oder weniger auf Augenhöhe, wobei sich das Gleichgewicht ein wenig zugunsten der Jugend verschoben hatte.

»Sie dürfen sie jetzt freilassen, Sir«, sagte ihre Granny. »Mission erfüllt.«

Der Schaffner machte mit einem knappen Nicken auf dem Absatz kehrt, und gleich darauf fuhr der Zug los, als wäre er beleidigt.

»Hallo, Granny«, sagte Cecelia.

»Hallo, meine Liebe«, sagte Astrid. »Ich habe heute gesehen, wie jemand vom Bus überfahren wurde.«

Cecelia riss die Augen auf. »Wer?«

»Eine Frau in meinem Alter. Ich kannte sie fast mein ganzes Leben. Deshalb bin ich auch ein wenig durcheinander. Kannst du zufällig Auto fahren?«

Ihre Großmutter schob ihre Sonnenbrille auf den Kopf. Ihre Augen wirkten ein wenig verschwommen, und einen Moment lang wünschte Cecelia sich auf die andere Seite des Bahnsteigs mit Ziel in die Gegenrichtung.

»Ich bin dreizehn.«

»Ich weiß, wie alt du bist. Ich habe deinem Vater das Fahren mit Schaltgetriebe beigebracht, als er elf war.« Astrid gestikulierte. »Gleich da oben an der nächsten Straße neben dem Fluss haben wir paralleles Einparken geübt.« Sie mimte ein Auto, das die Uferböschung hinunterfuhr und ins Wasser fiel. »Ha! Platsch!«

Ihr Vater Nicky war als Jüngster unter seinen Geschwistern mit allem sehr früh dran gewesen. Wenn Elliot, der Älteste, der Familiensaga nach etwas mit sechs Jahren konnte, konnte Nicky es mit drei und Porter irgendwann dazwischen. In der Mitte zu sein bedeutete, dass alle nur noch eine nebulöse Erinnerung hatten, lediglich die allgemeine Vorstellung, dass da auch noch Porter gewesen war. Und genau dieses Gefühl hatte Cecelia auch manchmal bei ihren Eltern, obwohl sie ein Einzelkind war und sie niemanden hatten, auf den sie ihre Aufmerksamkeit richten konnten, außer auf sie selbst.

Cecelia zuckte zusammen. »Ich hab kein Auto. Ich meine, nicht mal meine Eltern haben eins.« Es war heiß, viel zu heiß, um in der prallen Sonne zu stehen. In Brooklyn war es ihr nicht so heiß vorgekommen. Sie trug einen Pullover, den sie gern ausgezogen hätte, aber sie hatte die zwei Koffer und ihren Rucksack und wollte nicht noch mehr tragen müssen. »Diese Frau, die überfahren wurde, wie hieß sie? Und ist sie gestorben?«

»Barbara Baker hieß sie, eine richtige Nervensäge. Und ja, sie ist gestorben. Von dort, wo ich saß, sah es aus, als wäre sie sofort tot gewesen, so sterben wollen wir weiß Gott ja alle. Ist schon gut, ich kann fahren. Aber wir sollten uns das als eines unserer kleinen Projekte vornehmen, hm? Jede Frau sollte Autofahren können. Man weiß nie, wann man es brauchen kann. Komm, ich nehme einen Koffer, du nimmst den anderen.«

Ihre Großmutter griff nach dem Griff des kleineren Koffers und zog ihn hinter sich her, sodass er von einer Stufe zur nächsten holperte. Cecelia packte den Griff des größeren und folgte ihr.

Normalerweise war man in fünf Minuten am Big House, doch der Kreisverkehr war gesperrt, und so würde es bestimmt acht dauern. Ihre Großmutter schaltete das Radio ein – WCLP, Claphams Lokalsender mit dem Nachrichtensprecher Wesley Drewes, war voreingestellt. Cecelia stellte ihn sich immer als eine Wolke mit Augäpfeln vor, welche die ganze Stadt im Blick hatten und diese näher heranzoomen konnten, sofern es nötig war. Sie drückte ihren auf dem Schoß liegenden Rucksack an sich.

»Wann geht dein Vater wieder zurück nach New

Mexico?« Dass ihre Granny dieses Vorhaben nicht guthieß, war unüberhörbar.

»Ich weiß nicht. In ein paar Tagen, denke ich.«

»Es scheint ihm dort zu gefallen. Wie man sich für Jurten und Skorpione begeistern kann, übersteigt meine Vorstellungskraft, aber es ist eben Nicky. Weißt du, dass er nie Erdnussbutter mochte, nur weil alle anderen sie mochten? Er gab vor, allergisch zu sein. Wie geht's deiner schönen Mutter?«

Das wurde ohne Sarkasmus oder Groll gesagt. Juliette war als Teenager Model geworden, nachdem ein Talentscout sie und ihre Mutter auf dem Gehweg vor ihrem Pariser Tanzstudio in Clignancourt angesprochen hatte. Es zog sich wie ein roter Faden durch ihr Leben – jemand hatte eine Idee, öffnete eine Tür. Und Juliette ging dann durch diese Tür, selbst wenn sie zum Wäscheschacht führte. Cecelia sah eher ihrem Vater ähnlich mit der markanten Nase und dem weichen hellbraunen Haar, das blond wirkte, sofern sie nicht direkt neben einer Blondine stand.

»Immer dasselbe, weißt du. Sie isst Rettich mit Butter, solche Sachen eben.« Auf die breiten Straßen von Clapham fiel das Licht fleckig durch die Blätter, jedenfalls im Hochsommer war das so. Hier hatte Cecelia Fahrrad fahren, schwimmen und fangen mit einem echten Baseballhandschuh gelernt, alles Dinge, die man in New York nicht einfach so tun konnte, jedenfalls nicht mit Eltern wie den ihren. Dort war sie zum Ballettunterricht bei ihrer Mutter genötigt worden, doch Ungeschick und beidseitig empfundene

Peinlichkeiten hatten es Cecelia ermöglicht, bald wieder damit aufzuhören. »Aber ich glaube, dass sie vor allem traurig ist.«

»Keiner schickt gern sein Kind weg«, erwiderte Astrid. »Na ja, manche Leute wohl schon. Manche schicken ihre Kinder, sobald sie alt genug sind, aufs Internat! Aber deine Mutter darf ruhig traurig sein. Es wird alles gut werden.«

»Okay.« Cecelia wusste nicht, in welchem Umfang ihre Eltern ihrer Großmutter über das, was in Brooklyn vorgefallen war, informiert hatten.

»Weißt du, ich habe überlegt, deinen Onkel Elliot während der Highschoolzeit aufs Internat in New Hampshire zu schicken, damit er dort Kontakt zu zukünftigen Industriebossen bekäme. Aber dein Großvater hätte das niemals zugelassen. Die Leute ziehen wegen der Schulen nach Clapham, pflegte er zu sagen. Warum sollen wir unseren Sohn wegschicken? Wozu hat man denn Kinder, wenn man sich ihrer entledigt, schon bevor sie was Interessantes zu sagen haben?« Cecelia betrachtete das Profil ihrer Großmutter. Astrid war oft geschwätzig, aber das Geplauder wurde normalerweise nicht persönlich. Cecelia vergewisserte sich, dass sie für alle Fälle angeschnallt war. »Was hat ein Teenager schon Interessantes zu sagen?, denkst du sicher. Aber dein Vater war schon als Kind interessant, das war er wirklich. Bei den Gesprächen mit seinen Lehrern wurden wir jedes Mal mit Lobeshymnen überschüttet, einem Wortschwall an Komplimenten, als hätten sie vor ihm noch keine reizende Person kennengelernt.« Astrid tätschelte sanft Cecelias Rucksack. »Witwe zu werden ist, als würde dir jemand ein Pflaster abreißen, während du mitten in einem Gespräch bist. Bist du dann Witwe, hast du keine Wahl mehr. Wir waren fünfundzwanzig Jahre verheiratet. Eine gute Zeit, aber nicht, wenn man langfristig plant. Nicht wie Barbara und Bob es getan haben.« Astrid verlangsamte das Tempo vor einer roten Ampel – einer von zweien in der Stadt –, beugte sich vor und legte ihren Kopf aufs Lenkrad. »Ich sollte ihn anrufen.«

Die Ampel schaltete auf Grün, aber Astrid rührte sich nicht und bemerkte es nicht. Cecelia drehte sich um, um zu sehen, ob hinter ihnen Autos kamen, und da waren welche.

»Granny«, sagte sie. »Wir haben Grün.«

»Oh …« Astrid richtete sich auf. »Natürlich.« Sie kurbelte ihre Scheibe herunter, streckte eine Hand hinaus und gab den Autos Zeichen vorbeizufahren. »Ich muss einfach nur einen Moment dasitzen, wenn das für dich in Ordnung ist. Deine Mutter hat erwähnt, dass du irgendwelche Probleme mit deinen Freundinnen hast. Stimmt das?«

»Ja.« In ihrem Rucksack summte es, und sie grub ihr Handy aus. Ihre Mutter hatte getextet: *Hi Süße, will nur wissen, ob Granny dich abgeholt hat und alles gut ist. HDL. Ruf mich an, wenn du im Big House bist* 😊 Cecelia schob das Smartphone zurück in den Rucksack und stellte diesen dann zwischen ihren Füßen ab. »Wir können hier den ganzen Tag sitzen bleiben, wenn du das möchtest.«

Es hatte Probleme mit ihren Freundinnen gegeben, das konnte man so sagen, diese hatten jedoch hauptsächlich darin bestanden, dass einige offenbar glaubten, in einem Videospiel zu leben und Erwachsene zu sein, deren Handeln keine Konsequenzen hatte, und nicht Teenager, deren Urteilsvermögen noch nicht voll entwickelt war. Problematisch war, dass diese Leute ihr immer Dinge anvertrauten, sie aber weder Anwältin noch Therapeutin war. Sie war nur eine Jugendliche wie ihre Freundinnen, nur dass sie sich als Einzige darüber im Klaren zu sein schien. Problematisch war, dass ihre Eltern, sobald die Schwierigkeiten aufgetaucht waren, aufgegeben hatten wie ein missmutiges Kind, das zum ersten Mal *Monopoly* spielt und verliert. Sie waren eingeknickt. Eingeknickt vor *ihr*.

Ihre Großmutter griff nach ihrer Hand. »Danke, meine Liebe. Ich weiß das zu schätzen. Die meisten Leute sind ständig in Eile.«

»Ich nicht«, sagte Cecelia. »Ich habe absolut keine Eile.« Sie schloss die Augen und hörte sich Wesley Drewes' Wetterbericht an.

Kapitel 5

Spiro's Pancake House

Elliot erfuhr von Olympia, die Spiro's Pancake House führte, von Barbara Bakers Unfall. Wie es passiert war, hatte sie nicht gesehen, aber den Rettungswagen und den Tumult gehört und daraufhin das Fernglas unter der Registrierkasse hervorgeholt. Sie hatte beobachtet, wie die Sanitäter Barbaras Körper auf die Trage hoben. Und sie hatte Astrid danebenstehen sehen.

»Gott sei Dank«, sagte Olympia zu Elliot, »Gott sei Dank ist Ihre Mutter genau die richtige Person für so einen Fall.«

Jeder wusste, dass Astrid schwierigen Situationen gewachsen war.

Während Olympia erzählte, schaute Elliot aus dem Fenster und malte sich die Szene aus. »Und meine Mutter war wirklich hier?« Er deutete mit seiner Gabel hinaus. »Unmittelbar vor Ort?«

Olympia nickte. Sie war Spiros Enkelin und hatte als Babysitterin auf die Strick-Kinder aufgepasst, weshalb sie immer persönliche Fragen stellte und viel zu lange verweilte, nachdem sie den Kaffee eingeschenkt hatte, aber da Elliot das Essen bei Spiro's besser schmeckte als sonst wo in der Stadt, kam er trotzdem her. Warum befand sich das Fernglas unter der Registrierkasse? Elliot war nicht überrascht – Clapham war typisch für so etwas, einfach viel zu klein, um auch nur den Anschein von Privatheit zu wahren.

»Gleich hier. Vermutlich hat sie sogar den Lufthauch gespürt, weißt du, von dem Bus, der viel zu schnell fuhr. Kennst du das Gefühl? Wenn man dasitzt und ein Laster vorbeifährt und die ganze Straße rumpelt?«

Elliot spürte, wie sein Körper unwillkürlich zu zittern anfing. »Mein Gott«, sagte er. »Es hätte sie treffen können. Es hätte meine Mutter sein können.«

Olympia sog ihre Lippen ein und senkte den Kopf. »Es ist eine Tragödie.«

»Ich wäre Waise«, ergänzte Elliot.

Olympia legte eine Hand auf seine Schulter und ließ sie dort ein paar Sekunden lang ruhen, bevor sie sich ihren anderen Gästen zuwandte.

Mindestens zweimal in der Woche gab Elliot vor, einen frühmorgendlichen Ortstermin zu haben, sodass er das Haus zeitig verlassen und allein frühstücken konnte. Mahlzeiten zu Hause waren häufig eine Katastrophe mit Haferflocken auf Oberflächen, die nicht im Geringsten etwas mit der Aufnahme derselben zu tun hatten, oder mit Klumpen Rührei, die in seinem Kaffee schwammen. Und das an Tagen, an denen die Zwillinge sich mehr oder weniger gut benahmen. Ein solches Gebrüll wie Aidan und Zachary von sich gaben, hatte er nie veranstaltet, niemals – wenn doch, hätte Astrid ihn vor die Haustür verbannt. Er und Wendy, seine Frau, machten ganz eindeutig irgendwas falsch, aber er wusste nicht, wie sich das ändern ließ.

Wendy war die Geduldige in der Familie. Und das war nicht sexistisch gemeint. Irgendwann mussten die Jungs ja mal aus ihrem Irrsinn herauswachsen, dann würde er ihnen wieder jene Ehrfurcht entgegenbringen, mit der er sie nach ihrer Geburt betrachtet hatte. Für ihn stand fest, dass ihre Geburt die Krönung seines Lebens gewesen war, indem er teil an ihrer Erschaffung gehabt hatte, auch wenn die Assistenz von ein paar Ärzten vonnöten gewesen war und natürlich Wendys Körper, um Sperma aufzunehmen, die Babys auszutragen und zu gebären. Vielleicht war es ein Segen der Kindheit, dass sich die meisten Menschen kaum mehr daran erinnerten, was vor ihrem fünften Lebensjahr passiert war. Was brächte es auch, sich an das Leben als wildes Kleinkind zu erinnern, völlig losgelöst von gesellschaftlichen Normen? Es war, als würde man sich in einem einzigen Leben vom Schimpansen zum Menschen evolvieren.

Selbst wenn er, wie an diesem Tag, zum Mittagessen vorbeikam, setzte er sich immer an die Theke und bestellte das Gleiche – beidseitig gebratene Spiegeleier, zusätzlichen Speck, Weizentoast, keine Kartoffeln. Olympia füllte sein Wasserglas jedes Mal nach, wenn er einen Schluck getrunken hatte, der kalte Silberkrug schwitzte Tropfen auf den Papierserviettenstapel neben ihm. Aus der Soundanlage hörte man wie stets WCLP, wo nach den Nachrichten mit

Wesley Drewes die Quizshow *Klatschen Sie, wenn Sie das schon mal gehört haben* kam, moderiert von Jenna Johansson, einer früheren Freundin seines jüngeren Bruders Nicky. So war das eben in Clapham – jeder war jemandes Liebe aus Highschoolzeiten oder die Mutter von jemandem oder der beste Freund eines Cousins aus dem Feriencamp.

Elliot kam gern aus Clapham und lebte gern in der Stadt, in der er geboren war, fast immer jedenfalls, aber gelegentlich gab er sich Tagträumen hin, die sein Leben ohne Ehefrau und Kinder widerspiegelten, oder solchen, in denen er einen ganzen Tag verbrachte, ohne sechs Leuten zu begegnen, die er seit seiner Kindheit kannte, und ohne genau zu wissen, wo und wann er ihnen über den Weg laufen würde. Im Allgemeinen jedoch fand er, dass seine Chancen, von jemandem engagiert zu werden, wuchsen, je länger die Leute ihn und seine Familie kannten. Und aus dem Grund hielt er Clapham für den besten Ort zum Leben.

»Einen großen Haselnusskaffee, vier Würfel Zucker, viel Sahne«, sagte Olympia. »Das war Barbara. Vor zehn Jahren hatte sie eine Eischneephase, aber in letzter Zeit nicht mehr. Mein Bruder hat berichtet, man habe den Bus mittlerweile gestoppt. An einer Polizeisperre aus zwei Einsatzwagen. Er hätte da durchbrettern können, hat aber abgebremst.«

»War es der richtige Busfahrer? Der Schulbusfahrer?«

Elliot zog einen Streifen Speck durch das Eigelb auf seinem Teller. Er dachte immer noch daran, wie viele

Male er und seine Mutter und seine Frau und seine Schwester Woche für Woche im Kreisverkehr geparkt hatten und wie leicht es seine Mutter hätte erwischen können, für immer aus dem Leben gerissen. Als sein Vater gestorben war, war er, Elliot, noch zu jung gewesen, um irgendwas geschafft zu haben – er war eine Larve gewesen, voll unbegrenzten Potenzials. Das war die Tragödie gewesen, der Gedanke an all die Dinge, die sein Vater nicht mehr mitbekommen würde. Und wäre seine Mutter heute gestorben, wäre dies auf andere Art eine Tragödie gewesen. Wie viel mehr würde noch aus ihm werden? Sicher, er hatte eine Frau, er hatte Kinder, er hatte ein Geschäft, ein Haus, aber er glaubte fest daran, dass er mit Mitte vierzig noch *mehr* haben würde. War es nicht grausam, dass die Mitte des Lebens unmittelbar auf die eigene Jugend folgte und nicht auf irgendeine andere, bessere Jugend und es somit zu spät war, neu anzufangen?

»Wer hätte es denn sonst sein sollen?«

Olympias Großvater war aus Griechenland eingewandert, aber sie war in Clapham geboren. Sie war zehn Jahre älter als er und hatte Kinder, eins davon hatte gerade seinen Highschoolabschluss gemacht, was Elliot aber nur wusste, weil das Foto mit entsprechendem Umhang und Kopfbedeckung gleich hinter Olympias Kopf mit einer Reißzwecke an der Wand befestigt war. Er ging jedenfalls davon aus, dass es Olympias Tochter war. Doch sie waren eine große Familie, und Olympia hatte einige Schwestern, wie Elliot wusste – die Absolventin könnte auch zu einer von diesen gehören. Er sollte es wissen, wusste es aber nicht.

»Ich dachte, es hätte jemand sein können, der einfach eine Spritztour machen wollte, du weißt schon, ein Jugendlicher vielleicht. Ein Drogenabhängiger womöglich. Ich hätte nie auf den richtigen Busfahrer getippt.« Er stopfte sich eine halbe Scheibe Toast in den Mund. »Das ist verflucht beängstigend, entschuldige meine Wortwahl. Meine Nichte wird mit diesem Bus zur Schule fahren, meine Kinder werden irgendwann in diesen Bus steigen. Ich habe diesen Bus genommen.«

Olympia bekreuzigte sich flüchtig und küsste dann ihre Finger. »Bis dahin werden sie einen anderen Fahrer haben«, sagte sie. Jemand rief aus der Küche, und sie warf einen Blick auf Elliots Teller. »Noch einen Toast?« Er nickte, und sie schob sich durch die Schwingtür nach hinten.

Spiro's gab es seit fünfzig Jahren, vielleicht schon länger. Ein paar Jahre zuvor, nachdem ihr Großvater gestorben war, hatte Olympia einige der Nischen im hinteren Teil erneuert und ein paar Jahre später dann die Barhocker vor der Theke und die Theke selbst. Die Jukebox war noch dieselbe wie in Elliots Kindheit, genau wie das alte silberne Milchshakegerät, das an einen übergroßen Toilettensauger aus Metall erinnerte, aber mit Leichtigkeit die besten Shakes der Stadt fabrizierte. Wendy hatte sich nie richtig für Spiro's begeistern können, weil sie den Laden für schmuddelig hielt, aber für die meisten Leute war das Lokal einer der zentralen Treffpunkte des Stadtlebens, er selbst verabredete sich hier oft mit seinen Klienten, um zu beweisen, dass er durch und durch Claphamer war.

Es gab Menschen, die glaubten, sich außerhalb ihrer Heimatstädte bewähren zu müssen. Das war der altmodische Weg. Man machte sich zu Fuß auf in die große Stadt und kehrte im Rolls-Royce nach Hause zurück. Elliot sah das völlig anders. Wozu sollte Erfolg gut sein, wenn er sich woanders einstellte? Er wollte Zeugen haben. Das war auch der Grund, weshalb er zugeschlagen hatte, als das Gebäude am Kreisverkehr wieder zu verkaufen gewesen war. Er, Elliot Strick, hatte es gekauft. Und zwar mit seinem eigenen Geld, das er über eine Firma und eine Adresse umleitete, die Wendys Eltern in Kalifornien gehörte. Er würde die Planung machen, er würde etwas aufbauen. Und wenn er es tat, dann vor aller Augen.

Beim Gedanken daran bekam er Bauchschmerzen.

Elliot wirbelte auf seinem Hocker herum, wie er das schon als Kind gemacht hatte. Im Unterschied zu anderen Babysittern, die unaufmerksam und fahrlässig gewesen waren und sich mehr für die Snacks in der Speisekammer und das Kabelfernsehen interessiert hatten, war Olympia streng gewesen. In gewisser Weise hatte es gutgetan zu wissen, dass sie Grenzen und Regeln beachtet hatte genau wie ihre Mutter. Einige seiner Freunde hatten Mütter gehabt, die barfuß herumgelaufen waren oder deren Seiden-BHs über der Duschstange gebaumelt hatten, Mütter, die Kerzen hatten brennen lassen, obwohl sie sich schlafen gelegt hatten, und das hatte Elliot so nervös gemacht, dass er deren Häuser nicht mehr hatte aufsuchen können.

Auf der Theke summte sein Handy, und Elliot drehte es um. Seine Schwester, Porter. *Wollte nur mal hören, ob du heute kommst, um Cece zu begrüßen. Übrigens hi, alter Stinker.* Elliot verdrehte die Augen und musste grinsen. Er schrieb zurück: *Erwartet man uns zur Begrüßung im Big House? Ich habe ein Meeting, die Jungs haben Jiu-Jitsu. Wendy nervt.*

Elliot beobachtete, wie die drei kleinen Punkte auftauchten und verschwanden, als müsste seine Schwester bei dem, was sie sagen wollte, immer wieder erneut ansetzen. Besonders netten Umgang pflegten sie nicht, aber war das nicht bei allen erwachsenen Geschwistern so? Sie sahen sich, wenn ihre Mutter es organisierte. Elliot machte das nichts aus, es war gut so.

Endlich schrieb Porter zurück: *Sie ist ein Teenager, und ich versichere dir, dass sie einen Scheiß darum gibt, ob du auftauchst oder nicht. Es reicht auch am Wochenende. Wenn du aber noch länger wartest, wird Mom dich im Schlaf umbringen.*

Elliot antwortete nicht darauf. Olympia kam zurück durch die Schwingtür und legte ihm noch einen ordentlichen Stapel gebutterten Toast neben seinen fast leeren Teller. Einmal, er dürfte acht oder neun gewesen sein, hatte Olympia ihn dabei erwischt, wie er beim *Monopoly* getrickst hatte. Sie hatte ihn daraufhin in den Garten verbannt wie einen Hund mit Flöhen. Damals hatte er sich ein wenig in sie verliebt.

»Hast du auch gehört, dass das leer stehende Gebäude am Kreisverkehr schon wieder verkauft wurde?« Olympia reckte den Hals, um über die Köpfe der Gäste hinweg aus dem Fenster auf die andere Seite des Kreisverkehrs zu schauen. »Hoffentlich macht derjenige, der es gekauft hat, was draus. Was soll das sonst? Kauf es, mach eine Bank oder sonst was draus, aber tu es, verstehst du?«, sagte sie kopfschüttelnd.

»Du wirst doch nicht ernsthaft eine Bank dort haben wollen. Was sollte es deiner Meinung nach werden?«, fragte Elliot.

»Ich hätte wohl am liebsten ein wirklich gutes mexikanisches Restaurant. Oder ein japanisches. Aber ich bin für alles zu haben, solange es kein weiteres Diner ist.«

»Wir brauchen kein weiteres Diner«, sagte Elliot.

»Mit Sicherheit nicht«, erwiderte Olympia augenzwinkernd.

Elliot trank seinen Kaffee aus, blieb aber sitzen. Sein Meeting begann erst in einer halben Stunde, und Wendy war dran, die Jungs am Nachmittag dorthin zu bringen, wo sie hinmussten. Der Verkehr draußen lief normal. Barbara und der Bus, das war erst wenige Stunden her. Elliot beobachtete die im Kreis fahrenden Autos, er selbst hatte kein besonderes Ziel.

Kapitel 6

Das Big House

Big House klang beeindruckend, solange man es nicht gesehen hatte, aber wenn man es sah, verstand man, dass der Name eine affektierte Verkleinerungsform war. Es war ein zweigeschossiger Steinbau, erbaut um 1890 und eins von Dutzenden ähnlicher Wohnhäuser, die im Hudson Valley hoch oben über dem Fluss thronten. Weil sie das Geld dafür gehabt hatten, hatten Astrid und Russell es 1975 gekauft. Es war groß genug für sie gewesen, für Baby Elliot und die Geschwister, die er ihrer Vorstellung einmal haben würde. Der riesige Garten erstreckte sich bis hinunter zum Wasser, wenngleich der Hang nur gute dreißig Meter weit begehbar war, bevor er gefährlich steil wurde. Sie hatten voller Bedauern jede Menge Spielsachen auf diese Weise verloren, wenn sie getestet hatten, wie weit man einen G. I. Joe schleudern und ob man hören konnte, wenn er ins Wasser fiel. (Das Platschen war nie zu hören gewesen.)

Astrid begleitete Cecelia auf ihr Zimmer und ließ sie dann in Ruhe, damit sie sich eingewöhnen konnte. Womöglich gehörte zu Cecelias Problem auch, dass sie zu Hause, wo sie alle drei ständig aufeinanderhockten, so wenig Platz für sich hatte. Astrid tapste zurück in die Küche und öffnete den Kühlschrank. Es war so lange her, dass sie ein Kind im Haus gehabt hatte, sie hatte tagelang eingekauft, gebacken und gekocht. Schließlich ging es um Cecelias Ernährung, ihre Energie. Astrid hatte Zucchinimuffins mit Walnüssen, eine riesige Auflaufform voller Makkaroni mit Käse, Truthahnfleischbällchen, Kekse mit Schokochips und Müsliriegel mit dicken Rosinen zubereitet. Sie hatte acht Bananen gekauft. Es gab genügend Tomaten, um Suppe und Pastasoße für den ganzen Winter einzukochen und einzufrieren. Erdnussbutter, Mandelbutter, drei Sorten Marmelade. Wäre Cecelia ähnlich gestrickt wie ihr Vater oder ihre Tante oder ihr Onkel, würde sie trotz alledem den Kühlschrank und die Speisekammertür öffnen und stöhnen, dass es nichts Essbares gab. Aber Astrid war wenigstens ihrer Pflicht nachgekommen.

Als Großmutter war man in der glücklichen Lage, zu wissen, was getan werden musste, und die Zeit zu haben, es auch zu tun. Einige ihrer Freunde fanden, dass man mit dem Alter geduldiger wurde, aber das stimmte so natürlich nicht. Ihre Kalender waren nicht weniger voll. Astrid sah ihre Situation glasklar. Nick hatte nicht gesagt: Ach, Mom, bitte sprich mit Cecelia über alles, bitte hilf. Er hatte gesagt: Kann sie kommen? Und die Antwort war Ja gewesen. Sie war gesund, und ihr Haus ein sicherer Zufluchtsort. Er machte ihr ein Kompliment dafür, dass sie in der Lage war, Kinder am Leben zu erhalten, und zielte nicht auf ihre elterlichen Fähigkeiten ab.

Astrid wusste, dass von ihren drei Kindern Nicky ihren Entscheidungen am wenigsten vertraute. Sie war nicht seine erste Wahl, und die Lage musste schon äußerst fatal gewesen sein, dass er in Erwägung gezogen hatte, sie zu fragen.

Sie überlegte, Bob Baker anzurufen. Schließlich war sie dabei gewesen, hatte alles gesehen. Sicherlich würde er etwas von ihr erfahren wollen. Astrid hatte ihn noch nie im Leben angerufen. Sie sollte ihm eine Nachricht schreiben und ihm einen Teller mit gebratenem Huhn vor die Tür stellen. Das würde sie außerdem tun. Aber während sie so dastand, irgendwie nicht länger allein in ihrem großen Haus, war ihr einziger Gedanke der, dass Bob jetzt plötzlich allein in seinem war.

Sie ging zum Telefon, das an der Wand hing – ach, wie Elliot sich über ihr Wählscheibentelefon mokierte, cremefarben und schwer wie ein Ziegelstein –, und wählte. Bob ging sofort dran, und erst da machte sie sich bewusst, dass sie von einem Szenario ausgegangen war, in dem er den Hörer nicht abnahm. Schließlich war es gerade erst passiert, und sie wusste aus eigener Erfahrung, wie viel Bob im Moment vor der Brust hatte, Dinge, über die er wahrscheinlich noch nie nachgedacht hatte: Krankenhäuser, Leichenhallen, Beerdigungsinstitute, die Benachrichtigung der anderen Familienmitglieder. Astrid kannte einige Leute (allesamt bestens organisierte Frauen) mit Krebs im Endstadium, die ausgeklügelte Telefonnetzwerke erstellt hatten, genau wie zu Schulzeiten, wenn es überraschend schneefrei gegeben hatte, damit alle über den Tod informiert werden konnten, wenn es so weit war. Bob hatte kein Telefonnetzwerk. Er war einfach zu Hause. Für den Bruchteil einer Sekunde war Astrid in Sorge, Bob wüsste es womöglich noch nicht, und sie wäre die Überbringerin der Nachricht.

»Hallo, Bob, hier ist Astrid, Astrid Strick.«

Sie versuchte sich zu erinnern, wann sie das letzte Mal mehr als nur ein beiläufiges Nicken ausgetauscht hatten. Vielleicht als sie im Supermarkt hinter ihm in der Schlange gestanden hatte oder neben ihm an der Tanksäule? Aber selbst das war nichts weiter als höflicher Small Talk gewesen, nicht mehr als einer, den man mit jedem Fremden führte. Vermutlich war es fast dreißig Jahre her, seit sie wirklich miteinander gesprochen hatten, damals, zur Zeit der Dinosaurier, als sie noch jung genug gewesen war, sich einzubilden, dass das gleiche Alter eine Basis für Freundschaft war.

»Hallo.« Bob wartete. Er schien nicht erstaunt zu sein, von ihr zu hören. Natürlich. »Ich habe erfahren, dass Sie dort waren, als es passierte.«

»Das war ich, Bob.« Astrid wickelte sich das Kabel um den Finger und beobachtete, wie das Fleisch zwischen dem Kabel rot und dick wurde. »Es war das Schlimmste, und es tut mir so leid. Barbara hatte was Besseres verdient.«

»Das stimmt.« Bob war kein redseliger Mann.

»Ich habe Besuch von meiner Enkelin, Bob, aber ich würde Ihnen gern morgen oder wann immer etwas zu essen bringen, sofern Sie das möchten. Ich bringe Ihnen was vorbei, das Sie nur noch aufwärmen müssen. Nur damit Sie sich nicht auch noch darum kümmern müssen. Ist Ihnen das recht?«

»Sicher, Astrid.« Bob schwieg so lange, dass Astrid schon dachte, er hätte aufgelegt. Dann atmete er tief und ausgiebig ein, es hörte sich fast wie ein Schnauben an. »Also … Sie wohnte während der letzten paar Monate drüben bei ihrer Mutter. Im Heron Meadows. Und ich bin inzwischen ziemlich gut darin, mich selbst zu versorgen. Ich würde mich dennoch über ein Gericht freuen. Verstehen Sie mich nicht falsch, aber wissen sollten Sie es.«

Astrid hielt den Kopf schief. »Was Sie nicht sagen. Nun, ein Mann muss essen, ich komme vorbei. Danke, Bob. Noch mal mein Beileid. Ich war dort. Es ist ganz schrecklich, das durchmachen zu müssen, und es tut mir leid.«

Astrid legte entschlossen auf und musste sofort loslachen, obwohl sie nicht recht wusste, warum. Es sprudelte einfach von den Zehen hoch durch ihren Bauch und kam wie ein Rülpser aus ihrem Mund. Sie kriegte sich gar nicht mehr ein. Die Augen wurden feucht, und dann kamen tatsächlich Tränen, und alles verschwamm, und sie ging ins Bad und schloss die Tür hinter sich, für den Fall, dass Cecelia zufällig die Treppe runterkäme und sie sähe. Ihre eigenen Kinder hatten sie niemals weinen sehen. Sie setzte sich auf den Klodeckel und versuchte, tief durchzuatmen.

Als Russell gestorben war, war sie seiner Leiche zum Beerdigungsinstitut gefolgt und hatte dann auf dem Rückweg seine Hemden aus der Reinigung geholt. Astrids größte persönliche Stärke waren immer ihre eisernen Tränendrüsen gewesen. Als Russell gestorben war, hatte sie wie eine Königin oder die Diktatorin eines kleinen Landes das Heft in die Hand genommen. Alles war rechtzeitig erledigt worden, sie hatte alles im Griff gehabt. Barbaras Schicksal war viel zu grausam, um es sich vorzustellen: eine Frau, die endlich beschlossen hatte, selbst die Dinge in die Hand zu nehmen, wie sie das wollte.

Die Stoßstange des Busses hätte auch sie, Astrid, erwischen können oder Birdie. Und was dann? Sie hätten beide eine Freundin betrauert. Die Kinder hätten ohne ihre Hilfe weitergewurstelt. Auch das ging ihr durch und durch – der Gedanke an ihre Kinder, plötzlich allein, keins davon richtig erwachsen, noch nicht mal jetzt! Sie war in deren Alter schon uralt gewesen. Es war nicht lustig, nichts davon war lustig.

Astrid fühlte sich, als hätte sie eine Lebensmittelvergiftung, als wäre das, was sie zu sich genommen hatte, verdorben gewesen und müsste nun auf die eine oder andere Weise aus ihrem Körper heraus. Sie atmete durch die Nase ein und durch ihren Mund aus, wie sie das auch tat, wenn es Turbulenzen im Flugzeug gab. Als sie sich endlich wieder beruhigt hatte, griff sie zum Telefon und rief Birdie an, ohne ihr Gelegenheit zu einem Hallo zu geben.

»Birdie-Vögelchen, du kleine Schlange, du hast es mir nicht gesagt«, warf sie ihr vor und wiederholte, was Bob ihr erzählt hatte.

»Du hast mich ja nicht gefragt! Es ging mich doch nichts an«, rechtfertigte sich Birdie.

Sie war kein Klatschmaul, das wusste Astrid. Birdie wusste vermutlich einiges aus Heron Meadows, kannte die vielen Demütigungen des Alters, sprach aber nie darüber. Ein lustvolles Verlangen durchzuckte Astrid – sie wünschte sich, Birdie käme gleich jetzt vorbei, sie wollte den Kopf in ihren Schoß legen und weinen oder lachen oder beides. War dieses überwältigende Verlangen nach einer anderen Person, ohne die man nicht richtig funktionieren konnte, Romantik oder gegenseitige Abhängigkeit? Birdie machte ihre wöchentliche Nachbestellung im Salon, hatte aber angeboten, sie zum Bahnhof und dann nach Hause zu begleiten, was immer sie gewollt hätte. Sie hatte das ausgeschlagen. Ihr Umgang in der Öffentlichkeit war noch immer von Vorsicht bestimmt, aber sie war tatsächlich nicht vorsichtiger, als sie mit einem Mann zusammen gewesen wäre. Öffentliche Gefühlsbekundungen waren ihr ganz allgemein zuwider, außer wenn sie ihrem Ärger über Leute Luft machen wollte, die Regeln missachteten – wie etwa Autofahrer, die an Stoppschildern nicht wirklich stehen blieben, oder Leute, die die Hinterlassenschaften ihrer Hunde nicht beseitigten.

In einer Kleinstadt ein Geheimnis zu wahren war schwer, aber nach Astrids Erfahrung wurde alles leichter, wenn man als Frau erst mal über fünfzig war. Das war der Auslöser für ihre Tränen gewesen – auch Barbara hätte das gewusst.

Kapitel 7

August im Fegefeuer

August saß auf dem Rücksitz des elterlichen Wagens. Wie alles andere, was sie besaßen, war auch dieser bewusst alt gekauft, als bekämen die Dinge, wenn sie lange genug existiert hatten, zusätzlichen Wert und nicht umgekehrt. Sie betrieben einen Laden für Vintage-Kleidung und gebrauchte Möbel, und deshalb ging er davon aus, dass es stimmte, denn sie verkauften tatsächlich alte Sachen für mehr Geld, als sie wert waren. Obwohl er die Idee abstrus fand, musste er zugeben, dass das Auto etwas Besonderes war. Junge Leute mit Bärten und dunklen Sonnenbrillen ergingen sich in Ahs und Ohs, wenn es vorbeifuhr oder in Clapham irgendwo parkte. Es hatte die Größe eines Ozeandampfers und war so quadratisch wie ein aus Karton gebasteltes Spielauto. Sie nannten es Herold. Die Klimaanlage war kaputt, weshalb Augusts Scheibe ganz runtergekurbelt war und ihm der Fahrtwind das Haar ins Gesicht blies.

»Schätzchen?«, sprach seine Mom ihn an und drehte sich zu ihm um. Ihre Stimme war wegen des Windes kaum zu hören – ein Signal inmitten atmosphärischer Störgeräusche.

»Yep«, sagte August, ohne den Blick von den vorbeiflitzenden Bäumen abzuwenden.

Sie hatten die halbe Strecke bereits hinter sich und würden bald zum Mittagessen in Great Barrington anhalten, wie immer auf dem Heimweg vom Feriencamp. In einer Woche fing die Schule wieder an. Achte Klasse. August hätte sich gewünscht, bis fünf Minuten vor Schulbeginn im Feriencamp bleiben zu können. In der Schule war er mit lauter Leuten zusammen, die er während des Sommers völlig vergaß, manchmal sogar so gut, dass es ihn überraschte, ihnen im Herbst wieder zu begegnen, als wären sie gestorben und von den Toten auferstanden. Und das nicht, weil sie alle schrecklich waren – nur ein paar von ihnen waren das, wie die Mädchen, die beim jährlichen Erntefestumzug mitfuhren und dabei winkten, als würden sie für Miss America trainieren. Es waren einfach nicht seine Leute, und es tat gut, sich nicht mit Dingen umgeben zu müssen, die man nicht brauchte.

Seine Eltern sahen das anders. Sie waren von Natur aus Problemlöser und gingen davon aus, dass sich alles bewältigen ließ, wenn man es nur in Grund und Boden redete.

»Schätzchen?«, wiederholte Augusts Mutter. Sie bedeutete ihm, die Scheibe hochzukurbeln, was er widerstrebend tat, mit dem Ergebnis, dass der Straßenlärm mit einem dumpfen Laut ausgeschlossen wurde.

»Was denn?«

Jetzt konnte er die Musik hören, die sie vorne hörten, Paul Simon, der offizielle Soundtrack liberaler Eltern. Manchmal fragte August sich, ob man als Eltern womöglich ein Handbuch bekam, voll mit Musik und Büchern und Filmen, die man mögen sollte (Aretha, Chabon, Dokumentarfilme), und welche Gerichte man als köstlich anpreisen sollte, obwohl sie es eindeutig nicht waren (hausgemachter Hummus, Linsensuppe).

»Möchtest du darüber reden?« Sein Dad drehte sich herum und schlang seine Hände um die Kopfstütze.

»Worüber denn?« August strich die Haare hinter die Ohren.

»Du hast nicht aufgehört zu weinen, seit wir dich abgeholt haben.«

Sein Dad sprach mit sanfter Stimme. Er meinte es gut – sie meinten es beide gut. Es war nicht ihre Schuld.

»Ist mir gar nicht aufgefallen«, erwiderte August, und das stimmte.

Erwachsene – selbst die netten wie seine Eltern, die verstanden, dass ihre Kinder autonome Menschen und keine Roboter waren, geschaffen, um ihnen zu gefallen – konnten sich nicht mehr an die Zeit erinnern, in der sie in seinem Alter gewesen waren. Hier eine kurze Liste dessen, was es bedeutete: nackt mitten auf dem Times Square zu stehen. Nackt in eine Cafeteria zu gehen. Als Einsiedlerkrebs auf der Suche nach einer neuen Muschel über den Grund des Ozeans zu wuseln. Eine Babyschildkröte mitten auf einer sechsspurigen Autobahn zu sein. Sie begriffen nicht mal ansatzweise, wie sonderbar und seltsam und falsch er sich jeden Tag fühlte.

»Oh«, sagte seine Mutter. Sie griff nach hinten und legte ihre Hand auf sein Knie. »Hab dich lieb, mein Süßer.«

August kurbelte das Fenster wieder herunter, und sie ließen ihn bis zum Mittagessen in Ruhe.

Wenn das Feriencamp der Himmel und zu Hause die Hölle war, dann war Great Barrington das Fegefeuer, ein guter Ort, um anzuhalten und auf die Toilette zu gehen. Es gab gute Sandwiches und um die Ecke einen Laden mit mehr als gutem Eis. August wählte mit Bedacht ein Bällchen Minzschokochips in der Waffel mit Zuckerstreuseln in Regenbogenfarben, weil auch noch so viel Zucker nichts gegen seine Traurigkeit zu tun vermochte, und genau das wollte er, er wollte noch eine Weile traurig sein. Sie setzten sich drinnen an einen kleinen quadratischen Tisch, unter dem ihre Knie sich gegenseitig berührten.

»Du kannst dort im nächsten Jahr noch mal hin«, beruhigte ihn seine Mom.

Es fand ein interner Countdown statt. August hatte noch einen Sommer bis zur Altersgrenze. Seine Tage waren gezählt wie die eines Plüschtiers auf dem Bett eines Teenagers. Alle vermieden nach Kräften, darüber zu sprechen, und so fühlte sich dieser frühe Hinweis seiner Mutter auf das Ticken der Uhr wie ein Bruch mit der Etikette an – offenbar hatte er in ihren Augen so viel geweint, dass sie bereits jetzt, nach kaum zwei Stunden, auf das Versprechen auf den nächsten Sommer zurückgreifen musste.

Augusts Mutter Ruth hatte langes braunes Haar und langweilige Stirnfransen wie ein Teenager in den Siebzigern. Sie trug enge Jeans, ihre Zähne hatten keiner kieferorthopädischen Korrektur unterzogen werden müssen, und sie war immer, immer beliebt gewesen. Er beobachtete sie oft im Umgang mit Leuten – Eisverkäufern, Freunden, irgendwelchen Fremden in Lebensmittelläden – und fragte sich, wie das Leben wohl aussähe, wenn er so sein könnte wie sie. Jedes Jahr erzählte sie ihm, dies werde das Jahr, in dem er endlich Freunde an seiner Schule fände, nicht nur im Feriencamp.

Er brachte es nicht übers Herz, ihr zu sagen, dass dies so wahrscheinlich war, wie beim Jonglieren mit Bowlingkegeln vom Blitz getroffen zu werden. Es gab Mitschüler, die er tolerieren konnte, Leute, die er anrufen konnte, um sich im Krankheitsfall nach den Hausaufgaben zu erkundigen, aber sie waren keine Freunde. Sie waren Kollegen mit der Aufgabe, die Junior High zu überleben. In seinen kühnsten Träumen würde er seine Hochschulreife mit fünfzehn bekommen und dann direkt aufs College in New York oder San Francisco gehen, im Sommer als Betreuer im Feriencamp arbeiten und nur noch manchmal nach Clapham zurückkehren. Aber das erzählte er seiner Mutter nicht. Sie war der irrigen Annahme, dass er noch immer ein Kind war.

»Ich weiß«, erwiderte er.

Sein Dad rieb sich den Bart.

Es war viel los in der Eisdiele. Ihr Tisch stand direkt unter einem großen Schwarzen Brett voller handgeschriebener Zettel, die Dienste für Hundespaziergänge und Gitarrenunterricht anboten und auf denen Fotos von vermissten Katzen zu sehen waren.

»Oooh«, sagte Ruth und zeigte auf einen, der auf eine Haushaltsauflösung hinwies.

Das machte Augusts ganze Kindheit aus, immer folgte er seinen Eltern in muffige alte Häuser, gefüllt mit den Habseligkeiten von Toten.

»Auf jeden Fall«, rief John.

Er hatte sich erst in Ruth verliebt, dann in alte Sachen. Auf der Clapham Highschool war er Kapitän des Tennisteams gewesen, ein typischer Preppy mit Haaren, die ihm wie eine brechende Welle in die Stirn gefallen waren. Nach und nach hatte seine Mom dann die pastellfarbenen T-Shirt-Stapel im Schrank seines Vaters durch ältere Modelle derselben ersetzt, und jetzt war er fast genauso schlimm wie sie. Er trug so kurze Shorts, wie Väter sie beim Abholen ihrer Kinder vom Feriencamp in den 1980ern getragen hatten. Selbst wenn seine Eltern sich neue Kleidung kauften, sah diese bereits alt aus.

»Macht es dir was aus, Schätzchen?«, erkundigte sich seine Mom.

Aber es war nur eine rhetorische Frage. Schließlich war das die Arbeit der Sullivans. Sie kauften scheffelweise alte Sachen, die sich unter ihren Händen in etwas Begehrenswertes, etwas Neues verwandelten. August wünschte sich, seine Eltern könnten diesen Zauber auch bei ihm anwenden.

Es war ein kleines, von der Sonne ausgeblichenes blaues Haus und erinnerte an ein Boot, das jahrzehntelang im Salzwasser gelegen hatte. Vor der Garage standen ein paar Schaulustige, aber es ging nicht so verrückt zu wie sonst manchmal in den schickeren Vierteln, wo jede Menge Sammler wie seine Eltern die Hälse reckten, um wertvolle Dinge zu entdecken, die sie in ihre Schaufenster legen konnten. Dies hier war nur ein kleines Haus in einer kleinen Stadt, das auf die eine oder andere Weise ausgeräumt werden musste. August folgte seinen Eltern durch die Haustür. Er wusste, was zu tun war.

Als Erstes suchten sie nach Möbeln, weil die am meisten wert waren und etwas Wertvolles (eine Kredenz aus der Mitte des Jahrhunderts, antike Spiegel, Milchglaslampen) sich schnell verkaufte. Dann hielten sie Ausschau nach Gebrauchsgegenständen und Kleidern und Kunstwerken – in dieser Reihenfolge. Man glaubte gar nicht, wie viel manche für eine handgeschnitzte Holzente zahlten. Seine Eltern teilten sich auf, einer ging nach oben, einer blieb unten, die Augen immer auf Kniehöhe. August folgte seinem Dad nach oben und schlenderte in eins der Schlafzimmer.

Im Feriencamp hatte er dieses Prozedere seinen Freunden geschildert, die es einstimmig als verdammt gruselig empfunden hatten, dann aber doch immer wieder gern darauf zu sprechen gekommen waren, wenn sie als Gruppe Campingtrips unternommen und nachts ums Feuer gesessen und Marshmallows auf Stöcken geröstet hatten.

»Das heißt also, die Leute sind *tot*, oder?«, hatte Emily, seine beste Freundin, wissen wollen.

»Absolut tot. Jedenfalls gehe ich davon aus. Ich meine, sonst wär's doch ein Garagenflohmarkt, und sie würden mit der Bauchtasche dort sitzen und dir sagen, wie viel ihr Entsafter kostet.«

»Warum machen denn die Ehepartner oder die Kinder nichts mit all dem Zeug? Ich finde das so traurig, einfach die Tür zu öffnen und zu sagen: Nehmt euch, was ihr braucht!« Quinn hatte den Kopf geschüttelt.

»Ich denke, das ist ihre Art, damit umzugehen. Und einige Leute haben auch keine Männer oder Frauen oder Kinder. Oder die wohnen vielleicht weit weg.« Damit hatte er sie beruhigt, und alle waren in lähmendes Schweigen verfallen.

»Mist«, hatte Emily schließlich gesagt.

»Aber sie finden coole Sachen?«, hatte Quinn wissen wollen.

»Manchmal. Manchmal komische Puppen mit einem Auge. Die liebt meine Mutter sogar.«

Emily hatte ihm eine geklatscht und den Kopf dann in seinem Schoß vergraben. »O mein Gott, da krieg ich ja Albträume!«

Das Schlafzimmer mit der verblichenen Blümchentapete, das August betreten hatte, war fast leer. Ein schmales Bett stand darin mit einem Stapel muffiger Quilts darauf – die würde seine Mutter haben wollen. Auf einem Sims neben dem Fenster stand ein großes handgearbeitetes Puppenhaus, und August kniete sich davor. Auch das würde seine Mom haben wollen – im Miniaturbadezimmer hing eine Miniaturrolle Toilettenpapier. Solche Dinge liebte sie, Sachen, die jemandes Großmutter gemacht hatte. Die Püppchen waren verschwunden, aber das war unwichtig. An Püppchen war kein Mangel. Er drückte mit dem Finger gegen die kleine Schwingtür und sah zu, wie sie vor und zurück schwang, dann erhob er sich wieder.

Als Alternative zur Schule gab es natürlich Internate, aber die waren noch schlimmer. August hatte Bücher gelesen: Drogen, Essstörungen, Mord. Heimunterricht wäre auch eine Option, aber in Mathematik kannten seine Eltern sich nicht aus. Und auf der Highschool wurde es ja angeblich besser, oder? Die Teenagerrebellion musste ja was bringen. Und dann gab es noch die künstlerisch angehauchten Privatschulen im Hudson Valley, die seine Eltern sich aber nur leisten könnten, wenn sie tausend Puppenhäuser am Tag verkaufen würden. Ein Mädchen, deren Blog ihm gefiel, hatte ihre Eltern offenbar dazu überredet, ein Wohnmobil zu kaufen und während ihres Juniorjahrs auf der Highschool quer durch Mexiko zu fahren.

Seine Mutter steckte ihren Kopf herein und kreischte vor Entzücken, als ihr Blick auf die Quilts fiel. Wenn seine Eltern durch die Gegend fuhren, dann nur um nach noch mehr Zeug zu suchen, das sie verwurzelte. August zog den staubigen Vorhang beiseite und schaute aus dem Fenster. Im Feriencamp konnte er er selbst sein, und die Leute liebten ihn dafür. In der Schule war Kostümierung angesagt.

Seine Mutter fing an, die Quilts auf dem Bett zu durchsuchen und nach Farben und Mustern, die ihr gefielen, zu sortieren, um sie dann auseinanderzufalten und auf Flecken zu untersuchen. Sie ging darin auf, liebkoste die steifen Baumwollquadrate und dachte im Geiste bestimmt schon daran, wie viel sie dafür geben und später im Laden dafür nehmen würde, wenn sie die Beute nach Hause gebracht hatte.

August wandte sich einem Schrank zu, der offen stand, als wäre das Mädchen, das in diesem Raum gewohnt hatte, beim Anziehen einfach aus dem Leben gerissen worden. Es hingen nicht viele Kleider darin, die Bügel schwankten leicht, als August sie berührte. Er strich mit dem Finger darüber, befühlte den Stoff. Man konnte ganz einfach feststellen, ob etwas gut gemacht und Geld wert war, und das hatte wenig mit dem Etikett darin zu tun. Er verweilte bei einem weißen Kleid aus Nestelstoff und zog den Rock auseinander, damit er das ganze Ding sehen konnte.

»Hübsch«, sagte seine Mom, die ihm über die Schulter blickte. »Das können wir verkaufen. Sogar noch nach dem Labor Day.«

»Ich dachte, du hättest mich gemeint«, erwiderte August und klimperte mit den Wimpern.

»Immer«, sagte seine Mom und hauchte ihm einen Kuss zu.

Er hatte mehr Ähnlichkeit mit seiner Mutter als mit seinem Vater, eine Tatsache, die ihn glücklich machte. August gab den Kuss zurück und ahmte dabei

Ruths Mimik nach, was sie mit einem Lächeln beantwortete, ehe sie sich dem Puppenhaus zuwandte und sich vor Begeisterung gar nicht mehr einkriegte, genau wie er das vorhergesehen hatte.

Kapitel 8

Eine lustige Geschichte

Porter hatte einen Schlüssel fürs Big House, musste aber mehrmals ihre Taschen durchwühlen, um sich zu vergewissern, ob sie ihn auch bei sich hatte, bis sie ihn fand. Ihre Schwangerschaft empfand sie als eine Art Fugue-Zustand, weil sie häufig nicht mehr wusste, ob sie bereits ihre Zähne geputzt oder ihr Haar gewaschen hatte, und am Ende sicherheitshalber etwas zwei- oder dreimal machte oder mittags feststellte, dass sie nichts davon gemacht hatte. Sie streifte an der Tür ihre Schuhe ab und trat ein.

»Mom? Cecelia? Irgendjemand zu Hause?«

Sie wusste von einigen Freundinnen aus ihrer Jugendzeit, jenen, die die Stadt verlassen hatten, dass sie sich wie auf einer Zeitreise zurück in ihre Pubertät fühlten, wenn sie wieder zu ihren Eltern kamen und sich in ihren Kinderzimmern aufhielten, als würden die an die Wand geklebten Poster von Marilyn Monroe und Joey McIntyre sich gleich in das laufende Gespräch einmischen. Heimkommen und wieder Kind sein war ein Leichtes, wenn man dreihundertsechzig Tage im Jahr erwachsen sein konnte. Suchte man jedoch das Haus seiner Kindheit regelmäßig auf, war es viel schwerer, Vergangenheit und Gegenwart zu trennen – Nostalgie funktionierte nur aus der Distanz.

Porter freute sich, Cecelia zu sehen, die das Zweitbeste war, was ihr Bruder je zustande gebracht hatte, nachdem er ihr, als sie zur Highschool gegangen war, das richtige Drehen eines Joints beigebracht hatte, ungeachtet der Tatsache, dass er jünger war als sie. So war er immer gewesen – außergewöhnlich überzeugt von seinen eigenen Fähigkeiten. Bestimmt hatte er stundenlang im Dunkeln geübt, ohne dass sie es mitbekommen hatte. Sie hatte überlegt, ihren Bruder wissen zu lassen, dass sie schwanger war – er wäre mit Sicherheit das enthusiastischste Mitglied ihrer Familie –, aber obwohl sie sich noch lebhaft an den Tag erinnern konnte, an dem Cecelia geboren wurde, kam ihr die Erfahrung ihres Bruders jetzt vor wie ein ferner Kontinent, viel zu weit weg von ihrem wachsenden Bauch, als dass sie sich in derselben Sprache verständigen könnten. Nicky war dreiundzwanzig gewesen, selbst noch ein Kind. Nichts von seiner Erfahrung war mit ihrer vergleichbar. Nicht anders war es bei Elliot, der eine Ehefrau mit einem Plan und Checklisten und bereits in der fünfundzwanzigsten Woche eine fürs Krankenhaus fertig gepackte Tasche neben der Tür stehen hatte. Es war leichter, das Geheimnis drin zu behalten. Denn dort war das Baby schließlich.

Sie konnte das Hinterteil ihrer Mutter vor der Küchentheke in der Luft wackeln sehen, auf der sie die Ellbogen aufgestützt hatte, das Telefon zwischen Ohr und Schulter eingeklemmt wie ein Teenager aus den Fünfzigerjahren. Astrid flüsterte.

»Mom?«, wiederholte Porter.

Sie war versucht, behutsam Astrids Rücken zu berühren. Doch erschrecken wollte sie ihre Mutter nicht – sie war fast siebzig und immer stark und fit beinahe bis zur Unsterblichkeit gewesen, doch seit sie über Wesley Drewes von Barbara Baker erfahren hatte, schien ein plötzlicher Tod auf einmal wahrscheinlicher zu sein, obwohl er statistisch gesehen natürlich weiter weggerückt war. Jedenfalls war Porter nervös.

Astrid wirbelte herum. »Oh, hi!«, rief sie. »Okay«, sprach sie ins Telefon. »Pass auf, Porter ist gerade zur Tür hereingekommen, ich melde mich später noch mal bei dir, okay? Also gut. Ja. Ich auch. Vielen Dank. *Bye-bye.*«

»Wo ist Cecelia?«, fragte Porter und stellte eine Schachtel mit Gebäck auf der Küchentheke ab.

Ihre Mutter wickelte sich aus der Telefonschnur, indem sie dieser zur Wand folgte und dann den Hörer auflegte.

»Sie ist oben und duscht wohl. Du wirst es nicht glauben, aber ich habe Bob angerufen. Das von Barbara hast du gehört, oder?« Porter nickte. »Ich rief Bob an, um ihm mein Beileid auszusprechen, weil ich ja direkt vor Ort war, weißt du, und stell dir vor, was er mir erzählt hat!« Astrids Mund öffnete sich zu einem breiten klaffenden Kürbisschlund. »Barbara hatte ihn gerade erst verlassen und war zu ihrer Mutter ins Heron Meadows gezogen, ins Altenheim! Ihre Mutter ist so neben der Spur, die Arme, dass sie Barbara womöglich für ihre neue Pflegerin hielt. So was Verrücktes habe ich noch nicht gehört.« Astrid schnaubte geradezu.

Porter öffnete die Schachtel und aß eins der Teilchen, die sie mitgebracht hatte, hielt die Hand darunter, um die Krümel aufzufangen. »Soll das etwa lustig sein?«

Astrid winkte ab. »Nichts ist lustig, alles ist lustig … Das ist Leben! Das Leben entscheidet anscheinend darüber, dass deine demente alte Mutter eine lustigere Gesellschaft ist als dein Ehemann nach fünfunddreißig Jahren und du dann von einem Schulbus überfahren wirst. Womöglich hat sie ihre Scheidungspapiere zur Post gebracht, was meinst du? Ich werde Darrell fragen. Er bringt die Post in den Friseursalon, ich wette, er weiß es. Dieser Briefkasten muss an seiner Route liegen.«

»Du redest wie eine Verrückte, Mom.«

»Na ja«, ihre Mutter rückte ihre Frisur zurecht, »ich bin eben ein neugieriger Mensch.«

»Es gibt da etwas, worüber ich mit dir sprechen wollte, Mom«, sagte Porter.

Sie öffnete den Kühlschrank und spürte, wie sich auf ihren Armen die Härchen aufstellten. Sie schloss die Augen und redete sich ein, nur mit den Eiern zu sprechen. Wäre ihr Vater hier, hätte er sich in Erwartung dessen, was sie zu sagen hatte, vor Aufregung die Hände gerieben. Wäre ihr Vater hier, wäre sie noch viel zu jung, um ein Baby zu bekommen.

»Hi, Porter!« Cecelia kam auf Socken in die Küche geschlichen.

Porter drehte sich um und schloss Cecelia in ihre weit geöffneten Arme. Elliots Kinder waren richtige Monster, Wesen, denen sie zutraute, dass sie einmal heuchlerische und boshafte Wirtschaftsstraftaten begingen, aber Cecelia war vermutlich der entscheidende Grund dafür gewesen, warum sie ein Baby haben wollte – jemand so Klugen, so Witzigen, so Aufmerksamen, dem man sich zu immerwährender Liebe verpflichtete. Sie wusste nicht, ob sie Cecelia klonen, adoptieren oder sie sein wollte. Vielleicht alles zusammen.

»Wie war die Zugfahrt? Wie geht's meinem bekloppten Bruder?«

Sie küsste Cecelia wie Juliette erst auf die eine, dann auf die andere Wange.

»Es geht ihm gut. Die Zugfahrt war okay. Ich hab es bis zu der Stelle geschafft, wo Harry und Hermine zum Haus seiner Eltern gehen und die Frau sich in eine Schlange verwandelt. Ich hab ein Truthahnsandwich mit einem schleimigen Salatblatt und einer ekelhaften Tomate gegessen und hab jetzt vermutlich eine Lebensmittelvergiftung.«

Achselzuckend lehnte Cecelia sich gegen die Theke und legte sich dann mit dem Brustkorb flach auf den Granit. In den Monaten seit sie ihre Nichte das letzte Mal gesehen hatte, war diese zum Teenager herangereift und nahm demgemäß jetzt anscheinend zu den Dingen eine indifferente Haltung ein. Bei ihrem letzten Besuch in der Stadt – an Weihnachten, acht Monate zuvor – war das noch nicht so gewesen, und der Anblick eines schmollenden Teenagers in der Küche, in der sie selbst auch ein schmollender Teenager gewesen war, ließ ihr Herz schneller schlagen.

»Lass mich dieses Kind zum Mittagessen entführen.« Sie griff nach Cecelias Hand. »Ich freu mich so, dich zu sehen, Hühnchen.«

»Bitte nenn mich nicht Hühnchen«, sagte Cecelia, lächelte aber dabei.

»Porter«, sagte ihre Mutter, die wohl wieder zu ihrer ihr eigenen Strenge zurückgefunden hatte. »Das Haus ist voll mit Essen! Aber schön. Ich habe übrigens auch etwas mit dir zu besprechen.« Birdie würde nichts dagegen haben – Birdie wäre begeistert.

»Es ist nichts Wichtiges«, sagte Porter.

Cecelia hielt den Kopf schief wie ein Hund. Sie fühlte sich an ihre Eltern erinnert, wenn diese versuchten, sich nicht vor ihr zu streiten, sondern nur ihre Münder öffneten und schlossen wie Fische an Land. Sie nahm sich eine der Apfeltaschen aus der Schachtel und biss hinein.

»Wollt ihr unter euch sein? Ich kann in meinem Zimmer warten.« Sie sah erst Astrid, dann Porter an.

»Du bist ein ganz wunderbarer Mensch«, sagte Porter. »Ernsthaft. Wie kommt's, dass du so reif bist auf einmal? Einfach großartig. Sollen wir gleich in der Stadt was essen gehen?«

Schwangere wie Teenager konnten jeden Tag unbegrenzt Mahlzeiten zu sich nehmen, denn ihre Körper leisteten Schwerstarbeit, um sich in etwas Neues zu verwandeln.

»Gern«, sagte Cecelia. Sie eilte zurück zur Treppe.

Porter wartete mit ihrer Mutter, bis sie verschwunden und das Zuschnappen der Tür zu hören war – der Tür von ihrem Kinderzimmer.

»Ich denke, wir sollten Elliot und seine Familie am Wochenende zum Brunch einladen«, sagte Astrid. »Wirst du kommen? Ich werde auch Birdie einladen. Du kennst doch Birdie, oder? Und natürlich wird Cecelia hier sein.«

»Ich bin schwanger, Mom, und natürlich kenne ich Birdie, sie schneidet dir seit Jahren die Haare, und du triffst dich mit ihr jeden Montag zum Mittagessen«, sagte Porter.

»Was?«, fragte ihre Mutter.

»Ich bin schwanger«, wiederholte sie. »Oder bezieht sich deine Frage darauf, dass ihr, du und Birdie, zusammen zu Mittag esst?«

»Entschuldige, Porter«, sagte Astrid. »Als ich das letzte Mal mit dir über so was geredet habe, bestand noch keine Gefahr. Wir hatten ein Gespräch, auch über Kondome, das weiß ich noch gut. Es ist lange her, aber die Grundkenntnisse dürften dir noch geläufig sein, oder? Was ist passiert? Erzähl.« Astrid zog den Reißverschluss ihrer Jacke auf und wieder zu. Sie strich ihr Haar zurück. Es war früher dunkel gewesen, jetzt glänzte es silbern wie eine polierte Glocke. Mit so einer Neuigkeit hatte sie nicht gerechnet. Sie dachte wieder an Barbara Baker, die so lange am Rande ihres Gesichtsfelds gedümpelt hatte. In einem Moment konnte alles vorbei sein. Sie könnte sich ändern, noch war Zeit. Astrid dachte an Birdie und wie sie sich fühlte, wenn sie allein zusammen waren. Sie wollte eine andere Mutter sein als die, die sie gewesen war. War das so schwer? »Heutzutage ist es nicht mehr so problematisch wie zu meiner Zeit, die Folgen zu beseitigen. Das machen viele Frauen durch.«

»Ich habe mich für eine Schwangerschaft entschieden. Ich werde das Baby bekommen. Ganz allein.« Porter spürte, wie ihr Körper sich aufzuheizen begann, es strahlte von ihrer Brust aus, ein sich rasch ausbreitender Waldbrand. Sie stemmte die Füße fest in den Boden und drückte die Hände auf die kühle Granitplatte. Dann sagte sie, was sie vor dem Badezimmerspiegel einstudiert hatte. »Ich habe lange darüber nachgedacht, und es ist die richtige Entscheidung für mich. Ich weiß, dass du so etwas nicht getan hättest, aber dies ist meine Entscheidung, und ich hoffe, du kannst sie unterstützen. Du wirst noch ein Enkelkind bekommen.«

Es hörte sich an, als hätte sie nachsitzen müssen, aber es gab keine andere Möglichkeit, das zu sagen. Da war ein Baby in ihrem Leib, und sie hatte es dort hineinsetzen lassen. Das war ein weiteres Nebenprodukt, wenn man in seiner Heimatstadt blieb: Die Eltern waren nicht in Bernstein erstarrt in dem Moment, als man ging, um so eine ordentliche Trennlinie zwischen Eltern und Kind zu gewährleisten. Porter konnte die Person, die ihre Mutter jetzt war, nicht von der unterscheiden, die sie in ihrer Kindheit gewesen war. Vielleicht erkannte Nicky die Unterschiede, wie sie die Unterschiede in Cecelia erkannte, weil sie sie länger nicht gesehen hatte. Nicht dass es jetzt darauf ankäme – sie und ihre Mutter waren erwachsen. Der Einstieg ins Gespräch hatte ihr Angst gemacht, aber jetzt, da der Zug auf den Schienen war und sich bewegte, konnte sie nicht mehr abspringen, und das war gut so.

»Wer ist der Vater? Bist du wieder mit Ryan zusammen? Es ist doch nicht etwa Jeremy Fogelman?« Ihre Mutter hatte keinen von Porters Freunden leiden können, niemand hatte das. Sie schüttelte den Kopf, als könnte sie die Neuigkeiten abschütteln, wenn sie nur heftig genug widersprach. »Du bist doch erst Ende dreißig. Ich versuche, einfühlsam zu sein, ich möchte es verstehen. Kannst du mir helfen, es zu verstehen? New Yorker Mädchen sind in deinem Alter noch nicht mal verheiratet, du bist nicht zu spät dran. Du wirst jemanden kennenlernen, und was dann? Er wird dann Stiefvater? O Gott.« Astrid begann, Rechnungen anzustellen. »Wie weit bist du? Du wirst es auf jeden Fall behalten? Es ist nämlich nicht so, dass ich mich nicht weiterentwickelt hätte, Porter. Immerhin habe ich drei Kinder großgezogen und weiß, dass es kein Job für eine Person allein ist. Warum hast du denn nie mit mir darüber gesprochen? Wie lange hattest du das schon geplant?«

»Mom. Natürlich *behalte* ich es, ich habe dafür *bezahlt*, dieses Wesen zu erschaffen und in meinen Körper setzen zu lassen. Und der Vater ist ein Mensch. Ein Mann. Irgendwo draußen in der Welt. Wenn das Kind achtzehn ist, kann es über die Samenbank Kontakt zu ihm aufnehmen, und dann werden wir schon sehen. Ich weiß, dass dir das nicht gefällt, aber es ist nun einmal so.« Sie atmete tief durch. Das war der

Grund, weshalb sie gezögert hatte, es ihrer Mutter zu erzählen. Astrids Standard, den sie an alle und alles legte, war derselbe wie der, den sie an sich selbst legte, und das ließ keinen Platz für Irrtümer. »Und wie kamst du auf Jeremy Fogelman? Das ist absurd. Deshalb hab ich es dir auch nicht erzählt, ich wusste, dass du so reagieren würdest, und wollte vermeiden, dass du es mir ausredest. Das sind *gute Nachrichten*, okay?«

Ihre Mutter starrte sie an. »Weißt du, du warst schon immer so. Alles musste nach deinem Kopf gehen. Erinnerst du dich noch an das Jahr, in dem du Erntekönigin warst und alle anderen auf dem Wagen auf einer niedrigeren Ebene als du stehen mussten, damit du die Größte sein konntest?« Astrid setzte sich auf einen Stuhl am Küchentisch und holte ein hart gekochtes Ei aus einem Körbchen. Sie schlug es gegen die Tischkante und fing an, die Schale abzupellen. »Du glaubst, das mit bloß zwei Armen und zwei Händen hinzubekommen. Vielleicht klappt es ja.«

Porter verfolgte, wie ihre Mutter aus den Eierschalen ein kleines Häufchen machte. »Ich habe dir schon hundertmal gesagt, dass der Wagen in dem Jahr so konstruiert war, dass es im oberen Teil nur Platz für eine Person gab.«

»Hm«, machte Astrid. Sie streute Salz auf die glatte Haut des Eiweißes und biss ein wenig davon ab. »Es hat mir ja gefallen, dass du da oben standest und in diesem grünen Kleid wie die Freiheitsstatue aussahst.«

»Danke.«

Hätte ihre Mutter auf diese Weise mit einem ihrer Brüder gesprochen, hätten sie den Raum verlassen. Vermutlich lag es daran, dass sie als das einzige Mädchen immer alles recht machen wollte, von der Außenwelt konditioniert, sanft und mit einem Lächeln auf alles zu reagieren, was nicht direkt körperlich schadete. Es war wichtig, gut auszukommen, und Astrid hatte Mittel und Wege. Nicky war abgehauen, um ihr zu entkommen, und Elliot wollte in die Fußstapfen dessen treten, was ihm von ihrem Vater in Erinnerung geblieben war, die Vorstellung, die sich ein Anfang Zwanzigjähriger von einem erwachsenen Mann machte, eine Ken-Puppe, die Rechnungen zu bezahlen hatte. Und so blieben noch sie selbst und ihre Mutter.

»Brauchst du einen Arzt? Zu wem gehst du?«, fragte Astrid.

»Dr. Beth McConnell in Northern Dutchess«, sagte Porter.

»Ich kenne Beth«, sagte Astrid. »Sie hat im letzten Jahr im Krankenhaus bei unserem Jahresessen einen Vortrag gehalten.«

»Und jetzt kannst du es nicht fassen, dass sie dich nicht angerufen hat.« Porter rollte mit den Augen.

Cecelia kam zurück ins Zimmer gehüpft und schwang ihren Rucksack im Kreis. Astrid blickte von ihrem Ei auf und wackelte mit einem Finger.

»Wir unterhalten uns später weiter«, sagte Porter. »Tschüs, Mom.«

»Auf Wiedersehen, meine Liebe. Schnall dich an.«

Und dann erhob sich Astrid, fegte sämtliche Eierschalen in die eine Hand und schickte ihr dann mit der anderen eine Kusshand hinterher, die spontanste Zuneigungsbekundung seit Porters letztem Geburtstag.

Es war ein Anfang.

Kapitel 9

Kleine Rotkäppchen

Das Northern Dutchess Hospital befand sich in Rhinebeck, der Nachbarstadt nördlich von Clapham. Dass es ein Bau der Achtziger war, verrieten die Glasziegel. Porter parkte auf dem überdachten Parkplatz und durchquerte dann die in mehreren Pastelltönen gestrichene Lobby, die das Krankenhaus gleich viel weniger antiseptisch anmuten ließ als in solchen Gebäuden üblich und den Eindruck erweckte, hier könnte gleich eine geschlechtsneutrale Babyparty stattfinden. Die Geburtshilfestation lag im ersten Stock. Sie hatte sich die Kreißsäle zeigen lassen, die alle auf den Parkplatz hinaus gingen, vermutlich weil man sich hier ohnehin nicht lange aufhielt und wohl kaum über den fehlenden Ausblick beklagen würde, wenn man ein Baby zum Anschauen hatte. Porter war zehn Minuten zu früh und setzte sich auf einen Stuhl im Wartebereich.

In Wartezimmern voller schwangerer Frauen und Frauen, die schwanger werden wollten, wurden mehr Geheimcodes ausgetauscht, als in der Aktentasche eines Spions Platz hatten. Porter tippte Notizen in ihr Telefon, unter dem Vorwand, die Erfahrungen des

Schwangerseins festzuhalten, aber vor allem weil sie als Single vor den anderen Frauen, die mit ihren Partnern hier waren, einen beschäftigten Eindruck machen wollte. Die einzigen Frauen, denen wirklich alles egal zu sein schien, waren die, die bereits ein oder zwei Kinder zu Hause hatten, Anrufe von Babysittern entgegennahmen und Fragen zum Süßigkeiten- oder Internetkonsum beantworteten. Sie breiteten ihre Habseligkeiten aus, als wär's ihr Wellnesstag, überglücklich, dass keiner sie antatschte, es keinen Po abzuwischen und keine rätselhaft klebrigen Finger zu säubern gab.

Junge Frauen, die mit ihren Partnern hier waren, streichelten in der Gewissheit, von diesen abgöttisch geliebt zu werden, seelenruhig ihre Babybäuche, als wären es riesige Diamantringe. Alle Altersstufen innerhalb der Bandbreite der Fortpflanzungsmöglichkeit waren vertreten. Manchmal sah man auch aufgeregte, händchenhaltende Teenager, offenbar weniger in Erwartung, vom Arzt aufgerufen zu werden, als in Sorge, dass gleich der Film losging und sie zu spät kämen. Manche Paare stritten schweigend miteinander, das Gesicht der Frau verkrampft wie eine wütende Faust, und Porter machte sich einen Spaß daraus, sich vorzustellen, was ihr Ehemann oder Freund gesagt haben mochte. Diese Paare waren ihr die liebsten.

Dann gab es auch Frauen, die wie sie allein kamen und ihr erstes Baby zu erwarten schienen. Sie waren verkrampft, knabberten an ihren Nägeln und trugen Sorgenfalten auf der Stirn. Porter kontrollierte ihre Finger immer auf einen Ring, aber meistens war da keiner. Wenn sie keinen fand, sah sie genauer hin. Waren sie jünger oder älter? Waren ihre Bäuche so dick, dass womöglich ihr ganzer Körper einschließlich ihrer Finger angeschwollen war? Natürlich gab es Schwangere, die vorübergehend ihre Ringe ablegen mussten, weil ihre Finger zu dick geworden waren. Dann prüfte sie, ob sie eine Halskette trugen. Eigentlich wollte sie das nicht. Sie war um Gleichgültigkeit bemüht. Es gab eine Gruppe freiwillig alleinerziehender Mütter, die ihre Ärztin ihr empfohlen hatte, zusammen mit einer ganzen Liste von Geburtsbegleiterinnen und Kinderärzten, aber sie hatte sich auf eine oberflächliche Internetrecherche beschränkt. In den fast fünf Monaten ihrer Schwangerschaft hatte sie nur drei andere Frauen gezählt, die ihrem Profil entsprachen.

Porter kramte in ihrer Einkaufstasche nach ihrem Buch. Sie versuchte, die Art von Frau zu sein, die sie gern zur Mutter gehabt hätte – belesen, aufgeschlossen, so etwas. Harriet war Mitglied in einem Buchklub in Oregon und schickte ihr immer Empfehlungen. Dieses hier war ein Roman über einen Buchladen in Paris, der jüdische Kinder versteckte, die den Nazis entkommen waren, und es gab einen Zaubervogel, der sprechen konnte. Das wusste Porter alles aus Harriets E-Mail – sie selbst hatte es erst bis zur fünften Seite geschafft und steckte dort schon eine Weile fest. Das Buch hatte sechshundert Seiten – wenn sie in diesem Tempo weiterlas, wäre sie damit durch, wenn ihr noch ungeborenes Kind seinen Highschoolabschluss machte.

Eine Krankenschwester kam und rief einen Namen. Eins der Schmusepaare ihr gegenüber stand auf und setzte sich so strahlend in Bewegung, als hätte es in der Lotterie gewonnen. Porter verdrehte die Augen und hörte, dass jemand lachte. Mit einem Ruck sah sie in einen etwas versteckt liegenden Bereich des Wartezimmers, wo die besonders traurig wirkenden Frauen Platz zu nehmen pflegten (die traurigen Frauen auf jeder Geburtshilfestation waren immer die ohne Bauch, nicht mal solche mit dem zusammengeschrumpften Basketball eines früheren Bauchs, jene, die noch immer enttäuscht auf der Toilette saßen, wenn sie monatlich ihre Regel bekamen). Sie sah eine Frau in sich hineingrinsen.

»Ich hab das gesehen«, sagte sie. »Hi, Porter Strick.« Die Frau hatte eine ähnliche Wölbung wie sie selbst, ein zunehmender Mond. Ihr breites Lächeln entblößte eine Lücke zwischen den Zähnen.

»O mein Gott, Rachel, was machst du denn hier?« Porter erhob sich so rasch, dass ihr Buch zu Boden fiel. Sie schob es aus dem Weg und ließ es dort liegen.

Rachel war von der siebten bis zur elften Klasse ihre beste Freundin gewesen. Sie hatten sich zu Halloween dreimal für die gleiche Kostümierung entschieden (Rotkäppchen, Maiskolben, Vampirfrauen). Rachels Eltern waren während des elften Schuljahres nach Chicago gezogen, und sie hatten sich aus den Augen verloren. Das war noch vor dem Internet gewesen, und keine war schuld daran. Porter wusste, dass Rachel seit ein paar Jahren wieder zurück war, aber sie waren nicht zusammengekommen. Jede hatte ihren Freundeskreis und ihr Leben gehabt, und Ausreden gab es immer. Oder besser gesagt, es hatte sich nie ein Grund ergeben, wieder in ihre Freundschaft einzutauchen.

»Was denkst du, dass ich hier mache? Meine Steuern?« Rachel stand auf, um Porter zu umarmen, und ihre Schwangerschaftsbäuche prallten mit einem befriedigenden *Boing* aneinander. »Lass mich dich ansehen!« Sie trat, Porter noch immer an beiden Händen haltend, zurück, um sie zu mustern. »Du siehst großartig aus. Toll. In der wievielten Woche bist du?«

»In der zwanzigsten.«

»Ich auch! Na ja, in der einundzwanzigsten. Zwillinge! Ich meine uns beide. Ich bekomme Gott sei Dank keine Zwillinge. Ich finde das toll. Wie aufregend! Wo wohnst du denn jetzt? In der Nähe deiner Mom? Ich … äh … wir auf der Nordseite, Clapham Heights, aber weiter weg vom Wasser. Richtung Bard.«

Rachels Wangen waren rosig. Sie trug ein Fleetwood-Mac-T-Shirt und wirkte ein wenig chaotisch, als trüge sie versehentlich zwei verschiedene Socken, und Porter war sofort von erinnerter und erneuter Liebe erfüllt: Liebe ohne Umwege, im Muskelgedächtnis gespeicherte Liebe.

»Und dein Mann, was machte der noch mal?«

Porter hatte ein paar Facebook-Informationen – sie hatte jemand Kleinen, Dunkelhaarigen vor Augen wie Rachel, wusste aber keine Einzelheiten.

Rachel hielt ihre Hand hoch – Porter hatte sie nicht überprüft – und wackelte mit ihren unberingten

Fingern. »Im Moment ist er vermutlich mit anderen Leuten beschäftigt. Genau weiß ich es nicht.« Und dann brach sie in Tränen aus, und ihr Schluckauf hallte durch den Raum. Sie hätten ihn für solche Situationen schallisolieren sollen, überlegte Porter als sie Rachel in die Arme schloss. Das kam sicherlich ständig vor.

Nach ihren Untersuchungen saßen Porter und Rachel in der Krankenhauscafeteria und tauschten sich bei einem mittelmäßigen Mahl aus Makkaroni mit Käse, Eisbergsalat und Kartoffelchips aus. Einige Jahre ließen sich ganz einfach in einem oder zwei Sätzen zusammenfassen – Chicago war kalt, aber aufregend, Rachel war aufs Vassar-College gegangen, ihr jüngerer Bruder war verheiratet und lebte in Oakland, sie unterrichtete Englisch an der Clapham Junior High und das die meiste Zeit auch gern. (»Oh! Vielleicht unterrichtest du dann auch meine Nichte Cecelia!«, hatte Porter sie unterbrochen und in die Hände geklatscht). Aber für die neuere Vergangenheit brauchten sie eine Weile.

Wie sich herausstellte, waren Rachel und ihr Ehemann Josh vor ihrer Heirat fünf Jahre lang immer mal wieder zusammen gewesen und hatten dann ziemlich schnell versucht, ein Baby zu bekommen. Rachel hatte eine Fehlgeburt gehabt, dann noch eine, bevor man dahinterkam, dass sie, wie sie es nannte, einen »ängstlichen Uterus« hatte, der in Kombination mit Joshs niedriger Spermienzahl die Befruchtung erschwerte. Sie hatten es mit intrauteriner

Insemination versucht, ohne Erfolg, dann mit künstlicher Befruchtung, was drei Runden gedauert hatte. Porter wusste, was das bedeutete – viele Einstiche, viele Bluttests, das Pinkeln in Pappbecher. Sie kommentierte es mit einfühlsamen Lauten. Als Rachel endlich schwanger geworden war, war sie erleichtert gewesen, glücklich und erschöpft. Sie hatte jede freie Stunde, die sie nicht an der Schule zubrachte, geschlafen, genau, wie es sein sollte. Dann hatte sie eines Tages zufällig einen Blick auf das Handy ihres Ehemanns geworfen und jede Menge Textnachrichten entdeckt, ausgetauscht mit einer Frau, deren Namen ihr nichts sagte.

»Was stand drin?«, fragte Porter nach.

»Nichts Gutes. Nicht etwa, welches Geburtstagsgeschenk würdest du als Frau und Freundin für meine Frau empfehlen? Nein, das Üble. Wie etwa, ich möchte dein Arschloch lecken, während du auf meinem Gesicht sitzt.«

»Neieiein«, empörte sich Porter und zog die Nase hoch.

Rachel schob sich eine Handvoll Kartoffelchips in den Mund. »Oh«, sagte sie kauend. »Doch. Und er konnte es nicht abstreiten. Was hätte er auch tun sollen? Mir das Handy aus der Hand reißen und eine Droge verabreichen, wie man sie vor einer Darmspiegelung bekommt? Wohl eher nicht.«

»Und was jetzt?«

Rachel gab der Chipstüte einen Schubs, damit Porter besser drankam. Sie würde eine gute Mutter werden.

Porter legte sich zwei der salzig-süßen Chips auf die Zunge und zermalmte sie dann wie ein Monster, dem was in die Falle gegangen war. In einem kleinen Winkel ihrer Seele fand sie die Geschichte aufregend. Es war ihre hässliche Seite, für die sie sich zwar schämte, die aber dennoch zum Vorschein kam.

»Ich hab ihn rausgeworfen. Er wohnt jetzt im Haus dieser blöden Freundin in Kingston. Meine Mom ist gekommen, sie hat mir geholfen, mich an die neue Situation zu gewöhnen, sie wird auch da sein, wenn das Baby zur Welt kommt. Bleibt dann wohl sechs Monate oder so. Es ist einfach alles zu viel für mich. Ich möchte mich beschützt fühlen, glücklich und gut vorbereitet sein. Das allein durchzuziehen habe ich nie im Sinn gehabt. Nichts für ungut. Darf ich dich was fragen?«

Porter klatschte sich die Krümel von den Händen. »Frag nur.«

Dass Astrid bei ihr einziehen würde, könnte sie sich niemals vorstellen. Vorstellbar wäre, dass Astrid ihr die Telefonnummer einer angesehenen Nanny-Agentur oder einer Frau geben würde, die Babys beibrachten, wie man schlief, aber dass Astrid selbst ihr behilflich sein würde, nein, niemals. Und wenn sie es in einem Paralleluniversum doch täte, was würde sie dann machen? Würde sie ihre Tochter auf all das hinweisen, was sie falsch machte? Dass sie überall leere Teetassen rumstehen ließ etwa? Oder würde sie ihr sagen, dass sie essen sollte, während das Baby aß, und schlafen, während das Baby schlief? Astrid wusste immer alles besser, und das war anstrengend.

»Wer ist der Vater? Oder warst du bei einer Samenbank? Findest du die Frage zu persönlich?«

Die Neugier, die aus Rachels Blick sprach, war zielgerichtet, aber auch allgemeiner Natur. Porter sah die Zukunft deutlich vor sich: Rachel würde mit Bastelpapier und Pappschachteln werkeln und Pfannkuchen in Form von Elefanten zubereiten. Egal, was für ein Trottel ihr Ehemann war, es war unwichtig. Rachel würde es großartig hinkriegen.

Porter hatte es bis auf ihrer Mutter noch niemandem erzählt. Ihre Geburtshelferin wusste es. Ihre Fachärztin für Reproduktionsmedizin wusste es. Die Arzthelferinnen wussten es. Aber sonst keiner. Es war schon komisch, dass schwanger sein bedeutete, die intimsten Körperregionen und Informationen vor vielen Leuten offenzulegen, die einem eigentlich allesamt fremd waren. Wohingegen es so viel schwerer war, jemandem davon zu erzählen, der andere Teile ihres Lebens kannte.

»Es ist nicht zu persönlich, du hast ja gefragt. Ich war bei einer Samenbank.«

»Weißt du, ich sage dir ganz ehrlich, dass sich das für mich nie verlockender angehört hat als genau jetzt. Die Gene meines Mannes sind gut, er sieht gut aus, ich mag seine Eltern, was auch immer. Aber die Vorstellung, ich könnte all das auch haben, ohne jemals wieder mit ihm sprechen zu müssen, wow, das wär toll.«

Porter errötete vor Erleichterung, es jemandem erzählt zu haben, der ihr etwas bedeutete und positiv darauf reagiert hatte, eine Reaktion, mit der sie so nicht gerechnet hatte. Sie stieß mit Rachel an.

»Ich danke dir. Wir werden sehen. Ich bin mir sicher, deswegen irgendwann später mal ernsthafte Gespräche mit meinem Kind führen zu müssen, aber die kommen schließlich auf jeden zu – auf Adoptivkinder, Trennungskinder, Eltern, die ihren Kindern beibringen müssen, dass ihre Großmutter von einem Schulbus überfahren wurde. Für mich war es das Richtige und auch der richtige Zeitpunkt. Weißt du, was komisch ist? Als eins von drei Kindern dachte ich immer, ich würde auch drei bekommen, aber jetzt kann ich mir das nicht mehr vorstellen. Passieren könnte es theoretisch noch, ja, aber die Wahrscheinlichkeit spricht eher dagegen.«

»O Mann«, sagte Rachel. »Ja. Ich bin immer davon ausgegangen, dass wir ein paar bekommen würden, aber jetzt … Ich weiß nicht. Da hab ich mir noch nicht wirklich Gedanken drüber gemacht.«

»Behalt es aber für dich, bitte. Du erzählst es doch keinem? Tu es nicht, okay? Noch weiß niemand von dem Baby. Oder dem Spender.«

Porter befürchtete, verschämt zu klingen oder als ob es ihr peinlich wäre. Nichts dergleichen traf zu, sie dachte nur voraus. Im Moment fühlte sich das Baby noch wie ein Geheimnis an, das in ihrem Körper versteckt war, und sie wollte beides vor der Außenwelt beschützen, unabhängig von der Wetterlage.

»Auf die Schwestern, die es selbst in die Hand nehmen«, sagte Rachel, trank einen großen Schluck Wasser und rülpste. »Beim nächsten Mal dann mit Alkohol. Stell dir vor, wen ich vor Kurzem im Lebensmittelgeschäft getroffen habe! Jeremy. Deinen Freund.«

»Als wir auf der Highschool waren.« Porters Wangen brannten.

»Ja, aber dennoch. Ich weiß nicht, ob es an meinen Hormonen oder so liegt, dass ich im Moment alle Männer hasse, aber er sah irgendwie süß aus. Ein Arsch war er immer, aber ein süßer Arsch.«

»Ja«, bestätigte Porter. »Süß ist er. War er immer. Er hat auch eine süße Frau und süße Kinder. Einen süßen Hund. Vermutlich sogar süße Mäuse unter den Dielenbrettern.«

Ein Bild des halb nackten Jeremy tauchte vor ihrem geistigen Auge auf. Sie hatte gehört, dass die Schwangerschaft Frauen scharfmachte, was sie bis jetzt als unsinnig abgetan hatte, denn bisher hatte sie nur Lust auf Säureblocker und Salzcracker gehabt. Aber in ihren Gedanken war Jeremy Fogelman, ihre erste Liebe, sexuell prägend gewesen. Beim Erwachsenwerden ging es darum, sich von den Kindheitserfahrungen zu distanzieren, in der Annahme, dass sie unwichtig waren, nur um dann zunehmend festzustellen, dass sie allein zählten und neunzig Prozent des ganzen Seins ausmachten. Wenn man sich nicht mehr erinnern konnte, was man bei diesem einen Wahrheit-oder-Pflicht-Spiel in der zehnten Klasse empfunden hatte, wer war man dann? Es war schön zu wissen, dass diese tief in den Körper einschneidenden Gefühle nicht einfach so verschwunden waren. Und es gehörte auch zur Wahrheit, dass man, wenn man in seiner Heimat blieb, nie weit weg war von den Menschen, die sich an alles erinnerten, was man jemals gemacht hatte. Als wäre man von einer Armee aus Terrakottasoldaten umgeben, nur dass sie alle aussahen wie man selbst – damals, als man sich nach dem Abschlussball übergeben musste, als einem im Matheunterricht die Hose durchgeblutet war und man dabei erwischt wurde, als man in der Drogerie Kondome stehlen wollte.

»Wirklich schade«, sagte Rachel. »Bald wieder mit Martinis.«

»Mit Whiskey *und* Martinis«, erwiderte Porter. »Lass uns gehen.«

Kapitel 10

NFG (Drauf geschissen)

Astrid hatte zu elf Uhr eingeladen, aber da Elliots Zwillinge Mittagsschlaf machten, gab es den Brunch um zehn. Schließlich wusste Astrid, dass Aidan und Zachary keine Pausen kannten und Wendy diese verlässlichen Zeiten, wenn die beiden schliefen, genoss. Von ihren drei Kindern hatte sie Elliot immer zugetraut, dass er eine wirklich große Familie haben würde, schon allein deshalb, weil es unwahrscheinlich war, dass er sich täglich aktiv um die Kinder kümmern würde, und bei den Mahlzeiten machte es bis auf den Lärmpegel schließlich keinen Unterschied, ob man ein Kind oder fünf hatte. Aber als die Zwillinge geboren wurden, war er bereits Ende dreißig gewesen, und Astrid nahm an, dass Wendy mit dem Kinderkriegen abgeschlossen hatte, zum einen weil sie irgendwann wieder arbeiten wollte, aber auch weil die Jungs solche Teufelsbraten waren, dass nur ein Narr freiwillig nach mehr verlangen würde.

Wenn mehr als eins ihrer Kinder im selben Raum war, musste Astrid immer daran denken, wie es wäre, wenn ihr Ehemann hereinkäme – der Vater ihrer Kinder, Russell, der es nicht ins einundzwanzigste

Jahrhundert geschafft und deshalb nie ein Mobiltelefon besessen hatte. Die Erinnerung daran, wie Russell sich zwischen ihrem Zuhause und seiner Kanzlei hin und her bewegt hatte, von Festnetz zu Festnetz, fand Astrid unglaublich idyllisch. Sie hatte natürlich auch den größten Teil ihres Lebens ohne eins verbracht – ein Klapphandy besaß sie erst seit Cecelias Geburt und verstand, dass es eine große Versuchung war, ständig eine Kamera in der Tasche zu haben –, aber Russell hatte nie eins in der Hand gehalten. Einer seiner Collegefreunde, ein reicher Typ, den sie gelegentlich in Kalifornien besucht hatten, hatte ein Autotelefon von der Größe eines Schuhkartons besessen, und sie hatten sich gemeinsam darüber lustig gemacht, dass er es für wichtig hielt, selbst in seinem Auto erreichbar sein zu müssen.

Im Traum hatte sie mit Birdie in einem Restaurant gesessen und Russell draußen vorbeigehen sehen. Sie war hinausgerannt, um ihn einzuholen, doch er war bereits weg gewesen. Dann war auch noch das Restaurant weg gewesen, und sie hatte nach Hause laufen müssen – barfuß. Träume hatten keine Bedeutung. Nicky sah das anders, aber Nicky hatte auch immer gut ausgesehen und glaubte deshalb an alle möglichen Dinge, an die weniger gut aussehende Leute sich gar nicht zu glauben trauten, weil man sie sonst auslachen würde. Keiner lachte über umwerfende weiße Männer. Das war eine Schwachstelle im Universum.

Schon bevor Barbara gestorben war, hatte sie sich überlegt, ihren Kindern von Birdie zu erzählen, aber wirklich wichtig war es für sie nie gewesen. Jetzt war es an der Zeit. Es war Zeit. Sie waren erwachsen, sie würde es aussprechen können.

Es war zwanzig nach zehn, und noch war keiner da. Selbst Cecelia war noch in ihrem Zimmer, Astrid hörte sie oben herumtrampeln.

Es war vielleicht nicht fair, Schwiegertöchter miteinander zu vergleichen, genau wie es nicht fair war, Söhne zu vergleichen, aber sie konnte nicht anders. Kinder waren von Anfang die Menschen, die sie waren, und mit Ausnahme von ein paar sozialen Gepflogenheiten (öffentliches Nasepopeln, Pupslieder singen) veränderten sie sich vom Kleinkindalter an kaum noch. Nicky war schon immer wie ein Blatt im Fluss gewesen, zufrieden damit, sich treiben zu lassen. Dass er sich in seiner Haut so wohlfühlte, hatte ihn für andere Menschen unwiderstehlich gemacht, sein ganzes Leben lang. Elliot war das genaue Gegenteil – er strengte sich so sehr an, groß genug, klug genug, charmant genug zu sein, dass er gar nichts davon war. Er hatte sich der Idee des Perfektionismus verschrieben. Als Junge hatte er gejammert, um das größte Spielzeug zu bekommen, die größte Eiswaffel, eine Stammplatzgarantie beim JV-Basketballteam, ungeachtet seiner Fähigkeiten. Sowohl Nicky als auch Elliot hatten die Partner gefunden, die sie brauchten. Jedenfalls hatten sie Partner gefunden, im Unterschied zu ihrer armen Schwester.

Wenn man sich die Bedürfnisse der erwachsenen Kinder ansah und die Menschen, die diese erfüllten, war das fast so, als würde man das Haus seines verwitweten Partners und dessen neuer Frau heimsuchen. Nicky hatte Juliette auf einer Party kennengelernt, und zwei Wochen später waren sie standesamtlich verheiratet gewesen. Ständig suchten ihre Finger Kontakt wie sich begattende Spinnen. Juliette war entschlossen und fokussiert, wenn auch selbstzerstörerisch, sie war halt Französin. Als Astrid sie kennengelernt hatte, hatte ihr Leben wie ein offenes Buch vor ihr gelegen: die Liebesaffäre, das ungeplante Kind, der Kopfsprung in die Normalität, die allmähliche Trennung, das Ende. Hellseherisch nahm sie das schlimme Ende vorweg, ungeachtet dessen, dass sie noch verheiratet waren – sie versuchten eine unbekümmerte Fantasievorstellung, eingebettet in eine Waldzeremonie, geleitet von einem Kristall auszuleben. Es war Unsinn, und alle außer Nicky und Juliette wussten es.

Bei Elliot war das ganz anders. Er und Wendy hatten alles mitgenommen, was Erwachsensein bedeutete. Sie hatten eine Verlobungsparty gehabt, zu ihrer Hochzeitsfeier waren zweihundert Leute gekommen, drei Viertel davon Wendys weitläufige chinesische Familie Chan. Später hatten sie eine Babyparty veranstaltet und eine, um das Geschlecht zu verkünden, und beide, Elliot wie Wendy, lächelten ständig auf die genau gleiche Weise, ebenmäßig und falsch, die Hände sanft auf den Rücken des anderen, sodass Astrid sich fragte: Was verdammt soll das? Sie fand sich in mancher Hinsicht in Wendy, einer Perfektionistin, wieder und fühlte sich geschmeichelt, dass

Elliot gewissermaßen nach seiner Mutter gesucht hatte, wie die Griechen sagen. Aber zwischen Wendys und ihrem Verständnis von Perfektion lagen Welten: Ihr ging es um Ernährung, nicht um Geschmack. Ihr waren Kalorien wichtig, nicht Bewegung. Aber Schwiegermütter zählten in Ehen ohnehin nicht, höchstens als Kontrastbeispiele.

Russell hatte nie ein einziges Wort von dem verstanden, was ihre Mutter gesagt hatte, die Englisch mit einem harten rumänischen Akzent, der tief aus ihrer Kehle gekommen war, gesprochen hatte, aber er hatte ihre Kasha Varnishkes geliebt. Seine Mutter war so verhuscht gewesen wie ein Siebenschläfer, und Astrid wusste, dass es ihm gefallen hatte, eine Frau zu haben, die keine Angst hatte, das Wort zu ergreifen. Ihre Mütter waren nicht Teil des Alltagslebens gewesen, hatten nicht in Socken auf dem Teppich gesessen und mit den Kindern gespielt, wie das Großeltern heute taten und Astrids Kinder auch von ihr erwarteten. Russell war von ihnen beiden der Nachgiebige gewesen. Er hätte zugelassen, dass Cecelia sich das Gesicht mit Stickern vollklebte, hätte den Zwillingen seinen Körper als Trampolin zur Verfügung gestellt. Was hätte Russell wohl von Birdie als seiner Nachfolgerin in seinem Bett gehalten? Er hätte sie gemocht und hätte ihr seinen schmutzigen Teller in die Hand gedrückt, damit sie ihn zur Spüle brachte. Verstanden hätte er es nicht.

Russell hatte zu den Männern gehört, die sich, wenn sie Frauen kennenlernten, die seit fünfzig Jahren mit einer anderen Frau zusammenlebten, sagten:

Ach wie nett, Zimmergenossinnen. Aber sie selbst hatte sich in den letzten zwanzig Jahren verändert – zweifellos hätte das auch Russell getan. Es gab Überlegungen, die sie wehmütig machten: Wie hätten seine ergrauenden Brusthaare ausgesehen, was hätte er von geschlechtsneutralen Toiletten gehalten, wie hätte er zu Donald Trump gestanden? An manchen Tagen fühlte sich Astrid noch immer wie die Person, die sie gewesen war, als ihr Ehemann gestorben war, aber die meiste Zeit war diese Person wie eine entfernte Verwandte, eine Cousine in einer anderen Zeitzone, die man eigentlich nur von alten Fotos in altmodischer Kleidung kannte.

Die Speisenauswahl war schlicht: Pfannkuchen, Speck, Rühreier, Toast, Marmelade, frisch gepresster Saft, Obst. Die Zwillinge und auch Wendy aßen nur glutenfrei, und so hatte Astrid extra für sie glutenfreien Pfannkuchenteig vorbereitet. Vor der Geburt der Zwillinge hatte sie noch nie von Kindern mit einer Glutenunverträglichkeit gehört, obwohl sie darüber Bescheid wusste und auch ein paar Menschen kannte, die wirklich an Zöliakie litten – nur dass das nicht auf die Zwillinge zutraf und auch nicht auf Wendy. Sie beschwor Essstörungen geradezu herauf, und Elliot sagte nichts dazu. Er war so was wie der Familienhund, der zu den Mahlzeiten keuchend und mit hängender Zunge auftauchte. Beide Schüsseln mit Teig standen auf der Küchentheke, jede mit eigenem Schöpflöffel. Der kross gebratene Speck kühlte auf einer ovalen Platte aus. Astrid nahm sich mit den Fingern eine Scheibe und knabberte daran.

Es klingelte, und sie eilte in die Diele, obwohl keiner der Geladenen darauf warten würde, dass sie die Tür öffnete. Als sie vor der noch geschlossenen Tür stand, spähte sie durchs Glaspaneel und sah Birdie, die in den Armen eine mit Folie abgedeckte Schüssel hielt. Den Obstsalat. Sie zog die Tür auf.

»Du bist der erste Gast! Alle anderen verspäten sich.«

Birdie beugte sich vor und drückte ihr einen Kuss auf die Wange. »Guten Morgen.«

»Guten Morgen«, sagte Astrid und wurde weich.

Birdie schubste sie zurück ins Haus. »Bist du auch wirklich bereit dazu?«

»Bereit oder nicht, hier bin ich. Wer weiß, wann der nächste Schulbus um die Ecke kommt.« Sie gingen zurück in die Küche, und Birdie stellte den Obstsalat ab.

»Es lässt sich auf verschiedene Weise angehen. Entweder man sagt es einem nach dem anderen oder allen zusammen. Ich habe es meinen Eltern gesagt, als ich fünfundzwanzig war, obwohl ich mir sicher bin, dass sie es wussten, seit ich zwölf war. Ich schrieb ihnen einen Brief, und sie schrieben einen Brief zurück, wie leid es ihnen täte, dass ich zur Hölle fahren müsse, und wir redeten nie wieder miteinander. Was wohl gut so war.«

Birdie pickte eine Erdbeere heraus und musterte sie.

»Also das stelle ich mir schrecklich vor«, bemerkte Astrid. »Ich werde es ihnen allen gleichzeitig sagen, dann können sie losschreien oder ihre Kleider zerreißen, wenn sie wollen, aber dann ist es getan, und wir können Pfannkuchen essen.«

Sie wollte nicht nervös sein, zitterte aber dennoch. Die Gefühle waren das eigentliche Problem – denn wenn man ihre Kinder fragte, so glaubte sie, würden ihr diese gar keine zubilligen, außer vielleicht ein paar ganz grundlegenden. Angst jedenfalls nicht. Kontrolle: Darüber hatte sie immer verfügt. War Kontrolle ein Gefühl?

Das Spätsommerlicht erfüllte die Küche und warf gelbe Streifen über den Hartholzboden. Der Tag würde heiß werden, wenn er es auch noch nicht war.

Die Freundschaft zwischen ihr und Birdie hatte sich schnell und unerwartet entwickelt. Birdie hatte vor fünf Jahren den Salon von Nancy übernommen, und Astrid konnte kaum glauben, dass Birdie und Russell in derselben Stadt gelebt hatten, dass beide ihren Körper, denselben Körper, berührt hatten. Birdie war so lange nach Russells Tod in ihr Leben getreten, dass die Wunden wirklich nicht mehr frisch gewesen waren und schon lange kein Gesprächsthema mehr. Hatte Russell sie jemals am Kopf berührt? Er hatte ihr die Füße massiert. Er hatte ihren Körper berührt, ihre Wangen. Aber Astrid konnte sich nicht erinnern, dass er jemals ihr Haar berührt hätte. Vielleicht um es ihr an einem windigen Tag aus dem Gesicht zu streichen? Sie konnte sich nicht erinnern. Es war so lange her, dass sie keine Traurigkeit mehr empfand wegen der Dinge, die sie vergessen hatte. Sie erinnerte sich an das, was kam, und das war genug.

Als Russell gestorben war, hatten sich alle um sie gekümmert, wie höfliche Menschen das tun. Sie hatten Karten geschickt, angerufen und versprochen, alles für sie zu tun, was aber in Wirklichkeit nichts weiter bedeutet hatte, als Todesanzeigen in Briefkästen zu werfen. Nicky war damals in der Highschool gewesen, der Star der Frühjahrsaufführung, Porter fett und glücklich von Bier und Unabhängigkeit im Studentenwohnheim des Colleges. Jedenfalls war sie glücklich gewesen, bis zum Tod ihres Vaters. Elliot hatte das College bereits hinter sich gehabt und hatte sich an der juristischen Fakultät beworben. Was sonst noch in seinem Leben los gewesen war, davon wusste Astrid nichts. Auf Vorschlag von Nickys Beratungslehrerin, die wie so viele Leute einen Blick auf seine Wangenknochen geworfen und ihn sich, metaphorisch gesprochen, an den Busen hatte drücken wollen, hatten sie zu viert einen Trauertherapeuten aufgesucht. Porter und Nicky hatten ihren Tränen freien Lauf gelassen, sie und Elliot waren ruhig geblieben, und dann war es vorbei gewesen. Gebracht hatte es nichts.

Aber es stimmte schon, Reden tat gut, wenn man sich dabei nicht immer nur auf eine Sache konzentrierte, als wäre jede Witwe ein Roboter der Traurigkeit, und so hatte Astrid viele Jahre später, nachdem Nancy nach Florida gezogen war und Birdie den Salon übernommen hatte, diese zum Mittagessen eingeladen. So hatte es angefangen. Jeden Montag gingen sie und Birdie zu Spiro's und aßen dort Omeletts oder in dem ganz ordentlichen vegetarischen Lokal auf der Columbus Street Salat, redeten und lachten, und das brachte wirklich was für ihre Gemütslage. Sie brauchte keinen Therapeuten, sie hatte Birdie.

Bis zu ihrem ersten Kuss hatte es dann noch zwei Jahre gedauert. Es war im Februar gewesen, kurz vor dem Valentinstag, wenn Astrid das damals auch nicht damit in Verbindung gebracht hatte. Wochen später, als Astrid auf diesen Zusammenhang hingewiesen hatte, hatte Birdie gelacht und gemeint: Ja, Astrid, ich weiß. Astrid war verführt worden und hatte es nicht mal kommen sehen. Aus Anlass des Feiertags war in Rhinebeck im Kino *Chocolat* gelaufen, und Birdie hatte vorgeschlagen, sich den Film anzusehen. Astrid, die es gewohnt gewesen war, die Abende zu Hause zu verbringen, als würden ihre Kinder reinkommen und müssten abgefüttert und ins Bett gebracht werden, hatte sich darauf gefreut. Es war ein eiskalter windiger Abend gewesen, sie erinnerte sich daran, dass sie auf dem Weg vom Wagen zum Kino ihren Hut hatte festhalten müssen, damit er nicht wegflog.

Der Film war Ungereimtes in schönen Bildern. Sie hatte ihn verpasst, als er in die Kinos gekommen war. Die Schauspieler hatten ganz außergewöhnliche Gesichter, und manchmal reichte das schon. Birdie hatte häufig gekichert, aber Astrid hatte sie nicht ermahnt, still zu sein. Auch Russell war gern ins Kino gegangen – am liebsten in Gangster- oder Mafiafilme mit Maschinengewehren. Mit Birdie ins Kino zu gehen war was anderes gewesen. Birdie war näher gerückt und hatte Johnny Depps Rolle kommentiert, die Dialoge und das verzückte Augenrollen der Darsteller beim Kosten der Schokolade. Irgendwann war sie ins Foyer gerannt und mit einer Packung M&Ms zurückgekommen, sie hatte einfach nicht widerstehen können. Gegen Ende des Films, als Birdie ihre Hand ausgestreckt und auf ihre gelegt hatte, begleitet von einem spielerisch neugierigen Blick, hatte sie, Astrid, begriffen, was sich zusammengebraut hatte, dass es die ganze Zeit da gewesen war, gleich unter der Oberfläche, wie ein Kind, das eine Sprache schon voll versteht, bevor es diese sprechen kann.

Als Birdie ihr nach dem Film einen Gutenachtkuss auf die Lippen gegeben hatte, war sie bereit gewesen. Das war die Geschichte, die sie ihren Kindern gern in einem Paralleluniversum erzählt hätte, in dem alles gleichberechtigt nebeneinander existieren konnte. Wo sie auch eine andere Mutter gewesen wäre. Während der letzten fünf Jahre waren sie und Birdie beste Freundinnen gewesen. Als Elliots Zwillinge geboren waren, hatten sie fürsorglich und großzügig Müllaster mit abgerundeten Kanten in zwei verschiedenen Farben gekauft. Keines der Kinder hatte jemals über die Mittagstreffen ihrer Mutter nachgedacht. Clapham war LGBTQ-freundlich, so stand es in sämtlichen Reiseführern. Vor den Schaufenstern der Läden und Restaurants hingen Regenbogenfähnchen. Wie sich erweisen sollte, war Astrids Freundlichkeit sogar noch weiter gegangen.

Es klingelte, und sie zuckte zusammen.

»Ich geh schon!«, rief Cecelia und kam die Treppe

heruntergerannt. Sie zog die Tür auf, und ohne zu zögern, rannten Elliots Jungs ins Haus, jeder mit einem Plastikschwert bewaffnet. Sie waren keine eineiigen Zwillinge, aber Wendy sorgte dafür, dass sie fast jeden Tag ihres Lebens beinahe identische Kleidung trugen, und man musste schon beide Kinder zum Stillstehen bringen und nebeneinanderhalten, um sagen zu können, wer welcher war. Wendy versah die Spitzen ihrer Sneakers jeweils mit einem Z und einem A, die sie dann aber manchmal tauschten, nur um ihre Aufpasser zu verwirren.

»Hi«, sagte Wendy und trat ein. »Tut mir leid. Hi.«

Die Stofftaschen, die ihr von beiden Schultern hingen, schienen schwer zu sein.

»Schon gut! Und keine Sorge, ich erwische sie schon.« Cecelia stürmte den Jungs hinterher, froh, ihre Energie zielgerichtet einsetzen zu können.

Elliot folgte Wendy in die Küche. Sie waren beide in Freizeitkleidung, und das bedeutete Baumwollshorts mit Gürtel, dazu Poloshirts. Wie reiche Superhelden hätten sie direkt zum Golfen gehen können.

»Hi, Mom«, sagte Elliot und begrüßte sie mit einem leidenschaftslosen Wangenkuss. Er sah Birdie an, die hinter ihr stand, und hielt inne. »Birdie«, sagte er. »Schön, Sie zu sehen.«

»Ich gehe in Rhinebeck zum Friseur«, warf Wendy entschuldigend ein, wie sie das jedes Mal tat, wenn sie mit Birdie in einem Raum war, als würde deren Anwesenheit ihr ein schlechtes Gewissen machen. »Ich bin schon ewig bei meiner Friseurin.« Wendy war auf dem College unter den Besten gewesen, danach auch im Jurastudium. Seit den Zwillingen hatte sie einen Teilzeitjob in einer Kanzlei in New Paltz, aber in ihrem Fachgebiet – Körperschaftsrecht – war sie nun nur noch für Kleinbetriebe zuständig, und Astrid wusste, dass sie das nicht mit Begeisterung erfüllte. Ihr erfolgreichster Klient war ein Mann, dem eine Molkerei im Hudson Valley gehörte.

»Das ist schon in Ordnung«, sagte Birdie. »Die machen das ganz hervorragend, Ihre Haare sehen umwerfend aus. So voll. Das ist nicht einfach nach einer Geburt, die meisten Frauen büßen viele Haare ein.«

Wendy freute sich. »Es ist teuer, aber was soll's. Es ist die Sache wert, oder?«

Elliot nahm sich einen Apfel aus der Schale auf der Küchentheke und biss hinein. »Deine Frisur sieht immer gleich aus.« Wendy schnipste ihn an den Arm, wobei ihre Fingernägel auf seine Haut klackten.

»Es sieht großartig aus«, sagte Astrid. »Das wollte er damit sagen.«

An der Tür klopfte es, und Porter kam mit noch mehr Essen herein. Natürlich mit etwas Käse und vermutlich einem krustigen Laib Brot. Astrid liebte selbst zubereitete Gerichte, aber alles, was Porter kochte, war – wie nannte man das jetzt noch … – rustikal. Porter aß all ihre Mahlzeiten aus einer riesigen Schüssel wie ihre Ziegen, alles übereinandergestapelt.

Astrid verfolgte, wie ihre Tochter durch die neben der Tür abgestellten Taschen und die Spielsachen stakste, die Aidan und Zachary überall verstreut hatten, dazwischen einer von Cecelias Schuhen. Sie war erfüllt von Liebe für ihre Tochter, die sicher etwas länger bleiben würde. Birdie sagte ihr immer, sie solle es ihren Kindern auch sagen, wenn ihr eine Wertschätzung einfiel, selbst wenn es unwesentliche Kleinigkeiten wären. Unbedeutende Kleinigkeiten hatte Astrid immer für sich behalten neben den Dingen, die weder unbedeutend noch klein waren. Es war keine Kleinigkeit, zum zweiten Mal im Leben verliebt zu sein – sie *liebte* –, und das jetzt, wo es viel wahrscheinlicher war, von einem Schulbus überfahren zu werden, als sich zu verlieben. Das sagte sie sich jetzt, als sie Birdie dabei beobachtete, wie sie an der Spüle den Wasserkocher füllte. Als sie sich kennenlernten, war Birdies nackenlanges lockiges Haar überwiegend braun gewesen, jetzt war es überwiegend grau. Vielleicht hatte sie ihr ganzes Leben darauf gewartet, dass jemand mit lockigem Haar in ihr Leben trat.

»Hört mal alle her, ich habe euch was zu sagen«, begann Astrid.

Porter stellte ihre Sachen auf die Küchentheke, und Cecelia schaute aus dem Flur herein.

»Langsam«, sagte Porter und schüttelte den Kopf. Sie zog mit ihrem Finger eine Linie um ihren Hals. »Nicht, Mom.«

»Nein, Porter«, erwiderte Astrid. Sie hatte nicht vor, die Geheimnisse von jemand anderem auszuplaudern. Porter atmete ein und nickte. Das war schon was, direkt hier! Sie durfte nicht vergessen, es

Birdie zu erzählen, das hatte das Zeug zur Anekdote, etwas, das sie ihrem Enkelkind erzählen konnte, wenn es geboren war, ihrem letzten Enkelkind zweifellos: *Deine Mutter dachte, ich würde allen von dir erzählen, aber das würde deine Granny niemals tun.* Elliot und Wendy hatten eine fast lautlos ablaufende Diskussion darüber, dass er den Wagen nehmen und sie die Kinder nach Hause bringen würde, doch keiner achtete auf sie.

Die Jungs rannten die Treppe hoch und schrien: »PENG, PENG, PENG.« Ruhiger konnte das Leben nicht mehr werden.

Sie räusperte sich. »Birdie und ich haben eine Liebesbeziehung, und das schon seit einiger Zeit. Und nachdem ich das mit Barbara miterlebt habe, nun, ich weiß auch nicht, da wollte ich es vor euch nicht mehr länger geheim halten. Wenn ihr irgendwelche Fragen habt, nur zu. Aber das Buffet ist eröffnet.«

»Was hat sie gesagt?«, fragte Elliot Wendy.

Porter lachte lauthals los und hielt sich dann die Hand vor den Mund. Sie vergrub ihren Kopf an Astrids Schulter.

»Wow«, sagte sie und küsste ihre Mutter auf die Wange. »Mach dich auf was gefasst, Birdie.« Porter ging zur Spüle und umarmte Birdie. »Doch das hast du vermutlich schon getan.« Porter schüttelte den Kopf. »Ich finde es toll.«

»Ist das dein Ernst, Mom?« Elliot sprach leise. »Das ist doch total verrückt. Was sagst du da?« Er verzog das Gesicht und wandte sich an Wendy. »Was sollen wir denn Aidan und Zachary erzählen, dass ihre Granny eine besondere Freundin hat? Ich fass es nicht, dass du uns das einfach so servierst. Ich bin wütend, ganz ehrlich.« Er biss die Zähne zusammen. »Wie lange hast du uns schon angelogen?«

»Ach, El. Ja, du kannst den Jungs sagen, dass Grannys Freundin Birdie eine ganz besondere Freundin ist, sie kümmert das aber nur, wenn es dich kümmert. Wozu es kompliziert machen? Du musst nicht allem einen Namen geben. Wir laufen nicht davon und gehen zum Zirkus. Ich werde mir kein Tattoo auf die Stirn stechen lassen.« Ihre Wangen brannten, aber sie hielt nicht inne, sondern stellte einen Stapel Teller auf den Esszimmertisch. Sie hatte es erwartet, selbst den Vorwurf der Lüge, als ließe sich unter diesem einen schlüpfrigen Wort all das subsumieren, was sie für Birdie empfand, alles, was sie für ihre Kinder empfand, alles, was sie teilen wollte, und alles, was sie für sich behalten wollte. »Bitte bedient euch. Speck, Cece?«

Cecelia hatte sich vom Rand des Flurs noch nicht wegbewegt. Ihren Gesichtsausdruck konnte Astrid nicht erkennen. Langsam bewegte sie sich durch die Diele in die Küche, nahm sich einen Teller und ein paar Streifen Speck.

»Ich dachte«, sagte sie mit Bedacht, aber mit dem Anflug eines Lächelns, »dass ich hier bin, weil ich hier ein stabiles Umfeld vorfinde.«

»Vertrau mir«, sagte Birdie und nahm sich ebenfalls einen Teller, »es gibt nichts Stabileres als – verzeih mir, Astrid – eine ältere Lesbe.«

Birdie war neun Jahre jünger als Astrid – erst neunundfünfzig Diese neun Jahre wären irgendwann einmal von Bedeutung gewesen, unterschiedliche Schulen, unterschiedliche Lebensphasen, aber jetzt waren neun Jahre nicht mehr als ein Wimpernschlag. In der nicht allzu fernen Zukunft bekämen neun Jahre wieder Gewicht – der Unterschied zwischen achtzig und einundsiebzig, zwischen fünfundneunzig und sechsundachtzig –, aber im Moment trieben sie gemeinsam durch die Zeit, beide gesund und aktiv, beide atmend.

Elliot atmete durch den Mund ein und wieder aus. »Ich hole mal die Jungs und sage ihnen, dass Pfannkuchenzeit ist. Können wir das mit dem L-Wort bitte nicht erwähnen?«

Er stapfte Richtung Treppe und rief ihre Namen, worauf als Antwort eine hohe Stimme zu hören war: »ICH WERDE DICH MIT MEINEM SCHWERT INS GESICHT TÖTEN!«, die jedem der beiden hätte gehören können. Wendy kam ihm nachgeeilt.

»Ich würde mich nicht als Lesbe bezeichnen«, sagte Astrid. »Nur um das klarzustellen. Ich bin bisexuell. Ich denke, das ist das richtige Wort dafür. Aber ich brauche eigentlich gar kein Wort.«

Obwohl es elektrisierend war, es laut auszusprechen, und sie sich freute, es im Privaten wieder zu tun, aus Spaß, um zu sehen, ob ihr erneut ein wohliger Schauder über den Rücken lief.

Birdie gab ihr einen Wangenkuss.

»Ich muss schon sagen, Mom«, meldete Porter sich zu Wort, »ich dachte wirklich, du würdest mich noch ein wenig länger als die Komplizierte in der Familie dastehen lassen. Ich bin ehrlich beeindruckt.«

»NFG«, sagte Cecelia und presste fest die Lippen aufeinander, als müsste sie etwas runterschlucken, was sie nicht hätte sagen sollen. Birdie und Porter und Astrid sahen sie erwartungsvoll an. Cecelia rollte mit den Augen. »Ihr hättet es mir besser erspart, es euch zu erklären«, sagte sie. »*No fucks given*. Drauf geschissen.«

Astrid stieß einen Freudenschrei aus. »Das gefällt mir! Das wird mein neues Motto, meine Liebe. NFG, Birdie, hast du gehört?«

Wann hatte sie das letzte Mal gejauchzt? Wozu war sie noch fähig? Birdie gab ihr das Gefühl, mit dem Fallschirm aus einem Flugzeug springen zu können, wie George Bush an seinem neunzigsten Geburtstag. Sie sah, wie Porter vor Überraschung die Augen aufriss, vielleicht auch ein wenig amüsiert.

»Wenn du jetzt auch noch das F-Wort vor Elliot oder seinen Kindern aussprichst, wirst du wirklich sterben.« Porter steckte ihren Finger in eine Schüssel mit Pfannkuchenteig und dann in den Mund. »Was ist das denn für ein komisches Zeug?«

»Glutenfrei«, erwiderte Astrid. »Probier den anderen. Und ich werde mich gut benehmen, ich verspreche es.«

Porter schöpfte etwas vom normalen Teig in die heiße Pfanne, und der Duft warmer Butter erfüllte den Raum. Birdie legte ihre Hand auf Astrids Rücken und ließ sie dort ruhen, sodass sie mehrere Minuten lang glühte und summte, bis Aidan und Zachary sich endlich unter Todesandrohungen die Treppe herunterschleifen ließen und alle sich zum Essen an den Tisch setzten. Bis auf Elliot. Nachdem es fünfzehn Minuten lang in ihm gebrodelt hatte, entschuldigte er sich und wurde nicht wiedergesehen.

Kapitel 11

Secondhand News

Am Wochenende bevor die Schule anfing, nahm Porter Cecelia zum Shoppen mit. In die achte Klasse an einer neuen Schule in einer neuen Stadt einzusteigen war alles andere als ideal, aber es bot eine gewisse Chance der Neuerfindung, und wo fing man besser an als mit der Kleidung? Porter dachte an all die Frauen, die sie hätte sein können, wenn sie wenigstens einmal pro Jahrzehnt in ihrem Leben die Chance zu einer drastischen Veränderung gehabt hätte – einen kahl rasierten Schädel, ein Semester in einem Land, dessen Sprache sie nicht sprach. Sie kannte viele Menschen, Männer wie Frauen, die so lebten, als wären ihre Eltern ferne Geister, ohne gravitativen Sog, ohne Mitspracherecht über ihr Verhalten. So zu leben klang verlockend, aber sie war sich nicht sicher, ob sie es genießen könnte, eines Tages auf den Mars zu ziehen. (Denn wenn sie herausfände, wie sie zum Mars käme, würde ihre Mutter sicherlich schon am anderen Ende in ihrem Raumanzug warten, sie in einem zuverlässigen Rover abholen und bereits den *einzigen* Laden entdeckt haben, wo man Astronauteneis kaufen konnte.)

Porters Lieblingsladen, Secondhand News, lag einen Häuserblock vom Bahnhof Clapham entfernt. Im Unterschied zur Boutique Etc? und den anderen Geschäften für Damen, die das Chenille-Tunika-Stadium in ihrem Leben erreicht hatten, war Secondhand News cool. So klein der Laden in dem alten viktorianischen Haus war, so vollgepackt war er. Im Erdgeschoss gab es Möbel und Haushaltswaren und im ersten Stock ausgeblichene T-Shirts und Polyesterdiscokleider und alte Levi's.

Der eigentliche Grund jedoch, warum sie Cecelia herbringen wollte, war der, dass sie mit John und Ruth Sullivan, dem bestgekleideten Paar der Stadt, befreundet war und wusste, dass auch ihr Sohn die achte Klasse der Clapham Junior High besuchte. »Freunde« war vielleicht zu viel gesagt – John war in ihrer Klasse gewesen, ohne dass sie miteinander befreundet gewesen wären, und als John sich in einen interessanten erwachsenen Mann mit einer noch interessanteren Frau verwandelt hatte, hatte sie oft gar nicht gewusst, was sie sagen sollte –, aber sie lächelten sich immer an und begrüßten einander freundlich, und manchmal reichte das ja schon. Jeder in der Stadt wollte mit John und Ruth befreundet sein.

Porter schob Cecelia durch die knarrende Tür in den Laden, die kleine Glocke kündigte bimmelnd ihr Kommen an. Sie hatte sich per E-Mail angemeldet – zum ersten Mal versuchte sie etwas einzufädeln und wollte deshalb sichergehen, dass August auch da war. Es war eine komische Vorstellung, dass Leute, die so alt waren wie sie selbst, Kinder im Teenageralter haben konnten. Nicky war noch so jung gewesen, als Cecelia zur Welt gekommen war, ein echter Unfall, als hätten er und Juliette keine Ahnung gehabt, wie menschliche Fortpflanzung funktionierte. Sie hatten keinen Gedanken darauf verschwendet, wie es ihr Leben verändern würde, und irgendwie war das auch nicht passiert – ja, sie hatten von früh bis spät ein an ihren Körper geschnalltes Baby mit sich herumgetragen, hatten es überall dabeigehabt: auf Tanzveranstaltungen und in Museen, auf Partys und in Restaurants. Bis sie drei Jahre alt gewesen war, hatte Cecelia in mehr Bars geschlafen als jemand, der sein ganzes Leben lang Alkoholiker war.

Hätte sie selbst in so jungen Jahren ein Baby gehabt, hätte das ganz anders ausgesehen. Sie hätte die Milch nach Millilitern abgemessen und die Windeln gezählt und den Kinderarzt bei jedem Schnupfen angerufen, voller Angst, wie das von Gott beabsichtigt war. Und dazu war sie nun auch bereit, selbst wenn sie auf die Freiheit verzichten musste, in der sie ihr Erwachsenendasein bis jetzt genossen hatte – viereinhalb Monate blieben ihr noch. Das war zwar kein Todesurteil, aber immerhin eine Linie, die sie überschreiten würde, und wenn sie erst mal auf der anderen Seite war, gab es kein Zurück mehr. Porter betrachtete Cecelias rosa Wangen und erinnerte sich daran, was für ein peinliches Gefühl es für einen Teenager war, wenn ein Erwachsener sich um einen kümmerte.

»Hallo?«, rief sie.

Es roch muffig und süßlich im Laden. Trotz geöffneter Klappläden war es im Inneren des Hauses dank seiner geschützten Lage kühl und dunkel.

»Hey, hier bin ich«, rief John von irgendwoher.

Cecelia steuerte ein einsames Kleidergestell mitten im Raum an, Porter blieb in ihrer Nähe. Astrid kleidete sich stets funktional und elegant konservativ, deshalb trug sie selbst eher alberne Klamotten – genoppte Fleecejacken und Cordhosen, Socken mit Comicfiguren darauf. Eigentlich wirkte sie wie ein Vorschulmädchen, sehr zum Bedauern ihrer Mutter. Cecelias Mutter Juliette ging beim Einkaufen wie eine Französin vor – obwohl sie kein Geld hatte, sah sie immer aus, als hätte sie welches. Weil ihr Körper sich seit Teenagertagen nicht verändert hatte, konnte sie ihre Kleider auch ewig tragen, dagegen türmten sich in ihrem, Porters, Schrank ganze Berge von Klamotten, die ihr nicht mehr passten.

Porter beobachtete, wie Cecelia Kleider herauszog, sie sich ansah und wieder zurückhängte. Sie war keine Elster wie viele junge Mädchen, die Glitzerndem nicht widerstehen konnten. Juliettes mütterlicher Einfluss war unübersehbar.

Sie hörten polternde Schritte von der Treppe her, kurz darauf betrat John den Raum. Er trug eine Brille, die er Porters Meinung nach gar nicht benötigte. Das brachte wohl der Beruf mit sich. Ruth führte nicht nur mit ihm den Laden, sondern leistete Freiwilligenarbeit bei der Wirtschaftskammer und plante die diversen Dorffeste und Märkte. Porter half ihr jedes Jahr beim Apfelwochenende, bei dem alle Sommergäste Äpfel pflücken und Apfelwein-Donuts essen konnten. Sie bot dort an einem eigenen Stand Kostproben all ihrer Ziegenkäsesorten auf dünnen Crackern und winzigen Bambusspießen an.

»Hi, John«, sagte Porter. »Das ist meine Nichte Cecelia. Du erinnerst dich? Sie fängt auf der CJHS an. Ist August zufällig da?«

»Meine Liebe!« John küsste Porter auf die Wange und brüllte dann in Richtung Treppe. »Komm, sag Hallo!«

Cecelia erstarrte. »Ist das ein abgekartetes Spiel?«, flüsterte sie Porter zu. »Du sagtest, wir würden nur einkaufen gehen.«

»Tun wir auch«, entgegnete Porter. »Wir suchen nach Kleidern und Freunden.«

»August ist sehr nett«, sagte John. »Versprochen.«

»Was brauchst du denn, Cecelia?«, fragte Porter. »Jeans? Mir gefallen die Schlaghosen wieder. Ist das nicht verrückt, John?«

»Du weißt doch, wie es ist«, erwiderte John. »Wenn du einsiehst, dass du sie endlich mal ausrangieren solltest, werden sie wieder modern. Die Neunziger waren eine gute Zeit für ausgestellte Hosen.«

»Ich bin alt. Du sagst mir, dass ich alt bin.« Porter gab vor, sich einen Strick um den Hals zu legen. »Aber mir gefallen sie wirklich.« An ihrem ersten Tag auf der Highschool hatte sie Schlaghosen getragen, dazu ein eingelaufenes babyblaues T-Shirt, auf dem SKATEBOARD stand, obwohl sie in ihrem ganzen Leben noch auf keinem gestanden hatte.

Wieder waren Schritte auf der Treppe zu hören, dann kam August schwerelos heruntergehüpft. Er schien nur aus Armen und Beinen zu bestehen wie ein Hündchen mit übergroßen Pfoten – sein Körper war wie der von Cecelia noch in der Selbstfindung. Er war Ruth wie aus dem Gesicht geschnitten: dunkle Augen, ein spitzes Kinn und Augenbrauen wie Geviertstriche auf der blassen Stirn. Seine langen Haare ließen ihn wie einen mittelalterlichen Prinzen aussehen.

»Das ist Cecelia, August, Porters Nichte. Führst du sie herum?«

August bekundete seinen Unwillen durch Augenrollen, was Cecelia veranlasste, ihre Schultern wie ein Schuppentier einzuziehen, das sich zu einem gepanzerten Ball zusammenrollte. Aber dann nickte er liebenswürdig und zog sie am Ellbogen mit.

»Lass uns oben anfangen.«

Er machte auf dem Absatz kehrt und peilte die Treppe an, Cecelia folgte ihm, als ginge es in die Todeszelle.

»Wir laufen kurz rüber und holen uns einen Kaffee«, schlug John vor. »Okay?«

»Okay«, sagte August.

John gab Porter einen Klaps auf den Rücken. »Das läuft besser ohne uns, vertrau mir.«

Sie musste noch so viel von ihm lernen. Sie wäre geblieben, aber offenbar machte man das als Eltern nicht.

»Möchtest du dir die Klamotten ansehen?«, fragte August nicht unfreundlich. »Komm mit.«

Er fühlte sich in diesen Räumen anscheinend so wohl, dass Cecelia keine andere Wahl blieb, als so zu tun, als ginge es ihr genauso. Sie war mit Jungs nie wirklich befreundet gewesen, nicht mehr seit der Vorschule. Und selbst da schien immer die Gefahr gelauert zu haben, geküsst oder geknufft zu werden, als hätten Jungs keine Handlungsmacht über den eigenen Körper und würden von winzigen Aliens kontrolliert, die in ihren Gehirnen saßen. Natürlich waren die Mädchen jetzt noch schlimmer, die Jungs auf ihrer alten Schule kamen ihr im Vergleich dazu wie ausgestopfte Tiere vor, gefügige Idioten, denen Pizza über jedes emotionale Problem hinweghalf. Vielleicht war es an der Zeit, es noch mal mit Jungs zu versuchen.

Oben suchte August rasch die Kleiderstangen durch. Cecelia fragte sich, ob sie eine Liste all der Situationen erstellen sollte, in denen sie sich abgehängt gefühlt hatte. Papier und Tinte wären sicherlich bald aufgebraucht. Unten ertönte die Glocke, und das bedeutete, dass sie jetzt mit diesem Fremden allein war. Sie beobachtete ihn von hinten, seine dünnen Finger bewegten sich so schnell, dass ihr fast schwindlig wurde. Er drehte sich nicht um und beachtete sie eine Zeit lang nicht, was sie erleichterte. Es war, als hätte er ihre Anwesenheit vergessen, und ermöglichte es ihr, langsam den Rückzug anzutreten.

»Probier das mal an«, sagte er, nahm ein Shirt vom Kleiderbügel und warf es ihr über die Schulter zu.

Cecelia stolperte, als sie den fliegenden Baumwollball fing, und löste ihn dann, um sich das Shirt anzusehen. Es fühlte sich an wie tausendmal gewaschen, so weich wie Stoff kurz vor der völligen Auflösung.

Bedruckt war es mit der Freiheitsstatue, darunter in Schrift NEW YORK CITY.

»Das gefällt mir«, sagte sie.

Lady Liberty winkte ihr von zu Hause zu. Ihre Eltern hatten sich zur Dauer dieses kleinen Experiments, bei dem sie aus ihrem natürlichen Umfeld herausgeholt wurde, um herauszufinden, ob sie in der neuen Erde Wurzeln schlagen oder dahinwelken würde, nicht geäußert. Ein Jahr vermutete sie. Aber ausgesprochen hatten sie es nicht. Tief in ihrer Kehle nahm eine Träne Gestalt an, aber sie schluckte so lange, bis sie wieder verschwand.

»Ich bin gut darin«, sagte August. »Es ist mein Sommerjob. Und mein Herbstjob. Und so weiter. Wenn man einen Job haben kann, ohne dafür bezahlt zu werden.«

»Das ist cool«, erwiderte sie und wünschte, sie hätte es sich verkniffen. Sie verstand nicht, wodurch etwas cool wurde, aber ihr war klar, dass durch das Aussprechen dieses Wortes jeder gerade noch vorhandene Zauber verschwand. August drehte sich zu ihr um und hob die Brauen. »Ich meine, wenn man gern Sachen anzieht.«

»Genau«, entgegnete August. »Aber die Nudistenszene von Clapham macht sich. Ich weiß nicht, ob deine Tante dir das erzählt hat.« Er warf ihr noch was zu.

»Wie bitte?«, hakte Cecelia nach und fing es auf.

»War 'n Scherz.« Er ging zum nächsten Ständer, zog weitere Klamotten von den Bügeln. »Hier probier das mal an.«

August schob den schweren Samtvorhang einer Umkleide beiseite und legte alle Sachen auf einen gepolsterten Stuhl. Cecelia wartete, bis er sich entfernt hatte, und trat dann ein.

Sechs Monate waren vergangen, seit ihre beste Freundin jemanden kennengelernt hatte. Als wäre es ganz normal für eine Siebtklässlerin, dass ihr so etwas außerhalb der Bereiche von Schule, Sportunterricht oder jemandes Geburtstagsparty gelang. Katherine war die Erste gewesen, die ihre Periode bekommen hatte, die Erste, die einen BH getragen hatte, die Erste, die ein Handy bekommen hatte, die Erste, die bei Wahrheit oder Pflicht einen Jungen geküsst hatte, die Erste, die ihren eigenen Snapchat-Account gehabt hatte.

Der Typ ging auf die Brooklyn Tech Highschool, die nur ein paar Häuserblocks von ihrer Schule entfernt war. Dies hatte er ihr in den Chats mitgeteilt und dann persönlich in einem Coffeeshop auf der Fulton Street und dann noch einmal in seinem Apartment am Prospect Park, einem Apartment, das eindeutig von einem allein lebenden erwachsenen Mann bewohnt wurde, ohne dass Eltern in Sicht waren. Katherine hatte ihr das in demselben Ton erzählt, in dem sie ihr erzählt hatte, dass sie eine E-Zigarette auf einer Starbucks-Toilette geklaut hatte, die dort auf dem Waschbeckenrand gelegen hatte. Sie war aufgeregt gewesen und stolz wie ein Pfau, der sein gewaltiges Federkleid ausbreitete.

Cecelia betrachtete den Kleiderhaufen, den August für sie zurückgelassen hatte. Er warf weiter Sachen über die Vorhangstange, sie fielen auf ihren Kopf wie riesige Schneeflocken, die nach Mottenkugeln rochen. Sie zog ihr T-Shirt aus und betrachtete im BH ihr Spiegelbild. Sie war größer, als sie zu Sommerbeginn gewesen war. Mit dem Muttermal auf der linken Bauchseite sah es so aus, als hätte sie zwei Bauchnabel wie in einem realitätsnahen Science-Fiction-Film, wo die Welt mehr oder weniger dieselbe war, Menschen jedoch zusätzliche Körperteile hatten und Maschinen sprechen konnten. Ihre Brüste waren noch immer armselig, wie sie sich einredete. Die Nippel ihrer Mutter waren bräunliche Punkte auf ihrem knabenhaften Körper, die von ihr waren von zartem Rosa, kaum dunkler als der Rest ihrer Haut, und das fühlte sich falsch an. Genauso falsch wie der Umstand, dass ein Junge direkt vor der Umkleidekabine stand und wusste, dass sie zumindest teilweise nackt war. Manchmal fantasierte sie davon, sich ins ländliche Pennsylvania zu den Amischen zurückzuziehen, Obst einzukochen und Pasteten zu backen und in bodenlangen Kleidern zu versinken. Vollständig bedeckt. Das versprach, so viel einfacher zu sein. Wie eine Burka zu tragen.

Cecelia griff nach dem ersten Teil auf dem Haufen. Es war ein klassischer Overall, feuerrot mit orangefarbenen Streifen, die sich von der Schulter bis zum Handgelenk zogen. Sie stieg hinein und zog den Reißverschluss hoch. Der Overall passte perfekt, sie hatte endlos lange Beine darin. Sie drehte sich um und bewunderte sich von hinten. Sie könnte einen Karateausfallschritt machen. Springen. Könnte ein

Auto reparieren oder ein Verbrechen bekämpfen, nicht dass sie sich in diesen Dingen auskannte. Sie sah krass aus, so hatte sie noch nie ausgesehen. Cecelia empfand ihren Körper als etwas von ihrem Gehirn völlig Abgekoppeltes, eine Kaulquappe auf Beinen, erst halb dort, wo er hinmusste. In dem Overall fühlte sie sich wie ein ausgewachsener Frosch. Sie könnte sogar hüpfen. Vorsichtig zog sie den Vorhang zur Seite, und August verneigte sich zufrieden.

»Siehst du, *das* ist cool«, sagte er. »Wie David Bowie. Ich meinte das als Kompliment.«

»Danke«, erwiderte Cecelia.

Sie wusste, dass ihre Mutter David Bowie mochte, aber sie kannte keinen seiner Songs und wusste auch nicht, wie er aussah, also setzte sie eine betont neutrale Miene auf.

»Ich hab ihn meiner besten Freundin Emily zum Anprobieren gegeben, aber ihr hat er nicht gepasst«, sagte August.

»Oh.«

Überrascht stellte Cecelia fest, dass es sich anfühlte, als hätte man ihr einen Tritt in den Bauch gegeben.

»Sie kommt immer mal unterm Jahr auf Besuch. Sie lebt in Westchester, Dobbs Ferry. Wir gehen zusammen ins Feriencamp. Seit nunmehr vier Sommern. Ihre Eltern sind Therapeuten und reden gern über Gefühle und Sex und so, aber sie lassen zu, dass sie bei mir im Zimmer schläft.«

»Oh«, sagte Cecelia wieder und konnte nur hoffen, dass ihr Gesichtsausdruck wenigstens einen Bruchteil der Lebenserfahrungen widerspiegelte, über die August verfügte, sowie völliges Verständnis für seine Situation. »Cool.«

»Dann wohnst du also bei deiner Tante?«, erkundigte sich August.

Er hängte Teile zurück auf Kleiderbügel, und sie huschte zurück in die Umkleide, um den Rest des Haufens anzuprobieren und dafür zu sorgen, dass sie alles gefaltet zurückließ. Sie wollte kein Chaos hinterlassen, sie wollte helfen.

»Bei meiner Großmutter. Vorübergehend.«

Der verrückteste Teil der ganzen Geschichte war, dass sie die Zukunft zum ersten Mal in ihrem Leben als riesiges Fragezeichen sah. Vorgestellt hatte sie sich bisher ein weiteres Jahr auf ihrer Mittelschule und dann den Wettbewerb um einen Platz auf einer der guten öffentlichen Highschools, danach College. Sie war davon ausgegangen, in der Stadt zu bleiben, vielleicht aber auch nicht. Aber bis dahin waren es noch fünf Jahre, und vor fünf Jahren war sie acht gewesen, und fünf Jahre schienen eine Ewigkeit zu sein. Jetzt hingegen war da nur noch ein riesiger leerer Raum, als wäre die Zukunft von Aliens verschleppt worden. Ein am Himmel treibendes Fragezeichen.

»Was ist passiert?«, erkundigte August sich hörbar einfühlsam.

»Ich weiß nicht«, erwiderte Cecelia. Es war ihr entglitten, das war die Wahrheit. »Sachen eben.«

Unten ertönte wieder die Glocke, und Porter rief laut: »Hu-hu! Irgendwer da?«

Cecelia stellte sich die Frage, ob ihre Eltern es ihr erlauben würden, im Haus eines Jungen zu übernachten. Vermutlich schon, weil ihnen gar nicht in den Sinn käme, dass das vielleicht unschicklich sein könnte. Sie würden sehr wahrscheinlich auch gar nicht verstehen, warum andere Eltern dazu Nein sagen könnten. Ihre Mutter hatte versucht, mit ihr am Tag ihrer ersten Periode übers Liebemachen (ihr Wort) zu sprechen, woraufhin sie ihr Gesicht in einem Kissen vergraben und geschrien hatte. Jetzt war sie sich ziemlich sicher, dass sie nichts, aber auch gar nichts wusste und der erbärmlichste Teenager war, der jemals gelebt hatte, aber wenigstens wusste sie, was sie an ihrem ersten Schultag anziehen würde.

Kapitel 12

Beileidsbekundungen

Astrid backte zwei Bananenbrote und bereitete eine Truthahnpastete zu. Es war kein typisches Sommeressen, aber wen kümmerte es? Sie wusste, dass Barbara an der Küste von Connecticut aufgewachsen war und vor etwa zehn Jahren ihre Mutter nach Clapham geholt hatte, als diese zu kränkeln anfing. Es war gängige Praxis, die älter werdenden Eltern in die Nähe zu holen, anstatt im eigenen Haus ein Zimmer freizumachen, wie das frühere Generationen getan hatten. In einer Ehe waren solche Entscheidungen natürlich belastend und zeigten einem fast immer, wer über die meiste Macht verfügte. Barbara und Bob waren kinderlos geblieben, und sie stellte sich vor, dass Barbara sich dafür eingesetzt hatte, ihre Mutter ins Haus zu holen, aber vielleicht lag sie damit auch falsch. Man konnte unmöglich wissen, was sich hinter verschlossenen Türen in den Häusern der anderen abspielte.

Die Bakers wohnten im östlichen Teil der Stadt abseits vom Fluss in einem kleinen gelben Haus mit einem kleinen öffentlichen Bücherschrank vor der Tür, eine puppenhausgroße Holzkiste, wo Nachbarn

Bücher tauschen konnten. Astrid guckte hinein und sah drei Liebesromane, zwei Selbsthilfebücher, eine Spinne und einen halben Keks. Sie nahm an, dass Bob wenig bis nichts damit zu tun hatte, diese kleine Bücherei würde wesentlich langsamer sterben, als Barbara es getan hatte.

Sie klingelte und wartete und klingelte noch einmal, als keiner kam. Astrid stellte ihr Mitbringsel auf der Veranda ab und wollte gerade wieder umkehren, als Bob die Fliegengittertür öffnete.

»Hallo«, sagte er. Er trug ein weißes T-Shirt und eine Jeans, deren Bund tief unter seinem Bauch hing, Santa Claus außerhalb der Saison. »Ich weiß das zu schätzen.« Bob kehrte ins Haus zurück und hielt hinter sich die Tür auf. Eine drahtige Katze kam herausgeschossen und rannte die Eingangsstufen hinunter. »Sie kommt wieder«, sagte er gelassen. »Tun sie immer. Kommen Sie doch rein.«

Astrid winkte ab. »O nein, nicht doch.« Aber als Bob nicht nachgab, tat sie es doch, nahm Kuchen und Pastete und trottete dann langsam ins Haus.

Ein einziges Mal war sie zu einer Sommerparty bei den Bakers gewesen, es dürfte dreißig Jahre her sein. Schon ein komischer Gedanke, dass ein Haus einen Menschen überlebte, aber das war natürlich meistens so. Barbaras Sachen standen auf dem Kaminsims: ein Korb mit Garn und Stricknadeln, die gerahmten Fotos von ihr und Bob an ihrem Hochzeitstag, Barbaras Gesicht schmaler und strahlend. Frauen bekamen das so viel besser hin als Männer – sie kannte keinen einzigen Witwer, der den Schrank seiner Frau selbst ausgeräumt hatte. Astrid hatte Russells Uhren und Krawattennadeln, seine Terminkalender und Highschooljahrbücher, seinen Ehering und ein Album mit Kinderfotos behalten, mehr nicht. Keine Pullover, keine Schuhe, keine Pyjamas. Warum sollte sie – warum hob man Schubladen voller Kleidung auf, die nie mehr getragen werden würde? Das war nicht mit Sentimentalität zu erklären, es war dumm. Nicht dass Bob es inzwischen bereits hätte tun sollen, aber Astrid wusste, dass Barbaras Schubladen, wenn Bob aus welchen Gründen auch immer das Zeitliche segnete (denn eines Tages würde uns das alle treffen), noch immer voll mit ihren jahrzehntelang getragenen Baumwollunterhosen und dicken melierten Socken wären.

»Vielen Dank für alles«, sagte Bob. Er brachte das Essen in die Küche und ließ sie allein im Wohnzimmer zurück. Sie blieb ruhig stehen, die Hände vor dem Körper, wie ein Chormädchen. Bob kam zurück, klopfte die Hände gegen die Schenkel. »Barbs Schwester kümmert sich um die Planung der Trauerfeier, sie ist seit gestern hier.«

»Ich wusste gar nicht, dass Barbara eine Schwester hatte. Sie ist Ihnen sicher eine große Hilfe«, bemerkte Astrid.

Sie selbst war Einzelkind und fand alte Menschen mit Geschwistern irgendwie lächerlich wie Achtzigjährige, die im Pool noch immer Schwimmflügel trugen. Geschwister waren was für die Jungen und Hilfsbedürftigen. Sie hatte ihren Kindern Geschwister gegeben, damit sie sich in der Kindheit miteinander beschäftigten.

»Carol ist von Vermont hergekommen. Ihre Kinder sind erwachsen, und ihr Ehemann ist Rentner und kann sich um die Hunde kümmern. Sie ist Züchterin. Havaneser. Sie lieben Tiere, die ganze Familie liebt Tiere.« Bob musste zwinkern, weil seine Augen feucht wurden.

»Wie reizend«, sagte Astrid und nickte ernst.

Ihr Blick fiel auf den Boden, der nicht gesaugt worden war, den Korb mit den Stricknadeln, die halb leeren Trinkgläser auf dem vollgestellten Kaffeetisch. Bob schnäuzte sich.

»Die Katzen wissen nicht, was los ist«, sagte er. »Als sie ins Heron Meadows-Heim zog, kam Barb jeden Tag zu Besuch, und jetzt klettern sie die Wände hoch. Sie wissen, dass sie nicht mehr ist.«

»In Notzeiten sind Tiere ein echter Trost«, bemerkte Astrid, obwohl Haustiere ihrer Überzeugung nach nur dazu nütze waren, kleinen Kindern den Tod nahezubringen. Dass diese Ansicht wenig populär war, wusste sie. In den ersten Jahren ihrer Beziehung hatte Birdie einen alten schwerfälligen Hund gehabt, einen riesigen Koloss, der zu ihren Füßen geschlafen hatte, und Astrid hatte es sich als großen Schritt in ihrer Persönlichkeitsentwicklung zugutegehalten, dass sie Birdie mit großem Einfühlungsvermögen beigestanden hatte, nachdem der Hund schließlich langsam und stufenweise verschieden war. Hätte sie ihren Kindern Hunde gekauft, wäre sie womöglich eine bessere Mutter gewesen, aber dafür waren die Geschwister da gewesen. »Lassen Sie es sich schmecken, Bob.«

Bob nickte. »Noch mal danke.« Die Decke war niedrig, und es standen viel zu viele Möbel im Raum. Überall lagen gewebte Teppiche, zweifellos, um Barbaras Füße warm zu halten, während sie von Katze zu Katze gelaufen war und mütterlich ermutigend miaut hatte. Umarmen wollte Astrid Bob nicht, also ließ sie es sein und verließ das Haus auf dem schnellsten Weg, bevor Bob wirklich noch zu weinen anfing.

Heron Meadows lag ein Stück zurückversetzt von der Straße hinter einem hohen Holzzaun mit einem winzigen Torhaus für den Wachmann, dessen Aufgabe es war sicherzustellen, dass keiner der Alten im Nachthemd und mit nackten Füßen ausbüxte. Astrid fuhr auf den Parkplatz und grüßte beim Eintreten jeden, an dem sie vorbeikam. Russells Mutter war während ihrer letzten zehn Lebensjahre in Heron Meadows untergebracht gewesen, und Astrid kannte die Einrichtung gut. Keiner wollte seine Kinder überleben, und deshalb hatte sie, nachdem Russell gestorben war, dafür gesorgt, dass die Kinder sie auf ihren Besuchen begleiteten. Das war das Mindeste, was sie hatte tun können, aber natürlich hatte sie nie alle drei auf einmal mitgenommen.

Wie in den meisten Heimen für alte Menschen haftete auch Heron Meadows der schwache Geruch von Bleichmitteln und Urin an. An den Wänden hingen gerahmte Reproduktionen berühmter Gemälde (Monets *Wasserlilien*, van Goghs *Sternennacht*, kein Picasso oder Caravaggio). Kunstpflanzen standen in großen Terrakottakübeln. Astrid erkundigte sich an der Rezeption, wo Birdie die Haare schnitt, und machte sich auf die Suche nach ihr.

Das Heim hatte die Form einer Tarantel mit einem dicken Mittelteil und langen davon ausgehenden Beinen, den Fluren mit den Zimmern der Bewohner. Im Mittelteil hinter der Rezeption gab es einen großen Übungsraum und einen Raum für Physiotherapie, einen Fernsehraum und einen Bingoraum. Birdies Arbeitsplatz in Heron Meadows war der Bingoraum, wo man auch Bridge spielen oder Kreuzworträtsel lösen konnte. Astrid warf einen Blick durch die offene Tür (es waren immer breite Durchgänge, damit auch Rollstühle durchkamen) und beobachtete Birdie in Aktion.

Auf dem Frisierstuhl saß eine Frau mit dem Rücken zur Tür. Ihr weißes Haar war feucht, und Birdie kämmte es durch auf der Suche nach Härchen, die ihr beim Schneiden entwischt waren. Auf dem Boden lag eine große Plastikmatte, damit man leichter sauber machen konnte. Ihre diversen Gerätschaften warteten auf einem runden Holztisch daneben: zwei Handspiegel, eine Sprühflasche mit Haarpflegemittel, eine Sprühflasche mit Wasser, ein Haartrockner, Kämme, Bürsten, Clips und drei verschiedene Scheren. Die Bewohner konnten sich im Voraus eintragen oder auch einfach vorbeikommen und dann warten. Keiner war in Eile. Der Raum war immer voller Männer und Frauen, die geduldig warteten wie Reisende auf den Heimflug nach Thanksgiving, vollgestopft mit Pastete und Apple Pie. Birdie war schnell und geschickt und wie alle Friseure geübt in Small Talk, den junge Leute hassten, alte Leute aber liebten. Astrid sah ihr bei der

Arbeit zu, den Rücken gekrümmt, die Knie leicht gebeugt. Sie bewegte sich wie eine Boxerin.

»Hallo, kleines Vögelchen«, rief sie.

Birdie blickte hoch, ihre Brille saß auf ihrer Stirn. Sie fuchtelte mit ihrer Schere. »Bin fast fertig mit Doris«, erwiderte sie. »Stimmt doch, Doris? Wir sind fast fertig?« Doris zeigte ein seliges zahlloses Lächeln mit viel rosa Zahnfleisch.

»Ich drehe eine Runde«, sagte Astrid.

Barbaras Mutter, Mary Budge, war hier irgendwo im Heim, und Astrid wollte sie aufsuchen. Sie kehrte an den Empfang zurück und bat um Mary Budges Zimmernummer, dann ging sie mit ihrer Einkaufstüte voller Essen durch die breiten Flure, bis sie das richtige Zimmer fand.

Die Türen in Heron Meadows waren nie abgeschlossen – das war eine Vorsichtsmaßnahme. Und da so viele Bewohner hörgeschädigt waren, hatte jedes Zimmer eine Türklingel, die nicht nur bimmelte, sondern auch ein Blinklicht in Gang setzte. Astrid klingelte und wartete. Nach wenigen Minuten schwang die Tür auf, und vor ihr stand Mary Budge. Sie sah genauso aus wie Barbara, nur um fünfzehn Prozent geschrumpft. Ihre Schultern, rund wie Lastwagenräder, fielen nach vorn, als wäre sie beim Versuch, ihre Zehen zu berühren, auf halbem Weg stecken geblieben.

»Hallo, Mrs. Budge, ich bin Astrid«, sprach Astrid sie an und klopfte sich dabei auf die Brust. »Darf ich für einen kurzen Moment zu Ihnen reinkommen? Ich kannte Ihre Tochter Barbara.«

Mary nickte und schloss die Augen. Sie zog die Tür weit auf und bedeutete Astrid einzutreten.

Das Zimmer sah genauso aus wie alle anderen Zimmer in Heron Meadows. Es war genauso geschnitten wie das Zimmer, in dem Russells Mutter gewohnt hatte, L-förmig. Schnickschnack stand auf seinem Ehrenplatz. Barbaras Sammeltrieb war nicht von ungefähr gekommen, wie sich Astrid jetzt vergewissern konnte.

Mary schlurfte zurück zu ihrem Sessel, der mit einem Seufzer nachgab, als sie sich setzte und eine Häkeldecke über ihre Beine breitete. Astrid sagte sich, dass sie nie so alt werden würde, obwohl es doch einer der Grundsätze menschlicher Existenz war: Leb, solange du kannst. Heron Meadows war nicht der einzige Ort für alte Menschen in und um Clapham – es gab ein Pflegeheim in der Nähe des Krankenhauses für all diejenigen, die ständiger medizinischer Betreuung bedurften, und auch noch ein paar andere, die sie als Pensionen für alte Weiber ansah. Die Männer starben auch in Clapham natürlich zuerst wie überall anders auch. Wenn die Apokalypse kam, wären nur noch alte Frauen übrig. Einige ihrer älteren Freundinnen (alles war relativ, selbst das Alter, selbst jetzt noch) waren zusammengebrochen und nicht mehr auf die Beine gekommen, einige waren gestorben. Sie war noch immer jung genug (wieder relativ), um jeden Todesfall als falschen, grausamen Schlag zu empfinden und nicht als die letztendliche unvermeidliche Gnade, die für alle kommen würde.

Gnade! Davon war sie noch weit entfernt. Frauen ihres Alters arbeiteten noch, auch wenn sie selbst es nicht mehr tat. Sie hatte nach Russells Tod in der Clapham Local Bank gearbeitet, erst als Kassiererin und dann als Finanzberaterin, weil sie Leuten gern sagte, was sie mit ihrem Geld machen sollten. Mit fünfundsechzig war sie in Rente gegangen, weil es jüngere Banker gab und sie mehr Zeit im Garten hatte verbringen wollen. Sie hatte noch Jahrzehnte vor sich, hoffte sie.

Mary Budge saß still da, die Hände auf den Knien. Astrid setzte sich ihr gegenüber aufs Tagesbett, in dem, wie sie sich gleich nach dem Hinsetzen klarmachte, Barbara geschlafen hatte.

»Ich habe Ihnen was zu essen mitgebracht«, sagte sie und holte die Lebensmittel aus ihrem Beutel.

»Sandwiches …« Mary lächelte, obwohl es keine waren.

»Ich stelle alles in Ihre Küche«, sagte Astrid und dann: »Das mit Barbara tut mir leid.«

»Ja, Barb …«, sagte Mary.

Astrids Mutter war dreißig Jahre zuvor gestorben, vor Russell, vor Russells Eltern, vor allen anderen, die ihr etwas bedeutet hatten. Es war unerträglich gewesen, eine ganz schlimme Überrumpelung, die sofort unter Beweis gestellt hatte, wie grausam die Welt sein konnte – als hätten das nicht bereits Hungersnöte, Kriege und Autounfälle getan. Ihre Mutter hatte immer älter gewirkt, als sie gewesen war, aber nicht wirklich alt. Astrid fragte sich, was ihre Mutter wohl zu Porters Baby gesagt hätte, zu Birdie oder auch der Art und Weise, wie sie ihr Haus renoviert hatte, zu den vielen Sommerblumen, die immer wiederkamen und gut gediehen. Ihre Mutter und Russell lebten jetzt im selben Winkel ihres Gedächtnisses weiter, der ihr vorkam wie ein norwegischer Fjord oder Fidschi, ein Ort, der eine so weite Reise erforderlich machte, dass sie niemals selbst dorthin führe, und mit einer Zeitverschiebung, die so groß war, dass Telefonate immer unpassend waren. Doch sie waren beide dort, in ihrem Kopf, und manchmal wurde sie mitten in der Nacht wach und dachte: Jetzt, jetzt, wenn ich jetzt zum Telefon greifen würde, könnte ich sie vielleicht erwischen.

»Ich bin verliebt«, sagte Astrid. Mary nickte und lächelte. »In eine Frau.«

Mary nickte wieder. Im ganzen Heim gab es höchstens ein Dutzend Männer, die meisten davon Personal. Vielleicht waren Marys Freundinnen in ihrer Witwenschaft alle lesbisch geworden. Die meisten Frauen über vierzig waren doch genau genommen männerfeindlich eingestellt. Sie brauchten ihre Ehemänner für die manuellen Arbeiten, aber wozu sonst? Und wenn die Ehemänner wegstarben, blieben nur noch die Frauen, und wen kümmerte es da, wer mit wem schlief, wer innig schmuste oder sich vor dem Frühstückskaffee küsste? Niemand. Astrid redete ermutigt weiter.

»Meine Tochter bekommt ein Baby mit einem Geist. Nicht wirklich einem Geist, aber nicht mit einer Person.«

Mary nickte. »Hm, hm«, sagte sie.

Wie lange mochte es her sein, dass Mary Budge ein

Baby im Arm gehalten hatte? Ein Menschenleben war so lang, dass sich ein Netz kaum weit genug aufspannen ließ, um alle währenddessen gemachten Erfahrungen aufzunehmen. Woran erinnerte sich Mary? Erinnerte sie sich an ihre Hochzeit? An ihre Teenagerjahre? Erinnerte sie sich an den ersten Zahn, den Barbara verloren hatte, und den neuen Zwei-Dollar-Schein, den sie ihr frisch von der Bank unters Kissen geschoben hatte?

»Ihre Tochter und ich sind nicht immer gut miteinander ausgekommen«, beichtete Astrid. »Aber gekannt haben wir uns sehr lange.« Sie hatte sich nicht überlegt, was sie sagen wollte, aber jetzt, da sie im Fluss war, stand für sie fest, was Mary wissen sollte, oder jedenfalls, was Mary von ihr erfahren sollte. »Ich hab sie nicht immer gemocht, aber sie war ein guter Mensch. Sie haben das ganz wunderbar hinbekommen.«

Schließlich kam es nur darauf an, oder? Egal welche Fähigkeiten sie jemals gehabt hatte, Astrid hatte dem Planeten drei Menschen aufgedrängt. Hatten sie ihn besser gemacht? Hatte sie selbst ihn besser gemacht? Barbara hatte sich bemüht, auf ihre neugierige, selbstgerechte, etwas plumpe Art. Bedeutete alt werden in ihrem Fall, erkennen zu müssen, dass die Menschen, die ihrem Urteil nach zu weit gegangen waren, es richtig gemacht hatten, wohingegen sie immer zu wenig getan hatte?

»Ja, Barb«, sagte Mary. Ihre Lider wirkten schwer, als würde sie gleich einnicken. An der Tür wurde geklopft, und eine Krankenschwester mit einem Tablett voller Medikamente kam herein.

»Wie ich sehe, haben Sie Besuch, Mary«, sagte die Schwester freundlich. Sie tätschelte Astrid die Schulter. »Für gewöhnlich macht Mary jetzt ein Nickerchen, nehmen Sie es nicht persönlich.«

»Ich gehe schon«, sagte Astrid und stand auf. Sie berührte Marys Hand. »Es tut mir so leid«, sagte sie. »Für Barbara.«

Die Schwester hielt Astrid am Ellbogen und führte sie mit festem Griff zur Tür. »Wir wissen nicht, inwieweit Mary versteht, was mit ihrer Tochter passiert ist«, erklärte sie.

»Verstehe«, sagte Astrid. Wie dumm von ihr – sie hätte das natürlich in Erfahrung bringen müssen. Hätte darüber nachdenken müssen, was Mary wusste und ob es sie mitgenommen oder verwirrt hatte. Die Schwester hielt noch immer ihren Arm fest, eine gleichermaßen wohlwollende wie ernsthafte Geste: Dies war eine Frau, die es gewohnt war, Menschen zu halten, die wacklig auf den Beinen waren, gewohnt, Menschen zu helfen, die nicht fragten oder nicht fragen konnten. Fast wünschte Astrid sich, ihre Beine würden nachgeben und sie fiele, um gerettet zu werden, aber sie blieb aufrecht stehen. »Ich habe ihr ein paar Kleinigkeiten zu essen dagelassen«, sagte sie.

»Mary dankt es Ihnen«, entgegnete die Pflegerin und öffnete ihr die Tür.

Aus den Öffnungen der Klimaanlage in der Flurdecke kam eiskalte Luft. Eine Frau saß im Rollstuhl vor einem der Zimmer, und Astrid winkte ihr zu. Die alten Damen sahen alle gleich aus, wie Babys durch eine Glasscheibe auch alle gleich aussahen, wenn sie aufgereiht in ihren Bettchen lagen. Wäre Barbara Baker noch am Leben, und sie käme um die Ecke, um ihre Mutter zu besuchen, und sie selbst stünde hier, was hätte sie getan? Sie musste ständig an Barbara denken – und nicht nur ihres Todes wegen, ganz und gar nicht. Barbaras Tod war nur das Aufklatschen im Wasser gewesen, Astrid hatte sie während der letzten zwanzig Jahre auf dem Sprungbrett federn sehen.

Alle meinten, beim Coming-Out ginge es nur darum zu sagen, mit wem man Sex haben wollte, Punkt, Ende. Aber es gab andere Dinge, die gesagt werden mussten. Die Angst kontrollierte so vieles. Sie streckte ihre Hand aus und drückte sie an die kühle Wand.

Elliot war vierzehn gewesen, ziemlich klein für sein Alter und trotzdem im Basketballteam. Er hatte gute Noten geschrieben und war beliebt gewesen, soweit Astrid das im Nachhinein beurteilen konnte, hatte keine Probleme gemacht wie Nicky, der in dem Alter betrunken von Partys gekommen war, am Steuer ihres Wagens eingeschlafen war und sich so fast umgebracht hätte. Selbst mit Porter hatte es Probleme gegeben, ganz im Stil eines pathetischen Teenagers. Aber Elliot hatte zu den Besten und Zuverlässigsten gehört, und deshalb war Astrid auch so überrascht gewesen, als Barbara Baker sie anrief.

Barbara war damals Schülerlotsin gewesen, nicht an der Ecke vor der Grundschule, sondern zwei Häuserblocks weiter in einer fast toten Zone neben dem

Fluss und den Eisenbahngleisen. Dort war nie viel los, und Astrid hatte nicht verstanden, warum man sie dort platziert hatte. Aber Barbara hatte angerufen, um ihr mitzuteilen, dass sie Elliot und seinen Freund Jack – ein hübscher Junge mit sandbraunen Haaren, Fußballspieler und Sohn von Akademikern, die Dinnerpartys gaben und Miles Davis auf Vinyl hörten – auf den Felsen hatte spielen sehen. »Es ist so gefährlich da unten, wissen Sie«, hatte Barbara gemeint. »Es sieht so ruhig aus, aber die Strömung ist stark. Mir liegt ihre Sicherheit am Herzen.« Als sie sich den Jungs genähert hatte, war sie noch nicht gleich entdeckt worden. Das Tosen des Flusses war an diesem Tag laut gewesen, die Züge ebenso, und sie waren Teenager gewesen, die glaubten, allein auf der Welt zu sein. Barbara dürfte Ende dreißig gewesen sein wie sie selbst zu der Zeit, und es gab wahrhaftig keinen Grund, warum zwei Jugendliche eine solche Frau bemerkt haben sollten. Sie hatten es auch nicht. Als sie sich ihnen in der Absicht genähert hatte, sie zu ermahnen, an so einem gefährlichen Ort nicht herumzualbern, hatte sie es gesehen. Sie hatten sich geküsst.

Ein Pfleger kam mit einer großen Mülltonne auf Rädern den Flur entlang und grüßte Astrid. Sie machte Platz und lief dann rasch weiter zur Eingangstür, die schwer und solide war und dazu gedacht, die Leute drinnen zu halten. Astrid drückte dagegen und stolperte hinaus in den strahlenden Sonnenschein. Sie hatte vergessen, wie heiß es war, aber zu spät, nun war sie hier und konnte sich nicht aufraffen, woandershin zu gehen. Sie setzte sich auf die nächste Bank neben eine Frau mit einem tragbaren Sauerstoffgerät.

Barbara hatte ihre Reaktion höflich abgewartet. Nicky hatte sich immer auf seine Freunde geworfen, als wären sie alle Hündchen, aber Elliot nie. Ihr – seiner Mutter Astrid – war nie etwas aufgefallen, das zu dem von Barbara Beschriebenen gepasst hatte. Er war ihr Ältester – sie hatte ihm in den letzten vierzehn Jahren mehr Aufmerksamkeit entgegengebracht als seinen zwei Geschwistern. Sie hätte die Namen sämtlicher Lehrer aufsagen können, die er je gehabt hatte, dazu die von all seinen Freunden. Aber das – das hatte sie nicht bemerkt.

Sie hatte keine bewusste Entscheidung treffen können. Plötzlich war da eine Wand errichtet worden, die vorher nicht da gewesen war. Elternschaft war so, jedenfalls wie sie selbst sie erlebt hatte, dass die meisten Entscheidungen keinem Plan folgten, es waren Druckverbände, unmittelbare Reaktionen auf das jeweils akute Problem. Astrid hatte erwidert: »Nein Barbara, da irren Sie sich. Danke.« Und dann hatte sie aufgelegt. Es gab nur einen Moment in ihrem Leben, der noch blamabler gewesen war. Sie hatte niemandem davon erzählt – weder Russell noch Porter noch Nicky, niemandem. Aber als Elliot an diesem Tag aus der Schule gekommen war, hatte Astrid ihm gesagt, sie habe einen Anruf bekommen, ohne ihm zu sagen, von wem, und der Anrufer habe ihn gesehen und er solle vorsichtig sein.

Hatte sie *vorsichtig* gesagt? Sie hatte ihm gesagt, er solle es nicht tun, nicht in der Öffentlichkeit. Es, hatte sie gesagt und ihn auch wissen lassen, dass es ihr peinlich war. Und das war der blamabelste Moment in ihrem Leben gewesen.

Am Ende des Jahres hatte Jacks Mutter eine Dozentenstelle in Berkeley angenommen, und die Familie war an die Westküste gezogen, Jack war einfach weg gewesen. Man wusste ja, wie das war als Kind. Vor allem bei Jungs. Sie glaubte nicht, dass Elliot bemüht gewesen war, den Kontakt aufrechtzuerhalten – warum auch? Jack war also weg und Astrid war erleichtert gewesen. Aber sie hatte seitdem bei jeder Begegnung mit Barbara an diesen Anruf denken müssen. Manchmal war sie wütend auf sich, manchmal wütend auf Barbara gewesen. Was für eine Kuh! Wer machte denn so was? Wer tratschte über einen Jugendlichen, der keinem was zuleide tat? Aber natürlich waren sie beide Kühe, sie und Barbara: Astrid hätte es ihrer Generation in die Schuhe schieben können, aber stichhaltig war das nicht. Es gab keine Entschuldigung, außer für die Ausrede, dass Perfektion ein Ding der Unmöglichkeit war und Versagen unvermeidbar.

Wer keine Kinder hatte, hielt die Zeit mit einem Neugeborenen für die schwierigste Elternphase, dieses ständige Auf und Ab, das Füttern und das zahnlose Jammern, egal ob Tag oder Nacht war. Aber Eltern wussten es besser. Eltern wussten, dass es das Schwierigste am Elternsein war, sich darüber klar zu werden, wie man vierundzwanzig Stunden am Tag alles richtig machte, und das für immer, und die Situationen überlebte, in denen es einem nicht gelang. Astrid hatte das Gefühl, ihr eigenes Kind verflucht zu haben, als hätte sie mit diesem einen Gespräch die Murmel ins Rollen gebracht, die Elliot mitgerissen hatte. Sie konnte sich das Leben vorstellen, das Elliot hätte haben können, wenn sie etwas anderes gesagt hätte. Selbst wenn sie nichts gesagt hätte, wäre das besser gewesen. In einem Paralleluniversum hätte es zwischen ihr und Elliot Gemeinsamkeiten gegeben, sie wären sich nah gewesen, aber in diesem hatte sie ihre Chance vertan. Es hieß immer, das Leben sei lang, meinte damit aber nur die eigenen Erinnerungen. Barbaras Tod bedeutete, dass sie, Astrid, ihr Zeitfenster für eine vollständige Korrektur, nämlich dieses spezielle Unrecht wirklich wiedergutzumachen, verpasst hatte. Womöglich gab es noch anderes Unrecht, nicht nur solches, das sie Elliot angetan hatte, sondern anderes, das sie Nicky und Porter angetan hatte. Astrid wusste es nicht, aber es war zweifellos da.

Die Frau mit dem Sauerstoffgerät zeigte über den grünen Rasen auf einen Reiher, der auf eine übergroße Vogeltränke zustelzte. Astrid heuchelte höfliches Interesse.

Als Barbara überfahren worden war, hatte sich bei Astrid irgendwo in den trüben Tiefen ihres Gehirns der Gedanke festgesetzt, dass sie jetzt nur noch eins von zwei Gesprächen würde führen müssen. Sie würde sich nur noch bei Elliot entschuldigen müssen und nicht mehr bei Barbara. Das war eine so traurige und erbärmliche Ausrede von einem Gefühl, und sie schämte sich erneut, es sich einzugestehen.

Die schwere Eingangstür ging knarrend auf, und Birdie steckte ihren Kopf heraus.

»Hey«, sagte sie. »Ich mache jetzt eine Pause, und man hat mich hierher verwiesen. Meine Güte ist das heiß hier. Möchtest du ein Eis?«

An Birdies Schürze hafteten kurze Härchen, ganze Galaxien auf dem dicken blauen Baumwollstoff. Astrid wünschte sich so sehr, ihrer würdig sein zu können.

Kapitel 13

Clap Happy

Porter freute sich, Rachel ihre Ziegen vorstellen zu können. Clap Happys fünfundzwanzig nubische Ziegen und Alpenziegen lebten in einem großen roten Stall mit einer eingezäunten Weide, auf der sie grasen und aus Kübeln Alfalfa-Heu fressen konnten. Aufeinandergetürmte Felsbrocken luden zum Klettern ein – Porter nannte das Areal den »Klettergarten« –, und das taten sie ausgiebig. Die Ziegen waren lustig, ungestüm und anschmiegsam. Astrid hatte keine Haustiere mit Fell zugelassen – Nicky hatte ein paar Jahre eine Eidechse gehalten, und Elliot hatte eine Schlange haben wollen, sie auch bekommen und dann wieder weggegeben –, und Porter hatte manchmal gedacht, dass sie eine glücklichere Erwachsene wäre, wenn sie mit Hunden oder Katzen groß geworden wäre.

Einmal im Jahr wurden die Zicklein geboren. Clap Happy war nicht so groß, dass man alle Zicklein behalten konnte, aber Porter beobachtete mit Begeisterung, wenn sie geboren wurden und danach ihre dünnen Beine und knubbeligen Knie streckten und versuchten, ihr eigenes Gewicht zu tragen. Sie hatte zwei Angestellte – Grace und Hugh –, die drinnen aus der vielen Milch Käse zubereiteten. Rachel wollte sehen, wie der Zauber funktionierte. Es war eine Exkursion. Porter lehnte am Zaun und steckte sich einen Strohhalm zwischen die Zähne, als sie Rachels Wagen vorfahren sah.

»Du gehst voll drin auf, stimmt's?«, fragte Rachel lachend.

»So machen wir es halt auf dem Land«, entgegnete Porter.

»Ach nein. Sind die süß!« Rachel steckte eine Hand durch den Zaun, und zwei der Alpenziegen kamen herbei und knabberten an ihren Fingern.

»Das sind Boo Boo und Cassius Clay«, stellte Porter sie vor.

»Du gibst ihnen Namen?«, fragte Rachel überrascht.

Rachels Eltern waren durch und durch Städter. Porter wunderte sich, dass Rachel nicht dortgeblieben, sondern wieder zurück nach Clapham gekommen war.

»Natürlich gebe ich ihnen Namen, ich sehe sie doch jeden Tag. Irgendwie muss ich sie ja rufen.«

»Es sind aber doch alles Frauen, oder? Ich meine Weibchen. Wegen der Milch …«

»Ich glaube nicht an Geschlechternormen«, verriet Porter. »Deshalb wird sie auch Elvis heißen.« Sie rieb ihren Bauch.

»Du scherzt doch.« Rachel hielt inne und sah sie an.

»Tue ich. Vielleicht ist sie ja doch ein Er, wer weiß? Ich bin da ganz offen. Komm, wir gehen rein.«

Porter öffnete das Tor und führte Rachel in den Klettergarten, wo zwei weitere Ziegen spielten.

»Hast du auch manchmal das Gefühl, eine Lavalampe verschluckt zu haben?«, wollte Rachel wissen. »Du weißt schon, als würden kleine Glibberbällchen auf und ab schweben?«

»Ha, ja«, bestätigte Porter. »Ich höre auch immer ein Geräusch, als würde ein Eichhörnchen hinter einer Wand klopfen und versuchen, den Weg nach draußen zu finden.«

»Mir kommt es manchmal so vor, als würde ich gebären, und dann kommt nur der allerheftigste Pups, aber ohne Baby.« Rachel legte sofort ihre Hände flach auf den Bauch. »Entschuldige. Du bist kein Pups.«

»Ich liebe dich«, sagte Porter. »Wieso sind wir die einzigen normalen Menschen auf der Welt? Ich bin all die Bücher und die Apps so leid, die immer nur in den höchsten Tönen schwärmen!« Sie kratzte Cassius Clay am Ohr. »Hast du eigentlich schon einen Namen?«

Das war einer der Gründe, weshalb Porter es bedauerte, keinen Partner zu haben – sie hatte niemanden, mit dem sie sich Namen zuwerfen konnte, niemanden, der ganz schnell Jezebel oder Strawberry oder Loretta ausschloss. Freunde und Familie hatten natürlich auch eine Meinung, aber diese Meinungen zählten nicht wirklich. Dafür waren Partner da. Sie hatte Namen ausgesucht, realistische, aber die füllten gerade mal einen kleinen Notizzettel: *Athena, Cassiopeia, Ursa, Agnes, Eleanor, Louisa.* Sie ergänzte diese, strich aus, musste sich aber noch für einen, den sie dem kleinen Wesen in ihrem Bauch geben wollte, entscheiden.

»Die Freundin meines Mannes hat gerade ein Baby bekommen. Sie nennen es Felix, ein Name, der mir wirklich gefällt«, antwortete Rachel.

Ihre Freundin wusste nicht, ob sie einen Jungen oder ein Mädchen bekam, eine Entscheidung, die Porter bei anderen Frauen respektierte, die für sie aber nicht infrage gekommen wäre, genauso wenig wie Marathonlauf oder Wintercamping.

»Felix gefällt mir«, sagte sie, strich ihn aber im Geiste von ihrer zukünftigen Jungenliste. Fast jede Frau, die sie kannte, hatte derartige Listen angelegt, seit sie zwanzig war. Sie und Rachel hatten sich schon mit vierzehn über Babynamen unterhalten. Das war nichts für jeden, aber sie beide gehörten zu denen, die gern im Voraus planten. Manchmal las Porter sich die beliebtesten Mädchennamen im Staat New York durch, nur um welche ausschließen zu können. Sie wollte ihrer Tochter keinen Namen geben, den dann auch sechs andere Mädchen in ihrer ersten Klasse trugen, die Kleine würde eine unter vielen sein. Sie wollte einen Namen aussuchen, der sich für eine Richterin am Supreme Court oder eine Ingenieurin oder eine strenge, aber faire Lehrerin an der Highschool gleichermaßen eignete, eine Person, nach der eines Tages eine Bibliothek benannt werden würde.

»Weißt du, worüber ich nachgedacht habe?«, sagte Rachel und streckte ihre Hand aus, um sich erneut von Boo Boo beschnüffeln zu lassen, einem richtigen Nimmersatt, was Zuwendungen betraf, wie die meisten Ziegen. »Über all die Männer, die ich hätte heiraten können. Nicht einer hat mich gefragt! So viele Fremde, mit denen ich ein Baby hätte haben können. Wie in *Sie liebt ihn – sie liebt ihn nicht*, aber mit meinem Leben statt dem von Gwyneth Paltrow. Hast du schon mal so was Deprimierendes gehört?«

Porter schüttelte den Kopf. »Ja. Ich meine, ich hab sogar schon Schlimmeres gehört. Mein ganzes Leben ist deprimierend. Die gute Nachricht ist, dass ich denke, man muss aufhören mit dem Nachdenken darüber, wenn man Kinder hat, weil du weißt, dass die- oder derjenige, die oder den du zur Welt bringst, gar nicht da wäre, wenn du andere Entscheidungen getroffen hättest. Und wenn Elvis geboren wird oder Felix oder Tallulah werden du und ich sie uns ansehen und sagen, verflixt, wie bin ich froh, dass du da bist und nicht jemand anderer, denn welche Entscheidungen du auch immer getroffen hast, sie führten dich zu dieser Person, zu diesem kleinen Menschen, und so wird auch die Vergangenheit perfekt. Die Zukunft kann sich immer verändern, aber nicht die Vergangenheit. Ich weiß nicht«, schob sie achselzuckend nach, »das hoffe ich jedenfalls.«

Rachel kam auf sie zu und schlang sanft die Arme um ihre Leibesmitte. »Danke, dass du das gesagt hast. Warum haben wir überhaupt aufgehört, Freundinnen zu sein? Es ist so schön, deine Freundin zu sein. Stimmt doch, oder spinne ich?«

»Du spinnst nicht«, bemerkte Porter und erwiderte die Umarmung. Die Ziegen scharten sich um ihre Beine, eine glückliche Herde, immer auf der

Suche nach mehr Leckerchen, mehr Spaß. Eine trat ihr auf den Fuß und wackelte dann mit dem Schwanz. »Ich weiß auch nicht, warum. Ich meine, es ist ja nicht schwer, den Kontakt aufrechtzuerhalten. Vermutlich leichter als früher. Wir haben die Möglichkeit, zu simsen und Mails zu verschicken.«

»Ach, lass uns wieder Freundinnen sein«, sagte Rachel. »Lass uns den ganzen Tag hin und her schreiben. Ich texte dir, wenn meine Schüler mich in den Wahnsinn treiben, weil sie nicht mit dem Texten aufhören wollen.«

Sie lachte, während sie beide Bauch an Bauch dastanden.

»Ich schreibe dir bereits im Geiste«, sagte Porter.

Es hatte Gründe gegeben, wenn auch keine guten. Gab es jemals gute Gründe dafür, nicht mehr gute Freundinnen zu sein? Sie erinnerte sich an eine Pyjamaparty mit sechs oder sieben Mädchen, die alle in Schlafsäcken auf dem Boden ihres Schlafzimmers gelegen hatten wie Hotdogs auf dem Grill, die Augen im Dunklen weit geöffnet. Abwechselnd hatten die Mädchen verkündet, für welchen Jungen sie schwärmten, und dann hatten die anderen gekreischt und gelacht. Rachel war vor Porter dran gewesen und hatte Jeremys Namen ins Feld geführt. Als Porter diesen dann eine Minute später ebenfalls gesagt hatte, hatten alle Mädchen »Ooooh« gerufen, weil natürlich nur eine hatte gewinnen können. Es war wie die Stimmabgabe bei einer Vorwahl gewesen: Man konnte immer nur die Schwärmerei einer Freundin für einen Jungen unterstützen. Man konnte nicht zwei Kandidatinnen im selben Rennen Rückendeckung geben.

War diese Nacht der Wendepunkt ihrer Freundschaft gewesen? Sie hatten beide geschworen, dass nichts zwischen ihnen war, und sich wieder zusammengetan, aber ein paar Monate später, als Jeremy für Porter einen Sitzplatz in der letzten Reihe des Schulbusses, der Knutschreihe, wie sie genannt wurde, freigehalten hatte, war sie, so schnell ihre Beine sie hatten tragen können, zu dem Kunstledersitz geflitzt. Natürlich war nichts dahinter gewesen außer einer Highschoolliebelei, Kinderkram. Freundinnen verstanden so was. Jetzt konnte sie Rachel gegenüber zugeben, dass sie ein Trottel gewesen war, und es wäre okay. Jeder machte Fehler, vor allem wenn man voller Hormone und Lust war. Danach war Jeremy ihre erste feste Beziehung und das Wichtigste in ihrem Leben gewesen, und alles andere hatte zurückstecken müssen. Sie würde, wenn der richtige Zeitpunkt dafür gekommen war, mit Rachel darüber reden.

Allerdings würde sie nicht zugeben, wie oft sie sich ausgemalt hatte, in der Zeit zurückzureisen und Jeremy Fogelman zu heiraten. Wie viele Male im Jahr hatte sie sich gefragt: Verdammt noch mal, was hast du dir gedacht mit deinen zwanzig Jahren Porter? Worauf hast du gewartet? Denn dann hätte sie einen Menschen haben können, den sie liebte, anstatt sich ihn im Laufe der letzten achtzehn Jahre verbotenerweise hin und wieder auszuborgen. Das hatte sie keinem erzählt. Alle – ihre Mutter, Rachel, John Sullivan – wussten, dass Jeremy ihr Jugendfreund gewesen war, aber keiner wusste, dass es noch weitergegangen war. Obwohl Jeremy verheiratet war, trafen sie sich oft im Stall, und manchmal, wenn ihnen nach Luxus zumute war, fuhren sie nach Manhattan und nahmen sich das kleinste Zimmer im besten Hotel, das sie sich leisten konnten. Veterinäre hatten zudem jährliche Konferenzen an so sexy Orten wie Minneapolis im Februar! Memphis im August! Sie fand immer eine passende Ausrede. Er war ihr Erster gewesen, und was auch immer danach gekommen war, war draufgesetzt worden wie Schlagsahne und Streukügelchen. Was immer sie und Jeremy füreinander waren, es war die Basis. Sie waren die Bananen im Bananensplit.

Als sie das letzte Mal miteinander geschlafen hatten, es war fast zwei Jahre her, waren sie in die Stadt gefahren – bis nach Brooklyn, wo Leute ihres Alters noch immer auf Selbstfindungstrips waren. Sie hatten es wie immer gemacht: Sie hatte in ein Hotel eingecheckt (diesmal ein neues schickes Ding, geformt wie eine auf dem Kopf stehende Pyramide), dann waren sie und Jeremy sich an der Bar oder im Restaurant oder in einem Kino »zufällig« über den Weg gelaufen und hatten sich erschrocken und erstaunt über diesen Zufall nebeneinandergesetzt. Sie waren ins Hotel gegangen, hatten ein paarmal Sex gehabt, geduscht, Jeremy war aufgebrochen, und sie war allein zwischen den sauberen Hotellaken eingeschlafen.

Es war ein ziemlich außergewöhnliches Arrangement, wenn man nicht genauer darüber nachdachte.

Dieses letzte Mal aber war es anders gewesen. Porter hatte sich etwas in den Kopf gesetzt. Sie waren in einem nahe gelegenen mexikanischen Restaurant essen gegangen, und sie hatte drei starke Margaritas getrunken, die ihre Zunge ein wenig mehr gelockert hatten.

»So«, hatte sie taumelnd gesagt. »Ich habe nachgedacht.«

»Ich auch«, hatte Jeremy erwidert. »Ich habe mir überlegt, dir die Hose auszuziehen und deine Klitoris zu lecken, bis du schreist.«

»Hör auf«, hatte sie gesagt. »Ich wollte sagen, das klingt gut, lass uns gleich drauf zurückkommen. Aber ich meine es ernst.« Sie war stehen geblieben und hatte sich an einem Türrahmen abgestützt. »Du bist nicht glücklich.«

Jeremy hatte gelacht. »Wie kommst du darauf? Ich habe alles, was ich mir nur wünschen kann.«

Er war näher gekommen und hatte versucht, sie zu umarmen. Sie hatte ihre Hand flach auf seine Brust gelegt.

»Mich hast du nicht, nicht wirklich.«

»Natürlich habe ich dich, sieh uns doch an!« Er hatte sich vorgebeugt und angefangen, ihren Hals zu küssen.

»Aber du hast auch Kristen.«

Jeremy hatte sich wieder aufgerichtet. »Nicht doch, Port.«

»Ich sage doch, ich habe mir was überlegt. Du bist nicht glücklich in deiner Ehe, und ich bin verdammt noch mal hier! Du sagtest immer, dass es für dich in

Ordnung sei, wenn ich jemanden fände, und jetzt ist es so weit. Ich habe dich gefunden. Ich möchte, dass wir mit diesem Blödsinn aufhören Jeremy. Ich möchte Babys haben, bevor ich zu alt dazu bin. Und mit wem sollte ich eins haben, wenn nicht mit dir?«

Aber Jeremy hatte bereits Kinder. Er hatte außerdem schon vor Jahren eine Vasektomie vornehmen lassen, als sein jüngster Sohn vier gewesen war. Und dann hatte sie eine von ihren eigenen Wünschen und Frustrationen gemeißelte Grenzlinie gezogen, die er nicht hatte überschreiten wollen oder können. Sie waren in ein Hotelzimmer gegangen und hatten zweimal hintereinander Sex gehabt, was sie als gegenseitiges Einvernehmen verstanden hatte, dass sie nie wieder so guten Sex haben würden, mit niemandem. Danach hatte es keine Hotelzimmer mehr gegeben, keine angenehm gedimmten Bars in fernen Städten, keine vormittäglichen Treffen mehr im Stall, den Rücken gegen das raue Holz gedrückt. Der einzig positive Aspekt, mit einer Person Schluss zu machen, mit der man nicht verheiratet war, war der, dass sich einfach alles in Luft auflösen konnte: Es gab keine Anwälte, kein gemeinschaftliches Vermögen, keine Bücherregale oder Schallplattensammlungen, die auseinanderklamüsert werden mussten.

Und Porter war weitergezogen, hatte sich verabredet mit Leuten, die ihr gleichgültig waren, hatte alles gelöscht. Was hatte er gesagt? Es war eine Frage des Timings. Als sie sich kennengelernt hatten, waren sie zu jung und sie nicht bereit gewesen. Als er bereit zum Heiraten gewesen war, hatte es Kristen gegeben,

Kristen, die bereits mit einem Lebensplan zur Welt gekommen war. Das war der schlimmste Abschnitt des Erwachsenseins, wenn man begriff, dass es keine Gerechtigkeit auf der Welt gab, keine unsichtbare Hand auf dem Ouija-Brett. Es gab nur das Internet und die Pfade, die man einschlug, weil man sie aus irgendeinem dummen Grund für die richtigen hielt, wenn man auf einer Party einen über den Durst getrunken hatte oder sich im selben Moment einsam fühlte wie ein anderer auch. Und war das nicht bei jedem so, immer?

Rachel streckte Boo Boo noch mal ihre Hand hin, aber als diese dort nichts fand, was sich lohnte, machte sie kehrt und rannte blökend davon, als wollte sie ihre Freundinnen warnen, dass diese beiden rundlichen Menschen nichts im Angebot hatten. Rachel hustete und lachte dann.

»Hast du ein Badezimmer für Menschen? Ich glaub, ich hab mich gerade eingepinkelt.«

»Gleich hier«, sagte Porter und führte sie in den Stall.

Kapitel 14

Cecelias erster Tag

Die Clapham Junior High war von außen betrachtet eine Backsteinfestung, umgeben von grünem Rasen, einem Fahnenmast und einem Parkplatz. Cecelias Schule in Brooklyn war auf verschiedene Weise unauffällig gewesen: überfüllt mit Kindern aus tausend verschiedenen Ländern und ungenießbarem, fadem Essen in großen Mengen. Aber sie musste noch das Zentrum des Venn-Diagramms entdecken, die Schnittmenge der beiden Schulen. Garderobenschränke? Flure? Die Liste war nicht lang. Sie hatte das Schulgebäude bisher erst ein einziges Mal betreten, zusammen mit Astrid, um sich von einer geschwätzigen Siebtklässlerin namens Kimberly in der Orientierungsstunde für neue Schüler durchs Haus führen zu lassen. Warum begriffen Schulen eigentlich nicht, dass die geeignetste Person, Jugendliche mit einer neuen Schule vertraut zu machen, jemand war, der keine große Sache daraus machte? Keiner wollte für irgendwas hervorgehoben werden. Mitten in der Pubertät wünschte sich doch jeder nur einen möglichst großen Stein, um sich darunter verstecken zu können, und Scheinwerfer, die jemand anderen beleuchteten.

August hatte ihr gesagt, dass er eine Haltestelle vor ihr in den Schulbus stieg und wahrscheinlich am ersten Schultag drinsitzen würde, je nachdem, was seine Eltern vorhatten. Cecelia wehrte sich nach Kräften gegen die verlockende Vorstellung, sie könnten Freunde sein. Wenn er nicht im Bus saß, würde sie sich eben einen leeren Platz suchen oder sich neben ein Mädchen setzen, das lächelte. Es müsste ja kein breites Lächeln sein, nur Lippen, die sich ein bisschen verzogen. Es war nicht so wichtig, nur eine Busfahrt.

In ihrer alten Schule begann der Unterricht erst wieder in einer Woche, sie hielt sich über das Leben ihrer früheren Freundinnen mittels Snapchat und Instagram auf dem Laufenden. Es gab da die falschen und die echten Accounts, diejenigen, die auch die Eltern einsehen konnten und wo jeder Sachen aus der Schule und neue Frisuren und süße Hunde postete, und die Accounts, in denen mehr nackte Haut und authentisches Teenagerelend gezeigt wurde. Katherine hatte den Zugang für sie auf beiden geblockt, aber einige ihrer nicht ganz so engen Freundinnen aus ihrer Gruppe hatten es nicht getan, und so bekam Cecelia noch ein wenig davon mit, was in ihrem alten Leben los war. Sonya hatte sich die Haare schneiden und pink färben lassen. Maddy hatte mehr Schmolllippen-Selfies als sonst gepostet, was womöglich bedeutete, dass es mit ihrem Freund aus war. Cecelia hätte das gern kommentiert, fürchtete aber, dass Katherine antworten könnte, denn dann würde sich ein Loch in der Erde auftun, in das sie hineinspringen müsste. Die ganze Sache war ihr inzwischen ohnehin höchst unangenehm, obwohl sie wusste, dass das, was sie getan hatte (es ihren Eltern erzählen, Katherines Eltern erzählen, ihrem Lehrer berichten), ganz objektiv das Richtige gewesen war. Manchmal war es grottenschlecht, das Richtige zu tun.

Ihre Granny war damit einverstanden, im Haus zu warten und sich nicht draußen zu vergewissern, dass sie in den Bus stieg, aber Cecelia sah ihr Gesicht am Fenster, bevor sie sich schnell hinter dem Vorhang versteckte. Man hatte den Bus seit dem Unfall sichtlich überholt – er strahlte mit neuer Lackierung, grellgelb mit schwarzen Lettern, so glänzend, als wären sie noch nass. Die Tür klappte auf, und man sah eine dünne blasse Frau, mit Haaren so dunkel und nassglänzend wie die schwarze Beschriftung. Sie machte einen nervösen Eindruck, verständlich, wie Cecelia fand. Es war sicher nicht einfach, einen Job zu übernehmen, der vor Kurzem wegen Totschlags am Steuer frei geworden war, obwohl der Standard nach diesem Tiefpunkt nur noch besser werden konnte.

»Alle einsteigen«, sagte sie.

»Es ist mein erster Tag«, sagte Cecelia.

»Meiner auch«, erwiderte die Fahrerin und verzog ihr Gesicht zu einer Art Lächeln.

Ob sie gleich hier neben der Fahrerin Platz nehmen konnte? Vielleicht um den Schaltknüppel zu betätigen, wie das abwechselnd jedes Kind in einem Eisenbahnmuseum tun durfte, das Schaffner spielen wollte.

Sie sprang so leichtfüßig wie möglich die Stufen hinauf, bemüht, Selbstsicherheit auszustrahlen. Das war der Plan: so zu tun, als wäre sie die lässige Person, die sie gerne sein würde. Keiner wusste es besser, und so konnte sie so selbstsicher und cool sein, wie sie behauptete. Was nicht heißen sollte, dass sie lügen wollte – auf keinen Fall. Aber sie wusste einfach, wie die Dinge liefen und dass die Projektion von Selbstsicherheit ihre einzige Hoffnung auf Überleben war, so wie einige ungefährliche und todbringende Schlangen fast identische Zeichnungen aufwiesen. Der Bus war halb voll und sofort spürte sie, dass sämtliche Augenpaare auf sie gerichtet waren. Rasch überflog sie die Reihen – mürrische Mienen allesamt. Die Mädchen musterten sie von oben bis unten, inspizierten jedes Detail ihrer Kleidung, die Jungs betrachteten ihr Gesicht und ihren Körper mit Röntgenblick, und Cecelia spürte die Schwere jedes Blicks – bis sie ganz hinten August winken sah.

»Oh, Gott sei Dank«, sagte sie, als sie endlich in seiner Reihe angekommen war.

Die kühle Fassade, die sie bis zu diesem Moment aufrechterhalten hatte, zerrann zu einer Pfütze echter Erleichterung.

»Ja, also willkommen in der Hölle. Hübsch hier, nicht wahr?« Er gab ihr einen Muffin. »Hat mein Dad gebacken.«

Cecelia zerrte ihren Rucksack von den Schultern und ließ sich auf den Sitz neben ihm fallen. »Meine Eltern backen nicht. Eine Weile haben sie Mandelmilch selbst gemacht, dann ihr eigenes Sauerteigbrot mit so einem fremdartigen Wesen zubereitet, das sie im Kühlschrank hielten, aber normal backen, mit Butter und Zucker, meine ich, tun sie nicht.«

»Das ist schade«, erwiderte August. »Butter und Zucker sind zwei der objektiv wirklich guten Dinge auf der Welt. Vielleicht mögen deine Eltern ja bloß keine Kohlehydrate.«

»Oder keine Rücksichtnahme«, warf Cecelia ein und biss ab. Der Muffin war noch warm. »Wenn meine Großmutter es vergeigt, ziehe ich bei dir ein.«

»Ich hab mir immer eine Schwester gewünscht«, sagte August.

»Ich auch.« Cecelia nahm noch einen Bissen. »Hast du schon mal das Gefühl gehabt, dass deine Eltern vergessen, deine Eltern zu sein und nicht nur deine Kumpel? Meine sind Megakumpel. Disziplin ist nicht ihre Stärke. Nicht dass ich mir Disziplin wünsche, nur …«

»Regeln. Verstehe.« August nickte.

Der Bus machte einen Satz über eine Bodenwelle und hob sie beide ein wenig aus ihren Sitzen. Sie bogen um eine Kurve und hielten dann an. Ein kleiner Pulk langhaariger Mädchen stieg ein, eine optische Illusion von Homogenie. Cecelia brauchte ein wenig, bis ihr klar wurde, dass es nicht drei Kopien desselben Mädchens waren, sondern drei unterschiedliche Mädchen in identischer Kleidung bis zu den Löchern in den Knien ihrer Jeans und den entblößten Bauchnabeln unter ihren abgeschnittenen Tanktops und den identischen gelangweilten Mienen ihrer mürrischen Gesichter.

»Sind das Schwestern?«, fragte Cecelia und deutete mit einer Kinnbewegung auf die drei.

»Nein. Sie wären es gern. Spirituell gesehen. Und damit meine ich, dass sie ihre Seelen demselben Sukkubus verkauft haben.«

Die Mädchen quetschten sich in eine Reihe ganz vorn im Bus, den einzigen leeren Plätzen, zwei auf den Sitzen und die dritte auf dem Schoß der anderen wie eine Babypuppe.

»Nur zwei auf einer Bank«, sagte die Fahrerin, nachdem sie die Tür geschlossen hatte. »Such dir einen anderen Platz, Miss.«

Das obenauf sitzende Mädchen verdrehte die Augen, und es wurde tuschelnd verhandelt, bevor die Größte der drei in den Gang hinausgedrängt wurde.

»Das am Fenster ist Sidney«, erklärte August, »die anderen beiden sind ihre Spießgesellinnen Bailey und Liesel. Liesel ist die, die rausgeschmissen wurde.«

Liesel schmollte nun zwei Reihen weiter hinten neben einem Mädchen mit großen Kopfhörern, die ihr Vorhandensein gar nicht wahrgenommen hatte.

Cecelia lehnte sich zurück in das quietschende Vinyl des Bussitzes. Sie sahen nicht so aus wie ihre Freundinnen zu Hause, nicht wirklich, aber wenn man sie als Clique sah, fühlte sie sich an das erinnert, was mit ihr passiert war. Dabei war sie gleichermaßen dankbar, in diesem verrückten mörderischen Schulbus zu sitzen, und wütend, dass man sie für die am wenigsten Wichtige erachtet und deshalb auf den sprichwörtlichen Gang hinausgekickt hatte.

»Alles okay mit dir?«, erkundigte sich August. »Du siehst grün aus.«

»Mir geht's gut«, sagte Cecelia.

»Wir sind jetzt auch da.«

Der Bus bog um eine weitere Kurve und fuhr vor das Schulgebäude. Er kam zum Stehen, alle standen auf, ließen sich aber Zeit beim Aussteigen. Cecelia hatte den Eindruck, dass sie sich wieder hingesetzt hätten, wenn die neue Busfahrerin einfach wieder losgefahren wäre, und bereitwillig durchgebrannt wären. Sie und August stiegen als Letzte aus dem Bus, und als sie den Asphalt unter den Füßen spürte, stand der Pulk identischer Mädchen nur ein paar Schritt weit vor ihr zur Make-up-Kontrolle mittels Handykamera.

Bailey nahm über das Display Blickkontakt zu ihr auf und riss dann den Kopf herum. »Was ist?«

Sofort drehten sich auch die anderen Mädchen um. Neue Schüler an einer Schule jeder mittleren Größe bedeuteten potenzielle Verwerfungen in der sozialen Hierarchie. Sie mussten sich vergewissern, dass Cecelia keine Bedrohung darstellte.

»Bist du neu hier?«, fragte Sidney.

Aus der Nähe waren die Unterschiede zwischen den drei Mädchen klarer erkennbar. Liesel war gute zehn Zentimeter größer, ein Umstand, den sie durch eine fürchterliche Körperhaltung zu korrigieren versuchte, und hatte nur im linken Knie ihrer hautengen Jeans einen Riss. Bailey war blond mit einem Gesicht wie ein Vollmond und Rissen in beiden Knien. Sidney, ganz klar die Anführerin, hatte eine Stupsnase wie ein schniefender Mops, dem man jeden Tag seines hinternschnüffelnden Lebens erzählt hatte, er sei eine Schönheit. Die Realität hatte keinen Einfluss auf ihre Macht. Cecelia erkannte ihren Typus auf Anhieb – es war derselbe Blick, mit dem Katherine sie bedacht hätte, der Blick der Frau, die den Ton angab, wobei es nichts nützte, ihn als solchen zu identifizieren, die Wirkung war deswegen nicht geringer.

Cecelia nickte. »Ja, hallo!«

Sie winkte mit Herzrasen. Freundlichkeit war der Schlüssel fürs Überleben.

»Hm … okay«, sagte Bailey und wandte sich wieder ihrem Handy zu.

Liesel und Sidney taten es ihr nach.

Im Vorbeigehen flüsterte August Sidney ins Ohr: »Sie ist eine *Hexe.*« Dann hakte er sich bei Cecelia unter und betrat mit ihr die Schule. Als sie sicher den Eingang passiert hatten, lachte sie nervös. »Keine Sorge«, erklärte August. »Wenn sie dich für eine Hexe hält, gibt sie dir wenigstens ein wenig Raum. Du bist doch keine, oder?« Er wartete der Wirkung halber ab und mimte dann Erleichterung, als sie den Kopf schüttelte.

Cecelia verschränkte die Arme vor der Brust. Der Overall war für diesen Tag ein wenig zu warm, aber sie wollte ihn dennoch tragen wie eine Rüstung. Es war alles gut, alles gut. Sie hatte oft das Gefühl, eine Spätzünderin zu sein – spät, was das Einsetzen ihrer Periode betraf, spät beim Versuch, sich zu schminken, spät in ihrem Leben – aber vielleicht tauchte sie in Clapham zur richtigen Zeit auf. Vielleicht waren diese Mädchen gar nicht so schlimm. Vielleicht, nur vielleicht, würde sie zu August, auch wenn sie fünfzig Jahre alt wären, wenn er nach Buenos Aires ziehen und Flamencolehrer werden würde, wenn er bei den Rockettes mittanzen würde, Arzt oder Astronaut werden würde, noch Kontakt haben. Diese Vorstellung war beruhigend. Nur weil ihre letzten Freundschaften nicht gehalten hatten, hieß das nicht, dass es wieder dazu kommen würde. Sie könnte dieses Mal cool sein, mit dem Strom schwimmen, wie auch immer dieser beschaffen war.

Freundschaft war etwas Merkwürdiges. Immer sprach man vom Verlieben, aber Freundschaften zu schließen war genauso schwer – wenn man darüber nachdachte, war es einfach nur verrückt: Hier, triff ein paar völlig Fremde, erzähl ihnen all deine Geheimnisse und rechne damit, dass es weder zu Verletzungen noch zu Demütigungen kommt.

»Nicht dass ich wüsste.«

Sie merkte, dass sie noch immer ein Stück Muffin in der Hand hielt, schob sich den Rest in den Mund und behielt das Papier, nachdem sie es zusammengeknüllt hatte, wie einen Glücksbringer in der Hand.

Die achte Stufe war auf vier Klassen verteilt, jede mit dreißig Schülern. Dreißig waren eine Menge, aber die Räume waren sehr groß, und für jeden gab es einen ordentlichen Schreibtisch mit Namensschild und eingelassener Bleistiftrinne. Cecelias Platz war in der zweiten Reihe von hinten – es ging alphabetisch. Sie empfand das diskriminierend oder zumindest unverschämt. Was war, wenn jemand schlecht sehen konnte? Wenn man eine leise Sprechstimme hatte? An ihrer Schule in Brooklyn, wo die Hälfte der Schüler wegen ADS, ADHS oder Autismus zusätzlich von Hilfskräften der Lehrer betreut wurden, bauten die Lehrer den Raum ständig um, immer bemüht sicherzustellen, dass Soundso nicht aus dem Fenster kletterte oder die Eltern von einem anderen sich nicht über die Behandlung in der großen Bildungsmaschinerie der Stadt New York beschwerten. Innen sah die Clapham Junior High vermutlich so aus, wie ihre Brooklyner Schule in den Sechzigern ausgesehen hatte. Die Teppiche waren sauber und gemustert mit konzentrischen Kreisen in Erdtönen. Aus den Wasserfontänen schoss das Wasser hoch in die Luft wie bei Geysiren. Der Tamponautomat auf der Toilette funktionierte. August war in einer anderen Klasse, und das bedeutete, dass sie sich von ihm verabschieden musste, nachdem er ihr geholfen hatte, das Sekretariat zu finden und ihren Garderobenschrank aufzustemmen, jetzt war sie allein. Allein mit neunundzwanzig anderen Jugendlichen und einer Erwachsenen, ihrer neuen Klassenleitung und Englischlehrerin Miss Skolnick. Sie rutschte auf ihren Platz und legte geräuschlos ihren leeren Collegeblock auf dem Schreibtisch ab.

Miss Skolnick lief auf dem schmalen Korridor zwischen ihrem großen Pult und der Tafel auf und ab. Sie war klein und lächelte, trug einen für die Jahreszeit unpassenden unförmigen Pullover. Zwischen ihren Fingern hielt sie ein Stück Kreide wie eine Zigarette.

Einige Schüler grunzten eine Begrüßung, als sie ins Klassenzimmer kamen, aber das waren die wenigsten. Cecelia beobachtete das alles von ihrem Platz aus. Direkt über ihr befanden sich die Lüftungsschlitze der Klimaanlage und verteilten eiskalte Luft, sodass sie nun doch froh über ihren Overall war.

»Ich habe noch einen Pullover dabei, falls du einen brauchst.« Miss Skolnick kam auf ihren Schreibtisch zu. »Auf diesem Platz ist es kalt wie am Polarkreis. Ich habe mich schon tausendmal beim Hausmeister beschwert, aber es scheint nicht möglich zu sein, die Temperatur zu verändern, wenn du weißt, was ich meine.«

»Okay«, sagte Cecelia. »Im Moment ist mir warm genug.«

»Du hast sicher nicht gewusst, dass der dir zugedachte Platz ein Eisstand sein würde? Gibt vier Minuspunkte! Nein, ist nicht ernst gemeint«, beruhigte Miss Skolnick sie. »Bei uns gibt es keine Minuspunkte. Nachsitzen schon, aber keine Minuspunkte.«

»Bekomme ich irgendwelche Probleme?«, fragte Cecelia.

»Nein! Warum denn? Hast du was angestellt?« Miss Skolnick riss die Augen auf. »Ich stelle mich nur vor, sage Hallo und biete einen sicheren Hafen im Sturm. Alles gut. Willkommen! Ich bin als Kind auch ein paarmal umgezogen und kenne daher dieses Huch-neue-Schule-Gefühl.«

Es klingelte, und gleichzeitig tauchten Sidney und eine ihrer Vasallinnen – Bailey, die Blonde – an der Tür auf. Cecelia erschrak, aber die Mädchen verzogen keine Miene, teilten sich wortlos auf, Brieftauben, die ihren Weg kannten. So selbstsicher hatte sie selbst sich nie gefühlt.

»Das ist mein Stichwort«, sagte Miss Skolnick. »Guten Morgen, Sidney.«

Cecelia sah, wie Sidney sich auf den Platz unmittelbar neben sie setzte. Sie nahm Blickkontakt mit ihr auf, aber obwohl sie ein, wie sie hoffte, normales und freundliches Lächeln aufsetzte, presste Sidney ihre Lippen zusammen und wandte sich der Tafel zu.

Cecelia schauderte es. In ihrer Tasche vibrierte das Telefon, und sie zog es vorsichtig heraus, nur um zu sehen, wer geschrieben hatte. DAD, las sie in Großbuchstaben, als wäre er der Dad von jemand anderem, aus einer Sitcom, in wenig schmeichelhaften Jeans und mit einer Werkzeugkiste voller seltsamer Sachen. *Hey*, lautete die Nachricht. *Ich vermisse dich, Süße*. Süße. Er konnte sie nicht mal mit ihrem Kosenamen ansprechen. Da ihre Augen sich mit Tränen zu füllen drohten, strich sie beiläufig, wie sie hoffte, über die Augenwinkel. Ihr Vater war nach New Mexico zurückgeflogen und saß vermutlich irgendwo mit geschlossenen Augen im Schneidersitz. Es war seltsam, Teil von etwas Ganzem zu sein, das nicht mehr ganz war, und zudem der Teil, der fehlte. Cecelia wollte nicht fehlen. Sie wollte in dem Zimmer, das angeblich das ihre war, in ihrer kleinen Wohnung bei ihren Eltern sein und auf einen Knopf drücken und ein wenig zurückspulen, sodass sie alle eine andere Form der Bewältigung fanden. Sie wünschte sich, ihre Mutter würde in den Eltern-Lehrer-Ausschuss gehen und amerikanische Apfelkuchen backen und sich lautstark zu Wort melden, wenn absurde Vorschläge gemacht wurden, so wie Katherines Eltern.

»Ich bin keine Hexe«, sagte Cecelia. Sidney zog eine Braue hoch, wie das auch ein paar andere Schüler um sie herum machten. »Das ist doch wohl offensichtlich.«

Sidney neigte sich ihr zu. »Du weißt schon, wer das sagen würde? Eine Hexe.«

Sie lachte, verschränkte die Arme vor der Brust und sah nach vorn. Cecelia begann zu schwitzen.

Das war der Grund, weshalb sie zu ihrer Großmutter geschickt worden war. Sie war nicht gut darin, selbst Lösungen zu finden, genauso wenig wie der Rest ihrer Familie. Hätte ihr Vater neben ihr gesessen, hätte er genickt oder sogar gekichert. Er hätte nicht sarkastisch reagiert. Ihre Mutter – eine Teenagerversion ihrer Mutter – hätte Sidney zum Fürchten gebracht. Aber ihre echte Mutter hätte die Augen verdreht und es unter Cecelias Würde erachtet, sich getroffen zu fühlen. Ihre Eltern – ihre liebenden, wahnhaften Eltern – schienen zu glauben, dass sie ihren Aufenthalt bei Astrid wie überlange Weihnachtsferien empfinden würde, ein gemütliches Nickerchen auf der Couch, aber dem war eindeutig nicht so. Sie war hier, weil keiner das Richtige getan oder gesagt hatte. Als der Vertrauenslehrer vorgeschlagen hatte, ein Schulwechsel könne gut sein für sie, für die Gemobbte, um weiteres Mobbing zu verhindern, hatten ihre Eltern genickt. Sie war dreizehn. Sie hatte in dieser Welt keine Entscheidungsfreiheit. Und deshalb hatte sie, als ihre Eltern sie am nächsten Morgen an ihrem kleinen Küchentisch gefragt hatten, ob sie mit dieser Idee einverstanden sei, ebenfalls genickt. Was hätte sie auch machen sollen?

Ein Buch landete mit einem sanften Klatschen auf ihrem Schreibtisch. *Der Fänger im Roggen*. Miss Skolnick verteilte an alle Bücher.

»Sieht langweilig aus«, sagte Sidney. »Hat nicht mal ein Umschlagbild. Worum geht es da, um Baseball?«

Einige der anderen Schüler kicherten, wollten nicht den dummen Eindruck des Nichtwissens erwecken, waren aber genauso ahnungslos und zu Spott aufgelegt.

»Nein«, sagte Cecelia. Sie hatte es im vergangenen Jahr gelesen. »Es geht um einen Jugendlichen, der von der Schule verwiesen wird und durch New York wandert. Er ist irgendwie verrückt, aber auch lustig. Es ist ein richtig gutes Buch.«

»Spoileralarm, Cecelia!« Miss Skolnick lachte. »Aber ja. Es geht jedenfalls nicht um Baseball. Jeder liest heute Abend die ersten zwei Kapitel, dann fangen wir an.«

»Lehrerliebling«, zischte Sidney.

»Wie auch immer du es empfindest«, erwiderte Cecelia. »Ich hab es einfach schon gelesen.«

Miss Skolnick klatschte in die Hände. »Okay! Jetzt werden wir ein wenig kreatives Schreiben üben. Jeder nimmt ein Blatt Papier und einen Stift. Fünf Minuten. Schreibt alles, was euch einfällt, ich werde es mir nicht ansehen. Keiner wird es je erfahren! Ihr seid völlig frei!«

Sidney rollte mit den Augen. »Das wird dir sicher gefallen, Hexe. Sei so frei! Zaubere!«

Cecelia hob die Hand. »Darf ich auf die Toilette gehen?« Miss Skolnick nickte und zeigte auf die Tür.

»Du machst das ganz toll«, flüsterte sie deutlich hörbar, als Cecelia an ihrem Pult vorbeikam. »Ist doch ein guter erster Tag bis jetzt?«

»Genau«, sagte Cecelia. »Einfach toll.«

Sie trat in den Flur hinaus und schloss hinter sich die Tür. Der Linoleumboden war makellos und glänzte, eine olympische Schlittschuhbahn. Ihre Sneakers quietschten beim Gehen. Sie hatte keine Eile. Der Flur war lang und leer, gesäumt von Garderobenschränken. Bis zur Toilette waren es fünfzehn Meter, und sie legte sie schlendernd zurück, indem sie durch die kleinen Fenster guckte, die in jede Klassenzimmertür eingelassen waren. In jedem Zimmer saßen unterschiedlich gelangweilte Schüler. Gelangweilt im Matheunterricht, gelangweilt in Französisch. Schwere Lider, es war noch früh am Morgen. Nach einem ganzen Sommer voller Trägheit waren die Schüler es nicht gewohnt, zu so früher Stunde die Gehirne anzustrengen. Fernsehen ja, unregelmäßige Verben nein. Doch sie würden sich alle irgendwann anpassen.

An der Wand neben der Toilettentür hing ein großes Schwarzes Brett voller computergedruckter Anschläge für Wahlkurse, Schnupperstunden im Sport, Vorspielen fürs Herbstmusical und Klubs. An ihrer alten Schule war sie im Debattierklub gewesen, aber so etwas schien hier nicht angeboten zu werden. Sie überflog die Theaterangebote – es sollte *The Music Man* aufgeführt werden, was für so eine kleine Stadt ein ziemlich großer Brocken war. Sie hatte weder Interesse an Fußball noch an Volleyball, diesen Sportarten ohne Sinn und Verstand. Beim Tanzen hingegen ging es um künstlerischen Ausdruck und Schönheit, aber auch das war nichts für sie. Nein, das Einzige, woran ihre Augen hängen blieben, war der Zettel in der unteren rechten Ecke des Bretts, eindeutig der Verliererplatz: TEAM FÜR DEN FESTUMZUG! WER HILFT BEIM ENTWERFEN UND BAUEN DES UMZUGSWAGENS FÜR DAS DIESJÄHRIGE ERNTEFEST? KEINE BESONDEREN FÄHIGKEITEN ERFORDERLICH und darunter der Name von Miss Skolnick mit Angabe des Klassenzimmers, das Cecelia bereits zu finden wusste. Der Bau eines Umzugswagens für einen Festumzug – das konnte keine Schule in New York City bieten. Pfeif auf kosmopolitische Elite, dachte sie und sah sich schon mit einem Hammer, Girlanden und kübelweise Glitter.

Warum nicht?

Kapitel 15

Strick Brick

Wenn Astrid das Gefühl hatte, nicht genug Zeit mit ihren Kindern zu verbringen, kam sie einfach vorbei und spendierte eine Mahlzeit. Das hatte funktioniert, als sie auf dem College gewesen waren und sich hauptsächlich von Nudeln und Erdnussbutter ernährt hatten, und es funktionierte auch jetzt noch, jedenfalls bei Porter, die sich immer mitten am Tag überreden ließ, wenn man ihr ein Risotto und ein Glas Wein versprach. Weil sie es normalerweise tat, ohne dass sie etwas Konkretes zu sagen hatte, dachte Astrid, es könnte auch funktionieren, wenn dem so war. Sie entschuldigte sich nicht gern. Sie gab nicht gern zu, dass sie etwas falsch gemacht hatte. Zu vergessen, sich zu entschuldigen, war nach Russells Tod einfacher geworden – ohne einen Gatten, mit dem man sich zankte, musste man sich nur noch entschuldigen, wenn man jemandem versehentlich auf den Zeh getreten war oder Leute mit seinem Einkaufswagen angerempelt hatte.

Elliots Baufirma Strick Brick war in einem eigens dafür entworfenen Gebäude am Stadtrand untergebracht. Es war ein leuchtend blauer abscheulicher

Bau, bei dem man die Proportionen eines Strandhauses, wie man sie aus North Carolina kannte, auf den Kopf gestellt hatte: Spindeldürre Stelzen hoben den Bau sieben Meter hoch in die Luft und schufen darunter einen Freiluftparkplatz. Jahrzehntelang hatte an dieser Stelle ein kleines Haus gestanden, aber Elliot hatte es nach dem Erwerb des Grundstücks abgerissen und mit diesem neuen Glanzstück ersetzt. Es hatte Beschwerden gegeben, auch sie selbst hatte sich in nachdenklichen Momenten eingestanden, dass dieser so gar nicht in die Nachbarschaft passende Bau sie sehr verärgert hätte, wäre der Erbauer nicht ihr Sohn gewesen, aber das war Elliot nun mal, und das Projekt bedeutete ihm so viel, dass sie stolz darauf war, wie sie stets in der Öffentlichkeit bekundete.

Nach dem College hatte Elliot unbedingt Jura studieren wollen, aber seine Abschlussnote hatte dafür nicht gereicht – keine der von ihm bevorzugten Universitäten hätte ihn genommen. Er hatte eine Weile gebraucht, um sich über seinen weiteren Weg klar zu werden. Russell war Anwalt gewesen, und das hatte natürlich eine Rolle gespielt, Elliot hatte sich immer ausgemalt, sein Nachfolger zu werden. Während der Collegeferien im Sommer hatte er auf dem Bau gearbeitet wie alle seine Freunde in Clapham. Man war im Freien und schwitzte und wurde gut bezahlt, und da auch die Muskeln davon profitierten, gewannen alle. Als er nach seinem Abschluss einen Job in einer Baufirma angenommen hatte, war das nur als vorübergehende Lösung gedacht gewesen. Sieben Jahre später hatte Elliot seine eigene Firma gehabt. Das würden die meisten Leute als Erfolg ansehen, aber nicht ihr Sohn.

Astrid parkte ihren Wagen außerhalb seines Bürogebäudes, stieg aus ihrem Wagen und rief ihn an. »Ich bin da«, sagte sie. »Komm runter, wir gehen essen.« Fünf Minuten später kam Elliot über die Steinplatten des Gehwegs auf sie zugerannt.

»Ich hab nicht viel Zeit«, sagte er.

»Gut«, erwiderte Astrid. »Ich auch nicht. Sag mir einfach, wohin, mir ist alles recht.« Er zeigte nach rechts, und sie liefen rasch über den Gehweg, mussten sich gelegentlich wegen niedrig hängender Äste ducken. Elliot war fünfzehn Zentimeter größer als sie, aber sie lief doppelt so schnell und hielt mit. »Mittagessen mit dem Boss«, bemerkte sie.

Es war schwülwarm, die Luft so feucht, dass man sie fast sehen konnte. In Elliots Nähe wurde ihre Stimme immer ein wenig höher, wie um seine häufig unwirsche Grundstimmung wettzumachen. Keckes Auftreten war ihr nicht in die Wiege gelegt worden, und sie hörte selbst, wie merkwürdig sie klang, wusste aber nicht, wie sie das ändern könnte.

»Ich habe acht Angestellte, Mom, nicht achthundert. Du musst so was nicht sagen.«

»Und die Bautrupps! Nur keine falsche Bescheidenheit mir gegenüber, El, das sind eine Menge Leute.«

Sie nahm Elliots Arm und drückte ihn kurz. Nicky war ein anschmiegsamer Junge gewesen und war auch ein herzlicher Mann, der sie zur Begrüßung und zum Abschied auf die Wange küsste, manchmal sogar völlig ohne Grund. Elliot berührte seine Mutter nicht mehr als andere alte Frauen, denen er auf der Feier eines Bekannten begegnete. Mutter unterschiedlicher Kinder zu sein war tatsächlich eine Aufgabe. Nicht nur, was das Geschlecht betraf. Laster gegen Puppen – obwohl das viele Rosa sie als junge Mutter wahnsinnig gemacht hatte. Außerdem unterschieden sich die Heranwachsenden in der Art und Weise, wie sie weinten oder sich freuten, und diese Unterschiede begleiteten sie auf dem Weg ins Erwachsenenleben.

Als Nicky geheiratet hatte, hatte er Postkarten verschickt, um es kundzutun, was bedeutete, dass sie als Mutter es später erfuhr als die Postbotin. Als Elliot geheiratet hatte, war sie, die immer zur Hochform auflief, wenn es irgendwelche Aufgaben umzusetzen gab, gezwungen gewesen, sich zurücklehnen und zuzusehen – eine Zuschauerin! Sie hatte immer gedacht, Porter wäre anders und würde auf eine Weise erwachsen werden, wie sie das von den Jungs nicht kannte, aber jetzt schien auch dieses Schiff ganz allein über den Ozean zu segeln. Wo war die Tür, die sie verpasst hatte? Astrid fand es wichtig, Menschen Raum zu geben, ihren Kindern Raum zu geben. Wollte das nicht jeder?

Zwei ihrer Freundinnen waren mit ihren Töchtern im Kreißsaal gewesen und hatten zugesehen, wie sie pressend selbst zu Müttern wurden, jenem ultimativen Wunder. Sie wusste nicht genau, was sie wollte, aber mit Sicherheit wollte sie nicht zusehen, wie das

Blut sich in einem Plastikgefäß unter dem Hintern ihrer Tochter sammelte, während diese presste. Sie nahm sich vor, Cecelia zu ihrem Tag zu befragen, wenn sie nach Hause kam. Sie würde an sie heranrücken, ihr nach oben in ihr Zimmer folgen, sich sogar zu ihr auf den Fußboden setzen, um mit ihr zu reden.

Elliot lenkte sie in Richtung The Spot, einem Restaurant, das sie wegen eines unbefriedigenden Thunfischsandwiches seit mehr als zehn Jahren nicht mehr aufgesucht hatte. Die Markise war schmutzig, und außer dass es mittelmäßiges Essen gab, waren die Tischtücher auch noch aus Plastik, aber sie wollte sich nicht beklagen.

»Lass uns hier reingehen, hier gibt's Sandwiches«, sagte Elliot, öffnete die Tür und hielt sie seiner Mutter auf.

Sie setzten sich an einen Tisch am Fenster. Die laminierten Speisekarten waren riesig, aber Elliot reichte ein kurzer Blick, dann legte er sie ab und drehte sich erwartungsvoll nach der Bedienung um.

»Hm, Tomatensuppe klingt gut. Ich frage mich nur, ob sie warm oder kalt ist. Eine kalte Tomatensuppe wäre doch was Köstliches, oder? Ob sie püriert ist? Oder mit Sahne? Auf eine sahnige Suppe habe ich keinen Appetit.« Astrid las die Rückseite der Speisekarte. »Oh, es gibt eine Tageskarte! Hast du gesehen? Vielleicht nehme ich eine Suppe und ein halbes Sandwich. Ich denke, das mache ich. Hast du die Tageskarte gesehen?«

»Wir würden gern bestellen«, sagte Elliot und

winkte der Frau mit Schürze, die auf sie zukam. »Ich nehme das Truthahn-Clubsandwich und einen Eistee. Danke.«

»Ja, einen Augenblick bitte«, sagte die Frau und zog einen Block aus ihrer Schürzentasche.

»Wie ist denn Ihre Tomatensuppe?«, erkundigte Astrid sich. »Zu schwer für einen schwülen Tag?«

»Herrgott, Mom, es ist doch nur eine Suppe!« Elliot vergrub den Kopf in den Händen.

Die Bedienung zog die Brauen hoch. »Ein wenig stückig und kalt. Wirklich gut.«

»Die hätte ich gern und dazu bitte einen halbes gegrilltes Käsesandwich. Danke schön.« Astrid reichte ihr die Speisekarte und verschränkte dann die Finger auf dem Tisch.

»Entschuldige, ich bin einfach nur ein wenig gestresst«, sagte Elliot.

»Das sehe ich«, bestätigte sie. »Was ist denn los?«

»Nichts. Hat mit der Arbeit zu tun. Und die Jungs machen ständig Terror.« Die Bedienung kam mit Elliots Eistee, und er nickte dankend.

»Sie sind doch nur kleine Jungs«, beschwichtigte sie ihren Sohn. »Du warst auch mal ein kleiner Junge.«

»Ich war nicht so. Sie sagen mir, dass sie mich hassen. Aidan erklärte mir, er werde mich im Schlaf umbringen. Und lachte dann wie ein richtiger Psychopath. Ich würde sie am liebsten auf die Militärschule schicken, wo sie ihren Zorn in Disziplin kanalisieren können. Ich weiß nicht.« Elliot schüttelte den Kopf. Er entfernte den Strohhalm aus seinem Eistee und hielt sich das Glas an die Lippen, sodass Eis nach oben schwappte. »Sie zerstören mir mein Leben.«

»Es ist doch nur eine Phase«, meinte Astrid.

»Ja gut, aber eine schlimme. Egal. Warum wolltest du mit mir mittagessen? Hast du Krebs? Was anderes, worauf ich mich einstellen sollte?«

»El«, entgegnete Astrid und schüttelte den Kopf. Sie legte die gespreizten Hände auf den Tisch, spielte mit offenen Karten. »Möchtest du über Birdie sprechen?«

»Nein, ich will nicht über Birdie sprechen, Mom. Es ist einfach seltsam. Verstehst du das denn nicht? Ich darf das doch wohl seltsam finden.«

»*So* seltsam ist es nun auch wieder nicht. Es ist nur eine Beziehung wie eine andere. Zwischen zwei Erwachsenen.«

Sie lehnte sich an die Stuhllehne. Elliot schwitzte und war sichtlich angespannt. Dass er breiter geworden war, lag nicht am Alter, sondern am Sport, er hatte mehr Muskelmasse. Aber sie fand, dass zu viel von etwas ein Anzeichen dafür sein konnte, dass einem etwas fehlte. Würde Porter so systematisch trainieren wie Elliot, hätte Elliot etwas vom selbstverständlichen Körperempfinden seiner Geschwister, hätte Nicky etwas von Elliots Beharrlichkeit und Porter etwas von Nickys Charisma, dann hätte sie perfekte Kinder. Sie waren natürlich alle auf ihre jeweils eigene Art perfekt, aber wenn jeder das Beste vom anderen hätte, wären sie alle makellos. Astrid wusste, wie unfair es war, so über seine Kinder zu denken, aber so war es eben.

»Ja, aber die andere Erwachsene ist deine Friseurin, und das macht die Sache seltsam. Ich meine, mein Gott, siehst du das denn nicht? Für uns alle?« Elliot hielt sein jetzt leeres Glas hoch zum Signal für die Bedienung.

»Ich finde es schade, dass du das so empfindest«, sagte sie.

Die Bedienung schwebte majestätisch mit einem großen Tablett auf der Schulter heran. Sie stellte mit elegant gebeugtem Knie jedem seinen Teller auf den Tisch und nahm Elliots Glas.

»Bin gleich zurück«, sagte sie. Elliot und Astrid verweilten schweigend, bis sie sich entfernt hatte.

Dann zog Elliot sein Handy aus der Tasche und tippte eine Nachricht.

»Egal«, sagte er. »Es ist dein Leben. Aber es wirkt sich auch auf meines aus. Vermutlich überrascht es mich einfach, dass du dir nicht bewusst bist, welche Rolle es für mich und für unsere Familie spielt, wie man dein Handeln betrachtet.«

Astrid saß still und starrte in ihre Suppe. Es war wirklich nicht das, was sie sich unter einem Gazpacho vorstellte. Unaufrichtigkeit von Restaurantangestellten fand sie schlimm, wie auch »Tagesgerichte«, die keinem anderen Zweck dienten, als Zutaten zu verarbeiten, die sonst verderben würden, und Leute, die einem bei jedem Gericht, das man erwähnte, versicherten, es sei eine ihrer Lieblingsspeisen. Die Suppe würde man essen können. Sie würde schmecken. Aber gut wäre was anderes. Doch egal. Hierher käme sie bestimmt nicht mehr.

»Okay«, sagte sie. »Ich verstehe.«

»Im Moment ist einfach alles beschissen, Mom«, holte Elliot aus. »Im Büro ist viel los, das Haus ist ein einziges Chaos, Wendy ist sauer auf mich, irgendwie ist alles ätzend.«

»Tut mir leid, das zu hören, Schatz.« Astrid nahm den Löffel und kostete die Suppe. Sie schmeckte besser, als sie aussah. Elliot schlang das Sandwich hinunter. Er aß wie als Kind nach dem Schwimmunterricht, da brauchte sein Körper sofort Kaloriennachschub. Sie hätte sich gern mit ihm unterhalten, ein echtes Gespräch geführt, aber sie wusste nicht recht, wo sie anfangen sollte. Ganz plötzlich – nach über vierzig Jahren Elternschaft – fühlte sie sich auf wackligem Boden. Wenn ihr Sohn das bei seinen Kindern genauso empfand, wenn sie Fehler machten, wie viele Fehler musste sie dann noch gemacht haben, ohne sich diese einzugestehen? Ihre Kinder waren das Ergebnis all dessen, was sie getan und was sie nicht getan hatte. »Ich liebe dich«, sagte sie, streckte die Hand aus und berührte Elliots Fingerspitzen. Er zog seine Hand zurück.

»Ich muss wieder zur Arbeit, Mom«, sagte er.

Astrid tupfte ihre Mundwinkel mit der Serviette ab und legte dann Bargeld auf den Tisch. Für das, was sie ansprechen musste, gab es keinen Präzedenzfall in ihrer Beziehung, genauso wenig wie für ihren Versuch, ihm von Birdie zu erzählen, der auch nicht geglückt war. Astrid beschloss, es irgendwann noch mal zu versuchen, dieser Tag war nicht der richtige dafür.

Kapitel 16

Fogelman

Es war kein Zufall, dass Porter sich auf dem Gehweg vor Jeremy Fogelmans Arbeitsplatz wiederfand. Sie wollte sich nicht eingestehen, dass das Verlieben ihrer Mutter ihr einen Stich versetzt hatte, und doch war es so. Wenn Astrid Strick gegen alle Wahrscheinlichkeit und ihre persönlichen Defizite die Liebe wiederentdecken konnte, dann könnte sie selbst das womöglich auch.

Nach ihrer ersten offiziellen Trennung mit sechzehn hatte Jeremy in Liebesdingen viele Jahre lang einen geraden, hell erleuchtenden Kurs verfolgt. Als Homecoming King hatte er sich mit Jordan Rothman zusammengetan, der Klassenkameradin, die Porter seit der Vorschule gehasst hatte für ihre toxische Kombination aus Schönheit, Sportlichkeit und gesundem Selbstvertrauen. Jeremy war in heimatlichen Gefilden geblieben und auf die staatliche Uni New Paltz gegangen, wo er Tiermedizin studiert hatte, um Tierarzt zu werden wie sein Vater. Er rettete alte Katzen und Hunde mit Tumoren und Haustauben und hin und wieder auch ein Wildtier, das sich in jemandes Garten verirrt hatte. Jeremy hatte Kristen geheiratet, als sie dreiundzwanzig gewesen waren, seine Kinder waren verspielte Wesen, die man in Trikots mit FOGELMAN auf dem Rücken antraf – ständig über Fußballfelder rennend. Sie ging zu einem anderen Tierarzt der Stadt, teils, weil seine Praxis nicht so weit weg war, vor allem aber, weil es ein allzu offensichtlicher Grund gewesen wäre, Jeremy häufiger zu sehen. Das ergab zwar keinen Sinn, aber so war es.

Die East Clapham Veterinary Clinic war früher einmal ein weißes Gebäude gewesen, inzwischen erinnerte es an schmutzigen Schnee. Eine breite Rampe führte zum Seiteneingang, eine quietschende Fliegengittertür schlug auf und zu. Porter wünschte sich, sie würde noch immer rauchen, wie damals, als sie und Jeremy ein frisch verliebtes Paar gewesen waren. Es war wirklich komisch, einen erwachsenen Mann anzusehen und zu wissen, wie sein Körper als Teenager ausgesehen hatte, wie glatt seine Brust gewesen war, als sich gerade mal ein paar mutige Haarkringel angekündigt hatten. Egal, wie gut seine Frau ihn kannte, egal, welche Freunde er inzwischen hatte, wie oft sie zum Essen ausgingen und über langweilige Details ihres Alltagslebens plauderten, sie würde ihn immer besser kennen. Es hatte fast was Mütterliches, einen Körper so lange zu kennen und zu verfolgen, wie er sich veränderte. Oder nein – nicht mütterlich, korrigierte Porter sich kopfschüttelnd, fast ehelich. Sein Körper gehörte ihr, Jeremy gehörte ihr. Aber vielleicht dachte sie das nur, weil sie nie verheiratet gewesen war.

»Porter Strick, wie sie leibt und lebt.« Jeremy, der

vom Parkplatz hinter dem Gebäude kam, kam den Gehweg entlanggelaufen und grinste. Wenn man in einer Kleinstadt lebte, wurde man damit groß, dass man manchmal Leute höflich ignorierte, die man seit Jahrzehnten kannte, weil man ansonsten nie mit seinen Einkäufen fertig würde. Während der vergangenen beiden Jahre hatten sie und Jeremy einander in der Öffentlichkeit Hunderte Male erfolgreich ignoriert und Körperkontakt vermieden – ein planetarisches Ballett.

»Ich habe Ziegen, wie du weißt«, verkündete Porter. »Behandelst du auch Ziegen?«

Jeremy lachte sein großherziges Lachen. Wenn man einmal befunden hatte, dass jemand lustig war, war man geneigt, über jeden blöden Scherz mit ihm zu lachen.

»Sicher. Du gehst zu Dr. Gordon, stimmt's?«

Natürlich wusste er das. Er nahm die Rolle an, die sie ihm in ihrem Spiel zugedacht hatte, war neugierig, wohin sie ihn führte. Jeremy verschränkte die Arme vor der Brust. Er trug ein Button-down-Hemd, das in der Jeans steckte. Rachel hatte recht – er sah süß aus, wie eine Eiswaffel, und war zum Abschlecken, wie er das immer gewesen war. Alles war wieder da: dass sein Atem im Schulbus immer nach Rührei gerochen hatte, wie er ihre Hand gehalten hatte, wenn sie den Flur hinuntergegangen waren, wie er beim ersten Versuch, sie zu befummeln, nicht wusste wohin mit seiner Hand, wie er sie während seines Hochzeitsempfangs und in ihrer letzten Nacht im Hotel angesehen hatte.

Die Entfernung zwischen den Colleges, auf die Jeremy und sie gegangen waren, war nicht allzu groß, und so waren sie in jenen Anfangstagen, als beide sich noch an ihre Jugend geklammert hatten und man jeden, den man bereits kannte, einem Fremden vorgezogen hatte, in Kontakt geblieben. Greyhoundbusse hatten Kurzbesuche erleichtert, Besuche, die mit Harnwegsinfekten von zu viel Sex und Knutschflecken geendet hatten, die mit Make-up überdeckt hatten werden müssen. Ihre Treffen hatten in unregelmäßigen Abständen stattgefunden, waren aber immer für beide befriedigend gewesen. Es war fast besser gewesen, keine exklusive Beziehung zu haben, nicht »miteinander zu gehen«, weil sowohl Jeremy als auch sie selbst zwischen ihren Begegnungen von anderen Leuten ein paar neue Tricks aufgeschnappt hatten.

»Ja, ich gehe zu Dr. Gordon, aber ich dachte mir, na ja, vielleicht sollte ich das mal ändern.« Porter fragte sich, ob sie für ihn nun anders aussah als früher. »Und da ich gerade in der Gegend war, dachte ich, ich sag mal Hallo.« Sie hätte alles daherplappern können, hätte irgendeinen Unsinn von sich geben können. Jeremy versuchte ganz offensichtlich herauszufinden, warum sie tatsächlich gekommen war und was sie von ihm wollte. Wenn es so weit war, würde er schon wissen, was zu tun war.

»Ich wollte mir noch einen Kaffee holen, bevor ich reingehe. Möchtest du auch einen Kaffee?«

Er zeigte die Straße hinunter. Im morgendlichen Sonnenschein wirkten seine braunen Augen golden.

Seine Frau war eine blonde, nicht berufstätige Mutter, die Kunstobjekte aus Eisstielen und Filz kreierte. Porter hatte die beiden unzählige Male zusammen gesehen, aber sie und Kristen waren sich nicht oft begegnet. Auf dem Fünf-Jahres-Klassentreffen, bevor Kristen und Jeremy geheiratet hatten, auf ihrer Hochzeit, wo Porter sich heftig betrunken und mit allen kleinen Kindern getanzt hatte, und einmal zufällig und überraschend im Einkaufszentrum von New Paltz, als sie in benachbarten Umkleiden bei Gap Kleider anprobiert hatten. Kristen gehörte zu den Frauen, die sich schreienden Kindern in Aufzügen mit netten Worten zuwandte, während alle anderen zur Decke blickten und darum beteten, von einer überirdischen Macht ins All gebeamt zu werden.

»Eine Tasse«, sagte Porter, ohne es so zu meinen, denn wenn sie mit Jeremy zusammen war, der keine Grenzen kannte, meinte sie nie etwas ernst. Sie folgte ihm ums Gebäude herum zu seinem Wagen und stieg ein, als er ihr die Beifahrertür aufhielt. »Ich muss erst noch was von zu Hause abholen, wenn das okay ist.« Jeremy wartete, die Hand auf dem Schaltknopf.

»Ja«, sagte sie, und los ging's. Einer kleinen Höflichkeitslüge gegenüber war sie nie abgeneigt gewesen.

Es gab mehrere unterschiedliche Viertel in Clapham: Clapham Village mit den Gewerbeflächen und allen Häusern innerhalb eines Radius von dreieinhalb Kilometern um den Kreisverkehr. Clapham Heights, oben auf dem Hügel, wo ihre Mutter und Elliot wohnten. Clapham Valley, unterhalb des Hügels, wo sie wohnte, und dann noch Clapham Road, die aus dem Tal heraus in die südlich gelegenen Städte führte. Jeremy wohnte auf halbem Weg zwischen ihrem Haus und ihrem Hof, und obwohl sie schon oft vorbeigefahren war und auch gelegentlich zu den dort stattfindenden Partys eingeladen worden war, hatte sie so gut wie nie davor geparkt.

Sie war schwanger. Er war verheiratet. Es war kein Date.

Jeremy fuhr den Wagen in die Garage und schloss hinter ihnen das Tor.

»Ist deine Familie zu Hause?«, wollte sie wissen, ohne sich von der Stelle zu rühren.

»Es ist keiner da«, sagte Jeremy. »Komm mit rein.« Er wartete, bis sie ausgestiegen war, und kam dann auf ihre Seite des Wagens, um ihr einen kleinen freundlichen Schubs Richtung Tür zu geben, die ins Haus führte.

Sie hatte das Innere seines Hauses tausendmal gesehen, auf Fotos bei Facebook und Instagram, auf Videos, die zeigten, wie seine Kinder laufen gelernt hatten oder wenn die Katze was Lustiges angestellt hatte. Sie wusste, wie seine Kücheninsel aussah, in welcher Farbe das Wohnzimmer gestrichen war, welche Gartenmöbel er hatte. Es zu betreten war, als würde sie in ein Lieblingskinderbuch eintreten, erschrocken, alles plötzlich dreidimensional zu sehen.

Es war ein kleines Haus, in dem jede Ecke genutzt wurde: Stollenschuhe und Flipflops neben der Tür in einem überquellenden Korb, willkürlich an Haken gehängte Jacken. Das Wohnzimmer war von Bücherregalen gesäumt. Es gab zwei abgenutzte Sofas, auf einem davon lag ein schlafender Hund, auf dem anderen eine schlafende Katze, beide zusammengerollt. Ehe Porter es durch das Wohnzimmer bis zur Küche geschafft hatte, wusste sie bereits, was sie dort finden würde: Schalen voller Snacks und Obst, an der Wand eine mit Permanentmarker beschriftete Größentabelle der Kinder. Das ganze Haus strahlte vor ehelichem Glück.

»Und wo sind alle?« Porter setzte sich auf einen Hocker an die Küchentheke.

Jeremy zuckte mit den Schultern. »Vermutlich in einem mittelmäßigen Hotelrestaurant mit einem Dutzend stinkender Kinder. Fußballturnier, das Auswärtsteam.«

»Aha«, sagte Porter. »Und du musst jetzt nicht arbeiten?«

»Ich fand das interessant genug, um eine Pause zu machen.« Jeremy öffnete den Kühlschrank und nahm eine Flasche Weißwein sowie eine Flasche Mineralwasser heraus. »Durstig?«

»Es ist zehn Uhr morgens. Was ist los mit dir?«, wunderte sich Porter. »Selterswasser ist gut. Willst du wirklich Wein trinken? Was ist, wenn du eine Katze operieren musst?«

Achselzuckend stellte Jeremy ihr ein Glas Wasser hin. »Dann bleibt man locker«, sagte er. »Ist nur Spaß.«

Im Haus von jemandem zu sein bedeutete, unmittelbaren Zugang zur Privatsphäre zu haben. Da waren nicht nur die Gegenstände und Objekte, da war auch das, was die Menschen zubereiteten, um satt zu werden.

Während ihrer ganzen gemeinsam verbrachten Zeit hatte Jeremy für sie nie eine Mahlzeit zubereitet – die Gelegenheit dazu hatte sich nie ergeben. Sie hatte keine Ahnung, ob er kochen konnte oder nicht, obwohl man das eigentlich von jemandem wissen sollte, mit dem man so oft Sex gehabt hatte. Porter schob sich eine Cashewnuss in den Mund, ohne sich den Inhalt der Schüssel genau angesehen zu haben. Hier stand überall etwas zu essen herum, einfach himmlisch. Sie fragte sich, was für Laken Jeremy wohl hatte, ob es einen Deckenventilator gab und eine Sitzecke im Garten, ob er beim Masturbieren an sie dachte, ob seine Frau ihm dabei zusah, wie sie das manchmal in den Hotelzimmern gemacht hatte. Auf dem Bücherregal stand ein Hochzeitsfoto, und sie wandte ihren Blick rasch ab. In seinem Haus fiel es schwerer, sein anderes, dessen Beweise einen umgaben, Leben zu ignorieren, aber sie hatte kein Interesse daran, jetzt die Richtung zu ändern.

»Eiersandwiches?« Jeremy zog die schwere Edelstahltür des Kühlschranks auf.

Hatte der Kühlschrank zum Haus gehört? Er sah neu aus. Zu einem gemeinsamen Einkauf von Haushaltsgeräten war es bei ihnen nicht gekommen.

»Gut«, sagte sie. »Ich helfe dir.«

Seit Jahren hatte es sich nicht mehr so angefühlt, als wären sie wieder Teenager. Im Elternhaus von Jeremy war alles mit Teppichen ausgelegt gewesen –

die Küche, die Treppenstufen, sogar die Decke im Gemeinschaftsraum, der sich im Keller befand. Es hatte immer gerochen wie in einer Hundepension, was es auch mehr oder weniger war, denn ein oder zwei verletzte Tiere waren immer herumgehumpelt. Sie sah sich in der unaufgeräumten Küche um. Worüber beschwerte seine Frau sich eigentlich? Mal abgesehen vom außerehelichen Sex fiel ihr nichts ein, was Kristen auszusetzen haben könnte. Und auch das war kein Problem mehr, es hatte sich in Luft aufgelöst, eine Regenwolke, die weitergezogen war.

Jeremy ließ den Kühlschrank offen stehen und lief durch den Raum zur Fliegengittertür, zog sie auf und gab den Blick auf den Garten frei, in dem ein Spielhaus aus Holz, ein Edelstahlgrill und ein kleiner Tisch mit Bänken standen. Im nächstgelegenen Baum hing ein Futterhäuschen für Vögel. Es war fast zu viel.

»Nicht schlecht«, meinte Porter und spähte durch die Tür, als hätte sie nicht schon Tausende Fotos von ihm und seinen Kindern gesehen, wie sie auf dem fleckigen Rasen herumgetollt waren.

Jeremy kehrte zum Kühlschrank zurück und begann, alles Mögliche auf der Küchentheke auszubreiten: einen Laib Brot, zwei Eier und ein Stück Käse, aus ihrer Produktion, wie sie erkannte. Er hatte also schon an sie gedacht, bevor sie vor der Klinik aufgetaucht war. Sie fragte sich, ob sie in seinen Träumen jemals neben ihm geschlafen hatte, sodass er beim Aufwachen erstaunt gewesen war festzustellen, dass er seine Frau in den Armen hielt. Jeremy beugte sich über sie, um nach einer Pfanne zu greifen, und ging dann an den Herd. Sie stand neben ihm, ihre Körper berührten sich fast, und sie verfolgten Seite an Seite, wie die Eier brieten.

»Also, Porter«, forderte Jeremy sie auf. »Was gibt es?«

Sie überlegte. Sie hatte so lange keinen Sex gehabt – länger als ein Jahr – die längste Trockenperiode in ihrem Erwachsenenleben. Ihr Körper wurde immer umfangreicher, und wenn das Baby erst mal da war, wie sollte sie sich da verabreden? Sie wusste, dass ihre Mutter sich unter anderem darüber Gedanken machte, und sie musste ihr zustimmen, auch wenn es schmerzte. Keiner konnte wissen, welche Veränderungen Mutterschaft mit sich brachte – für den Körper, für den Sexualtrieb, für alles. Es war wie eine Reise in ein anderes Land in dem Wissen, dass man nie wieder nach Hause zurückkehren konnte. In der nicht allzu fernen Zukunft wäre alles anders, und sie konnte es sich genauso wenig vorstellen wie ein Leben nach dem Tod. Als sie so in der warmen Morgenluft dastand, war ihr die Geschichte klar, die sich in diesem Moment abspielte. Jeremy ließ die Eier auf das Brot gleiten.

Es war kein Date, es war keine Verabredung gewesen. Sie stand neben Jeremy und starrte auf das Essen, der Magen knurrte vor Hunger, den sie vorher gar nicht gespürt hatte. Sie legte eine Hand auf den untersten Teil seines Rückens. Jeremy schloss die Augen, ein Buttermesser in der Hand. Er ließ das Messer auf die Arbeitsplatte fallen und zog ihre Hand auf seinen flachen Bauch. Was nicht überraschend war, wenn man die vergangenen zwanzig Jahre als ein sehr, sehr langsames Liebeswerben betrachtete oder die vergangenen zwei Jahre wie einen schlechten Traum wegblinzelte.

»Hm«, sagte Porter.

»Hm«, machte Jeremy und schob ihre Hand tiefer, bis sie auf seiner Erektion ruhte.

Sie küssten sich und streiften sich dann gegenseitig die Kleider vom Leib, als würde ein Trainer mit der Stoppuhr danebenstehen. Seine Zunge war unbeholfen vor Gier und rutschte immer wieder aus ihrem Mund heraus. Sie war froh, dass Licht durch die offene Tür zum Garten und die Fenster kam. Sie leckte seinen Bauchnabel, konnte sich nicht zurückhalten. In Jeremys Haus zu sein hatte mehr Sexappeal als tausend makellose Hotelzimmer mit der absichtlichen Aura des Temporären. Sie fühlte sich in seinem Haus wie in einem Video von a-ha, in dem sie aus dem Cartoon heraustreten. Das war das reale Leben.

»Bist du …«, setzte er an, den Blick auf ihren Bauch gerichtet.

»Ich bin schwanger«, sagte sie. »Bewusst inszeniert.«

Porter wollte seine Frage nicht abwarten, wollte nicht, dass er sich vorstellte, es gäbe einen anderen, was natürlich albern war.

»Okay, das sehe ich«, sagte Jeremy. »Du siehst wunderschön aus, Porter. Verdammt, das ist mein Ernst. Heißt das, ich kann das Kondom weglassen?«

Sie überlegte. »Ja, steck ihn einfach rein, tu's, bevor ich es mir anders überlege und zu viele Fragen stelle.«

Das musste man Jeremy nicht zweimal sagen. Der Flickenteppich in der Küche fühlte sich gut an im Rücken, aber dann fiel ihr das Baby ein, und sie rollte herum, bis sie auf ihm lag. Nach wenigen Minuten kam sie, und Jeremy zuckte unter ihr. Er stand auf und trug sie rüber zum Sofa, wo er sie auf den Rücken legte und dann mit solcher Meisterschaft leckte, dass sie lachen musste.

»Du bist verdammt effizient«, sagte sie. »Tut mir leid, dass ich schwanger bin, wenn du das seltsam findest. Ich meine, es tut mir nicht leid, dass ich schwanger bin, ich bin froh, dass ich schwanger bin. Ich meine nur, dass es mir leidtut, es dir nicht offiziell gesagt zu haben, bevor du mir die Klamotten ausgezogen hast.«

»Schwanger sein heißt, neun Monate ohne Baby sein. Es ist cool.«

Er hatte das natürlich schon erlebt. Der Gedanke, dass Jeremy bereits Sex mit einer Schwangeren gehabt hatte, war tröstlich und befremdlich zugleich. Was eine Ehe ausmachte, verstand Porter nicht wirklich, und sie machte dafür ihre Mutter verantwortlich. Oder eher den Tod ihres Vaters und dann die Leichtigkeit, mit der ihre Mutter sich ins Alleinsein gefunden hatte. Ihr Vater war gestorben, bevor sie jene Phase des Heranwachsens hinter sich gelassen hatte, in der Eltern nur in Relation zu ihren Kindern existierten und nicht füreinander. Ihre Eltern waren dem leeren Nest und der Phase, die darauf gefolgt war, so nah gewesen. Porter empfand Mitleid für ihre Mutter, zum ersten Mal – Astrid wäre entsetzt, vielleicht sogar noch entsetzter als über das, was sie gerade auf dem Küchenboden im Haus der Fogelmans gemacht hatte.

Ihr ganzes Leben lang hatte sie sich vorgestellt, einmal eine Ehe wie die ihrer Eltern zu führen – *wie schön*. Sie hatten sich gestritten, aber nur manchmal. Sie waren zärtlich miteinander gewesen, aber nur manchmal. Sie hatten bei Tisch mit den Augen gerollt und sich ihre gewichtigen Argumente für die Zeit aufgehoben, wenn die Kinder außer Hörweite gewesen waren. Das schien das Ziel zu sein – eine andere Person, die dabei half, die Logistik eines erfüllten, geschäftigen Lebens zu managen, jemand, dessen Gesicht man mochte, jemand, mit dem man fünfzig Jahre zusammenleben konnte, ohne einander aus dem Fenster zu werfen. Nicky machte aus der Ehe ein Kunstprojekt, und bei Elliot erinnerte sie an ein Gefängnis. Porter konnte an einer Hand die verheirateten Paare abzählen, die sie tatsächlich um ihre Beziehungen beneidete, die meisten davon waren berühmte Leute (Mel Brooks und Anne Bancroft, Barack und Michelle Obama). Aber wer wusste schon, was sich wirklich hinter verschlossenen Türen abspielte?

Sie sah Jeremy an und versuchte sich zu erinnern, warum sie ihn mit zwanzig nicht hatte heiraten wollen. Sie waren zu jung gewesen, das war alles. Was für eine lächerliche Entscheidung, welche Hybris! Sich vorzustellen, es gäbe eine unbegrenzte Anzahl williger Verehrer wie in *Der Bachelor*, eine endlose Reihe von Männern, die aus einem Clownauto stiegen. Da sie nicht in Jeremys und Kristens Schlafzimmer gewesen war, hatte sie sich einfach sein Teenagerzimmer oben am Treppenende seines Erwachsenenhauses vorgestellt, mit den Postern von Patrick Ewing und Pamela Anderson aus ihrer besten *Baywatch*-Zeit. Seine Kinder – fertige Menschen mit riesigen Rucksäcken und Terminen beim Kieferorthopäden – zählten für sie nicht. Sie waren etwas gänzlich anderes, so fern wie die Idee, als Junge oder mit drei Augen geboren worden zu sein. Seine Frau war nicht da, und Porter verbannte sie an die Außengrenzen ihrer psychischen Galaxie. Der Platz in ihrem Körper war beschränkt. Eine Schwangerschaft war so bizarr, so voller unvorhergesehener Effekte und Nebeneffekte und Nebennebeneffekte, dass sie sich einerseits allen Frauen verbunden fühlte, die je gelebt hatten, und zugleich wie der erste Mensch auf Erden, dem dies widerfuhr.

»Warum wolltest du mich also sehen?«, fragte Jeremy, den Kopf noch halb unter der Decke auf ihrem Schoß. »Ich hab dich verdammt vermisst, Porter.«

Sie tätschelte Jeremys Nacken, strich über die sanfte Kurve bis hinunter zu seinem Rückgrat. »Ich hab dich auch vermisst.«

Der Hund – er hieß Ginger, wie sie sich erinnerte – wurde wach, stand auf und drückte seine feuchte Schnauze in ihre Hand. Sie schloss die Augen und malte sich aus, das alles würde ihr gehören: der

Hund, das Haus, der Mann. Vielleicht wäre es ja noch möglich. Eine wahnhafte Vorstellung, das wusste sie, aber sie wusste auch, dass dies ihre letzte Chance auf Illusion war. Bald schon würde sie erwachsen werden und einen klaren Kopf bekommen müssen, um Grenzen für Süßes und Zeit vor dem Fernseher und fürs Insbettgehen und Wegbleiben zu setzen und was sonst noch alles an Schlimmem auf einen zukam, wovon man sich keine Vorstellung machte. Im Moment war sie nur sie selbst, nur eine Person, ohne jemandem eine Antwort schuldig zu sein. Und wenn sie ihren Ex auf seinem Küchenboden ficken wollte, würde sie das tun.

Porter glaubte nicht daran, dass alles aus einem bestimmten Grund geschah – das war absurd –, sondern daran, dass eins zum anderen führte. Ihre Mom hatte sich verliebt, ohne die Folgen in Betracht zu ziehen, Porter war ihrer alten besten Freundin über den Weg gelaufen, und all das hatte sie zu Jeremys Praxis geführt, dann hatte sein Auto sie zu seinem Haus gebracht, und ihre Körper hatten zueinandergefunden, wie sie das immer getan hatten, immer erfüllend, und das brachte sie zu diesem Moment, der sich anfühlte wie ein Anfang oder zumindest wie das Öffnen einer Tür.

Als Jeremy sie beide zurück zur Praxis fuhr und sie in ihren Wagen stieg, um nach Hause zu fahren, legte sie ihre Stirn aufs Lenkrad und weinte. Sie war glücklich. Dummheiten anzustellen war kein Privileg der Jugend.

Kapitel 17

Wendy wird wach

Es war halb eins, und Wendy begann, sich auf zwei Stunden Stille zu freuen. Die Jungs waren gerade drei geworden, und ihr war klar, dass sie nicht ewig einen Mittagsschlaf halten würden, vielleicht sollten sie schon jetzt keinen mehr machen in Anbetracht dessen, dass für sie um fünf Uhr morgens die Nacht vorbei war, aber Wendy stand lieber vor dem Morgengrauen auf und machte dafür in der Tagesmitte eine Pause. Im nächsten Jahr wären sie dann auf der Vorschule und das Problem von jemand anderem, dann konnten sie das Nickerchen sein lassen. Ach, wie sie ihre Freundinnen hasste, die Töchter bekommen hatten, pflichtbewusste kleine Geschöpfe, die ganz ruhig am Tisch sitzen konnten mit nichts als einem Blatt Papier und einem Becher voller Buntstifte. Wenn ihre Kinder wach waren, rannten sie in Höchstgeschwindigkeit umher und brüllten wie Mel Gibson in *Braveheart*. Sie schützte sich mit Ohrstöpseln, wenn der Pegel zu hoch wurde, was häufig der Fall war. Inzwischen hatte sie Döschen mit Ohrstöpseln in fast jedem Zimmer des Hauses versteckt, wie eine Drogenabhängige ihren Vorrat.

Wendy setzte sich in ihr Arbeitszimmer, einen Raum, der keinem anderen Zweck diente, als ihr Leben zu organisieren. Sie arbeitete unbedeutende zwanzig Stunden in der Woche in New Paltz, aber diese waren ihr so wichtig wie Sauerstoff. Sie liebte ihre Arbeit, egal, ob sie Langweiliges oder Lästiges zu erledigen hatte oder auch nur ihre E-Mails durchging, bis sie vergaß, wonach sie suchte. Sie freute sich über den Wasserspender im Büro, vor allem weil es nicht ihre Aufgabe war, ihn bei Bedarf auszutauschen. Sie musste auch kein Toilettenpapier kaufen und wechselte die Rolle nicht, wenn nur noch vier Blatt übrig waren. Sie war weder dafür zuständig, ihren Mitarbeitern das Mittagessen zuzubereiten, noch, sich zu vergewissern, dass sie es auch aßen.

Ihr Arbeitszimmer zu Hause war ein Ort, an dem sie, wenn nötig, arbeiten konnte, und hin und wieder beantwortete sie dort auch eine E-Mail, aber eigentlich war es einfach nur ein hübsch ausgestatteter Raum. Hier standen sämtliche Aktenordner der Familie, deren Inhalt zwar keinen je interessierte, die man sich aber doch nicht wegzuwerfen traute: Steuererklärungen der vergangenen Jahre, Krankenversicherungsformulare, Bankauszüge. Der Raum hatte ein Fenster mit Gartenblick, auf dem riesige Plastikspielsachen in Primärfarben, übergroße Baseballschläger und Basketballringe herumlagen. Elliot wollte Sportler aus ihnen machen, obwohl beide Jungs bisher nur Geschick für totale Zerstörung gezeigt hatten. Es war ein wunderbarer Tag, ein leichtes Lüftchen fuhr durch die Zweige der Bäume. Wendy fragte sich, wie viel Wind wohl nötig wäre, das ganze Haus umzuwehen.

Sie hatte sich für Chappaqua, Bedford und Scarsdale starkgemacht, Orte, die bequemes Pendeln in die Stadt erlaubten und wo man kein geistesgestörter Workaholic sein musste wie als Clapham-Pendler. Das war vor ihrer Schwangerschaft gewesen. Elliot hatte schon fast eingewilligt. Makler mit Pfefferminzatem waren langsam an den Wahrzeichen der Orte, an hochgelobten öffentlichen Schulen, idyllischen Häusern und Neubauten vorbeigefahren. Sie hatte ihn fast so weit gehabt, aber dann war sie schwanger geworden. Sie war pragmatisch und hatte aufgrund ihres Alters und ihrer Geschichte (jede Frau hatte eine Geschichte) damit gerechnet, mindestens ein Jahr Wartezeit einplanen zu müssen. Als das Ei sich eingenistet und sie Elliot davon erzählt hatte, war klar gewesen, dass sie Clapham nicht mehr verlassen würden. Er hatte als Erstes seine Mutter angerufen. Wendy hatte ihre Mutter gebeten zu kommen, wenn das Baby geboren sein würde, was umso nötiger geworden war, als sie erfuhren, dass es zwei Babys waren.

In Clapham zu leben war, wie in einem Strick-Museum zu leben. *Das* war das Haus, in dem ihr Ehemann seine Jungfräulichkeit verloren hatte. *Das* war das Feld, wo er und seine Freunde am 4. Juli immer illegale Feuerwerkskörper in den Himmel geschossen hatten. Er war in ihrem Leben der Experte, sie die Touristin. Als die Zwillinge geboren waren, war sie zur Expertin für die beiden geworden, was eine

Zeit lang auch gereicht hatte. Aidan hatte immer nur fünfundvierzig Minuten am Stück geschlafen, Zachary war zu entgegensetzten Zeiten wach gewesen. Aidan hatte früh in den Topf gepinkelt, tat es jetzt aber nicht mehr, Zachary hatte sich überhaupt nicht von seinen Windeln trennen wollen, bis sie diese genommen und entschieden in den Müll geworfen hatte, wie sie das zuvor schon mit den Schnullern getan hatte.

Elliot kam stets spät abends nach Hause und staunte über die von ihr geleistete »Arbeit«. Natürlich war es Arbeit, aber wenn er es aussprach, hörte sie die geflüsterten Anführungszeichen mit und wusste, dass er alles, was sich in den Wänden ihres Hauses abspielte, als Spielzeit verstand. Als wäre die Spielzeit der Kinder auch Spielzeit für ihre Eltern. Als wäre es keine Arbeit, das Haus und die Kinder davor zu bewahren, in Flammen aufzugehen, und sich selbst davon abzuhalten, das Streichholz anzuzünden. Männer verstanden so wenig.

Als Wendy im siebten Monat schwanger gewesen war, war ihre Mutter aus San Francisco angereist – Zwillinge kamen ja meist früher, und beide Chan-Frauen hatten vorbereitet sein wollen. Ihr Vater war zu Hause geblieben. Ganz ehrlich, gab es eine nutzlosere Gestalt als einen Großvater? Vivian Chan hatte sich für das Zimmer neben dem der Zwillinge entschieden, obwohl es im Erdgeschoss neben der Garage ein Au-pair-Apartment mit separatem Eingang und kleiner Küche gab. Dorthin wollte sie erst ziehen, wenn die Jungs nachts durchschliefen, sagte sie und machte das dann auch, als sie sechs Monate alt waren. Wendy hatte ihre Mutter immer gut gefunden, auf ihre Weise, so wie man es gut findet, wenn ein Flugzeug nicht gegen einen Berg prallt, aber nachdem die Jungs da gewesen waren, hatte sie sie auch zu schätzen gelernt. Sie hatten Tage zusammen verbracht, ohne miteinander zu reden, sich Dinge hin und her gereicht, ohne mehr als ein Nicken: eine Windel, eine Packung Reinigungstücher, eine Flasche, eine Stoffwindel. Sie waren wie Synchronschwimmerinnen gewesen.

Elliot, ihr abwesender Coach, der manchmal in den Raum gekommen war, wo er sie beide mit einem schlafenden Kind im Arm angetroffen hatte, hatte dies begeistert mit erhobenem Daumen kommentiert und war sofort wieder gegangen, ohne zu fragen, ob ihnen womöglich die Arme eingeschlafen, sie hungrig oder durstig waren und ihre Handys in Reichweite lagen. Nachdem ihre Mutter nach dem ersten Geburtstag der Zwillinge wieder nach San Francisco zurückgekehrt war, hatte sie, Wendy, mehr als in ihrem ganzen bisherigen Leben zuvor geweint.

Auch Elliot hatte sich durch die Geburt der Kinder verändert, doch wo sie einen Schritt in Richtung allgemeinmenschliche Erfahrung gemacht hatte, hatte er einen Schritt zurück gemacht, weil die Körperflüssigkeiten, die unangenehmen Haushaltstätigkeiten und der Alltagstrott ihn in seinen Grundfesten erschütterten. Er habe keine Übung darin, hatte er Wendy fassungslos erklärt, als diese ihn eines Morgens bat, Aidan die Windel zu wechseln, nachdem ihre Mutter und Zachary bereits nach unten gegangen waren und Aidan einen unglaublichen hellgelben Haufen produziert hatte, der seinen Rücken und die Wickelauflage sowie beide Hände Wendys in Mitleidenschaft gezogen hatte. Er hatte das in einem Ton gesagt, als hätten Hauswirtschaft und das Einmaleins der Kindererziehung zu *ihren* Kursen in Princeton gehört. Als gäbe es dafür ein Handbuch, das sie gelesen hatte. (Natürlich gab es Handbücher, Hunderte sich widersprechende Ratgeber, und sie hatte Dutzende davon gelesen, aber darum ging es nicht, sondern darum, dass sie diese Bücher mit Eselsohren und Unterstreichungen versehen immer wieder auf die kleine Kommode neben seinem Bett gelegt, er sie aber nie aufgeschlagen hatte.)

Wendy überlegte, was sie tun sollte: Sie könnte ein Nickerchen auf dem gemachten Bett halten, Wäsche zusammenfalten, Fleischbällchen fürs Mittagessen der Jungs zubereiten, zu einem ihrer Sportvideos trainieren. Sie entschied sich für das Nickerchen und kehrte zurück ins Elternschlafzimmer, das eine Suite für sich war – Schränke für sie und ihn, selbst Toiletten für sie und ihn im Badezimmer. Astrid war entsetzt gewesen, als sie ihr die Pläne vorgelegt hatten – es war das größte Haus, das Elliot je gebaut hatte. Es gäbe doch so viele *alte* Häuser in Clapham, Häuser wie das Big House, hatte Astrid argumentiert, wie man erklärte, dass Papier und Plastikmüll recycelt werden mussten. Aber sie hatten nicht in das Haus von jemand anderem einziehen wollen. Wendy hatte wie Elliot gern alles sauber und frisch, und es war schließlich sein Job, Neues zu bauen. Astrid hatte Elliot nie verstanden – für Wendy fühlte es sich grausam an, so über die Mutter von jemand anderem zu denken, aber es stimmte. Außerdem war es ein gutes Gefühl, sich daran zu erinnern, dass es Dinge gab, die sie und Elliot verbanden, wie das früher in allen Dingen der Fall gewesen war.

Sie ließ sich auf ihre Seite des Bettes fallen und rutschte dann nach oben, bis ihr Kopf auf dem Kissen lag. Auf diese Weise konnte sie wenigstens dreißig Minuten Mittagsschlaf halten, ohne sich und die Laken durcheinanderzubringen. Kaum hatte Wendy die Augen geschlossen, hörte sie, wie die Garagentür geöffnet wurde.

Sie eilte ans Fenster – sie erwartete niemanden – und kam gerade rechtzeitig, um die hintere Stoßstange von Elliots einfahrendem Auto zu sehen. Wendy warf einen Blick in den Spiegel, klopfte auf ihre Tränensäcke, kniff in die Haut ihrer Wangen. Sie ging hinunter in die Küche, wo Elliot am Küchentisch saß.

»Hi«, sagte sie.

»Wo sind denn alle?«, wunderte sich Elliot.

»Die Jungs schlafen.« Wenn er zuhören würde, wüsste er das, dachte sie.

»Okay.«

Er schwitzte. Auch im September war noch Sommer, und draußen war es so heiß, dass jeder, der nur wenige Minuten in der Sonne stand, zu glänzen anfing.

Sie verschränkte die Arme und wartete darauf, dass

er ihr sagte, warum er sich an den Tisch und nicht an den Schreibtisch in seinem Büro gesetzt hatte. Doch er beugte sich vor und legte seine Stirn aufs Holz.

»Bist du krank?«

Wendy sah auf die Uhr – sie hatten noch eine gute Stunde, bis die Jungs wach wurden, vielleicht auch weniger. Begriff er denn nicht, dass ihr ganzes Leben viel sorgfältiger getaktet war als eine Parkuhr?

»Nicht wirklich«, erwiderte Elliot, richtete sich auf und zog ein Gesicht, als müsste er seinen Kopf in die Mülltonne stecken. »Ich habe gute Neuigkeiten.«

»Fast hättest du mich reingelegt«, sagte Wendy und neigte den Kopf zur Seite. »Was für gute Neuigkeiten?«

Er zeigte auf ein paar Hochglanzbroschüren auf der Arbeitstheke. »Ich habe ein Angebot. Ein richtiges.«

Ihre Augenbrauen schossen Richtung Stirn.

Elliot hatte ein Jahr zuvor ein Grundstück am Kreisverkehr gekauft. Es war nicht einfach, in Clapham etwas geheim zu halten, und kaum einfacher im Immobiliengeschäft, aber es war machbar. Dennoch hatte es Wendy erstaunt, dass es ihm gelungen war, es vor seiner Mutter geheim zu halten. Astrid glaubte immer, sie wüsste, was für alle das Beste war – für Elliot, die Zwillinge, für die ganze Stadt.

Seine Idee war folgende: Clapham in dieses Jahrhundert holen. Der Stadt einen neuen Ankerpunkt bauen. Sie zu einem Reiseziel machen. Elliots Liste der Dinge, die die Stadt brauchte, war lang: ein vornehmes Boutiquehotel, eine Bar ohne Budweiser-Werbung in Neonleuchtschrift, ein Shake Shack

Burgerladen, eins dieser Kinos, wo man an seinem Platz Essen serviert bekam. Elliot hatte tausend Ideen und wollte alle umsetzen. Er liebte seine Stadt, aber viel mehr noch die Idee, was aus ihr werden könnte. Das war es, was sein Vater von ihm gewollt hätte: sich einen Namen machen.

»Von wem?«, fragte Wendy.

Monatelang hatte Elliot so viele potenzielle Bewerber wie möglich hofiert. Es war schwerer gewesen als gedacht, Clapham in seine Vision der Zukunft zu verwandeln. Er passte seine Argumentationsweise dem jeweiligen Gesprächspartner an – Clapham sei das neue Westport, das Hudson Valley sei die neuen Hamptons. Im vergangenen Jahr hatten sechs verschiedene Firmen Angebote abgegeben: ein Geschäft für Traktorzubehör, eine vegane Bäckerei, ein Laden, der Modelleisenbahnen für Erwachsene verkaufte, ein Tierfriseur und ein mexikanisches Restaurant. Einige hatten ihre Angebote unter der Tür durchgeschoben, andere dicke Broschüren an die angegebene Adresse, das Haus von Wendys Eltern, geschickt. Elliot kannte sowohl den Typen mit dem Traktorzubehör als auch den Tierfriseur – sie hatten sich beide ahnungslos an der Theke von Spiro's mit ihm unterhalten.

»Beauty Bar.«

»Mist.«

»Was? Die sind riesig, es würde sich zum Ziel für alle Frauen im Umkreis von achtzig Kilometern entwickeln!« Elliot sah noch immer aus, als wäre ihm schlecht.

»Genau, und es ist groß und schick und wird sich direkt gegenüber dem Salon der Freundin deiner Mutter befinden. Ist es nicht das, woran du denkst?«

Wendy griff nach der schwarzen Broschüre – sie sah die geprägten spiegelverkehrten B des Logos von Beauty Bar auf dem Umschlag und strich mit den Fingern darüber.

»Es ist super. Ich brauche einen Anwalt, der es überprüft, aber Debra, das ist die Frau, mit der ich das Verkaufsgespräch geführt habe, meinte, es sei ein wirklich guter Deal. Sie möchte, dass ich es umbaue, dann wollen sie es für zehn Jahre mieten und mehr dafür zahlen als jeder andere auf der Main Street. Mindestens doppelt so viel, so viel, dass wir noch mehr bauen können, wie etwa ein Einkaufszentrum an der Tankstelle.«

Elliot wollte das Tal ganz offensichtlich in einen Strick-Brick-Korridor verwandeln.

Von oben kam ein Klageschrei, dann ein Rumms. Eigentlich hätten die Zwillinge noch mindestens eine Dreiviertelstunde schlafen sollen.

»Ich bin Anwältin, weißt du«, sagte Wendy. »Lass mich den Vertrag lesen. Und warum sprichst du nicht mit deiner Mom darüber? Es ist deine Entscheidung, aber du solltest nichts tun, was du später bedauern wirst.«

»Wieso verdammt sollte ich mit meiner Mutter sprechen? Herrgott, Wendy!« Elliots Wangen waren fleckig, seine Nasenflügen aufgebläht. »Es ist meine Entscheidung!«

»Ist ja schon gut, okay.« Sie hob kapitulierend die Hände.

»Es ist meine Entscheidung!«, wiederholte Elliot, als könnte sie ihn beim ersten Mal womöglich nicht verstanden haben.

Wendy hörte, wie oben aus erst einem Paar Füße zwei Paar wurden, eine kleine Herde. Der Rest des Tages stand ihr klar vor Augen: Elliot abgeschottet in seinem Büro, um zu telefonieren, vielleicht schlug er auch nur Golfbälle im Garten mit seinen Bluetoothkopfhörern auf dem Kopf, während sie sich mit Aidan und Zachary vom Mittagsschlaf bis zum Abendessen herumschlug, wo Daddy dann zu einem Gutenachtkuss vorbeirauschte. Wenn er woanders hätte leben wollen, hätten sie das tun können.

Einer der Jungs – es klang nach Aidan – stieß aus voller Kehle einen Schrei aus.

»Willst du nicht mal nachsehen, was zum Teufel da oben los ist?«, fragte Elliot sie.

»Nein«, sagte Wendy. Sie fand Gefallen am Klang dieses Wortes. »Gib mir das Angebot, zeig mir, was da tatsächlich drinsteht. Ich werde es durchlesen.«

»Was zum Teufel ist mit dir los? Es ist ein Arbeitstag, Wen!« Er saß noch immer da, ein ungeduldiger Gast in einem Restaurant.

Wendy nahm seine Schlüssel vom Tisch. »Ich tue dir einen Gefallen, sag einfach danke.«

Elliot blieb vor Schreck der Mund offen stehen, sodass Wendy lachen musste. Er fühlte sich offensichtlich gekränkt. »Wenn ich raten müsste, würde ich sagen, dass Aidan ein Häufchen gemacht hat. Sieh dir das Töpfchen an, wenn du nach oben gehst, und wisch ihm den Po ab, es sei denn, du möchtest die nächste Stunde damit zubringen, Wände und Boden zu wischen, während zwei Kinder auf dir herumklettern. Ich komme bald, um dir zu helfen. Spätestens zur Schlafenszeit.« Elliot war offensichtlich schockiert. Er hatte vor seinen eigenen Kindern Angst. »Du kommst schon zurecht«, sagte sie und war durch die Tür.

Kapitel 18

Familienmahlzeit

Astrid war Verfechterin eines ordentlichen Abendessens, das war schon immer so gewesen. Anfangs, als sie und Russell noch allein gewesen waren, hatte es sich angefühlt wie ein Spiel, mit Stoffservietten und Kerzen, dann war Baby Elliot gekommen, ein ruhiges Geschöpf, das bescheiden wie ein Mönch eine Viertelstunde lang auf einem Stück Brot hatte herumkauen können. Danach Porter, die gequäkt und manchmal Erbsen durch die Küche geworfen, aber sich an allem Essbaren in ihrer Nähe versucht hatte, selbst an glitschigen Austern. Dann der kleine Nicky, der weiche Kost – Karottenpüree, Erdnussbutter, Maisbrei – eher als Spielzeug verstanden hatte und nach jeder Mahlzeit gebadet werden musste. Das waren die besten Jahre, die Jahre, als alle Kinder herangewachsen und die Unterschiede zwischen ihnen so groß gewesen waren (eins hatte das Einmaleins gelernt, das nächste sich im Binden von Schuhbändern geübt, das dritte war mit nackten Füßen quer durch die Wohnung gerannt), dass sie und Russell jeden Tag etwas zum Staunen gehabt hatten, egal wie hektisch und frustrierend es sonst gewesen war. Als Elliot zum

College gegangen und Porter und Nicky Teenager gewesen waren, hatte das Wechselbad der Gefühle sich in einem dunklen Tunnel abgespielt, und bevor es am anderen Ende wieder hell hatte werden können, war Russell schon tot und der Tunnel ein Dauerzustand gewesen. Sie hatte sich aufs andere Ende gefreut – um in fremde Länder zu fliegen, sich um einen Reiseführer zu scharen, ein Hausboot zu mieten. Es war ein Leichtes, sich einzureden, es wäre ein wunderbares und aufregendes Kapitel ihres Lebens geworden, jetzt, da es nur noch hypothetisch war.

Es fühlte sich gut an, dass Birdie und Cecelia mit am Tisch saßen, es war eine Rückkehr zur Normalität. Sie war es leid gewesen, nur noch für sich zu kochen – so vieles schien der Mühe nicht mehr wert zu sein. Tschüs, Rippchen, ade, Coq au Vin. In allen Konfigurationen hatten sie um die beiden Tische gepasst, den massiven rechteckigen Esszimmertisch oder den kleineren Küchentisch. Stoffservietten an jedem Platz. Sie war erleichtert gewesen, als die Kinder groß genug waren und ihr beim Abräumen halfen und aufhörten, Essen auf den Boden zu werfen. Sie und Russell hatten genügend Zeit auf den Knien verbracht, um mehrere Tage alte festgetretene Hörnchennudeln vom Fußboden zu kratzen.

Warum hatte Barbara Baker keine Kinder gehabt? Astrid hatte das immer seltsam gefunden – nicht dass eine Frau keine haben konnte oder wollte, obwohl das, als sie selbst jung gewesen waren, seltener vorgekommen und es auch schwerer gewesen war, sich den Erwartungen zu widersetzen. Aber insbesondere

Barbara hatte sich immer über ihre kleinen Schutzbefohlenen gebeugt, wenn sie die Straße überquert hatten, ihre hausgemachten Kuchen, die auf Veranstaltungen im Rathaus angeboten wurden, waren mit M&Ms verziert gewesen, sie hatte sich zu Halloween verkleidet. Ganz zu schweigen von all den Haustieren. Sie fand, dass Barbara in vielerlei Hinsicht für die Elternschaft besser geeignet gewesen wäre, als sie selbst es war – geduldiger wahrscheinlich und offener für endlose Gespräche über Dinosaurier, geschickter im Handhaben kindgerechter Scheren.

Cecelia saß lesend am Tisch. Es überraschte Astrid, dass an den Schulen noch immer J. D. Salinger durchgenommen wurde. Hatte er nicht mit einem Teenager geschlafen? Sie sollten Toni Morrison lesen. Eigentlich müsste es doch ein Leichtes sein, die Fieslinge und Sexualstraftäter zu streichen, man konnte einfach alle Männer weglassen. Sicher, ein paar Anständige würden dabei auf der Strecke bleiben, aber wer würde das beklagen bei einem derart positiven Nettoergebnis? Wie auch immer, ein kleines Gesicht, das in ein Buch vertieft war, die Ellbogen auf den Tisch gestützt, war ein erfreulicher Anblick.

Astrid blieb an der Küchentheke stehen und betrachtete Cecelia. Das hatte sie sich gewünscht – das wünschte sich jeder. Die Kinder der Kinder um sich zu scharen und dabei jung genug zu sein, um sie aufwachsen zu sehen. Großeltern zu sein war Gott sei Dank etwas anderes, als Eltern zu sein, auch in Fällen wie diesen. Dass Elliots Söhne einmal dorthin kommen würden, vermochte sie sich noch nicht ganz vorzustellen – bis sie stillsitzen und Bücher lesen würden, wäre sie alt oder schon tot. Aber Cecelia war hier bei ihr, ein Gast, der keine Mühe machte. Demnach hatte sie bei Nicky doch alles richtig gemacht, ob er das nun zugab oder nicht. Sie wirkte so jung, eindeutig noch ein Kind. Als Porter dreizehn gewesen war, hatte Astrid sie als junge Frau gesehen. Während Porters Teenagerjahren hatte sie ihre eigenen Jugenderinnerungen noch als wichtigen Teil ihrer selbst gesehen, wohingegen dieselben Erinnerungen ihr jetzt wie ein trauriger langweiliger Film vorkamen, an dessen Plot sie sich kaum mehr erinnern konnte. Cecelia war ein Kind. Astrid hegte die Hoffnung, dies im Hinterkopf gehabt zu haben, als ihre Kinder Teenager gewesen waren, doch es dürfte wohl eher nicht der Fall gewesen sein. Mit Abstand war alles so viel einfacher.

Ein Timer klingelte, und Birdie blickte auf. Sie hatte einen Salat zubereitet und ein Dressing – Sesampaste und Joghurt, eine Neuentdeckung –, dazu einen Gemüseauflauf.

»Sieht gut aus!«, sagte sie, als sie die Tür des Backofens aufklappte, ein Blech mit karamelliertem Butternutkürbis und roten Zwiebeln herauszog, dann den Topfhandschuh auszog und drei Teller herrichtete.

Es hatte andere Anlässe gegeben, an denen sie erwogen hatte, ihren Kindern von Birdie zu erzählen. Wenigstens Porter. Vergangene Weihnachten, an ihren letzten beiden Geburtstagen. Aber dann war

Birdie über die Feiertage zu ihrer Schwester gefahren, und die Kinder tauchten an ihrem Geburtstag nie gleichzeitig auf, wenn überhaupt, und so hätte sie nur Birdie von Birdie erzählen können, und die wusste es ja bereits. Es wäre auch nicht nötig gewesen, Birdie hatte ihr immer wieder versichert, es liege ganz allein in ihrem Ermessen, was sie ihrer Familie und den Freunden erzählte. Sie waren glücklich zusammen, und nur das zählte. Manchmal dachte sie allerdings, dass sie es doppelt so schnell verkündet hätte, würde sie Birdie nur halb so gernhaben.

»Es ist so schön, für mehr als eine Person zu kochen«, sagte Birdie.

»Es ist schön, etwas serviert zu bekommen«, warf Astrid ein.

»Es ist so schön, dass ihr vergesst, dass die Pizza erfunden wurde.« Cecelia legte ihr Buch zur Seite und grinste. »War nur ein Scherz.«

Ihre Eltern ernährten sich für gewöhnlich vegetarisch, und Cecelia war an Gelage mit Pilzen, Sojabohnen und Tofu gewöhnt.

Astrid nahm die vollen Teller entgegen und brachte sie zum Tisch. Dann nahm sie Cecelia gegenüber Platz, die auf der Küchenbank saß, der Stuhl am Tischende blieb frei für Birdie.

»Wie läuft es denn in der Schule, Cecelia? Hast du schon jemand Netten gefunden?«

Das war ein fortwährendes Thema. Birdie hatte keine Erfahrung mit Teenagern mehr gehabt, seit sie selbst einer gewesen war, und war deshalb wirklich neugierig. Astrid wollte ihr erklären, dass Teenager nicht redeten, nicht wirklich, aber ihre Versuche waren so süß zu beobachten.

»Geht so. Meine Englischlehrerin ist ganz okay.«

»Und irgendjemand unter fünfundzwanzig?«, hakte Birdie nach.

»Sie könnte jünger als fünfundzwanzig oder auch fünfzig sein. Woher soll ich das wissen? Sie ist eine Lehrerin. Und August.«

»Jemand außer August?«, bohrte Astrid weiter.

Mädchen brauchten Freundinnen, und zwar aus tausend Gründen: weil sie Tampons dabeihatten, weil sie gern lange Telefonate führten, weil sie immer über Gefühle mit einem reden wollten. Auch Nicky hatte immer gern über seine Gefühle geredet, aber er war auch ein Einzelfall gewesen.

»Nee.«

»Ich hab darüber nachgedacht«, warf Astrid ein, um das Thema zu wechseln, »ob ich mal den Busfahrer besuche.«

»Es ist jetzt eine Frau. Die ist megakomisch. Absolut nervös.«

Cecelia griff nach ihrer Gabel und zog ein Stück gerösteten Kürbis durch die Sesamsoße.

»Nein, ich meine den alten Busfahrer. Er sitzt im Gefängnis und wartet auf seinen Prozess. Das hat mir meine Freundin erzählt, die auf dem Standesamt arbeitet.«

Sie hielt Ausschau nach der Pfeffermühle und ließ ihre Finger wie ein Sternnasenmaulwurf, der nach Nahrung schnüffelt, über den Tisch wandern.

Birdie und Cecelia nahmen Blickkontakt auf und wandten sich dann beide an sie.

»Warum das denn?«, wollte Birdie wissen.

»Das ist doch verrückt«, meinte Cecelia.

»Ich bin nur neugierig! Ich denke, er muss doch ein Motiv gehabt haben. Nicht dass er sich speziell Barbara ausgesucht hat, aber er könnte nach jemandem Ausschau gehalten haben. Ich denke, er wollte seine Macht spüren. Es sind immer die weißen Männer, wisst ihr, in neun von zehn Fällen. Es sind weiße Männer, die gegen ihre Familien, gegen Fremde, gegen die Welt Gewalt ausüben.«

Sie schob sich eine volle Gabel in den Mund.

»Sicher, ja«, sagte Birdie. »Aber was hat das damit zu tun? Du bist nicht Miss Marple! Bist du auf Selbstjustiz aus? Er ist bereits im Gefängnis, Astrid. Er hat es getan. Das haben alle gesehen. Es ist kein Geheimnis.«

»Was würdest du ihm denn sagen?«

Birdie bot Cecelia Salat an, und Cecelia schenkte ihnen allen Wasser nach.

»Ich würde ihn fragen, warum er es getan hat. Würde ihn fragen, was er dabei empfunden hat. Wir haben es hier doch eindeutig mit einem psychischen Problem zu tun. Nimm eine Serviette, bitte!«

»Ich finde das ziemlich schräg und halte es für keine gute Idee, Granny. Und wenn es dir so wichtig ist, werde ich mir mehr Freundinnen suchen«, sagte Cecelia und ließ sich von ihrer Großmutter eine Stoffserviette geben.

»Ich stimme Cecelia zu«, sagte Birdie. »Er ist

durchgedreht. Oder er stand unter Drogen. Er wird es nicht wieder tun. Aus welchem Grund er es auch getan hat, es war kein Anschlag auf Barbara. Das ist nicht gerecht, aber es bedeutet nicht, dass eine verborgene Absicht dahintersteckt.« Sie legte ihre Hand auf Astrids Schulter. »Im Ernst.«

»Es war nur eine Idee. Vermutlich wollte ich einfach was wiedergutmachen. Mein Lunch mit Elliot war so schrecklich«, berichtete sie und ergänzte an Cecelia gewandt: »Das sollte ich vor dir nicht sagen.«

»Ist schon okay«, beruhigte Cecelia sie. »Er ist nicht mein Dad. Über Onkel darf man herziehen. Ich werde übrigens bei den Zwillingen babysitten, Wendy hat mich darum gebeten.«

»Was sagt dein Vater eigentlich über mich, Cecelia?«, wollte Astrid wissen.

Sie sah ihre Enkelin, die sich gerade eine volle Gabel in den Mund schieben wollte, erwartungsvoll an.

Birdie zog eine Braue hoch. »Astrid!«

»Was meinst du damit? Was soll er wann über dich sagen?«, fragte Cecelia.

»Ich meine, wenn deine Mutter deinen Vater fragt, ob er mit mir gesprochen hat, was sagt er dann? Mit welchem Gesichtsausdruck? Ich bin neugierig.«

Birdie schnalzte mit der Zunge. »Astrid!«

»Was? Das ist doch eine einzigartige Gelegenheit.« Sie sah Cecelia an. »Okay. Du brauchst es mir nicht zu sagen.«

»Hm. Du meinst also, du würdest gern wissen, welche schlechten Dinge er über dich sagt? Klagen oder so?«

»Oder auch nicht! Natürlich auch die guten Dinge!«

Birdie sah sie finster an. »Das kann nicht gut ausgehen.«

Astrid wandte sich ihr zu und gab ihr einen Kuss. »Ich bemühe mich um eine radikal neue Herangehensweise an mein Leben. Man nennt das Fragenstellen.«

»Aufrichtigkeit kann nach hinten losgehen, nur damit du es weißt«, sagte Cecelia. »Ich weiß nicht, ob du dazu bereit bist, Granny.«

Astrid nickte ernst. »Ich pack das.« Cecelia legte ihre Gabel am Tellerrand ab und tupfte ihren Mund mit der Serviette ab. »Keine Hinhaltetaktik«, sagte Astrid.

»Mein Gott! Ist ja gut.« Cecelia rollte mit den Augen. »Ich denke, Dad findet dich ein wenig … äh … rigide.«

»Meint er streng?« Astrid spürte das Flattern ihrer Lider.

»Eher … äh … unflexibel. Du weißt schon, unbeweglich.«

»Also ein wenig steif vielleicht?«, ergänzte Birdie.

»Huch«, entfuhr es Astrid. Sie zwickte Birdie in den Schenkel. »Verräterin!«

»Ich versuche doch nur, ihr zu helfen!« Birdie hob ihren Stuhl an und rückte ihn näher an Cecelia heran.

»Er würde auf jeden Fall sagen, dass du bestens organisiert bist. Ordentlich. Ich weiß, dass er das mag, obwohl er es selbst nicht hinkriegt«, erläuterte

Cecelia. »Meine Eltern streiten sich immer darüber, wer mit dem Spülen dran ist, weil es keiner mag.«

»Siehst du, das hört sich nach mir an«, sagte Astrid. »Gut, das ist nicht so schlimm.«

Sie würde Nicky beweisen, wie flexibel sie sein konnte, dass man mit ihr Spaß haben konnte. Dass sie nicht nur in der Lage war, seine Tochter zu beherbergen und zu beköstigen, sondern auch fähig zu substanzieller Fürsorge. Als die Kinder klein gewesen waren – es waren immerhin drei, und sie wollte nicht verrückt werden –, hatte sie einfach keine Zeit gehabt, warmherzig zu sein. Und als sie dann Teenager gewesen waren, hatten sie ohnehin nicht mehr auf sie geachtet. Astrid erinnerte sich, dass sie Blumen für Porter gepflückt hatte, als diese beim jährlichen Festumzug der Schule eine der Ernteköniginnen gewesen war, eine Ehre, die Porter so ernst wie einen Furz genommen und sich nicht mal bei ihr bedankt hatte. Als Russell gestorben war, hatte sie stark sein müssen. Eine schniefende, am Boden zerstörte Witwe hätte doch keinem geholfen, oder? Sicher nicht. Aber jetzt, jetzt könnte sie es vielleicht versuchen.

»Also ich denke, wir haben genug gegessen, was meinst du Cecelia?«, fragte Birdie. »Möchtest du noch ein Eis?«

»Ja bitte«, sagte Cecelia, wieder Kind, und gab Birdie ihren leeren Teller.

Kapitel 19

Ultraschall

Schwangere sahen ihre Ärzte häufiger als ihre Freunde, jedenfalls war das bei Porter so. Fast noch öfter, als sie ihre Ziegen sah. Sie liebte Dr. McConnell. Beth McConnell war Afroamerikanerin aus Albany, die mit ihrer riesigen Schildpattbrille und einer Lücke zwischen den Vorderzähnen bestimmt die klügste und nerdigste Drittklässlerin gewesen war. Was sie an Dr. McConnell aber vor allem liebte, war ihr Fluchen (oh, verdammt, ich hab den Glibber vergessen, bin gleich wieder da) und ihr bescheidenes Auftreten, und das Beste war, dass sie in ihrem, Porters, Alter und unverheiratet war.

Bei ihrem heutigen Termin sollte der Anatomiescan durchgeführt werden, bei dem jeder Körperteil des Babys gesondert untersucht wurde, ein Zeitlupenfilm in Echtzeit über die völlig natürliche und gleichzeitig höchst fremdartige Wirklichkeit eines Menschen, der in einem anderen heranwuchs. Porter war nervös.

»Sie werden alles sehen können. Wirklich alles.« Porter wusste schon seit einiger Zeit, dass sie ein Mädchen erwartete – Mütter über fünfunddreißig mussten zusätzliche Bluttests machen, weil die Risiken für alle möglichen Geburtsfehler in die Höhe schossen – wie zur Bestrafung einer verzögerten Fortpflanzung, als würden die Eier selbst rebellieren, stocksauer, dass man sie nicht schon eher zur Party eingeladen hatte. »Also«, fuhr Dr. McConnell fort. »Die Herzkammern, das Blut, die Nieren, die Zehen, das Rückgrat …«

»Hoffentlich nicht in dieser Reihenfolge.«

Porter legte sich im Behandlungsstuhl zurück und zog ihr Shirt hoch. Lange Zeit hatte sie das Gefühl gehabt, einfach nur dicker und weicher zu werden, der ganze Körper schwammiger bis auf die Brüste, kleine Steine, die davon träumten, Felsen zu werden. Jetzt wölbte sich ihr Bauch, auch wenn sie flach auf dem Rücken lag.

»O nein«, sagte Dr. McConnell. Sie rieb rasch die Hände gegeneinander. »Ich weiß, es ist nicht kalt draußen, aber hier drin bläst die Klimaanlage, und meine Hände sind eiskalt, tut mir leid.« Sie tastete Porters Bauch ab, presste mit den Fingerspitzen fest gegen ihr Schambein. »Hier ist der Boden Ihres Uterus«, sagte sie und legte ihre Finger ein paar Zentimeter unterhalb des unteren Endes ihres Sternums, »und hier ist die Spitze, das ist großartig. Ihre Abmessungen sind perfekt.« Sie bereitete das Ultraschallgerät vor, kehrte zu ihren Routineaufgaben zurück.

Das Wort *perfekt* trieb Porter Tränen in die Augen. Dr. McConnell verwendete es zwar ständig, aber sie war dennoch dankbar. Die Vorstellung, dass irgendetwas in ihrem Leben perfekt war, war neu. Es wäre schön gewesen, malte sie sich aus, das häufiger gehört zu haben. Rachels Eltern überschütteten ihre Tochter mit Komplimenten – auf Facebook war ihr Feed mit Posts von ihrer Mutter übersät. Babyfotos, Zeitungsausschnitte, Bilder von Flusspferden, die in schlammigen Flüssen schmusten. Der Subtext lautete immer: *Du bist perfekt*. Vielleicht hatte sie das immer schon getan, oder es sollte ein Ausgleich für Rachels Ehemann sein, aber das war unwichtig. Sie tat es, ohne dass Rachel sie darum bat. Astrid sagte so etwas manchmal zu Nicky. Das Wort »perfekt« kam dabei nicht zum Einsatz, so war sie nicht gestrickt, aber sie sagte Dinge wie: »Ach, ich war in Susan's Bookshop und die beiden jungen Damen an der Kasse unterhielten sich über ein neues Buch, und eine von ihnen sagte: ›Es ist genauso wie *Jake George!*‹ Und dann legten beide schwärmerisch die Hände auf ihre Herzen.« Niemals sagte sie Derartiges über ihre Tochter, obwohl Porter wusste, wie stolz ihre Mutter auf ihre harte Arbeit war und das, was sie produzierte. Aber wenn Dr. McConnell meinte, dass ihre Abmessungen perfekt waren, bedeutete dies, dass sie und das Baby auf dem richtigen Weg waren.

»So, nun wollen wir uns das mal genauer ansehen. Sie werden sie sicherlich sehen wollen.«

Sie rollte auf ihrem Hocker zur Wand und schaltete die Beleuchtung aus. Bis Dr. McConnell den ersten Körperteil herangezoomt hatte – das Rückgrat –, war Porter bereits in Tränen aufgelöst.

»Tut mir leid«, sagte sie.

Der Herzschlag des Babys flatterte auf dem Bildschirm wie ein Flugzeug, das sich über den Nachthimmel bewegte, kraftvoll und stetig.

»Mir nicht«, erwiderte Dr. McConnell. »Sie ist umwerfend.«

Porter schniefte während der restlichen Untersuchung so sehr, dass sie sich alle paar Sekunden mit einem Papiertaschentuch die Augen abtupfen musste. Das Baby war zusammengerollt wie ein Shrimp, die Beine strampelten sanft, die gebeugten Arme zeigten zum Gesicht.

»Sie können nächstes Mal gern jemanden mitbringen, wissen Sie?«, bemerkte Dr. McConnell. »Ihre Mutter zum Beispiel oder eins Ihrer Geschwister.«

Porter stellte sich vor, wie Astrid neben ihr saß und ihr die Hand hielt. Würde sie weinen? Würde sie selbst weinen, wenn ihre Mutter dabei wäre? Sie stellte sich Elliot vor, der in der Ecke sitzen und auf sein Handy stieren, aber immer wieder nicken würde, um Unterstützung vorzutäuschen. Nicky würde womöglich weinen. Cecelia auch. Sie hätte Rachel dazu einladen können. Warum tat sie das nicht? Sie könnten sich gegenseitig beistehen! Aber Rachel hatte bereits Beistand durch ihre Mutter. Vielleicht käme ja Jeremy mit? Sie hatte ihn inzwischen dreimal getroffen, im Stall, in ihrem Haus und einmal mitten in der Nacht im Hinterzimmer der Tierarztklinik. Sie sprachen nicht über das Baby, nicht wirklich, obwohl er seine Hand immer auf ihren Bauch legte, wie die Ärztin das auch gerade getan hatte. Natürlich – er wusste, wonach er fühlte.

Dr. McConnell bewegte den Stab, und man sah das Gesicht des Babys. Sie drückte einen Knopf am Gerät, und das Bild verwandelte sich in eine 3-D-Landschaft. Sie war schmutzig braun und verpixelt, als hätte sie einen weiten Weg zurückgelegt, was wohl auch der Fall war – die ganze Strecke durch ihre Haut von innen nach außen. Porter dachte an die vielen Männer, die sich einredeten, dies geleistet zu haben, nur weil sie jetzt auf ein paar Stunden Schlaf verzichten mussten. Sie hatten das nicht geleistet. Frauen waren immer allein, allein mit ihren Babys. Es gab Belastungen, die nicht geteilt werden konnten.

Sie hörte zu weinen auf und beobachtete das Baby bei einem Schluckauf, den kleinen Körper, der in ihrem schwebte, als würde er bereits ein eigenständiges Leben führen.

Nach dem Arztbesuch kehrte sie an die Arbeit zurück und rief dann aus dem Stall ihren Bruder an. Normalerweise waren sechs Versuche nötig, um Nicky ans Telefon zu bekommen – sie ging immer davon aus, erst ein paar Nachrichten hinterlassen zu müssen, bevor sie ihn tatsächlich erreichte –, und sie war deshalb überrascht, als er nach dem dritten Läuten dranging.

»Hi, Puerto«, sagte er. »Mom hat mir von dem Baby erzählt. Das ist toll.«

Porter scheuchte eine Ziege weg von ihrem Schienbein. »Sie hat es dir gesagt? Ich wollte es dir sagen! Warum hast du Freak mich dann verdammt noch mal nicht angerufen?«

»Es ist toll, das sagte ich doch! Es war viel los. Ich liebe dich.«

Nicky hustete. Er rauchte ständig Gras. Porter nahm an, dass er es sich irgendwann mal abgewöhnen würde, aber ihr kleiner Bruder war jetzt Mitte dreißig, und Marihuana gehörte zu seinem Leben, seit er ein Teenager war. Wäre er ein anderer Typ, würde er ein Imperium für CBD-Öl aufziehen oder ein Feld mit übermannshohen Marihuanastauden bestellen. Aber nicht Nicky – er genoss es einfach. Nicht viele Leute schafften es, einfach so den berühmten Schauspieler abzulegen, ihr Bruder schon. Gras ja. Ruhm nein. Es gab so viele Dinge, die andere genossen und begehrenswert fanden, von denen Nicky sich abgewandt hatte – Hollywoodpartys, Fotos in Illustrierten, Gelegenheitssex –, aber niemals Marihuana.

»Es ist ein Mädchen.«

»Mädchen sind die Besten. Wie ist meins?« Er inhalierte.

»Cece ist wunderbar, aber das liegt sicher nicht an dir.«

Das zu sagen war nicht nett, aber Nicky war ihr Bruder, und für so ein Übungsschießen waren Geschwister da. Außerdem wusste sie, dass er den Köder nicht schlucken würde.

»Das ist sie, stimmt. War sie immer. Bei mir hat's eine Weile gedauert, bis ich es verstand – sie sind, wer sie sind, gleich von Geburt an. Kommen sie und Astrid denn miteinander klar?«

»Offenbar ja. Ich glaube jedenfalls nicht, dass Mom sie bereits verrückt macht.«

Es war prächtiger Tag – der Herbst lag schon in der Luft, aber es war warm und sonnig. Gäbe es irgendwo einen Ort, wo es das ganze Jahr über so wäre wie in Clapham Mitte September, würde Porter dorthin umziehen. Aber das nördliche Kalifornien zählte nicht, es war zu weit weg.

»Das freut mich. Ich rufe immer wieder an, erreiche sie aber nur selten. Und jetzt lach nicht«, sagte er, aber Porter lachte bereits.

»Das sagt der Richtige«, erwiderte sie. »Ich vermisse dich.«

»Ich dich auch. Ich wünschte, ich könnte dich schwanger sehen. Es ist verrückt, Puerto. Du wirst das großartig machen. Und hör nicht auf Astrid, du brauchst keinen. Ich meine, du brauchst keinen Ehemann. Du brauchst eine Gemeinschaft, brauchst Freunde, die mit Essen vorbeikommen, das Geschirr abspülen und die Wäsche machen. Einen Ehemann brauchst du nicht. Vertrau mir. Wir sind nicht so toll.«

»Ganz schlecht bist du auch nicht.«

Sie griff in ihre Hosentasche und entdeckte dort unverhofft einen Schokoriegel.

»Fühlst du dich denn gut? Keine Morgenübelkeit? Juliette musste sich ständig übergeben, monatelang viermal am Tag. Meine Güte, daran habe ich schon seit Jahren nicht mehr gedacht. Sie hatte immer Pfefferminzbonbons dabei. Wir haben noch Jahre später in allen möglichen Taschen diese Kotzbonbons gefunden. So nannte sie die.« Porter schwieg. Ihr war bewusst, dass ihr Bruder noch nicht fertig war, noch nicht ganz. »Es ist so seltsam, Cecelia nicht bei uns zu haben. Es ist wie bei einem Sternbild. Wenn man einer der Sterne ist, kann man nicht das ganze Bild erkennen, verstehst du? Und so fühle ich mich im Moment. Wie die Spitze eines Pfeils. Die untere Ecke eines Löffels. Nichts. Juliette und ich machen unser Ding, gemeinsam, allein, egal. Aber ohne Cecelia ist es wie ein Spiel, als würden wir beide durch den Orbit treiben, ohne dass es jemand bemerkt oder kümmert. Es ist kein Gewicht da, das uns zusammenhält.«

Genauso sah Porter auch sich und ihre Brüder, als drei Teile eines Ganzen, das sich irgendwie aufgelöst hatte. Als Kind hatte sie ihre Brüder mehr als alles andere auf der Welt geliebt und geglaubt (bevor ihr Vater starb), dass sie zu dritt abhauen und Abenteuer erleben könnten, dass ihnen nichts Schlimmes passieren würde, weil sie zusammen waren. Nicky und Elliot könnten unterschiedlicher nicht sein, waren es schon immer gewesen, aber in der Kindheit waren die Unterschiede unwichtig gewesen, sie hatten einfach zu ihrem komödiantischen Timing gehört. Nicky war ihr ungestümes kleines Maskottchen und Elliot ihr Anführer, sie selbst die Erdnussbutter, der Kleber. Ihre Brüder liebten sie mehr, als sie einander liebten.

Als Nicky zum Film gegangen war und die Leute auf ihn aufmerksam geworden waren, hatten sie und Elliot sich aus dem Nichts auf ihn gestürzt wie zwei Bodyguards. Er war der Erste gewesen, der sich losgesagt hatte, und als ihr Vater gestorben war, hatte das den Rest der Familie aufgelöst. Sie hatte ihr ganzes Erwachsenenleben lang herauszufinden versucht, wie sich alles wieder zusammenfügen ließe. Jeremy hatte ihr immer wieder erklärt, dass Brüder nicht wichtig seien – er hatte länger als ein Jahr keinen Kontakt zu seinem Bruder gehabt und sich nicht darum gekümmert –, aber sie, Porter, hatte nie aufgeben wollen. Sie rief Elliot nie an und er sie auch nicht, und wenn sie zusammenkamen, ärgerte sie sich jedes Mal über ihn, und dennoch. Und dennoch.

»Ich hab dich lieb, Nicky.«

Er hätte beim Ultraschall geweint, er hätte ihre Hand gehalten. Er hätte etwas von ihrem Dad erzählt, was sie vergessen hatte. Es war nicht fair, dass Leute einfach wegzogen – sie nahmen so viel von sich mit, ohne es zu wollen.

»Ich hab dich auch lieb, Schwesterchen«, sagte Nicky. »Drück das Mädchen von mir. Machst du das?«

»Natürlich«, sagte sie, beendete das Gespräch und schlang die Arme um ihren Leib.

Manchmal fragte sie sich, ob sie womöglich zu erfolgreich darin gewesen war, jeden in der Stadt davon zu überzeugen, dass sie genauso tough wie ihre Mutter war, so tough wie ihre Brüder. Sie war so tough, dass es keiner für nötig hielt, nach ihr zu sehen, nur um sich zu vergewissern, dass es ihr gut ging, weil es ihr immer gut ging. Aber das stimmte natürlich nicht, nur machte sich keiner die Mühe, das herauszufinden. Auch das war etwas, was sie als Mom tun wollte: Sie wollte ihre Tochter fragen, wie es ihr ging und was sie empfand, wenigstens einmal die Woche, wenn nicht einmal am Tag. Und sie würde die Antwort abwarten.

Kapitel 20

August sagt die Wahrheit, Teil 1

Bei seinem ersten Versuch, einen Sinn dahinter zu erkennen, hatte August den Moment vor Augen, in dem die Zellen sich vereinten und multiplizierten – jeder Mensch ein eigenes Wissenschaftsexperiment. Seine Eltern erklärten es ihm eines Tages nach der Schule, als er in der dritten Klasse war. »Ein Baby zu machen ist, wie einen Kuchen backen«, hatte seine Mutter Ruth gesagt, »mit Zutaten und einer bestimmten Abfolge. Dann muss man warten und sehen, ob was aus dem Rezept geworden ist.« Also, überlegte er, haben sie womöglich einen Teil des Rezepts nicht genau beachtet und zu viel von Mom und nicht genug von Dad hineingetan. Vielleicht empfinde ich deshalb so. Später schämte August sich für diese Vorstellung, aber Kinder waren Kinder. Er war erst acht gewesen.

Es war nichts falsch. Nur anders. So wie unterschiedliche Leute nach dem gleichen Rezept vorgehen und daraus unterschiedliche Kuchen werden, je nachdem, wie viel Vanille sie hineingeben, welche

Butter sie verwenden und wie lange sie alle Zutaten verrühren. Wie geduldig sie sind. Wie oft sie den Backofen öffnen, nur um nachzusehen.

Dass er Zugriff auf Kleidung hatte, war hilfreich – der Laden bot jede Menge verschiedener Möglichkeiten, die er nutzte. Seine Eltern verstanden es als Kostümierung, er wusste es besser.

Als er zehn gewesen war, hatten seine Eltern ihn zum ersten Mal ins Feriencamp gebracht. Er hatte darum gebettelt, hatte, schon damals gut in Recherche, das Camp online ausfindig gemacht. Es war progressiv, selbst für Clapham, selbst für den Nordosten, selbst für Leute wie Ruth und John, die alte Kleidung verkauften und mithilfe von Würmern Kompost machten. Auf dem T-Shirt des Feriencamps stand: SUNSHINE VILLAGE CAMP IST NICHT WETTBEWERBSORIENTIERT, NICHT RASSISTISCH, NICHT HOMOPHOB, NICHT TRANSPHOB, NICHT SEXISTISCH, NICHT PROFITORIENTIERT.

Er schloss die Augen und beamte sich vier Jahre zurück.

Das Wort in der Mitte elektrifizierte Augusts Augäpfel jedes Mal, wenn es auftauchte. Das Sommercamp lag versteckt in den Wäldern von Massachusetts, nur wenige Stunden Fahrt entfernt, aber als sein Vater auf die Privatstraße abbog, die zum Camp, einer Ansammlung alter Ställe und umfunktionierter Bauernhöfe, führte, wurde es August mulmig: Dieser Sommer war ein Test, um herauszufinden, ob es auch jemand anderem auffallen und was passieren würde, wenn jemand die Wahrheit erfuhr.

Im Feriencamp experimentierte jeder mit etwas anderem: Makramee, Bisexualität, Glibber, Ultimate Frisbee, Zungenküssen, Make-up, Beinrasur. August beschloss, sich einen neuen Namen zuzulegen.

Er war einer von zwölf Jugendlichen in einer Hütte namens Evergreen, jeder mit zwei Laken, einem Schlafsack und einer Feldflasche ausstaffiert, vier Shorts, acht T-Shirts, zwei Sweatshirts und unterschiedlich viel Unterwäsche. Er bekam eins der unteren Stockbetten zugeteilt, was sehr begehrt war, obwohl er es lustiger gefunden hätte, oben zu schlafen. Deshalb schlug er einem blond gelockten Jungen aus Brooklyn namens Danny einen Tausch vor, und als dieser darauf einging, fiel er ihm vor Begeisterung um den Hals. Beim ersten Gruppentreffen der Hüttenbewohner, auf dem sich alle vorstellten und erzählten, woher sie kamen, sagte er so selbstsicher wie möglich, dass ihn zu Hause kaum einer August nenne, sondern Robin, und das sollten sie auch tun. Und sie taten es. Einfach so. Es war ein Gefühl, als würde ein schmaler Lichtstrahl einen pechschwarzen Raum durchdringen.

Manchmal war eine Lüge keine Lüge, wenn sie näher an der Wahrheit war. Manchmal war eine Lüge eher ein Wunsch, ein Gebet.

Robin Sullivan. Ein Name, der einen im Unklaren ließ. Es war ein Zwittername, ein Übungsname. Die Mädchen in der Hütte nebenan waren seine engsten Freundinnen, und wenn er am Morgen an ihren Tisch im Speisesaal lief, begrüßten sie ihn unisono singend mit *Rockin' Robin, tweet, tweedly twee*, und er schloss vor Freude die Augen wie ein Hund, dem der

Bauch gekrault wird. Sie waren ganz anders als die Mädchen in Clapham, die alle Capri-Leggins trugen und sich die Haare lang bis zum Hintern wachsen ließen, rosa Fahrräder mit violetten Wimpeln fuhren und sich den Lippenstift in der allgemeinen Einheitsfarbe kauften, sobald ihre Eltern es ihnen erlaubten. Eins der Mädchen im Feriencamp trug die Haare raspelkurz, ein anderes hatte drei Löcher in einem Ohr. Auch die Betreuerinnen waren anders: Einige trugen abgeschnittene Flatterhosen und Nasenringe, andere knappe Blümchenkleider zu Rapunzelhaaren. Eine, die von allen Goose genannt wurde, brüstete sich damit, sich noch nie die Zehennägel geschnitten zu haben. Die afroamerikanischen Mädchen wickelten ihr Haar zum Schlafen in Seidenschals. Alle Mädchen furzten laut und lachten dann.

August war unsicher gewesen, weil die Mädchen, die er kannte, sehr speziell und wenig abwechslungsreich waren, doch hier im Camp machte er ganz andere Erfahrungen. Alle hielten ihn für schwul, und er hätte es dumm gefunden, sie zu korrigieren. Es gab eine Menge schwule und lesbische Jugendliche im Camp, und einige der älteren fanden sich zu Paaren zusammen, hielten Händchen und küssten sich wie Heteros am Ende der wöchentlichen Tanzabende oder hinter den Hütten, wenn sie sich unbeobachtet fühlten. Es war, als würden mit dem Betreten des Geländes alle Regeln, wie etwas zu sein hatte, außer Kraft gesetzt, und jeder konnte sein und tun, was er wollte, ohne jemals dafür aufgezogen zu werden. Wie auf einem anderen Planeten.

Er hatte sich dieses Camp zum Teil auch deshalb ausgesucht, weil keiner aus Clapham dorthin wollte und es, sobald seine Eltern abgefahren waren, keinen mehr gab, der acht auf seine Äußerungen gab, keinen, von dem Widerspruch zu befürchten war, weil er oder sie es besser wussten. Oder glaubten, etwas besser zu wissen, weil August es nie korrigiert hatte.

Die Wochen vergingen rasch: Sie machten Kanutouren, sangen am Lagerfeuer und wurden alle brauner oder sommersprossiger von der Sonne. Das gleichmäßige Schnarchen von seinem Stockbettkumpel Danny war wie ein weißes Rauschen, das ihn abends in den Schlaf trug. Seine Eltern riefen einmal in der Woche an und schickten jeden Tag einen Brief, damit er nichts von dem verpasste, was zu Hause los war.

In der Woche vor Ende des Sommercamps war Elterntag. August hatte John und Ruth wissen lassen, dass sie nicht zu kommen brauchten, aber natürlich ließen sie es sich nicht ausreden.

Tagsüber probierte August Sachen an: das Top einer Freundin mit Rüschenärmeln. Eine Perlenkette. Sie lackierten sich gegenseitig die Fingernägel, sogar die gut aussehenden Jungs, die im gemischten Basketballteam *Shirt versus Skin* spielten und sich in ihren Körpern so wohlfühlten, dass es ihnen nichts ausmachte, wenn andere das sahen, und Nacht für Nacht fragte er sich:

Was macht den Unterschied zwischen deinem Körper und deinem Gehirn aus? Keinen? Jeden?

Was ist der Unterschied zwischen dem, was du bist und was du behauptest zu sein?

Was ist der Unterschied zwischen einer Lüge und einem Geheimnis?

Was ist der Unterschied zwischen Angst und Scham?

Was ist der Unterschied zwischen innen und außen?

Was ist der Unterschied zwischen einem Meteor und einem Meteoriten? Der Meteorit traf auf die Erde. Nahm Kontakt auf. Gab es ein Wort für einen Meteor, der sich entscheiden musste, wann und ob er auftraf?

August war nicht der Einzige.

Die beliebteste Aktivität im Camp war das Beobachten der Wolken. Man brauchte sich nur auf einem sanft abfallenden Hang auf den Rücken zu legen und nach oben zu starren. Wie viele Wolken es gab, war nebensächlich. Ein Betreuer war dabei, der entweder ein Buch las oder mit geschlossenen Augen dalag, umgeben von Kids wie von Blütenblättern. Die Betreuerin, die hauptsächlich Wolkenbeobachten anbot, war groß und dünn mit Sommersprossen auf der Nase und einer braunen ungebändigten Lockenmähne. Sie hieß Sarah und nach Aussage einiger Kumpel aus Augusts Hütte hatte sie früher einen anderen Namen gehabt. Einen Jungennamen. Ihren *deadname*, wie diejenigen wussten, die schon mehrere Sommer im Feriencamp verbracht hatten, ein Begriff, der ein wenig nach Schauergeschichte klang. Aber es war Sarahs Wort, und alle liebten Sarah, sodass keiner mehr ihren *deadname* verwendete. Er ging immer dann zum Wolkenbeobachten, wenn Sarah dabei war, und beeilte sich, um sich einen Platz dicht neben ihr zu sichern, sodass ihre Köpfe sich fast berührten. Einige Jungs zogen ihn ein wenig damit auf (na gut, das gab es, man nahm sich freundschaftlich auf die Schippe) und meinten, er sei wohl in sie verknallt, und in gewisser Weise stimmte das auch, aber anders, als sie meinten.

Am Morgen des Elterntags waren alle nervös und aufgeregt. Sie wussten, dass der Sommer sie verändert hatte – jeder Sommer tat das. Deshalb sahen Jugendliche im September auch so anders aus, wenn die Schule wieder anfing. Als Teenager befand man sich in einem ständigen Prozess der Wandlung, in welcher Hinsicht auch immer. Selbst wenn man es nicht wollte.

August überlegte lange, was er anziehen sollte. Schließlich tauschte er mit Emily das Clapham-Highschool-Tennissweatshirt von seinem Vater gegen ein langes gestreiftes Kleid mit kurzen Ärmeln. In diesem Seemannskleid sah er groß und schlaksig aus, wie ein Tänzer aus einem Film der Vierzigerjahre, der auf einem Schiff spielte. Das jedenfalls sagten seine Freunde, und als er durch die Hütte lief, als ginge er über einen Laufsteg, jubelten alle. Robin trug am Elterntag ein Kleid.

Alle erwarteten die Ankunft der Eltern auf der großen Wiese. Ein Kind nach dem anderen sprang auf und rannte übers Gras in die Arme der Eltern. Selbst die Jugendlichen, die behaupteten, keine Sekunde lang Heimweh gehabt zu haben, stürmten los. In jedem gab es einen Ausbruch der Gefühle, die vor fremden Blicken verborgen waren, und das gefiel August.

Er entdeckte John und Ruth, als sie händchenhaltend um die Ecke bogen. Tausend Kinder liefen durcheinander, und er beobachtete, wie seine Mutter nach ihm Ausschau hielt. Sein Vater schirmte seine Augen mit einer Hand vor der Sonne ab. Sie waren zehn Meter entfernt, dann sieben, dann drei. Er ging auf sie zu, und Ruth schnappte nach Luft. Sie stürmte mit weit ausgebreiteten Armen auf ihn zu. August war so groß wie sie, aber was machte das schon, sie würde immer groß genug sein, um ihr Baby zu halten. Das Kleid war lang und nicht endlos dehnbar. Er lag in ihren Armen, dann stürzte sich John noch obendrauf, ein fröhlicher Pulk. August klammerte sich fest. Solange sie sich umarmten, würde es keine Fragen geben, nur Liebe.

Sie hatten erst Freizeit, dann konnten die Eltern ihre Sprösslinge zum Mittagessen ausführen, wenn sie wollten. Am Nachmittag sollte es eine Theateraufführung geben. Dahinter stand die Absicht, dass alle, nachdem die Eltern wieder abgereist waren, so müde von diesem Tag sein würden, dass keiner traurig war.

August führte seine Mutter an der Hand durch seine Hütte, zeigte ihr, wer wo schlief, auch den Spalt in der Wand, wo er all ihre handgeschriebenen Briefe verstaut hatte. Sie kroch mit ihm in die Koje, und sie tuschelten miteinander, während sein Vater die Toilette aufsuchte.

»Dein Kleid gefällt mir«, sagte Ruth und strich über den Stoff.

»Es gehört meiner Freundin«, sagte August. »Ich trage es nur.«

»Okay. Es steht dir gut.«

»Danke«, sagte er und sah auf die Holzwand, auf die Generationen von Jugendlichen ihre Namen geschrieben hatten, zusammen mit den Jahreszahlen.

Die Hütten beherbergten manchmal Mädchen, manchmal Jungs. August fuhr über die Stelle, wo in kleinen Buchstaben Zoe stand, mit zwei winzigen lila Punkten über dem O.

»Wer ist Robin?«, fragte seine Mutter mit ruhiger Stimme. »Nennen sie dich hier so?«

August hatte nicht gewusst, ob es ihnen auffallen würde. »Ja. Es ist ein Kosename.«

»Möchtest du, dass wir dich jetzt auch so nennen?« Sie flüsterte. »Zu Hause?«

»Vielleicht«, erwiderte er. »Vielleicht auch nicht. Ich weiß noch nicht.«

»Die Toilette stinkt, als würden zwölf Jungs ständig auf den Boden pissen«, sagte sein Vater, als er zurückkam, und hockte sich neben sie. »Worüber tuschelt ihr denn hier unten?«, fragte er. Wie ein schnüffelnder Hund, der auf eine Belohnung wartete, drückte er seine Nase ganz leicht gegen Augusts Knie.

Die anderen saßen draußen auf der Wiese, wo es eine Talentshow geben sollte. Evergreen wollte ein Beatles-Medley singen, wozu Sarah Gitarre spielen würde. Sie hatte angefangen, es August beizubringen, immer mal ein paar Akkorde. Er verfolgte jede ihrer Bewegungen.

»Wir sprechen später darüber«, sagte seine Mutter und sah August in die Augen. »Es sei denn, du möchtest jetzt mit uns reden.«

»Lass es uns zu Hause besprechen«, meinte August.

»Ich möchte die Show nicht verpassen!«, sagte John.

Er knüpfte mit seiner Begeisterung an eigene Feriencamperfahrungen an und hätte auf Anhieb drauflossingen können.

»Ich auch nicht«, erklärte August.

Ruth krabbelte aus der Koje, und er tat es ihr gleich und strich sein Kleid glatt, und sie gingen alle drei nach draußen.

Kapitel 21

Tote Vögel

Der Plan war folgender: Cecelia würde sich nach der Schule auf Astrids Bike schwingen und damit zu Elliots Haus radeln, wo entweder er oder Wendy ihr die Tür öffnen und sie mit von den Wänden der Diele widerhallendem Geschrei begrüßt werden würde. Sobald sie das Haus betreten hatte, würde der diensthabende Elternteil aufbrechen, gegen sechs Uhr sollte dann wieder jemand zurückkommen. In der Zeit dazwischen war sie dafür verantwortlich, Aidan und Zachary am Leben zu halten. Dafür sollte sie hundert Dollar bekommen, mehr Geld, als sie jemals von ihren Eltern für irgendeine erledigte Aufgabe bekommen hatte. Es hörte sich insgesamt nach einem guten Geschäft an.

Bevor Cecelia zu Granny gezogen war, hatte sie höchstens drei Minuten allein mit Elliot verbracht – wenn überhaupt. Sie sah ihn auf der Türschwelle stehen, als sie in die halbkreisförmige Einfahrt bog. Er lief nervös hin und her, ein Pingpongball von einem Meter zweiundachtzig.

»Hi!«, rief sie. Sie schwang ihr Bein übers Hinterrad und bremste langsam.

»Hallo, danke fürs Kommen«, sagte Elliot. Sie fragte sich, ob er ihren Namen vergessen hatte. Elliot schien so viel älter zu sein als ihr Dad. Was womöglich daran lag, dass sie ihn besser kannte, aber das allein war es nicht. Jedes Jahr, das zwischen ihm und seinem jüngeren Bruder lag, schien ihn näher an die vorangegangene Generation heranzuführen. Ihr Onkel wirkte altmodisch, als verstünde er nicht ganz, wie das Internet funktionierte oder dass es nicht in Ordnung war, eine Frau, die man nicht kannte, »Süße« zu nennen. Vielleicht hatte es was damit zu tun, dass sie nie einen Großvater gehabt hatte und er der älteste Mann in der Familie war. »Ich führ dich mal kurz rum«, erklärte er, machte kehrt und war im Haus, bevor sie das Fahrrad abgestellt hatte.

Kriegsgeschrei drang aus dem Hausinneren. Elliot, Wendy und die Jungs wohnten nur ein paar Blocks vom Big House entfernt, aber im Unterschied zum Haus ihrer Großmutter, dessen Alter sich im Knarren der ausgetretenen Holztreppe, den schweren Türknäufen, die oft nicht richtig funktionierten, und dem nächtlichen Ächzen, so laut und unregelmäßig wie das Schnarchen eines alten Mannes, offenbarte, gab Elliots Haus – das spürte sie sofort beim Eintreten – nicht mal ein Flüstern von sich. Es war das Anti-Big-House, der Gegenentwurf, doch mit etwa derselben Quadratmeterzahl. Die Wände waren braungrau, das Sofa beige. Das Haus ihrer Granny war nicht überladen, aber man spürte, dass dort jemand wohnte – an jeder Wand hing Kunst, in jedem Zimmer gab es Bücher. Elliots Haus war leer, wenn man all die riesigen Legosteine nicht mitzählte, die über den Teppich verstreut herumlagen.

»Hübsches Haus«, sagte Cecelia, als Zachary sie von hinten anrempelte.

Es wirkte eher wie ein Hotel oder das Set für eine Seifenoper. Auf dem übergroßen Kaminsims standen Pseudokerzen, die man mit einem Schalter anmachte. Ihre Eltern hätten sich darüber lustig gemacht.

»Ha, ha, ha, ha, dein Hintern!«, rief Zachary und rannte in die entgegengesetzte Richtung davon.

»Die Küche ist hier«, sagte Elliot, ohne innezuhalten. »Badezimmer da drüben. Ihre Zimmer sind oben, die können sie dir selbst zeigen. Ein einziges Chaos – du glaubst gar nicht, wie chaotisch es da aussieht. Die Tür zum Garten ist hier, ich empfehle dir, sie rauszuwerfen und dann die Tür zuzumachen.« Er verschränkte die Arme. »Was gibt es sonst noch? Lass sie ruhig alles essen, was im Kühlschrank ist, dann ist es Wendys Problem, wenn sie kein Abendessen mehr wollen.« Dabei zwinkerte er ihr zu. »Sag ihr aber nicht, dass ich das gesagt habe. Ich komme zurück oder Wendy. In der Schublade liegen Bargeld und meine Telefonnummer, falls du sie brauchst.«

In dem Moment rannten beide Jungs in einem Affenzahn auf die Terrassentür zu und knallten gegen die Glasscheibe.

»Wir sind Vögel!«, verkündete Zachary.

»Tote Vögel!«, bestätigte Aidan vergnügt.

»Wir hatten Probleme damit«, warf Elliot ein. »Die Scheiben sind so groß, die Vögel verstehen nicht, dass es Glas ist.« Er zog die Stirn kraus.

»Soweit ich weiß, hatte keiner meiner Kunden dieses Problem, aber vielleicht haben sie nur nichts gesagt. Wirst du zurechtkommen? Oh, ich habe irgendwo im Haus mein Handy verlegt. Wenn du danach Ausschau halten könntest, wäre das großartig. Es muss hier irgendwo sein, denn ich war zwei Stunden in diesem Gefängnis mit ihnen eingesperrt, kann es jetzt aber nicht finden.« Er klopfte sämtliche Taschen an seinem Körper ab, als würde das Ding dann auftauchen.

»In Ordnung. Lasst uns nach draußen gehen Jungs!«, forderte Cecelia sie im Ton einer Betreuerin aus einem Feriencamp auf. Sie winkte Elliot zu. »Dann bis später!«

Der Garten war groß, begrenzt von einem hohen Holzzaun. Die Zwillinge rannten an der Schaukel vorbei in den hintersten Winkel des Gartens und fingen sofort an, irgendwas aus Stöcken zu konstruieren. Cecelia ging ihnen nach, setzte sich dann aber auf die Reifenschaukel. Sie lehnte sich zurück und starrte in die Wolken, die über ihrem Kopf vorbeizogen.

Elliot hatte äußerlich viel Ähnlichkeit mit ihrem Dad. Oder sah so aus, wie ihr Dad aussehen würde, wenn ihn jemand in eine Sendung im Fernsehen brächte – engere Kleidung, ordentlich geschnittene Haare, kein Bart, Lederschuhe. Selbst ihre Stimmen klangen ähnlich: höher als die eines Durchschnittsmannes, mit einem Hauch von Karamell am Zungenansatz. Ihr Vater war ein hervorragender Sänger – Richtung Smokey Robinson. Cecelia fragte sich, ob Elliot jemals sang. Vorstellen konnte sie es sich nicht.

Nach Aussage ihres Dads war Elliot schon immer verkrampft gewesen, jeder wusste schließlich, dass verkrampfte Leute nicht singen konnten. (Sie selbst war zu schüchtern, um vor Leuten zu singen, und hatte Verständnis dafür.) Familien waren wirklich das Verrückteste, was es gab. Ihr Dad und Elliot und Porter, alle im selben Haus? Beim gemeinsamen Frühstück und Abendessen jeden Tag? Im gemeinsamen Hotelzimmer im Familienurlaub? Es war wie in einem Videospiel – steck alle diese Leute zusammen und sieh zu, wer überlebt. Sie konnte es sich nicht vorstellen.

Einer der Jungs schrie, und sie richtete sich auf. Aus der Ferne betrachtet, machten sie einen durchaus zufriedenen Eindruck, aber als sie auf die Beine kam und sich ihnen näherte, erkannte sie, dass einer der Zwillinge – Zachary, wenn er die richtigen Schuhe anhatte – ein blutiges Gesicht hatte.

»Mist«, sagte sie und beschleunigte ihren Schritt. »Mist, Mist, Mist.«

Es gab kein Pflaster in dem Badezimmer, das Elliot ihr gezeigt hatte, und auch keins in den Küchenschubladen, die sie eine nach der anderen aufzog und zuknallte, den blutenden Zwilling hatte sie sich auf eine Hüfte gesetzt. Er wog bestimmt dreißig Pfund, wenn nicht mehr, und jetzt versuchte sein Bruder auch noch, auf der anderen Seite an ihr hochzuklettern.

»Lasst uns oben nachsehen, alles gut, alles gut«, versuchte Cecelia die Jungs und sich selbst zu beruhigen.

Das Blut tropfte auf ihr Shirt, auf den Teppich im Wohnzimmer, auf das glänzende Parkett. Zachary heulte – der Schnitt, gut zwei Zentimeter lang, befand sich direkt unter seinem Auge – in so einem kleinen Gesicht war das viel. Cecelia zog ihn höher auf ihre Hüfte, nahm Aidan an die Hand und schleifte ihn hinter sich her.

Elliots Schlafzimmer war makellos. Sie glaubte nicht, jemals ein echtes Schlafzimmer gesehen zu haben, in dem sich nicht in der einen oder anderen Ecke Kleidung türmte. Zachary vergrub das Gesicht an ihrer Brust, hinterließ noch mehr Blut auf ihrem Shirt. Sie setzte ihn auf den Waschbeckenrand und öffnete den Medizinschrank. Hier gab es Pflaster und Salben und Pinzetten und Flaschen mit Hautcreme, die sie noch nie außerhalb eines Drogeriemarktes gesehen hatte. Sie zog rasch ein Pflaster aus einer Schachtel und löste das Papier. Zachary beobachtete sie argwöhnisch und vergaß darüber ganz zu weinen.

»Wirst du ihm seinen Augapfel herausholen?«, erkundigte Aidan sich in Höhe ihres Beckenknochens. Er klang hoffnungsvoll.

»Was? Nein, er braucht nur ein Pflaster«, sagte sie. Enttäuscht zwickte Aidan sie in den Schenkel. Zachary ließ es wimmernd über sich ergehen, dass Cecelia ihm einen Zipfel Handtuch ans Gesicht presste, um die Blutung zu stoppen. Das Handtuch sah sauber aus wie alles im Haus, aber sicherlich würde keiner was gegen einen Fleck vom Blut des eigenen Kindes haben. Sie ließ das Handtuch zu Boden fallen und klebte das Pflaster auf die Schnittwunde. Jetzt sah der

Kleine aus wie eine geschrumpfte Version von Rocky. »Es wird alles wieder heil«, sagte sie. »Das verspreche ich dir. Lasst uns fernsehen.«

Das brauchte man Zachary nicht zweimal zu sagen. Er sprang zu Boden und rannte ungebremst die Treppe hinunter, sein Bruder war ihm zwei Schritte voraus. Cecelia hob das Handtuch auf und fand, nachdem sie ein paar Türen geöffnet und geschlossen hatte, die Wäschekammer. Sie zog die Tür der Waschmaschine auf, und ihr Blick fiel auf ein in der Stahltrommel liegendes iPhone. Fast hätte man denken können, das Universum sorgte für einen Ausgleich: auf der einen Seite ein blutendes Kind, auf der anderen Seite das von ihr entdeckte vermisste Handy. Vielleicht war sie ja doch nicht die allerschlechteste Babysitterin der Welt. Dass er sie überhaupt darum gebeten hatte, auf seine Kinder aufzupassen, war schon eine Überraschung gewesen in Anbetracht ihres neuen Status als Taugenichts. Vielleicht war das verlegte Handy ja auch ein Test, und er würde überprüfen, ob sie zu allem anderen nicht auch noch eine Diebin war.

Der Sound des Titelsongs einer Kindersendung erfüllte plötzlich das Haus. Kinder konnten inzwischen alles allein bedienen. Cecelia steckte den Kopf ins Zimmer nebenan – ein Büro. Hier gab es keine Beigetöne wie im Rest des Hauses, der Raum war mit dunklen Möbelstücken aus Massivholz eingerichtet und einem wuchtigen Schreibtisch, der alt aussehen sollte, es aber nicht war.

Cecelia suchte nach einem Blatt Papier, um eine kleine Notiz zu schreiben – auf dem Schreibtisch lag ein Block in einem Halter, eindeutig von Wendy gestaltet, denn von jeder Seite lächelte einen einer der Zwillinge an. Sie riss ein Blatt ab und öffnete die Schreibtischschublade auf der Suche nach einem Stift. Direkt hinter einigen losen Stiften und Bleistiften und ein paar Pennys lag eine Broschüre in glänzendem Schwarz. Ohne zu überlegen, griff sie danach – sie trug das Logo von Beauty Bar. Elliot machte nicht den Eindruck eines Beauty-Bar-Kunden, Wendy jedoch schon. Als das Unternehmen seine erste Zweigstelle in Brooklyn eröffnet hatte, waren Katherine und sie mit ihren Freundinnen hingegangen und hatten alles ausprobiert, was möglich war, egal, ob sie es brauchen konnten: Lippenstift, Faltencreme, Rouge, Volumenhaarspray, Nagelhautcreme. Die Läden waren so glänzend und schwarz gestylt wie die Broschüre, mit Fußböden, die wie Pools aus nasser Tinte aussahen. Cecelia schlug die Broschüre auf und sah sich die Zeichnung auf der ersten Seite an. Sie zeigte den Kreisverkehr mit Susan's Bookshop und Spiro's und Shear Beauty und dem Haushaltswarengeschäft jeweils an Ort und Stelle, unverrückbar wie Beefeaters vor dem Buckingham-Palast, aber in der oberen linken Ecke, neben der Pizzeria, war Beauty Bar eingezeichnet. Und dieses Gebäude stellte alles in den Schatten – es war größer, breiter und dunkel wie ein Hurrikan, der sich fürs Verweilen entschlossen hatte.

»Krass«, entfuhr es Cecelia.

Sie zog das oberste Blatt heraus und las weiter. Als sie fertig war, kritzelte sie eine kleine Notiz, ließ diese und das Handy auf Elliots Schreibtisch zurück und ging dann nach unten, wo sie Aidan und Zachary horizontal auf ihren jeweiligen mit Monogramm versehenen Sitzsäcken antraf. Sie quetschte sich dazwischen, und die zwei rückten mit ihren Köpfen etwas näher an sie heran.

Worum geht es in dem Film?, fragte sie sich. Das war nicht mehr ihre Zeit, eigentlich eine ganz nette Vorstellung, die Kindheit schon so weit hinter sich gelassen zu haben, dass neue Cartoon-Figuren erfunden worden waren. Irgendwann würde auch sie alt sein wie Elliot, und Aidan und Zachary müssten ihr dann all die Dinge erklären, die sie ganz unweigerlich verstanden, so wie sie, Cecelia, es für selbstverständlich hielt, dass Schwule heiraten konnten oder Google jede Frage im Bruchteil einer Sekunde beantwortete. Sie freute sich darauf, dass es Dinge geben würde, die junge Leute ihr umständlich erklären müssten und dabei die Augen verdrehten.

Die Jungs waren versunken in ihren simultanen Komata, sodass sie einfach mitguckte, bis sie fünfeinhalb Folgen gesehen hatten und sie alle Protagonisten beim Namen kannte, dazu die Erkennungsmelodie und die Nebenfiguren. Als sie einen Schlüssel in der Tür hörte, küsste sie die Jungs zum Abschied und fuhr dann auf dem Fahrrad ihrer Großmutter zurück zum Big House, die Tasche voller Geld.

Kapitel 22

Frauentreffen

Porter holte Rachel zum Essen ab – warum sollten sie beide fahren?

»Du bist die designierte Fahrerin für den Hinweg und ich dann für den Rückweg«, bestimmte Rachel, als sie auf den Beifahrersitz rutschte. »Vielleicht finden wir auch einen Betrunkenen, den wir nach Hause fahren können, anstatt unsere Nüchternheit nur an uns zu vergeuden. Die Schutzengel von Dutchess County.«

Porter wollte mit Rachel ins Yellow Owl fahren, einem Vom-Bauernhof-auf-den-Tisch-Restaurant in Tivoli, das es schon ein paar Jahre gab. Es war einer von einem Dutzend solcher Betriebe, die Brooklyn-Flüchtlinge und Food-Fotografen bedienten, was im Klartext bedeutete, dass es Grünkohl und Rohkost und teures Ragout gab. Im Gastraum war es so dunkel, und der Platz zwischen den Tischen war so eng, dass Rachel und sie auf dem Weg zu ihrem Tisch fast alle anderen Gäste anrempelten.

»Was für eine Quälerei«, sagte Rachel, als sie endlich saßen. Auf dem kleinen Tisch standen drei Teelichter. Sie griff nach der Speisekarte und überflog sie flüchtig. »Ich nehme die Pasta. Eigentlich ist mir immer nur nach Pasta, dreimal am Tag.«

»Die ist gut. Die nehmen meinen Käse für die Ravioli.« Porter biss in eine Knusperstange. Ihr gegenüber rieb Rachel sich den Bauch zum Takt des Songs aus der Anlage. »Raviolo. Es ist nur ein riesiges Ravioli. Schon komisch irgendwie.«

»Hast du was von deinem Mann gehört?«

Rachel rollte mit den Augen. »Ja. Ich wollte dir schon schreiben, aber dann fand ich es zu pathetisch und traurig. Er ruft mich ständig an. Schreibt mir endlose E-Mails. Fast als wäre aus dem Sexjunkie ein Entschuldigungsjunkie geworden. Er ist auch vorbeigekommen.«

»Wo?«

»Bei mir zu Hause. Das war wie aus einem Neunzigerjahrefilm mit Julia Roberts. Du weißt, welchen ich meine, der, in dem sie schwimmen lernen muss, um von ihrem sie missbrauchenden Ehemann loszukommen? Als würde er mich verfolgen. Was er ja tut. Ich meine, er weiß natürlich, wo er mich findet, aber auch, dass ich nicht auf ihn reagiere und kein Interesse daran habe, ihn zu sehen.« Rachel nahm sich auch eine Knusperstange und knabberte geräuschvoll. »Die ist lecker.«

»Hast du mit ihm gesprochen?«

Am Nebentisch saß ein Liebespaar. Sie waren Mitte zwanzig und hielten sich ungeachtet der Teelichter über den Tisch hinweg an den Händen. Porter fragte sich, was die beiden richtig, sie und Rachel aber so eindeutig falsch gemacht hatten.

»Nein, ich war Gott sei Dank nicht zu Hause. Er traf auf meine Mutter, die sein schlimmster Albtraum ist. Selbst als es zwischen ihm und mir noch gut lief, war sie sein Kryptonit. Vergiss es. Du kannst dir keine zufriedenere Wütende vorstellen als eine Frau, die ihr ganzes Leben darauf gewartet hat, Großmutter zu werden.« Rachel lachte. »Sie riet ihm, einen langen Spaziergang auf einem kurzen Landungssteg zu machen. Er weinte daraufhin offenbar. Wäre ich da gewesen, hätte ich mich schlecht gefühlt. Aber nicht so meine Mom. Schon beeindruckend.«

Porter nickte. »Was meinst du, wirst du noch mal darüber nachdenken? Und ihn doch um dich haben wollen?«

»Wenn das Baby geboren wurde, meinst du?«

»Ja oder auch später. Ich meine, ich bin auf deiner Seite, das ist ja offenkundig, aber ich frage mich, ob du jemals erwogen hast, sein Verhalten als, na ja, vorübergehende Geistesstörung anzusehen. Es gibt Männer, die wirklich Angst davor haben. Ich meine vor uns, wenn wir so aussehen, und vor allem vor dem, was danach kommt. Überdehnte Vagina, Milch, die aus den Brüsten tropft. Was das eben so mit sich bringt.« Porter legte die Hände auf ihren Bauch.

Rachel überlegte. »Vielleicht. Ich weiß nicht. Die Vorstellung, zusammen mit meiner Mom im Kreißsaal zu sein, macht mich fertig – ich meine, dass er, der mich in diese Situation gebracht hat, nicht dabei ist, um die Schreie und den Schmerz mitzubekommen … Meine Hämorrhoiden. Dass er mir nicht sagen wird, wie schön er meine Dehnungsstreifen findet. Das ist schon beschissen. Er sollte auch leiden. So ist es ja fast, als würde er noch belohnt. Nach dem Motto, du brauchst nicht mitten in der Nacht aufzuwachen. Gratuliere, du Scheißkerl! Ich weiß nicht. Ich denke, ich werde irgendwann doch mit ihm reden müssen. Er ist schließlich noch mein Ehemann. Er mag zwar ein absolutes Arschgesicht sein, aber mein mir angetrautes Arschgesicht. Nur dann kommt es mir wieder so vor, als wollte ich ihn lediglich um mich haben, um ihn zu bestrafen, als wäre ein Baby zu haben eine Bestrafung, was ja nicht stimmt. Ich weiß einfach, dass es schwierig werden wird und ich Hilfe haben möchte, aber ich bin so verdammt sauer. Scheiße!« Das Paar am Nebentisch drehte sich nach ihr um. »Verzeihung«, sagte Rachel. »Sind die Hormone.«

»Ich hatte Sex mit Jeremy«, platzte es aus Porter heraus, danach verzog sie das Gesicht. Der Kellner kam und fragte, was sie trinken wollten, woraufhin Rachel ihn so lange niederstarrte, bis er ging. »Ich hatte Sex mit Jeremy über einen langen Zeitraum, aber eine Weile nicht mehr und jetzt wieder. Tut mir leid. Ich bin ein wenig aufgeregt, während ich es dir erzähle, weil ich glaube, dass es komisch rüberkommt.«

»Soll das jetzt ein Scherz sein?«

Porter hatte ihr Geständnis nicht zu Ende gedacht, wie ihr jetzt klar wurde, als sie Rachels Mienenspiel von Überraschung über Entrüstung in Verletzung umschlagen sah. Sie hatte sich darauf gefreut, Rachel vom Sex als solchem zu erzählen, der irgendwie lustig und neu war, aber auch von ihrer derzeitigen Fantasie. Es war hauptsächlich eine Fantasie – sie wusste das –, aber das hielt sie dennoch nicht vom Tagträumen ab: Jeremy würde sich letzten Endes von Kristen trennen, mit ihr, Porter, in ein neues Haus ziehen, hingebungsvoll die Vaterrolle übernehmen und sich um seinen Schlaf bringen lassen. Das Timing war nicht brillant, aber das Leben war nun mal nicht perfekt. Er würde an Bord kommen, sie sah es vor sich. Jeremys ganze Aufgabe war die Fürsorge um kleine Geschöpfe! Ihn konnte nichts erschüttern. Immerhin hatte er bereits zwei Kinder. Der Mann war praktisch eine Geburtsbegleiterin. Das hatte sie noch nicht laut ausgesprochen, aber sie wollte es ausprobieren, um zu sehen, ob es sich absolut illusorisch oder wie ein Treueschwur in der dafür vorgesehenen Spalte der *New York Times* anhörte. Sie war sich unsicher.

»Nein«, sagte Porter. »Es ist einfach passiert.«

»Was soll das heißen, es ist einfach passiert? Standst du unter Hypnose? Hat man dir was ins Getränk getan? Ich würde es wirklich gern wissen.«

Rachel verschränkte die Arme auf dem Tisch und presste ihre Lippen zusammen. Die Knusperstange legte sie beiseite.

»Ich bin ihm begegnet, wir haben was gegessen, und dann hatten wir Sex. Es war wie Rad fahren. So ähnlich: Ich weiß, das hört sich überstürzt an, aber es ist einfach passiert, und weil es davor auch schon passiert ist, schien es gar keine so große Sache zu sein.« Toll klang das nicht, wie sie sich eingestehen musste. In Worte gefasst, hörte sich die ganze Situation viel schlimmer an, viel vorsätzlicher, als sie angenommen hatte. Sie hatte ihn sich nackt vorgestellt, als sie ihn vor der Tierklinik getroffen hatte. Sie hatte sich gewünscht, in sein Auto zu steigen und irgendwohin zu fahren. Sie hatte jede Minute genau so haben wollen. »Das zwischen uns ist was Ernstes gewesen. Lange Zeit. Ich denke, das ist es immer noch. Er ist wohl die Liebe meines Lebens. Das klingt sicher verrückt und kitschig, aber ich denke, es ist wahr.«

»Es ist mir egal, ob es kitschig klingt, Porter. Kitschig ist gut. Wir sind schwanger! Oder findest du es nicht kitschig, dass Fremde mich auf der Straße mit ›Mommy‹ ansprechen? Dass meine Verwandten anfangen, mir Einteiler mit Entenküken darauf zu schicken? Was mir was ausmacht, ist die Tatsache, dass er verheiratet ist, Porter. Und Kinder hat, richtig? Wodurch du dich kaum von der Frau unterscheidest, an deren Arschloch mein Ehemann so großes Interesse bekundet hat.«

So entgeistert wie das Paar am Nebentisch sich seine kleinen Cocktails und das Hühnchen mit eingelegten Zitronen und gewürzten Linsen ansah, hätten die beiden gut Mormonenmissionare sein können.

»Das ist nicht dasselbe«, widersprach Porter, weil sie nicht wollte, dass Rachel recht hatte. »Sie sind nicht glücklich. Und er war zuerst meiner.« Das war ein schlechtes Argument, aber sie empfand es so.

»Woher willst du wissen, ob sie glücklich sind? Du weißt doch nur, dass sie verheiratet und eine Familie sind und er dennoch Sex mit dir hat, was, nichts für ungut, kein gutes Zeichen ist. Du wirst bald jemandes Mutter sein.« Rachel erhob sich stöhnend. »Das ist beschissen. Tut mir leid, aber das ertrag ich nicht. Das war übrigens schon immer dein Problem, weißt du? Nur dass du jetzt nicht einfach nur die Erntekönigin bist, die auf einem Wagen fährt. Du bist eine Erwachsene.«

Nur dem Paar neben ihnen fiel es auf, dass Rachel das Restaurant verließ, und dem Kellner, als er zurückkam.

»Oh, nur noch eine?«, staunte er und meinte damit die Anzahl der benötigten Speisekarten.

Porter nickte. »Nur noch eine.«

Sie studierte die Karte. Alles und nichts sah gut aus. Sie wollte Hühnersuppe oder Pasta mit Fleischbällchen. Sie wollte Pfannkuchen von Spiro's. Rachel wusste ja gar nicht, wovon sie sprach – nur weil ihr Mann mit einer anderen geschlafen hatte, bedeutete das doch nicht, dass sie und Jeremy nichts Echtes haben konnten. Was für ein peinlicher Fehlschluss aus moralischer Überlegenheit. Sie war eine Erwachsene! Selbstverständlich war sie das. Wenn jemand sich hier nicht wie eine Erwachsene benahm, dann war das Rachel, indem sie glaubte, alles und jeder ließe sich in ordentliche kleine Parkplätze pressen. Es war absolut möglich, dass Jeremy seine Frau verlassen würde. *Verlassen.* Selbst das Wort klang regressiv und muffig wie die Fünfzigerjahre, als würde Jeremy seinen Koffer nehmen und sie nie wiedersehen. Dies hier war Clapham im einundzwanzigsten Jahrhundert. Kaum jemand verließ mehr seine Kinder oder die Ehefrauen. Man lud die Ex-Partner und ihre neuen Lebensgefährten zu Weihnachten ein und postete dann Fotos auf Instagram. #PATCHWORK. #BEWUSSTABGEKOPPELT. Es war wie bei Prinz Charles und Camilla – Diana hatte die Schönheit und den Charme gehabt, aber tief drin wusste jeder, dass Camilla die richtige Wahl war.

Porter wollte nicht Camilla sein und wünschte sich auch nicht, dass Kristen durch einen schrecklichen Autounfall ums Leben kam, aber sie würde lügen, wenn sie behauptete, dass ihr dieses Szenario nicht schon mal unter der Dusche durch den Kopf gegangen war. Sie wäre eine gute Stiefmutter. Es könnte passieren. Scheiß auf die anderen.

»Ich nehme die Pasta«, sagte sie, als der Kellner zurückkam. »Und das Steak.«

Das Baby brauchte Nahrung. Sie würde eine gute Mutter sein, hoffte sie. Und wenn es das Paar neben ihr beunruhigte, dass sie beim Essen weinte, nun, dann tat es ihr leid für die beiden.

Kapitel 23

Elizabeth Taylor

August war sich unschlüssig, was die Mitwirkung im Festumzugsteam betraf. »Es ist nur … ich weiß nicht …«, begann er vielsagend.

»Du kannst ruhig ehrlich sein«, sagte Cecelia. »Du findest das langweilig.«

Sie hatten eine Freistunde und saßen am hintersten Tisch der Bibliothek. August hatte sein Handy vor ihrem Lehrbuch für amerikanische Geschichte aufgestellt, denn er hatte es sich zur Aufgabe gemacht, Cecelia über Elizabeth Taylor aufzuklären, seine Lieblingsschauspielerin. Sie hatten sich bereits einige Clips aus *Die Katze auf dem heißen Blechdach* und *Cleopatra* angesehen, jetzt lief *Giganten*, Augusts Lieblingsfilm. Sie teilten sich einen Kopfhörer, August hatte einen der winzigen Stöpsel im rechten, Cecelia den anderen im linken Ohr.

»Versteh mich nicht falsch – ich baue und dekoriere gern Sachen«, rechtfertigte sich August. Er ging so wunderbar bedacht mit Worten um. »Aber beim Umzug zum Erntefest sieht man immer nur Mädchen wie Sidney und ihre Clique, die alle die gleichen Trägerkleidchen und Riemchenschuhe tragen, dazu blöde Schönheitsköniginnenlöckchen, als hätten sie noch nie in eine Zeitschrift geschaut. Ich finde, es würde viel mehr Spaß machen, etwas für einen alternativen Umzug zu bauen, der am selben Tag auf der anderen Seite der Stadt stattfinden könnte.«

»Findest du nicht, dass du als mein einziger Freund mir etwas mehr Mut machen solltest?« Cecelia holte Gummibärchen aus ihrer Tasche und gab August welche. »Du könntest den Festwagen doch hundertmal besser bauen! Warum machst du nicht mit? Es ist doch viel einfacher, die Dinge von innen heraus zu verändern. Und was wäre, wenn *ich* Erntekönigin würde? Du weißt ja, wenn du es träumen kannst, kannst du es auch tun.«

Elizabeth Taylor ließ Texas so sinnlich aussehen wie Wisconsin, aber Cecelia fand trotzdem Gefallen daran.

»Ich könnte auch Erntekönigin sein! Jedenfalls würde ich was Interessantes anziehen. Schön, schön. Geh da rein. Lass dich von mir nicht von deinen Träumen abbringen.«

Ihre Eltern Nicky und Juliette hatten nicht viel übrig für Festtage – für gewöhnlich gab es am Valentinstag Blumen und Pralinen, am Geburtstagsmorgen einen Kuchen, aber Weihnachten und Thanksgiving verbrachten sie meist bei anderen Leuten, die in dieser Hinsicht besser organisiert waren. Es gab keinen Baum, keinen Truthahn. Die einzige Feiertagstradition jedoch, an der sie seit dem Jahr ihrer Geburt immer festgehalten hatten, war der Besuch des Museum of Natural History am Abend vor Thanksgiving, wo sie zusahen, wie die Ballons aufgeblasen wurden. Dass dies nachts geschah, machte es geheimnisvoll, obwohl Hunderte Zuschauer dabei waren. Die Menschenmassen hatten sie nie gekümmert. Es war wie im Dunkeln in der Schule sein, nur viel, viel größer, und hatte was Verstohlenes. Sie hatte beide Elternteile an der Hand gehalten, hatte sich gefühlt wie im Mittelpunkt der Welt. Wie konnte man sich wünschen, etwas anderes als ein Einzelkind zu sein?

Und deshalb wollte sie einen Festwagen bauen. Wenn der Festwagen groß und prächtig genug wäre, könnte sie damit ihre Eltern vielleicht wachrütteln, sodass sie kamen, um sie abzuholen und wieder mit nach Hause zu nehmen. Es war ein demütigendes, kindliches Verlangen, und sie würde lieber sterben, als es laut zuzugeben, aber es war da. Offenbar hatte sie sich zu einer zu großen Herausforderung entwickelt nach zwölf Jahren perfekt normalen und umgänglichen Verhaltens, gefolgt von einigen Monaten konfuser Anrufe aus dem Büro des Betreuungslehrers sowie Tränen und Gesprächen mit anderen Eltern, in denen es nicht gerade um Verabredungen zum Spielen gegangen war. So sah sie es – Verrat getarnt als Sorge. Katherines Eltern in ihrem Businessoutfit hatten Druck auf die Schule ausgeübt und eine Entschuldigung verlangt, mit Anklage gedroht, ihre Tochter eine Woche zu Hause zu behalten, und danach begonnen, sich nach einer Privatschule umzusehen.

»Ich möchte einfach lernen, wie man etwas erschafft«, sagte Cecelia.

»Na gut«, erwiderte August, »jetzt sieh dir mal ihre Bluse an.«

»Du bist der Einzige unter fünfzig, der das Wort Bluse benutzt, August.«

»Ja, du kannst von mir lernen.« Er verneigte sich.

Es war ruhig in der Bibliothek – nur ein Drittel der Achtklässler hatte eine Freistunde, und draußen war es noch immer schön genug, um auf der Wiese zu sitzen, was fast alle anderen machten. Ein paar eifrige Mädchen saßen am Nachbartisch über ihren Mathehausaufgaben, einige lasen allein an einem Tisch. Cecelia empfand grenzenlose Dankbarkeit, August, ihre Tante Porter und das Universum auf ihrer Seite zu wissen. Freunde waren keine Selbstverständlichkeit.

Liesel tauchte in der offenen Tür auf, und obwohl sie nicht sehen konnte, mit wem auf dem Flur sie sprach, war es nicht schwer, es zu erraten. Sie stupste August mit dem Ellbogen an, und dann beobachteten beide Liesel auf ihrem Weg entlang der Bücherregale, bis sie ihren Tisch erreicht hatte. Sie hielt Cecelia ein zusammengefaltetes Blatt Papier hin, das sie zögerlich nahm, als könnte es zubeißen. Kaum dass sie es genommen hatte, machte Liesel kehrt und eilte zurück auf den Flur.

»Lass mich das machen«, sagte August. Er nahm ihr die Nachricht aus der Hand, faltete den Zettel auseinander.

EINE HEXE IST BESSER ALS EINE PETZE.

Cecelia hielt die Luft an. »Woher zum Teufel weiß sie es?«

»Keine Ahnung. Aus dem Internet? Woher weiß

immer jeder alles? Warte, da steht noch mehr«, sagte August und entfaltete das ganze Blatt.

Möglich wäre, überlegte Cecelia, dass August es seiner Mutter erzählt und diese es dann einer anderen Mutter weitererzählt hatte, zum Beispiel der von Sydney, weil sie im selben Yogakurs waren. Ob er das zugeben würde? Besser, es auf Sidneys Instagram-Stalking zu schieben, was sie, Cecelia, zweifellos tat.

August hielt ihr den Zettel hin. Ganz unten war in kleineren Buchstaben zu lesen: UND DEIN DAD WAR MAL MEGA HOT, WTF.

»O Gott!«, entfuhr es ihm. »Das ist wirklich schlimm, selbst für die! So eine Notiz kriegst du im Gefängnis auf deinem Lunchtablett serviert, unmittelbar bevor sie dich mit einer angespitzten Zahnbürste erstechen!«

Cecelia ließ den Kopf in die Hände fallen.

»Was genau ist eigentlich passiert?«

Über die Details hatten sie nicht gesprochen, nur in groben Zügen, weil die Einzelheiten unwichtig waren in ihren Augen und sie ihren neuen Freunden nicht zu viel zumuten wollte.

Auf dem winzigen Rechteck vor ihnen wurde Elizabeth Taylor im Dreiminutentakt älter. Jemand hatte sich die Mühe gemacht, den ganzen dreistündigen Film auf YouTube zu stellen, den sie sich nun ansahen und alle paar Minuten vorspulten, damit sie in ihren fünfundvierzig Minuten so viel wie möglich davon mitbekamen. Cecelia wollte unbedingt erfahren, wie es ausging. Alles dauerte zu lang – Schule, die Streitigkeiten ihrer Eltern, Pubertät, Sommercamp, die Schlange vor dem Bagel-Laden an einem Morgen unter der Woche. Sie hätte gern eine Hollywoodversion ihres eigenen Lebens – im Schnelldurchlauf mit Runzeln aus Pappmaché. Warten fiel ihr schwer.

Als Cecelia klein gewesen war und ihre Mutter noch mehr getanzt als unterrichtet hatte, war sie an den Abenden zur Schlafenszeit häufig weg gewesen. Ihr Vater war immer da gewesen, sein Job war mehr oder weniger ein Vorwand, und so hatte er ihr ein Schaumbad vorbereitet und ihr Geschichten von Meerjungfrauen erzählt, bis ihr die Augen zufielen. Sie hatte nichts dagegen gehabt, denn es war schön gewesen, Zeit mit ihrem Vater zu verbringen, aber sie erinnerte sich noch genau an den Tag, als sie es begriff: Ihre Mutter war weg gewesen, weil sie mit anderen Leuten etwas unternommen hatte. Das hatte sie als herzzerreißend empfunden. Ihr Vater hatte nicht verstanden, warum sie so viel weinte, denn sie hatte nicht erklären können, warum sie sich ausgeschlossen und zurückgelassen gefühlt hatte. Am Morgen war ihre Mutter immer wieder da gewesen, aber da hatte Cecelia sich wie an eine Rettungsdecke an ihren Zorn geklammert und geschwiegen.

Kinder wollten nicht wirklich, dass ihre Eltern zur Außenwelt gehörten. Kein Kind wünschte sich eine unabhängige Mutter. Und in jenen Nächten als Kind hatte sie sich oft selbst mit den Worten »Spul vor, spul vor« in den Schlaf geredet, weil sie gedacht hatte, je eher sie schlief, desto schneller würde die Zeit vergehen. Älter hatte sie nicht werden wollen, nur die andere Seite erreichen, wie auch immer diese aussah. Was auch immer ihre Mutter gemacht hatte, sie hatte gewollt, dass es vorbei war.

»Ich hab dir doch von meiner Freundin Katherine erzählt«, begann sie, »dass sie mich im Grunde genommen in Schwierigkeiten gebracht hat, weil ich sie in Schwierigkeiten gebracht hatte. Sie lernte einen Typen kennen, der, wie sich herstellte, nicht der war, als den er sich ausgab. Er war nämlich ein erwachsener Mann. Und weil ich nicht wollte, dass sie umgebracht wird, habe ich es weitererzählt, woraufhin sie mich dann beschuldigt hat, sie zu tyrannisieren, obwohl das gar nicht stimmte. Und jetzt sorgt sie dafür, dass ich wieder Probleme bekomme, obwohl meine Eltern doch nur wollten, dass ich herkomme, weil es aufhören sollte, ausradiert, als wäre das so einfach. Warum weiß ich das und sie nicht? Leute, es gibt das Internet. Und das Internet kümmert es wenig, in welchem Postleitzahlbezirk du dich aufhältst. Es gibt kein Entkommen. Außer vielleicht in der Antarktis.«

August erwiderte kopfschüttelnd: »Keine Ahnung.«

»Ich werde mich dem Festumzugsteam anschließen.«

Sie faltete den Zettel zusammen und steckte ihn in ihren Rucksack. Wegwerfen wollte sie ihn nicht, aus Sorge, die Bibliothekarin könnte ihn finden und sie würde noch mal als Petze bezeichnet werden.

»Okay«, sagte August, »ich bin auch dabei.«

»Tatsächlich? Danke. Du bist ein guter Freund.

Danke.« Sie verschränkte die Füße und betrachtete die an einem Türrahmen lehnende Elizabeth Taylor. Sie sah aus, als würde sie den gegenüberliegenden Knopf drücken wollen. Rücklauf. Mach reinen Tisch und fang neu an. Vielleicht wollte sie selbst das auch, aber nicht an diesem Tag.

Kapitel 24

Heiße Tage in der Stadt

Ein paar Tage nachdem sie Cecelia in den Zug gesetzt hatten, war Nicky im Taxi zum Flughafen gefahren, von wo aus er mit einem Zwischenstopp in Dallas nach Albuquerque fliegen sollte, aber sobald er durch die Security ging, wusste er, dass er das nicht konnte. Er machte mit seinem kleinen Rollkoffer kehrt und stellte sich am Taxistand in die Schlange. Es war schon seltsam genug, von Cecelia getrennt zu sein, er wollte nicht auch von Juliette getrennt sein. Sie waren schon seit Tagen ständig im Kreis durch die Wohnung gewandert, verwundete Schlafwandler, die jedes Gespräch mieden, aber froh waren, Gesellschaft zu haben.

Schließlich tat Nicky das, was er immer machte, wenn er sich elend fühlte: Er machte sich auf den Weg in das russische Dampfbad auf der Tenth Street, um seine Sorgen auszuschwitzen. Wenn er in Taos war, fuhr er gern an die Ufer des Rio Grande, wo es natürliche heiße Quellen gab, kleine steingefasste Heißwasserpools, aber in New York City gab es keinen beruhigenden Fluss, keinen leeren, stillen Raum, und deshalb nahm er den Zug nach Manhattan, um im East Village seine Straßenklamotten gegen ein paar Shorts in Universalgröße zu tauschen und zu schwitzen.

Während seiner Collegezeit war er zum ersten Mal dorthin gegangen. *The Life and Times of Jake George* war abgedreht gewesen und sollte acht Monate später in die Kinos kommen. Eingeführt hatte ihn Jerry Pustilnik, der Schauspieler, der im Film seinen Vater spielte und in einem halben Dutzend anderer Filme, die Teenagerherzen höherschlagen ließen, schon Väter gespielt hatte, außerdem Kriminalpolizisten und Kriminelle jeder Couleur. Jerry ging, wenn er in der Stadt war, jede Woche ins Dampfbad und hatte ihn, jung, wie er gewesen war, mit dem Versprechen auf eine Erfahrung gelockt, die sein Leben verändern würde. Sie hatten sich verabredet, und er hatte sich samt seiner Badehose inmitten russischer Juden wiedergefunden, deren Bäuche den von Jerry hatten mickrig aussehen lassen. In einer der Saunen hatte Jerry einem Mann zehn Dollar gezahlt, damit er ihm mit riesigen Eichenzweigen auf den Rücken schlug, bis seine Haut feuerrot gewesen war. Als sie danach sauer eingelegtes Gemüse und Borschtsch gegessen hatten, war Nicky davon überzeugt gewesen, dass Jerry recht gehabt hatte. Das absichtlich herbeigeführte Unbehagen – zudem als Gemeinschaftserlebnis – hatte eine betäubende Wirkung auf den Geist, weil man nur noch jedem Tropfen Wasser nachspürte, der versuchte, den eigenen Körper zu verlassen.

Man hatte ein wenig renoviert, aber der Geruch von Schimmel, der mit Sicherheit hinter jeder Wandfliese und unter jeder Holzdiele wohnte, ließ sich nicht entfernen. Die Wasserhähne liefen vierundzwanzig Stunden am Tag, kaltes Wasser, mit dem man sich abspritzte, wenn die Hitze unerträglich wurde. Alles war nach wie vor ganz schlicht trotz der gewaltigen demografischen Veränderungen im East Village und des Umstands, dass an der Tür ein stämmiger Russe kassierte. Die Shorts waren die gleichen, und obwohl das unmöglich zu sein schien – Nicky war mindestens ein halbes, wenn nicht ein ganzes Jahr nicht in der Sauna gewesen –, erkannte er die Gesichter und Körper einiger Männer wieder. Er breitete sein Handtuch aus und legte sich ausgestreckt hin.

An diesem Tag war Gemeinschaftssauna, was die wenigsten gut fanden, abgesehen von den paar reichen Typen, die mit ihren Modelfreundinnen herkamen, Paare, für die körperliches Unbehagen und Peinlichkeit offenbar ohnehin Alltag war. Es war einfach zu heiß für den menschlichen Körper, und deshalb lief der Schweiß. Die echten Saunabesucher bedeckten Brust und Beine mit Vaseline, um die Schweißabsonderung zu erschweren. Nicky schloss die Augen und atmete, und jede Zelle seines Körpers sagte ihm, dass dies eine sehr schlechte Idee war. Doch es war Teil des Vergnügens, gegen den Drang rauszugehen anzukämpfen, und da er die vergangenen zwanzig Jahre meditiert hatte, funktionierte es irgendwie. Halte das Unbehagen aus. Halte dich aus. Sitz einfach da.

Mit achtzehn hatte er seinem Körper alles abverlangen können – hatte kilometerweit laufen können, ohne zu ermüden, hatte sich in jeder neuen Sportart wohlgefühlt, sobald er die Regeln gelernt hatte. Es ging ihm nicht um Wettkampf, er liebte Teamsportarten. Das war ihm klar geworden, als er Juliette am Abend ihres Kennenlernens auf einer Verlobungsparty von gemeinsamen Freunden, die inzwischen geschieden waren, zum ersten Mal tanzen gesehen hatte. Sie und ihre Freunde hatten sich in ihren Bewegungen, dem Stoßen und Gleiten, Strecken und Schütteln von Armen und Beinen verloren, um die anderen und sich selbst zum Lachen zu bringen. Er hatte sie und ihre Art und Weise, sich mit dem Körper voran durch die Welt zu bewegen, sofort verstanden.

Von Zeit zu Zeit waren sie gemeinsam hergekommen, doch als das Viertel sich immer schneller verändert hatte, waren seine Besuche seltener geworden. Er mochte die Mischung verschiedener Alter und Körper, ob orthodoxe Juden oder die Jungs von der Gewerkschaft, die nach einer Nachtschicht kamen und was ausschwitzen wollten. Bei seinem ersten Besuch damals mit Jerry hatte Nicky Trauer ausgeschwitzt – der Tod seines Vaters war überraschend gekommen, und die Reaktion seiner Mutter darauf war wie das Schließen einer Tür gewesen, damit die Kälte draußen blieb. Es war erledigt, es war vorbei. Es hatte kein bedeutsames Gespräch gegeben. Als seine Lehrer auf eine Art Familienberatung gedrängt hatten, war das von seiner Mutter zwar widerwillig, aber immerhin angenommen worden, eindeutig nur, um es von der Liste streichen zu können und ihrer Sorgfaltspflicht nachzukommen.

Er konnte sich noch gut an den Raum erinnern – eine dunkelviolette Couch mit Cordbezug, ein Couchtisch aus Glas mit einer Schachtel Papiertaschentücher in der Mitte, gegenüber ein paar rissige Ledersessel. Porter und er hatten nebeneinander in einer Ecke der Couch gesessen, ihre Mutter mit großem Abstand am anderen Ende, Elliot ihnen gegenüber in einem der Sessel, die Knie in ständiger Bewegung. Er und Porter hatten sich schluchzend aneinandergeschmiegt. Nur der Therapeut hatte daran gedacht, ihnen die Schachtel mit den Taschentüchern hinzuschieben.

Die Schauspielerei hatte ihn eigentlich nie besonders interessiert, fiel ihm aber leicht. Er konnte sich seinen Text merken und im Scheinwerferlicht vor Publikum in dunklen Räumen sprechen. Die Aufführung des Musicals *South Pacific* in der achten Klasse war holprig gewesen – die Stimme von Jamie Van Dusen, der Nellie-Darstellerin, war nicht besonders kräftig gewesen, und sie hatte jeden Song mit einem kleinen Glucksen begonnen, wie um einzugestehen, dass sie nicht umwerfend sein, aber ihr Bestes geben würde. Nach der Aufführung war sein Vater auf ihn zugeeilt, ohne sich um seine Mutter und Porter zu kümmern, die mit Blumen gekommen waren, und hatte ihn umarmt. Er spürte den warmen Atem seines Vaters noch heute am Ohr und konnte ihn sagen hören: »Das war *wundervoll*, mein Sohn«, als wären nicht Rodgers und Hammerstein, sondern allein er, Nicholas Strick, für dieses erstaunliche Stück verantwortlich.

Ermutigung vermochte alles. Ermutigung und natürliche Begabung. Selbst wenn sein Vater Porter jeden Tag dazu ermutigt hätte, Schauspielerin zu werden, wäre sie nur knallrot angelaufen und hätte versucht, ihre eigene Zunge zu verschlucken. Er, Nicky, gab jedenfalls zu, dass da etwas in ihm schlummerte, eine Wahrhaftigkeit, die sein Vater erkannt hatte. Danach hatte er in allen Stücken gespielt: *My Fair Lady*, *Rent*, *Unsere kleine Stadt*, *Hexenjagd*. Und als sein Theaterpädagoge an der Highschool ihn für ein Vorsprechen für einen Film empfohlen hatte, hatte Russell in die Hände geklatscht und gesagt, dass er wusste, sein Sohn bekäme die Rolle – man suchte einen Charmeur, einen, der gut flirten konnte, jemanden, der die Hälfte des Publikums davon träumen ließ, ihn nachts in ihren Schlafzimmern zu küssen, während die andere Hälfte ihn auf den Schulfluren imitierte. Der Film hätte seinem Vater gefallen, obwohl er bestenfalls passabel gewesen war und inzwischen hoffnungslos veraltet wirkte, aber Russell hätte sich gefreut, das Gesicht seines Sohnes in der Zeitschrift *People* zu sehen. Man stelle sich vor, Nicky Strick in jedem Zahnarztwartezimmer des Landes! Sein Vater hätte Wildfremden auf die Schulter getippt und ihnen von dem Film erzählt und dabei gestrahlt. Doch er war zwischen den Dreharbeiten und dem Erscheinen gestorben, in jenem

Dazwischen, wo alles oder nichts hätte passieren können. Russell wäre so stolz gewesen.

Jemand berührte Nicky am Fuß, und er öffnete die Augen. Es war ein junger Mann mit einem Bürstenhaarschnitt.

»Massage?«, fragte er.

Alle, die hier arbeiteten, waren verwandt oder verschwägert – Nicky kannte die Geschichte von Jerry Pustilnik: Das Bad gehörte Brüdern, die sich jedoch zerstritten hatten, sodass an jedem Tag nur einer von ihnen zuständig war. Die Besucher, die eine Eintrittskarte von Dmitri kauften, konnten diese nur an Dmitri-Tagen benutzen – sein Bruder Iwan würde sie an seinen Tagen wegschicken. Die restlichen Angestellten waren Familienmitglieder, die keine klare Position bezogen wie so viele Kinder nach einer Scheidung. Dieser junge Mann war jemandes Neffe oder Cousin. Nicky hatte sich immer so eine Familie gewünscht, so groß, dass man gar nicht mehr durchblickte, ob man jemandes Cousin zweiten oder dritten Grades war, obwohl das völlig unwichtig war, denn man gehörte zur Familie, und das war die einzige Bezeichnung, die zählte. Aber dafür mussten viele Leute an Bord sein, Generationen, die mitmachten, und das war bei den Stricks nicht der Fall.

»Nein danke«, sagte Nicky, und der junge Mann zog weiter zum nächsten potenziellen Opfer.

Ihm gegenüber tuschelten zwei junge Frauen miteinander – sie waren näher an Cecelias Alter als an seinem, viel näher. Cecelia war ihr ganzes Leben lang eine Erwachsene gewesen. Astrid war entsetzt gewesen, als er ihr erzählt hatte, dass sie Cecelia allein Subway fahren ließen, sie war erst zehn Jahre alt gewesen, aber schon so weit! Sie war immer vorsichtig, gab auf sich acht, schlief nie ein in der Linie D und wachte dann in Coney Island auf, wie ihm das in seiner Collegezeit passiert war. Deshalb war ja auch diese ganze Geschichte mit ihrer Schule und ihren Freundinnen so verwirrend gewesen – als wäre ihm und Juliette nach so vielen Jahren die Binde von den Augen gerissen worden, damit sie sahen, dass Cecelia eigentlich noch ein Kind war. Als solches hatten sie sie vorher nie gesehen.

Nicky hätte nicht genau sagen können, was Cecelia getan hatte. Ihre beste Freundin Katherine hatte erzählt, sie hätten im Internet jemanden kennengelernt. Sie und Cecelia gemeinsam. Dass sie mit einem Mann gechattet hätten, von dem sie dachten, er sei ein Junge. Sie waren zu seiner Wohnung gegangen. Cecelia sagte, sie sei nicht dabei gewesen, wie das Katherine behauptete, Cecelia erklärte, sie sei mitgegangen, habe aber draußen gewartet oder Katherine abgeholt und habe gewusst, die ganze Zeit gewusst, dass es Männer gab, die sich (im Internet) als Teenager ausgaben. Allein aufgrund der Tatsache, dass es so etwas gab und solche Männer mit seiner Tochter in Interaktion treten könnten, hatte er getan, was jeder andere Elternteil getan hätte: Er hatte die Reißleine gezogen und sie da rausgeholt. War das nun besser oder schlechter, als sie in einem so vergifteten Umfeld zu lassen, egal wer dafür verantwortlich war?

Man konnte Kinder nicht bitten, sich zu ändern. Da ließe sich eher das Wetter ändern.

Er hütete sich dennoch vor Schuldzuweisungen. Mehr konnte man nicht erwarten, auch nicht von Eltern. Womöglich schon gar nicht von den eigenen Eltern, den Menschen, die sich am meisten Sorgen machten. Als der Film rausgekommen war, war er gerade ins Wohnheim der NYU gezogen, als hätte sein Leben noch irgendwas gemein mit dem, wie es ein Jahr zuvor gewesen war, als er sich fürs Studium beworben hatte. Er war ein Müßiggänger und hatte versucht, das Loch, das sein Vater zurückgelassen hatte, mit allem zu füllen, was ablenkte: mit hübschen Mädchen, endlosen Joints und mit Small Talk auf blöden Partys, indem er den DJ im Don Hill's übertönt hatte, während junge Schauspielerinnen um ihn herumgetanzt waren, die alle in der Liveproduktion von *This Is Fun, We're Having Fun* mitgewirkt hatten, die täglich vierundzwanzig Stunden lang in der ganzen Stadt inszeniert wurde.

Der Regisseur von *Jake George*, ein Mann aus dem Mittleren Westen mit einer großen, rechteckigen Brille, hatte ihm erzählt, er wolle ihn mit einem Freund bekannt machen, einem Regisseur, der künstlerisch ambitioniertere Filme drehte. Der Freund – Robert Turk, bereits eine Legende, obwohl er erst drei Filme gedreht hatte – hatte frühes Bildmaterial von *Jake George* gesehen und sich für ihn begeistert. Telefonnummern waren ausgetauscht worden, und Robert hatte ihn an einem Freitagabend angerufen und gemeint, er richte eine kleine Party aus, nichts

Besonderes, nur mit ein paar Freunden. Nicky hatte sich dreimal umgezogen, bevor er zur Subway gegangen war.

Er schloss erneut die Augen und sah den Abend wie einen Film in seinem Geist ablaufen.

Robert Turk wohnte in einem Haus mit Portier an der Kreuzung West End Avenue und Eightieth Street. Die Lobby war aus weißem Marmor, es gab Wachpersonal an der Tür und hinter einem Schalter, beide in Uniform und Kappe.

»Hallo«, sagte Nicky. »Ich bin zu einer Party eingeladen. Turk?«

Die Männer verzogen keine Miene und nickten in Richtung Aufzug. »Sechster Stock, Ende des Flurs rechts.«

Es war zehn Uhr. Nicky hatte nicht vergessen, dass noch ein Jahr zuvor zehn Uhr eher das Ende einer Party markiert hatte als den Anfang. Er hatte ein paar Joints in seiner Brieftasche, weil er wusste, dass man zu einer Party nicht ohne Gastgeschenk kam, aber sein gefälschter Personalausweis war schlecht gemacht, und da er hier keine Feinkostgeschäfte kannte, wollte er kein Risiko eingehen. Womöglich war es keine Party, auf der Gras geraucht wurde, aber es konnte nie schaden, vorbereitet zu sein. Als Turk ihn angerufen hatte, hatte er gemeint, Nicky solle keinen Anhang mitbringen, weil es eine exklusive Party sei. Er hatte nichts dagegen. Irgendwie war man ja immer allein, ob man es sich nun bewusst machte oder nicht.

Nicky klopfte an die Tür von 6E. Jemand rief, er

solle eintreten, also drehte er den Türknauf und drückte dagegen. Die Wohnung war moderner, als er erwartet hatte – gedämpfte Beleuchtung, makellose Oberflächen, gerahmte Filmposter an den Wänden.

»Hallo?«, rief er und wagte ein paar vorsichtige Schritte den Flur entlang.

»Hey«, Robert Turk steckte seinen Kopf durch eine Türöffnung. »Hier herein.«

Nicky stellte seinen Rucksack im Flur ab. Er rieb die Hände aneinander. »Komme ich zu früh?«

Er erreichte den Eingang und sah, dass er in eine Pantryküche führte. Aus den Fenstern sah man in einen Hof und in andere Wohnungen. Sie waren alle hell erleuchtet wie Weihnachtsbäume, und fast keine hatte Vorhänge, als wären die Leute, die dort wohnten, übereingekommen, dass Licht wichtiger als Privatheit war. Robert reichte ihm ein Glas Wein.

»Ich weiß, ist besser als Fernsehen«, sagte er. Er stieß mit ihm an und trank einen großen Schluck. »Ich freue mich sehr, dass du gekommen bist.«

Sonst war niemand da, das stand fest. Nicky trank seinen Wein und ließ, während er zu ergründen versuchte, ob das, was gerade passierte, seltsam war oder nicht, den Blick über Roberts Bücherregale wandern. Er spürte bereits die in seinen Wangen aufsteigende Röte. Robert folgte ihm auf Schritt und Tritt, beobachtete ihn aus einem halben Meter Abstand, so wie man sich im Zoo oft mit den Tieren weiterbewegte, um sie aus verschiedenen Winkeln besser betrachten zu können.

»Dürfte ich rasch jemanden anrufen?«, fragte Nicky. »Tut mir leid, ich habe ganz vergessen, dass ich meine Freundin anrufen sollte, sie wird fürchterlich sauer sein, macht es Ihnen was aus?«

Robert zeigte auf ein Schlafzimmer. »Dort gibt es ein Telefon. Geh ruhig.« Er machte es sich auf einer Couch bequem und schlug ein Bein übers andere.

Nicky ging in das Zimmer und schloss hinter sich die Tür. Er hatte keine Freundin. Er nahm den Hörer und rief seine Mutter an.

»Es ist schon fast Mitternacht«, sagte Astrid, nachdem er sich gemeldet hatte, die Hand um die Muschel gelegt. »Was ist denn?«

»Ich bin in der Wohnung dieses Regisseurs«, sagte Nicky. »Ich weiß nicht, er sagte, es sei eine Party, aber ich bin ganz allein hier, und es ist irgendwie seltsam.«

»Okay.« Seine Mutter dürfte schon im Bett gelegen und noch ein Buch gelesen haben. Nicky sah sie vor sich, die Augen geschlossen, das Buch aufgeschlagen auf ihrem Bauch.

»Was meinst du, soll ich wieder gehen?«

»Du bist erwachsen, Nicky! Woher soll ich das wissen? Möchtest du denn gehen?«

»Ich weiß nicht.« Er wollte von ihr hören, dass er gehen sollte. Er wollte von ihr gesagt bekommen, dass er sich ein Taxi rufen und es unten warten lassen solle, damit er jederzeit abhauen konnte, wollte von ihr beruhigt werden, dass er vor nichts Angst zu haben brauchte, dass sie da wäre, immer wach und wartend, so wie damals, als er klein gewesen war und mitten in der Nacht aus einem schlimmen Traum erwacht. »Ich weiß nicht, was ich von dir hören möchte.«

Seine Mutter lachte. »Nicky mein Schatz, ich werde jetzt schlafen. Ich vertraue dir. Trink was! Es wird alles gut werden.«

Nicky öffnete die Schlafzimmertür, und Robert lächelte. Er bewegte sich auf der Couch, und Nicky konnte die Erektion in seiner Jeans sehen.

»Sie ist wahnsinnig angepisst«, sagte Nicky und stellte sein Weinglas auf den Couchtisch. »Ich gehe besser.«

»Bist du dir da sicher?« Robert strich mit einem Finger über den Schritt. »Ich würde dich wirklich gern besser kennenlernen, Nick. Ich denke, wir beide könnten ganz großartige Dinge zusammen machen. Und wir könnten gleich damit anfangen.«

Er begleitete seine Worte mit einem Augenzwinkern, und Nicky begriff, dass er das wohl immer so machte und es normalerweise auch funktionierte.

»Ja, danke, danke, da bin ich mir sicher.«

Er nahm seinen Rucksack und drückte ihn sich an die Brust, während er zurück zum Aufzug rannte. Es dauerte eine Ewigkeit, bis er kam, und sein Herz klopfte so laut, dass er dachte, Robert müsse es in seiner Wohnung hören können.

Wind schlug ihm entgegen, als er am Portier vorbeistürmte, und er schloss seinen Mantel und rannte zum Broadway. Warum er rannte, wusste er selbst nicht. Er hätte Jerry oder einen Freund anrufen können, aber wozu? Sein ganzes Leben lang war er von allen wie eine Anziehpuppe aus Pappe behandelt worden, die man herausputzen konnte, ein süßes, flaches Spielzeug. Was er wollte, zählte nicht, nicht wirklich – er war Schauspieler geworden, weil sein Vater Tränen in den Augen gehabt hatte. Er war Filmschauspieler geworden, weil er die Rolle bekommen hatte. Er hatte getanzt und schöne Mädchen geküsst, weil sie schön waren, aber hauptsächlich, weil sie das Gleiche machten wie er, nämlich so tun, als wären die ihnen zugedachten Rollen gerecht verteilt worden und als hätten sie dabei eine Wahl gehabt. Fotografen machten Schnappschüsse von seiner Hand auf dem Schenkel eines Models, und danach hieß es, sie verabredeten sich, dann wurde sie seine Freundin, und später trennten sie sich wieder, ohne auch nur eine gemeinsame Mahlzeit zusammen eingenommen zu haben oder die Namen der jeweiligen Geschwister zu kennen.

Er schlug die Augen wieder auf, erwachte aus seinen Erinnerungen.

Im russischen Dampfbad war alles glitschig und salzig, sämtliche Oberflächen waren nass. Seine Poren waren weit geöffnet. Er spürte, wie alles aus ihm herauskam, jedes wütende Gefühl, jede Enttäuschung über sich selbst, weil er Ja statt Nein gesagt hatte. Hundertmal sah er sich aus dieser Wohnung stürmen, bevor er sich neben Robert gesetzt und ihn Anziehpuppe hatte spielen lassen. Damals hatte er nicht gewusst, ob er jemals Vater werden würde, jemals heiraten würde – aber er hatte schon gewusst, dass er, wenn es dazu käme, immer auf die winzige Stimme in der großen Stimme hören und versuchen würde, alle Fragen zu beantworten, diejenigen, die gestellt wurden, und die dahinter verborgenen.

Er stemmte sich hoch, füllte seinen Eimer und goss sich eiskaltes Wasser über den Kopf. Es war Zeit zu gehen.

Kapitel 25

Zusammenarbeit

Der Vertrag war nicht so solide, wie es den Anschein hatte. Wendy ging alle Punkte rasch durch. Sie waren allein in seinem Büro. Zu ihrer Teilzeitarbeit hatte Wendy noch einen Klienten angenommen, den sie kostenlos beriet: ihn, Elliot, ihren Ehemann. Deshalb auch die zusätzliche Hilfe für die Kinder. Beauty Bar bot mehr Geld als die anderen Geschäfte auf der Main Street, das stimmte, aber sie wollten die Räumlichkeiten nur für fünf Jahre mieten und nicht für zehn, wie man ihm zunächst gesagt hatte, mit der Option einer Verlängerung und einer Miete, die für die gesamte Laufzeit nur eine Steigerung von einem halben Prozent vorsah. Für alles andere sollte der Vermieter aufkommen – Schneeräumen, Klimaanlage, die Miete für die Zeit der Umbauphase, was bis zu neun Monate dauern konnte – üblich waren drei.

»Dann also Finger weg! Oder?« Er hatte die Tür geschlossen, damit keiner mithörte.

Er hatte Karriere gemacht, indem er Häuser baute. Seine Arbeit bestand im Grunde genommen im Managen der Bautrupps und im Verhandeln mit den Parteien, wobei Architekten und Innenarchitekten die Hauptlast zu tragen hatten. Er kam ins Spiel, wenn die Leute Steckdosen und Bäder verändern wollten, ohne zu verstehen, dass sowohl Elektrizität als auch Wasserversorgung irgendwoher kamen und nicht von Zauberhand aus der Wand.

»Das ist ein erstes Angebot«, erläuterte Wendy. »Sie testen dich.«

Er nickte. »Okay. Okay. Und was nun?«

»Du machst ein Gegenangebot, indem du all den Müll rausnimmst und ihnen erklärst, was du dir vorstellst, und wenn sie dann nicht darauf eingehen, gebe ich dir eine Million Dollar. Weißt du überhaupt, wie viel Geld die haben, El? Dieser Betrieb macht Milliarden. Die können für alles zahlen. Sie wollen es nur nicht, wenn sie es nicht müssen.«

»Und wenn sie nun annehmen?« Er schaute aus dem Fenster, wo zwei Eichhörnchen sich eine Verfolgungsjagd auf einen Baum lieferten. »Dann müssen wir es machen, oder?«

»Bevor du nicht einen Vertrag unterschrieben hast, brauchst du gar nichts zu machen«, beruhigte Wendy ihn.

Er legte die Hand an sein Kinn und rieb es. »Ich hab mich so ins Zeug gelegt.« Er lief auf und ab. »Einerseits will ich es«, sagte er. »Es würde die ganze Stadt verändern, und zwar dank mir. Allerdings wäre ich dann auch der, der das zu verantworten hat.«

»Es wird noch andere Angebote geben«, erklärte Wendy. »Wir könnten noch mehr recherchieren, ein paar Umfragen vornehmen, um herauszufinden, was die Leute hier wollen, verstehst du? Ist ein Bedarf an

Schönheitsprodukten vorhanden? Sicher. Aber vielleicht gibt es ja andere Dinge, die mehr gefragt sind. Ich sag dir eins, El, dieses gar nicht so großartige Angebot ist ein Zeichen dafür, dass sie dir ein wirklich, wirklich gutes Angebot machen werden. Das spüre ich.« Seine Frau klappte ihren Laptop auf und fing zu tippen an. »Ich nehme einfach mal alles raus und fange neu an. Das macht mir Spaß. Ich fühle mich wie eine Meuchelmörderin.«

Elliot zog die Brauen hoch. »Ach ja?« Sie reagierte nicht darauf. »Das ist ziemlich heiß, Wen.«

Jetzt blickte sie auf. Er kam langsam zurück an seinen Schreibtisch. Seine Sekretärin saß ein Stück weiter den Flur hinunter. Außer Sicht- und Hörweite, zumal bei geschlossener Tür.

»Ich sage dir, wenn was heiß ist«, sagte Wendy, nur ein Zucken ihrer Unterlippe verriet sie. »Setz dich.«

Er rollte seinen Stuhl neben ihren, sodass sie beide die Tür im Rücken hatten. Wendy knöpfte erst ihre Hose, dann seine auf.

»Frag mich, ob du mich anfassen darfst«, sagte sie.

»Darf ich dich anfassen?«, fragte Elliot.

»Ja.«

Wendy ergriff Elliots Hand und führte sie dorthin, wo sie sie haben wollte.

»Ich werde dich nicht fragen«, sagte sie. »Ich werde einfach tun, was ich mit dir anstellen möchte, und es wird dir gefallen.«

»Gut«, sagte Elliot. Seine Augenlider schlossen sich flatternd vor Konzentration.

Es war wieder wie in der Bibliothek auf dem College, wo ihre Lust aufeinander so groß gewesen war, dass sie Sex auf den Toiletten gehabt hatten. Die Kinder hatten sein Verlangen nach seiner Frau nicht geschmälert, er schätzte ihren Körper und alles, wozu dieser fähig war, nach wie vor – das Problem war nur, dass sie ständig so verdammt müde waren. In jenem Land vor den Kindern hatte er Wendy wahnsinnig geliebt – für ihre Klugheit, ihre Schönheit, ihr Selbstvertrauen. Sie war immer eine Nummer zu groß für ihn gewesen, dennoch hatte sie seine Liebe erwidert. Sie hatten sich beide Kinder gewünscht, doch es tat gut, sich daran zu erinnern, wie sehr sie einander davor begehrt hatten. Wie schaffte man überhaupt irgendetwas, wenn man Kinder unter sechs Jahren hatte? So womöglich. Man machte es tagsüber – legale Dinge, vergnügliche Dinge. Er wollte für immer auf sie hören und tun, was sie sagte.

Kapitel 26

Mach mit beim Festumzug

Das Festumzugsteam traf sich in der siebten Stunde nach dem offiziellen Ende des Schultags, wenn auch alle Sportteams Training hatten und die Musikschüler ihre Cellokoffer polternd über die Flure rollten. Cecelia wartete im Flur bis kurz vor dem Gong und ging dann in ihr Klassenzimmer. Sie hatte keine Eile.

Miss Skolnick saß auf ihrem Pult, vor sich einen Klapptisch. Ein halbes Dutzend Schüler war im Raum verteilt, Cecelia kannte keinen von ihnen. Ein Junge ganz hinten im Raum hätte aufgrund seines Bartschattens ein Erwachsener sein können, wenn er nicht ein gebatiktes Pokémon-T-Shirt und die Turnshorts der Schule angehabt hätte. Ein Mädchen mit langen schwarzen Haaren, das in der ersten Reihe saß, hielt die Hände verschränkt vor der Brust, als würde es in einer Kirche knien. Ein Junge und ein Mädchen saßen in der zweiten Reihe und hielten sich über die Lücke zwischen ihren Pulten hinweg an den Händen. Der Junge hatte sich eine Krone aus Klebeband aufgesetzt. August verdrehte die Augen und klatschte.

»Cecelia!«, rief Miss Skolnick sichtlich begeistert. »Wie schön! Komm rein!«

Cecelia steuerte den Platz neben August an und stellte ihre Tasche neben ihren Füßen ab.

»Hallo, ihr alle! Wie die meisten von euch wissen, wird dieses Team nächste Woche in die Schreinerei umziehen, um aktiv zu werden, aber für die Planung bleiben wir heute hier. Wir kriegen das alles ganz schnell hin und werden einen Megaspaß haben. Lasst uns mit Brainstorming anfangen! Für diejenigen, die noch nicht hier waren«, Miss Skolnick zwinkerte Cecelia zu, »das letztjährige Thema des Festwagens war *Herr der Ringe*. Möchte jemand anfangen? Möchte jemand die Kreide nehmen?«

Der Junge mit der Klebebandkrone sprang auf, ließ sich die Kreide geben und wirbelte wieder herum.

»Mylady«, sagte er und kniete nieder. Er hielt die schmale weiße Kreide wie ein klitzekleines Schwert über seinen Kopf.

Seine Freundin, eine Rothaarige mit einem *Fortnite*-T-Shirt, neigte den Kopf, kam hinter ihrem Pult hervor, nahm die Kreide und ging hüftschwingend wie ein Victoria's-Secret-Model vor an die Tafel.

»WTF«, flüsterte Cecelia August zu.

August rückte näher an sie heran. »Ja, so ist das eben. Megan und James gehen schon seit der fünften Klasse miteinander. Wahrscheinlich werden sie heiraten. Angeblich bläst sie ihm jeden Freitag einen während der Pause auf der Toilette. Nicht dass ich Gerüchte streuen möchte, aber das wird gemunkelt.

Sie machen Theatertechnik, und da gehören Festwagen wohl dazu.«

Die rothaarige Megan trat an die Tafel und räusperte sich.

»*Bob's Burgers!*«, schlug der Junge im Batikshirt vor.

Megan schrieb es bedächtig in geschwungenen Buchstaben auf.

»*Into the Woods!*«, warf James ein. »Oder ganz allgemein Märchen.«

»Elizabeth Taylor«, rief August. Als Cecelia sich überrascht umdrehte, weil er gesprochen hatte, sagte er zu ihr: »Was ist? Wenn ich schon mal hier bin, kann ich mich auch einbringen.«

Fünfzehn Minuten später stand die folgende Liste an der Tafel: *Bob's Burgers*, *Into the Woods*/Märchen, Elizabeth Taylor, 1001 *Nacht*, Rock & Roll, die 1980er, Shakespeare, Empire State Building und Clapham FTW.

August erhob sich, um zur Toilette zu gehen, und sobald er weg war, drehte sich das vor Cecelia sitzende Mädchen zu ihr um.

»Hey«, sagte sie. Sie war ganz in Schwarz, inklusive Fingernägel und dem Eyeliner. »Du bist Cecelia, nicht?«

Das klang nicht verheißungsvoll.

»Ja?«, sagte Cecelia, als wüsste sie nicht recht, was sie darauf sagen sollte.

»Ich bin Melody. Aus der siebten Klasse.«

»Hi«, sagte Cecelia.

»Kann ich dich was fragen? Eigentlich sind es sogar zwei Fragen, die ich hab.« Melody wartete ab.

»Okay«, sagte Cecelia.

Melody beugte sich weit nach vorn, und nach kurzem Zögern veränderte auch Cecelia ihre Position, bis sich ihre Köpfe fast berührten.

»Du bist doch mit August befreundet, stimmt's? Ist er schwul? Er ist doch schwul, oder?«

Cecelias Augen waren auf Melodys Schläfe gerichtet, und sie sah, wie die Haut sich bewegte, wenn Melody ein- und ausatmete.

»Ich weiß es nicht«, sagte Cecelia.

Es war ihr tatsächlich noch gar nicht in den Sinn gekommen, und sie kam sich plötzlich ganz dumm vor. Ihre Generation – zumindest zu Hause – war vorurteilsfrei und weltoffen, jedenfalls behauptete das ihr Vater immer ehrfürchtig. Ihr Kids seid alle so offen, sagte er stets, als wäre die Alternative ein Leben in einer früheren Inkarnation der Welt. Aber wer wusste schon, ob das auch hier zutraf. So funktionierten Gerüchte – egal, ob etwas wahr war oder nicht, wenn es sich so anhörte, als könnte es wahr sein, obwohl man es sich selbst nicht hatte vorstellen können, dann schien Wahrhaftigkeit gleich dreifach gegeben. Wen kümmerte es, ob Megan und James wirklich Sex hatten oder irgendwas anderes auf der Toilette anstellten? Wenn alle behaupteten, dass sie es taten, was machte das schon? Auf diese Weise war sie hier in Clapham gelandet. Offenbar hatte sie die Mechanismen ihrer Generation doch nicht so gut durchblickt, wie sie geglaubt hatte.

»Okay, gut, egal«, sagte Melody. »Zweite Frage: Stimmt es, dass du aus deiner alten Schule rausgeflogen bist, weil du mit jemandem geschlafen hast, den du übers Internet kennengelernt hast? Wie haben sie das rausgefunden? Deine Schule meine ich. Weil …«, Melody machte eine Pause und holte Luft, »… weil ich mit einem Jungen gesprochen habe, der in der neunten Klasse und mit meinem älteren Bruder befreundet ist. Bis jetzt ist nichts passiert, aber er meinte, in zwei Jahren möchte er mich zum Juniorball mitnehmen, was ich wirklich süß finde, aber er ist ja nicht … mein Freund, und ich möchte auf keinen Fall von der Schule fliegen. Was meinst du?«

Cecelia richtete sich wieder auf und schüttelte den Kopf. »Nein, bin ich nicht.« Melody verharrte in ihrer Position und anscheinend auf eine eindeutigere Antwort. »Und was dich betrifft: Ich weiß nicht«, fügte Cecelia hinzu. »Das hört sich nicht nach etwas an, wofür du von der Schule fliegen kannst. Aber sag es vielleicht deinen Eltern.«

»Oh, die wissen es.« Melody nickte heftig. »Aber gut, gut. Okay. Danke!«

Miss Skolnick hatte sich von ihrem Pult geschoben. Sie nahm einen Becher, vergewisserte sich, dass er leer war, und sagte dann: »Also, Leute! Zeit abzustimmen! Nehmt ein Stück Papier, schreibt eure Wahl drauf und werft den Zettel dann hier rein!«

Cecelia war froh über die Unterbrechung. Sie riss einen schmalen Streifen Papier aus ihrem Notizbuch und beugte sich darüber. August rutschte auf seinen Platz zurück.

»Abstimmung? Gib ja deine Stimme für meinen Vorschlag.«

Auch er beugte sich über seinen Zettel, als würden sie einen Test schreiben, und er müsste verhindern, dass sie von ihm abschrieb. Vielleicht war dem ja so.

Miss Skolnick hielt jedem den Becher hin, als würde sie Spenden sammeln, während sie von einer Reihe zur nächsten ging, bis alle ihre zusammengefalteten Zettel hineingeworfen hatten. Dann kehrte sie zurück an ihren Schreibtisch.

»Möchte jemand auszählen?« Megan schlenderte wie eine gelangweilte Vanna White zurück an die Tafel.

Am Ende gab eine Stimme den Ausschlag für den Sieg von Clapham FTW.

»Also gut«, sagte Miss Skolnick überrascht. »CLAPHAM FOR THE WIN. Ich weiß zwar nicht recht, was das werden soll, aber wir können es hinkriegen.«

»Vielleicht können wir einen Pavillon in die Mitte setzen«, hörte Cecelia sich sagen. »Ihr wisst schon, wie den in der Stadt im Kreisverkehr? Keine Ahnung … ist vielleicht dumm.«

Sie war sauer auf ihre Eltern und auf Katherine, weil sie jetzt jede Entscheidung sofort infrage stellte.

August meinte: »Das ist eine super Idee.«

Miss Skolnick nickte, und der Rest des Festwagenteams drehte sich um zu ihr, ihrer Geheimfavoritin.

Kapitel 27

Wendy bittet um Hilfe

Wendy hatte Porter angerufen und sie gebeten, sich mit ihr bei Spiro's zu treffen, was ihr so gar nicht ähnlich sah. Porter ging nicht davon aus, dass Wendy jemals eine Mahlzeit in einem der Restaurants von Clapham zu sich genommen hatte, und sie war nun immerhin seit einem Jahrzehnt mit ihrem Bruder verheiratet. Vielleicht trank sie mal einen geeisten Kaffee, während sie Weintrauben für ihre Söhne entzweischnitt, aber einfach nur etwas in sich reinschaufeln, nur um satt zu werden, gab es für sie nicht. Porter war neugierig, hungrig war sie sowieso ständig. Sie brach zwanzig Minuten früher als nötig auf.

Nachdem sie einmal in Jeremys Haus gewesen war, schien es keine große Sache mehr zu sein, davor zu parken. Sie ließ für alle Fälle den Motor laufen. Es war ein Vormittag unter der Woche, und sie ging davon aus, dass Jeremy bei der Arbeit war, doch seine Frau könnte zu Hause sein – wenn sie nicht in einem Lebensmittelladen war, beim YMCA, auf der Bank oder bei der Maniküre. Vielleicht machte sie auch Freiwilligendienst an der Schule ihrer Kinder oder kochte in der Suppenküche. Porter verwandte einige

Zeit darauf, sie sich bei jeder dieser Aktivitäten vorzustellen, die immer vortrefflicher wurden, bis sich in ihr die Überzeugung festsetzte, Kristen spende einem Fremden eine Niere und lese gleichzeitig Blinden vor.

Kristen war gut, und sie war schlecht. Kristen war schön, und sie war nicht mehr als ansehnlich. Kristen war dünn, und sie war fett. Kristen hatte die richtigen Entscheidungen getroffen, gleich von Beginn ihrer Menschwerdung an, was das Wissen darüber einschloss, wenn es auch nicht darauf beschränkt war, welche Unterwäsche unter welchen Kleidern getragen wurde, welche Frisur man sich machen ließ, welche Art von Sex man bei welchem Date hatte, was man auf eine Liebeserklärung erwiderte und wie man auf einen Heiratsantrag reagierte. Sie hatte alles richtig gemacht, während sie, Porter, vor sich hin gewurstelt und ihre albernen dummen Fehler im Glauben daran gemacht hatte, Zeit zu haben, diese noch zu korrigieren. Jetzt war sie schwanger und saß mit laufendem Motor in ihrem Auto wie eine Fluchtfahrerin, den Blick starr auf die Eingangstür gerichtet.

Das Licht veränderte sich, irgendwas im Haus hatte sich bewegt – vielleicht die Katze –, und sie fuhr los, wartete nicht ab, bis sie sah, was es war. Sie fuhr an der Klinik vorbei und verlangsamte ihr Tempo, um sich zu vergewissern, dass Jeremys Auto auf dem Parkplatz stand. Sie dachte an die Stoffsitze in seinem Honda, fleckig vom jahrelangen Schindluder treiben, und fragte sich, wie Kristens Geburten gewesen waren. Ihre Schwangerschaften. War ihr übel gewesen, hatte sie gut schlafen können? Hatte sie natürlich entbunden, ohne Medikamente, eine Madonna der Geburtsklinik? Oder hatte sie ein Datum im Kalender eingekreist und in Vorbereitung auf den Kaiserschnitt eine Bikiniwachsbehandlung machen lassen, um im OP gut auszusehen?

Eine Welle der Übelkeit überkam Porter, und sie öffnete das Seitenfenster. Was sie tat, war krank, das wusste sie. Es war krank, vermittelte ihr aber zugleich jenes prickelnde Gefühl, das sie jedes Mal auf der Highschool und dem College überkommen hatte, wenn sie jemanden gesehen hatte, in den sie verknallt gewesen war, was aber noch keiner zu wissen brauchte. Man durfte doch wohl noch etwas für sich behalten, oder? Was sie sich einbildete, wollte sie auch. Irgendeine Macke hatte schließlich jeder.

Als sie schließlich bei Spiro's ankam und eintrat, stellte sie fest, dass Wendy sich bereits in einer der großen Nischen den besten Platz gesichert hatte. Wesley Drewes informierte mit seiner sonoren Radiostimme die Zuhörer über das Erntefest von Clapham und die alljährlich zur Herbstfärbung ins Hudson Valley einfallenden Touristenhorden, die sämtliche Parkplätze und Restauranttische, Hotelzimmer und Campingplätze in Beschlag nahmen. Das Fest fand jedes Jahr Mitte Oktober statt und war ein großes Wochenendereignis für die Stadt und auch für Clap Happy. Wenn nur jeder, der an diesem Wochenende nach Clapham kam, einen ihrer Käse kaufen würde, könnte sie sich mit vierzig zur Ruhe setzen. Der Höhepunkt für sie war allerdings der Umzug mit dem von Schülern gebauten und bestückten Festwagen. Das Jahr, in dem sie als Erntekönigin mitgefahren war, war ein Desaster gewesen, aber als Zuschauerin genoss sie das Spektakel.

Sie quetschte sich auf die Bank Wendy gegenüber. Ihre Schwägerin hatte vor sich eine halbe Grapefruit und einen Teller mit Toast und Hüttenkäse stehen.

»Hi«, begrüßte sie Wendy. »Wie geht es dir und allen anderen? Ein wunderbarer Tag heute, nicht?«

Wendy schüttelte den Kopf. »Du musst das nicht tun.«

Olympia schwebte mit einem Stapel schmutzigen Geschirrs in jeder Hand heran. Sie blieb stehen. »Pfannkuchen?«

Porter nickte. »Okay«, sagte sie erleichtert. »Alles in Ordnung? Warum wolltest du mich sehen?« Sie strich sich mit der Hand über den Bauch. Auch an anderen Frauen war es ihr aufgefallen, dieses unstillbare Verlangen, sich zu berühren, als wollte man sich zugleich der Doppelexistenz vergewissern und mit der Person auf der anderen Seite Kontakt aufnehmen, wie man das im Besucherraum des Gefängnisses durch Berühren der Glasscheibe tat. »Tipps für die Geburt? Elterliche Ratschläge?«

Wendy schüttelte den Kopf. »Nicht wirklich, aber wenn du möchtest, können wir natürlich auch darüber sprechen. Mir ist bewusst, dass du, na ja, geerdeter bist als ich, aber so vieles ist wirklich unnötig: die ätherischen Öle, die Augenmasken, die CDs mit Geburtsliedern, Geburtsbegleiterinnen. Es gibt Sachen, die du unbedingt mit ins Krankenhaus nehmen solltest: Socken, Schlafanzüge, ein gutes Stillkissen, Wechselkleidung für … Oh, vermutlich brauchst du dir darüber keine Gedanken zu machen.«

»Für meinen imaginären Ehemann? Ja, für den werde ich wohl keine zusätzliche Kleidung brauchen.« Sie war auf einmal grundlos wütend. »Was ist es denn? Worüber wolltest du mit mir sprechen?«

Sie hätte auch mit ihren Ziegen frühstücken können oder im Auto vor der Tierklinik sitzen, auf das hier konnte sie gut und gern verzichten. Wenn sie eine Meinung hören wollte, brauchte sie nur ihre Mutter anzurufen. Es gab jede Menge Frauen, die Babys bekommen hatten und ihr erzählen konnten, was Unsinn war und was nicht.

»Okay. Zwei Dinge. Da ist eine Sache, die Elliot und ich immer wieder aufgeschoben haben, aus welchem Grund auch immer, und das ist das Aufsetzen eines Testaments. Jetzt habe ich beschlossen, es einfach selbst in die Hand zu nehmen. Was ja nicht schwer ist. Es ist nur ein Stück Papier. Ich bin Anwältin und weiß, wie das geht. Aber man muss jemanden auswählen, der für den Fall, dass man stirbt, die Vormundschaft für die Kinder übernimmt.« Wendy hielt inne und hickste. Fing sie etwa zu weinen an? Porter hatte weder Wendy noch Elliot jemals weinen sehen, nicht auf ihrer Hochzeit, nicht bei der Geburt ihrer Kinder. Elliot hatte nicht mal geweint, jedenfalls nicht vor ihr, als ihr Vater gestorben war. »Und wir haben dich auserkoren. Wenn du das annehmen möchtest. Ich weiß, dass du jetzt ein Baby bekommst und alleinstehend bist, also kannst du auch Nein sagen. Astrid ist zu alt, meine Eltern sind zu alt und leben auf der anderen Seite des Landes. Ich habe keine Geschwister. Dein Bruder Nicky ist ein Kiffer. Bleibst du übrig. Du wohnst hier, also würden sie nicht umziehen und ihr ganzes Leben hier aufgeben müssen. Du liebst sie, sie lieben dich. Sie zeigen es vielleicht nicht immer, aber sie tun es. Wir werden dafür sorgen, dass genügend Geld für alles vorhanden ist, was du brauchst. Das Haus, wenn du es möchtest. Oder das Geld vom Haus. Wenn wir tot sind, brauchen wir es ja nicht mehr.«

»O Mann«, sagte Porter. Dieser Gedanke war ihr noch gar nicht gekommen. Sie erinnerte sich, dass ihre Mutter nach dem Tod ihres Vaters sie und ihre Brüder um sich geschart und ihnen erklärt hatte, sie gehörten zusammen und dass Elliot als der viel Ältere, sollte sie selbst sterben, Nickys und ihr gesetzlicher Vertreter wäre. Mr. Chang von der Bank, Astrids liebster Kollege, sollte sich um die Finanzen kümmern. Porter hatte damals oft geträumt, dass ihre Mutter tot sei und die drei Geschwister bei Mr. Chang einziehen müssten, obwohl sie alle alt genug gewesen waren und sich theoretisch um sich selbst hätten kümmern können. Mr. Chang und seine Frau würden ihnen Dinge wie Klavier spielen und Nudelteig machen beibringen, was ihre Eltern ihnen nicht beigebracht hatten, und wenn sie dann aufgewacht war, hatte sie Gewissensbisse gehabt, weil sie ihr neues Parallelleben genossen hatte. »Wenn ihr beide also sterben solltet, sollen die Jungs bei mir leben.«

Wendy nickte. »Und das Baby. Dann hast du drei.

Das sind eine Menge Kinder. Zumal, wenn man alleinerziehend ist. Wenn dir das zu viel ist, sag es bitte.« Sie weinte tatsächlich, doch still, bis auf ein paar gelegentliche Schluchzer. Porter hatte nie einen Zugang zu ihrer Schwägerin gefunden, aber sie konnte sich eine Welt in einer nicht allzu fernen Zukunft vorstellen, in der sie tatsächlich Freundinnen sein könnten, wie in jenen postapokalyptischen, von Seuchen und Zombies heimgesuchten Welten, wo man der beste Freund von jemandem werden konnte, den man sonst nie kennengelernt hätte. Vielleicht machte das Mutterschaft aus, dass man allen Menschen mit Wohlwollen begegnete.

Sie nahm ihre Hand vom Bauch und legte sie auf den Tisch. »Natürlich«, sagte sie. »Nur für den Fall, dass euch der Schulbus überfährt. Und aus reiner Neugier: Gibt es einen Grund dafür, warum mein Bruder mich das nicht fragt?«

Wendy strich sich mit dem Finger über die Wangen. »Lass uns hoffen, dass es nie dazu kommt. Und zu deiner Frage: Dein Bruder ist ein Mann, das ist der Grund. Glaubst du etwa, dass irgendein Mann sich je um so etwas gekümmert hätte? Mir ist noch keiner begegnet. Wir haben schon vor Jahren darüber gesprochen, und er versprach zu fragen, und jetzt bin ich hier.«

»Gut. Aber traust du mir das auch zu? Bei deinen Kindern?«, fragte Porter. »Entschuldige, das wolltest du nicht hören. Ich sage ja auch nicht Nein. Es bedeutet mir sehr viel. Dass du denkst, ich kann das, meine ich.«

»Natürlich kannst du das«, erklärte Wendy in

dem Ton, den man an ihr kannte. »Frauen sind zu allem fähig, wofür Männer nützlich sind. Überleg mal, was sind das für Dinge? Was Schweres heben? Den Müll rausbringen? Steaks grillen? Ich bitte dich. Elliot hat in seinem ganzen Leben noch kein vernünftiges Steak zuwege gebracht. Und ich muss ihm sagen, wann der Müll abgeholt wird. Und um eine Couch zu verschieben, kann ich jemanden kommen lassen.«

»Da hast du wohl recht«, meinte Porter. »Ich glaub, ich mag dich, Wendy.«

»Danke schön«, erwiderte Wendy. »Ich werde die Papiere aufsetzen.« Sie trank einen großen Schluck Wasser. »Solltest du mal jemanden brauchen, wie etwa ein paar zusätzliche Hände, kannst du mich jederzeit anrufen. Ich möchte kein Echo deiner Mutter sein, aber es kommt viel auf einen zu. Eine Studienfreundin von mir, die allein ein Kind bekommen hat, hat für die ersten drei Monate eine Nachtschwester organisiert. Diese reizende Frau kam jeden Abend, und meine Freundin konnte schlafen, sofern sie nicht stillte. Man kann es sich einfacher machen.«

Fair fand sie es nicht, dass man sich, nachdem man so lange überlegt hatte, ob man schwanger werden wollte und wie, und dann endlich schwanger war, sofort wieder mit der Realität befassen musste, ein Kind außerhalb des eigenen Körpers zu haben. Ja natürlich, eins führte zum anderen – Porter wusste Bescheid über menschliche Fortpflanzung –, aber den physischen und mentalen Zustand der Schwangerschaft auf eine Zwischenstation zu reduzieren wie das Warten auf den Bus empfand sie plötzlich als Angriff auf ihre Person.

»Okay. Und die andere Sache?«, hakte Porter nach.

Das Baby machte in ihr einen Purzelbaum. Draußen genoss Clapham den Nachmittag. Der Pavillon in der begrünten Mitte des Kreisverkehrs war wie ein improvisiertes Klettergerüst, an dem sich ein paar Kinder mit langen gebräunten Armen und Beinen austobten.

»Es geht tatsächlich um das da«, sagte Wendy und zeigte nach draußen.

»Um den Pavillon?«

Porter beobachtete die Kinder, die darauf herumkletterten, wie sie und ihre Brüder das als Kinder getan hatten, indem sie abwechselnd vom Geländer in die Mitte gesprungen waren oder Spielzeugautos über die Holzplanken hatten sausen lassen. Sie hatte sich gerade Aidan und Zachary und ihre namenlose Tochter dort in einigen Jahren vorgestellt, allesamt gewissermaßen Geschwister, als ihr klar wurde, dass sie die Kinder kannte.

»Elliot hat es gekauft. Nicht den Pavillon, das Gebäude dahinter, das leer stehende.«

»Fogelmans!«, rutschte ihr heraus, ohne zu hören, was Wendy gesagt hatte.

»Wie bitte?« Wendy folgte ihrem Blick.

»Diese Kinder«, sagte Porter. »Ich kenne ihren Vater.«

Das Mädchen, Jeremys Tochter, war die Ältere der beiden und hatte lange blonde Haare wie ihre Mutter. Sie hielt sich oben am Pavillon fest und schwang vor und zurück. Von so Nahem hatte sie die Kinder noch nie gesehen – sie waren älter, als sie gedacht hatte, vermutlich in Cecelias Alter. Warum waren sie nicht in der Schule? Und jetzt ging Jeremy mit einer Kamera vorbei – einer richtigen, wie Leute sie sich für eine Safari zulegten. Er ging in die Hocke, um sie zu fotografieren.

»Alles okay mit dir?« Wendy zog fragend eine Augenbraue hoch.

»Alles gut. Moment mal, was? Elliot hat dieses Gebäude gekauft? Was will er denn damit machen? Astrid wird ausflippen. Und das weiß er sicherlich auch. Du hättest sie hören sollen, als das Gerücht aufkam, Urban Outfitters würde die Boutique Etc? übernehmen. Es war wie damals in den Achtzigern, als die Mütter durchdrehten, weil sie glaubten, die Platten von Judas Priest könnten ihre Kinder dazu verleiten, Satan anzubeten.«

Olympia kam mit einem extragroßen Stapel Pfannkuchen zurück. Das sollte eine Mutter können – ihre waren nie so gut, nicht halb so gut wie die ihrer Mutter. Vielleicht gab sie nicht genug Backpulver hinein? Sie hatte nie versucht, das herauszufinden.

»Ich weiß. Er ist deshalb auch in großer Sorge.« Wendy schob sich einen Löffel mit ein klein wenig Hüttenkäse in den Mund.

»Warum baut er nicht einfach was für sich selbst? Oder verlegt sein Büro hierher?«

Manchmal sah sie ihren Bruder als fremdartiges Wesen, das während der Pubertät eine Bruchlandung ins Big House gebracht hatte. Er sah noch genauso aus, agierte aber nicht mehr so. Jeder, den sie kannte, hätte von einer Familientherapie fürs ganze Leben profitiert, aber wer machte so etwas? Geschwisterbeziehungen waren so kompliziert wie eine Ehe, nur ohne die Möglichkeit der Scheidung. Wenn die Eltern starben und man sich gegenübersaß und die über Jahrzehnte aufgenommenen Fotos und das nicht zueinanderpassende Besteck aussortierte, wurde die Entfremdung sichtbar.

»Ich habe ihm vorgeschlagen, eure Mom zu fragen, was sie davon hält«, sagte Wendy und schaute dann wieder aus dem Fenster. »Und da ist er fast durchgedreht. Ich weiß nicht, ob es an Birdie liegt, weißt du, und den ganzen Veränderungen im Leben eurer Mom, aber es war richtig merkwürdig. Ich denke, sie könnte ihm gute Inputs geben, Clapham liegt niemandem mehr am Herzen als ihr. Weißt du übrigens, dass sie die Namen sämtlicher UPS-Fahrer kennt?«

»Kennst du etwa nicht den Namen eures UPS-Fahrers?«, fragte sie. »Elliot ist ein erwachsener Mann. Er sollte bauen können, was er möchte. Was ist da so besonders daran?«

»Ich kenne den Namen *unseres* UPS-Fahrers. Astrid kennt sie aber *alle*.« Wendy schüttelte den Kopf. »Ich bin mir nicht sicher, ob Elliot weiß, was er möchte.«

Porter sah ihre Schwägerin an. »Puh.«

»Was ist?«, fragte Wendy.

»Es ist irgendwie lustig. Du kennst ihn. Ich meine, natürlich kennst du ihn, du bist mit ihm verheiratet, aber es ist lustig, dass du dieselbe Person kennst, die ich kenne. Das ist irgendwie merkwürdig. Weißt du, was ich meine?«

Porter spürte, wie das Baby sich drehte. Den Bruchteil einer Sekunde fühlte es sich an wie die Schwerelosigkeit auf einer Achterbahn in dem Moment, bevor sie nach unten stürzte.

»Ja«, erwiderte Wendy. »Ich weiß es. Würdest du vielleicht mit ihm darüber sprechen? Er würde mich nie bitten, dich zu fragen, aber ich denke, Elliot mag es, wenn man ihm etwas aufträgt. Er mag es, wenn er die Erlaubnis bekommt.«

»Pass auf, mein Bruder gibt einen Scheiß auf das, was ich denke«, sagte Porter. »Ich bin das Kuddelmuddel unserer Familie, weißt du das nicht? Von El und Nicky hat unsere Mom wenigstens Hochzeiten und Babys bekommen. Ich gebe ihr nur eine geriatrische Soloschwangerschaft. Ich denke nicht, dass Elliot meinen Rat hören will.«

Sie schob sich ein riesiges Stück Pfannkuchen in den Mund und hinterließ eine Spur aus Ahornsirup auf dem Tisch, ihrer Serviette und ja, auch auf ihrem T-Shirt.

Wendy stützte ihre Ellbogen auf dem Tisch ab. »Du weißt hoffentlich, dass das nicht stimmt. Ich möchte nicht illoyal sein, Porter, aber ich sage dir hier und jetzt, dass das nicht wahr ist.«

Eine Antwort auf derartige Aufrichtigkeit zu geben war nicht leicht, und so kaute Porter einfach weiter. Nachdem sie geschluckt hatte, trank sie einen Schluck Wasser.

»Also gut. Versuchen kann ich es ja.«

»Danke«, sagte Wendy. Sie rutschte aus der Nische und warf einen Zwanzigdollarschein auf den Tisch. »Das geht auf mich.«

Als Porter das Spiro's verließ, sah sie, dass Jeremy noch immer Fotos seiner Kinder am Pavillon machte. Normalerweise hätte sie nicht Hallo gesagt, aber nun, da sie alle draußen waren und der Pavillon mehr oder weniger auf ihrem Weg zum Auto lag, hätte sie es albern gefunden, sich von ihnen fernzuhalten. Jeremy hockte im Gras, das Objektiv seiner Kamera himmelwärts gerichtet. Seine Tochter trug ihr Clapham-Junior-Highschool-Sweatshirt, und ihr Gesichtsausdruck sagte irgendwas zwischen *Fall tot um* und *Hau ab*, und beide Möglichkeiten verstärkten sofort die Wertschätzung, die Porter Cecelia entgegenbrachte.

»Hi«, sagte sie und tippte Jeremy auf die Schulter.

»Hey«, sagte Jeremy. Er drehte sich unbeholfen um und ließ sich erst auf die Knie fallen, bevor er hochkam, indem er sich mit den Armen abdrückte. Er umarmte sie und gab ihr einen Wangenkuss, eine Begrüßung für eine alte Freundin, nicht mehr und nicht weniger. »Möchtest du nicht Hallo sagen, Süße?« Seine Tochter verdrehte erst mal angepisst die Augen, schlurfte dann aber auf sie zu, wie von einer unsichtbaren Kette gezogen. Porter setzte ein höfliches Lächeln auf und wartete. »Das ist meine Freundin Porter, Sidney, sie stellt den Käse her, den du so magst.«

»Nett, dich kennenzulernen«, sagte Porter. Sie

streckte die Hand aus, aber Sidney verschränkte die Arme. »Gehst du auch auf die CJH? Meine Nichte Cecelia hat gerade dort angefangen, sie ist in der achten Klasse. Cecelia Raskin-Strick, kennst du sie?«

»Äh … ja«, sagte Sidney. »Wir haben dieselbe Klassenlehrerin und Englisch und Mathe zusammen.«

»Oh, wow! Seid ihr Freundinnen? Das ist ja toll!«

»Äh … nein«, sagte Sidney und rannte dann zurück zum Pavillon, wo ihr jüngerer Bruder wartete.

Porter fragte sich, welche Art von Geschwister sie waren, ob sie sich an den Händen hielten, wenn sie Angst hatten, ob Jeremy sie anbrüllte, wenn sie sich knufften, sobald die Eltern nicht hinsahen.

»Entschuldige«, sagte Jeremy mit leiser Stimme. »Sie ist im Moment wirklich ein ziemlicher Kotzbrocken.«

»Ist schon okay«, sagte sie. Ihr war bisher noch nicht in den Sinn gekommen, dass ihr Kind später auch ein Kotzbrocken sein könnte. Das war ein Elternstadium, das sie sich noch nicht ausgemalt hatte. Es gab immer mehrere Ebenen.

»Es wird vorbeigehen«, bemerkte Jeremy. »Das ist die einzige Elternwahrheit, die ich an dich weitergeben kann. Alles geht vorbei. Das Gute, das Schlechte, alles. Nichts ist von Dauer.« Er zuckte die Achseln.

Sidney hüpfte im Pavillon auf und ab. »Dad!«, rief sie. »Nun komm schon!«

»Was machst du hier eigentlich?«, fragte sie und legte ihre Hand leicht auf seinen Arm, wie man es bei einem Fremden machte, den man nach dem Weg fragte.

Sie und Jeremy hatten ihr Ding nun schon so lange laufen, und keinem war Leid zugefügt worden. Sie hatten einander glücklich gemacht, und schließlich wünschte sich jeder glückliche Eltern. Das sagten Scheidungskinder doch immer – egal, wie schlimm die Scheidung war, es war besser, als mit Eltern, die eine traurige Ehe führten, zu leben. Natürlich war Jeremy nicht geschieden.

»Sie bewirbt sich darum, Erntekönigin zu werden«, sagte er. »Warst du nicht auch mal Erntekönigin?«

Gewählt worden war sie damals offenbar wegen der Popularität ihrer Brüder, aber sie hatte gewonnen, und der Preis hatte in einer kurzen Fahrt auf einem mit Heu gefüllten Pritschenwagen bestanden, einer Schärpe sowie einem Zepter aus einem Maiskolben. Sie war sechzehn gewesen und in der Highschool, und ihre Eltern waren stolz und zu Tränen gerührt gewesen, als hätte sie tatsächlich etwas geleistet, was sie in einen Glückstaumel versetzt und gleichzeitig wütend gemacht hatte. Hätte sie damals gewusst, dass ihr Vater so früh sterben würde, hätte sie es mehr genossen. Porters persönliches Lieblingsärgernis waren Leute, die sich beschwerten, irgendwas mit ihren Familien tun zu müssen – Thanksgiving bei den Schwiegereltern, ein Geburtstagsfest, eine formelle Babyparty für die Freunde der Mutter. Begriffen diese Leute denn nicht, dass der Tod auf jeden zumarschieren konnte, Tag für Tag? Porter überlegte eine Serie von Glückwunschkarten zu machen, auf denen nur stand: *Überraschung! Ihr werdet sterben und alle anderen auch! Kriegt euch in den Griff!* Die passten für jede Gelegenheit.

»Ich sollte dann mal«, sagte Jeremy. »Aber schön, dich getroffen zu haben. Kann ich dich wiedersehen?« Er zog eine Braue hoch, als wäre ein solcher Wink notwendig.

»Immer«, sagte Porter. »Ruf mich an. Oder komm einfach vorbei.« Sie versuchte lässig zu sein. »Wenn du magst.«

Jeremy zwinkerte ihr zu und lief dann zum Pavillon, wo Sidney mit ihrem Flipflop auf den Holzboden klopfte und auf das kleine Display ihres Telefons schaute. Man konnte sie als schön bezeichnen wie ein Model aus einem Katalog, das alle Körperteile am richtigen Fleck, aber nichts Außergewöhnliches hatte. Jeremy ging in die Hocke, um sie zu fotografieren, und Sidney wechselte alle paar Sekunden die Position. Der kleinste Fogelman, ein flachsblonder Junge mit Ohrstöpseln und iPhone, lehnte an der gegenüberliegenden Wand des Pavillons, den Kopf in einem Pfingstrosenbusch. Sie winkte ihnen wie eine Festumzugskönigin zum Abschied zu.

Kapitel 28

August sagt die Wahrheit, Teil 2

Eine Million acht Zentimeter lange Holzstücke weiß anzumalen ließ Cecelia viel Zeit zum Nachdenken. Die Arbeit des Festumzugsteams bestand hauptsächlich darin, jede Menge kleiner Kunstprojekte zusammenzubringen, wie in der Vorschule, wo man zwar sein eigenes Ding machte, aber in der Gemeinschaft, und da Miss Skolnick gute Musik laufen ließ, machte es Spaß. Cecelias Hände waren weiß gesprenkelt, Jeans und Haare weiß gefleckt. Aber das war ihr egal. Sie saß gern in der zugigen Werkstatt und fertigte etwas.

»Das dürfte der Grund sein, warum Erwachsene diese Ausmalbücher mögen«, meinte August. »Ich habe das Gefühl, mein Gehirn steht in einem Glas auf dem Tisch.«

»Ich weiß, was du meinst«, sagte Cecelia.

Ihr ging es ähnlich, aber vor allem verstand sie, wie August sich fühlte. *Sie* allerdings erkannte beim schweigenden Werkeln, versorgt mit dem Mehr an Sauerstoff, den das Hudson Valley zu bieten hatte, dass das Bemühen, umgänglich zu sein, ihr Hauptproblem war. Ein gutes Mädchen, egal in welcher Situation. Flexibel bei ihren Eltern, flexibel bei ihren Freunden. Sie stellte keine Fragen, wenn sie glaubte, die Antworten könnten zu Gesprächen führen, zu denen sie nicht bereit war. Ziel des Lebens sollte sein, Konflikten aus dem Weg zu gehen und mit allen gut klarzukommen. Um das zu erlernen, hatte ihr Vater jahrelang meditiert. Ihre Mutter kümmerte sich einen Pappenstiel darum, ob sie gut mit Leuten zurechtkam oder liebenswürdig war, und da Nicky über diese Eigenschaften in so hohem Maße verfügte, bestand für Juliette keine Notwendigkeit dazu. Cecelia wusste, dass sie niemanden ändern konnte, deshalb gab sie sich alle Mühe, offen für die Gedanken anderer zu sein.

Das war auch der Grund, warum sie anfangs nichts gesagt hatte, als Katherine ihr von der Internetbekanntschaft erzählt hatte. Ja, das Internet war voller dunkler, beängstigender Winkel, aber es waren dort auch so viele Jugendliche wie sie unterwegs, dass sie sich dafür entschieden hatte, Katherine zu glauben oder jedenfalls das zu glauben, was Katherine hatte glauben wollen. Der Typ hieß Jesse@jdogg99 auf Instagram, und er postete nur Bilder von Graffitis, Sonnenuntergängen und Hunden. Cecelia hatte darauf hingewiesen, dass Jesse, sollte er 1999 geboren sein, achtzehn war, was nicht megakrass war, aber auch nicht wirklich gut. Ein Achtzehnjähriger, der sich mit einem Mädchen unterhalten wollte, das in die achte Klasse ging, war seltsam. Selbst von den Neuntklässlern, die sie kannte, wie etwa Katherines älteren Bruder Lucas und dessen Freunde, wurden sie wie Babys behandelt, immer darauf bedacht, mindestens zehn Schritte Abstand zu ihnen zu halten, wenn sie gemeinsam die Straße entlangliefen. Aber Katherine hatte immer wieder behauptet, wie cool Jesse sei. Und deshalb hatte sie ihr auch nicht widersprochen.

Jesse und Katherine hatten sich ständig Textnachrichten geschickt – in ihrem Handy war er unter dem Namen Jessica aufgetaucht, für den Fall, dass ihre Mom nachsah –, vor der Schule, nach der Schule, die ganze Nacht lang. Cecelia hatte sich daran gewöhnen müssen, an einem kleinen Tisch bei Starbucks zu sitzen und Katherine dabei zu betrachten, wie sie lächelte und kicherte und ihre Finger sich in Lichtgeschwindigkeit bewegt hatten. Immer mal wieder hatte ihre Freundin ihr Handy abgelegt und gemeint, dies oder das müsse sie sich anhören, um dann eine ganze Reihe von Nachrichten vorzulesen. Für sie, Cecelia, hatte festgestanden, dass das nicht gut ausgehen konnte – sie hatte es kommen sehen. Immer wieder hatte er nachgefragt, wie alt sie sei, und ihr eingeschärft, sie dürfe niemandem von ihnen erzählen. Würde das ein Achtzehnjähriger tun? Vielleicht. Tief in ihrem Inneren hatte sie gewusst, dass es noch schlimmer war, doch sie hatte Katherine nicht verärgern wollen und hatte deshalb einfach zugesehen, wie die Geschichte ihren Lauf genommen hatte.

»Alles okay mit dir?«, fragte August.

Sie blickte zu ihm hoch. »Ja, warum?«

»Weil du ein und dasselbe Eishölzchen immer wieder angemalt hast. Ich denke, das reicht jetzt.«

Er zeigte mit seinem Pinsel darauf. Und natürlich war das Stück Holz, das Cecelia angemalt hatte, nun dauerhaft mit der Zeitung verbunden, auf der es lag.

Das erste Mal, als Jesse und Katherine sich hatten treffen sollen, war sie mitgegangen. Katherine – die gewissermaßen eine Schwäche eingestanden hatte, hatte sie gebeten, mitzukommen und sich einfach im Hintergrund zu halten, ohne dass Jesse sie bemerken würde. Er solle denken, sie sei allein gekommen, wie sie das auch vereinbart hatten, hatte Katherine erklärt. Treffpunkt war die Grand Army Plaza gewesen, die Steinbänke direkt vor dem Eingang zum Prospect Park, wo am Samstagmorgen immer Bauernmarkt war. Am Samstagabend waren die Stände abgebaut, aber überall waren Leute. So war der Plan.

Katherine hatte dort fast eine Stunde gestanden, bevor sie aufgegeben und mürrisch zu der Bank gegangen war, auf der Cecelia gesessen hatte. Schon damals hätte sie es ihren Eltern erzählen sollen. Er muss gekommen sein, überlegte sie, und er hat mehr als ein Mädchen gesehen. Es war auch immer Polizei da, die Cops hingen neben ihrem Streifenwagen herum. Wenn Jesse wirklich ein Teenager wäre, hätte er sich ihnen wie Katherines älterer Bruder in krummer Haltung, mit einem doofen Gesichtsausdruck und Angst in den Augen genähert. Da hätte sie den Mund aufmachen müssen. Wenn ihr nächstes Mal jemand etwas erzählte, würde sie es von allen Dächern schreien. Ganz klar und direkt. Das war der einzige Weg.

August und sie liefen nach der Schule gemeinsam zum Bus. Sie waren noch lange dageblieben, um Miss Skolnick zu helfen. Die getrockneten Sachen mussten weggeräumt und alles für die nächste Streichrunde hergerichtet werden. August würde zum Abendessen kommen. Die Sonne hing über den Bäumen und färbte den Himmel violett und rosa, und sie mussten beide die Augen gegen den grellen Schein abschirmen.

»Darf ich dich was fragen?« Sie sah zu August, der seinen Rucksack umräumte.

»Hm«, meinte er, ohne aufzuschauen.

»Bist du schwul?«

Sie spürte ihr Herz rasen. Sie war nervös. Was für eine verrückte Frage, so unverblümt inmitten von all dem Licht.

Es schien nicht die Frage zu sein, die August erwartet hatte. »Hat dir das jemand erzählt?«

»Ein Mädchen hat mich gefragt, eins aus unserem Festwagenteam. Die Siebtklässlerin mit den Sommersprossen. Ich sagte, ich wisse es nicht.« Cecelia schloss die Augen, ihre Entschlossenheit verpuffte bereits. »Entschuldige, das war eine dumme Art, dich zu fragen. Du brauchst mir nicht zu antworten, wenn du nicht möchtest.«

August zog den Reißverschluss seines Rucksacks zu und schwang ihn sich über die Schulter. Eine Haarsträhne verfing sich unter dem Schulterriemen, und er löste sie sanft.

»Das fragt man mich schon seit Langem. Eine Weile dachte ich, ich sei es. Aber ich bin es nicht.« Am anderen Ende der Zufahrt radelte ein Jugendlicher viel zu schnell und kam an der Ampel kreischend zum Stehen. Es war wirklich ein Wunder, dass man die Kindheit überlebte. »Ich habe eine Freundin im Feriencamp, die ist trans. Weißt du, was das ist?«, fuhr August leise fort. Er richtete sich auf und kam einen Schritt näher, damit sie ihn verstehen konnte. Cecelia nickte. Daheim in Brooklyn hatte sie ein paar Mitschüler gekannt, die ihre Lehrer baten, sie mit dem weiblichen Pronomen anstatt dem männlichen anzusprechen, aber sie war mit keinem davon befreundet, es waren nur interessante Gestalten gewesen. Sie starrte nach vorn, auf den Wall aus Bäumen, den violetten Himmel, die Vögel, die ordentlich aufgereiht auf den Telefonleitungen saßen. Vermassle es nicht, sagte sie sich. Was du auch bisher getan hast, tu es jetzt nicht. Verlier nicht deinen einzigen Freund. Reagiere angemessen. Was immer es ist, tu nur das und nichts anderes. »Trans bist du, wenn du in einem Körper geboren bist, der nicht zu dem passt, was du im Kopf hast. Meine Freundin wurde mit den körperlichen Merkmalen eines Jungen geboren, weshalb alle sie wie einen Jungen behandelten, aber innerlich wusste sie schon immer, dass sie ein Mädchen war. Seit ewig. Von der Vorschule an. Sie wusste, dass sie ein Mädchen war.«

August trat von einem Bein aufs andere. Auch er war nervös, Cecelia spürte es. Einige Schüler schoben sich laut lachend durch den Haupteingang der Schule. Ihre Stimmen hallten in den Bäumen wider.

»Okay«, sagte Cecelia. »Sie.«

»Sie«, sagte August. »Ja. Aber es ist nicht leicht, das allen zu sagen, und so hat sie es bisher nicht getan. Bisher ist sie nur im Feriencamp trans und wenn sie mit ihren Eltern allein ist.«

Cecelia drückte sich an ihn, gemeinsam starrten sie nach vorn, wie um zu demonstrieren, dass sie in diesem Weltraum vereint waren, eine menschliche Oase fern der Sidney Fogelmans dieser Welt.

»Klingt, als wär's eine Freundin, die dir nahesteht.«

»Richtig nah.« Augusts Stimme war kaum mehr als ein Flüstern.

»Wie nah denn?«, hakte Cecelia flüsternd nach. »Wie deine beste Freundin Emily?«

»Näher noch als Emily. So nah wie mein eigener Körper«, sagte August fast unhörbar.

»Hat sie einen Namen? Einen anderen Namen?«

Es hieß zwar, Vergangenheit und Zukunft existierten nicht, aber sie taten es. Nur nicht zur selben Zeit. Die Vergangenheit war gleich hier, wenn man einen Blick darauf werfen wollte. Der Trick bestand darin zu wissen, dass die Vergangenheit nie zweimal dieselbe war. Jeder betrachtete die Welt mit eigenen Augen, und auch durch den Filter all dessen, was vor diesem Moment an passiert war. Selbst die Gegenwart war verschwommen.

»Robin«, sagte August. »Es ist mein zweiter Vorname. Der funktioniert in beide Richtungen.

Ich meine, er wird für Jungs und für Mädchen benutzt.«

»Schön, dich kennenzulernen, Robin«, sagte Cecelia. »Ich werde es keinem erzählen, ich schwör's. Niemandem auf der Welt, solange ich lebe, bis du mir sagst, dass es in Ordnung ist.«

Diese Gewissheit sollte August haben – sollte Robin haben. Geheimnisse auszuplaudern lag hinter ihr. Das galt für ihre Freunde, für ihre Großmutter, für alle. Cecelia hielt ihren Kopf schief, bis ihre Köpfe sich berührten. Sie begriff, dass sie nicht die Einzige war, die gern die Zeit vorspulen würde. Vielleicht wollte jeder in die eine oder andere Richtung durchs All düsen, und der Trick bestand nur darin, Leute zu finden, die einen auf diesem Weg begleiten wollten, einem halfen, die Zeit zu verkürzen. Der Bus kam um die Ecke, und die Busfahrerin hupte freundlich, um zu signalisieren, dass sie die Wartenden gesehen hatte. Cecelia ging durch den Kopf, dass ein lauter Alarm ertönen sollte, wenn jemand in der Schule etwas Gewaltiges und Lebensveränderndes sagte oder tat, etwas, woran man sich als Erwachsener für den Rest des Lebens erinnern würde. Aber natürlich gäbe es dann ständig Alarm, den ganzen Tag lang, und keiner würde mehr irgendwas lernen können.

Kapitel 29

Barbara Baker, ruhe in Frieden

Barbara war Quäkerin gewesen, und so fand der Gedenkgottesdienst in der Clapham Valley Congregation of Friends statt, mit einem Empfang im Erdgeschoss. Astrid schleppte Porter und Cecelia mit, sie hatte ihnen danach einen Kinobesuch versprochen. Alle drei waren pappsatt von hausgemachten Karamellbonbons und Zimtplätzchen und Salaten mit geheimnisvoll pinkfarbenem Dressing, Snacks, wie Astrid sie noch nie in einem Gemeindesaal jedweder Konfession bekommen hatte. Birdie wollte später in der Kirche zu ihnen stoßen. Der Gedanke daran machte Astrid nervös. Sie und Birdie waren schon an tausend Orten zusammen gewesen – in Geschäften, im Kino, in jedem Restaurant der Stadt, bei der Reinigung, im Bücherladen, im Gartencenter, im Altenheim. Es gab eine Menge schwuler und lesbischer Paare in Clapham und den Städten der Umgebung, viele von ihnen grauhaarig wie Birdie und sie, die gemeinsam bei Spiro's frühstückten, darüber diskutierten, ob sie etwas aus Franks

Haushaltswarenladen brauchten, und die in Susan's Bookshop stöberten, alles Dinge, die den Alltag bestimmten und zum Leben gehörten. Aber das hier fühlte sich anders an – es war ein Anlass, ein Ereignis, bei dem die Leute die Hände ihrer Partner hielten und an ihre eigenen Beerdigungsmodalitäten dachten. Astrid war nervös.

»Was sind Quäker?«, erkundigte Cecelia sich im Flüsterton, als sie die helle Holztür aufzogen. »Ich meine, wo ist ihr Platz auf der Himmel-Hölle-Skala?«

»Ich denke, sie zählen zu den Religionen, die sich an das Prinzip halten: Was du nicht willst, das man dir tu, das füg auch keinem andern zu. Weder Himmel noch Hölle«, bemerkte Porter achselzuckend.

»Himmel«, warf Astrid ein. »Warum nicht an ein Himmelreich glauben? Es ist absurd, aber das ist das Leben auch. Der Himmel ist das Dessert. Das, was man am Ende bekommt, weil man ein guter Mensch war.«

»Glaubst du denn an den Himmel, Mom?« Porter blieb abrupt stehen. »Ernsthaft? Mit Engeln und so?«

Die große Trauergemeinde füllte bereits fast alle Bänke. Es war ein schlichter Raum mit rautenförmigen Fenstern in Rot, Gelb und Grün. So stellte Porter sich Schulen in Schweden vor. Hell und lichtdurchflutet.

»Natürlich nicht, nicht im wörtlichen Sinn«, sagte Astrid. »Aber ich bin keine Humanistin. Meine Großeltern verließen ihr Land der Freiheit wegen.« Sie verdrehte die Augen. »Natürlich glaubte Barbara an Menschen, die Gutes um der Güte willen taten.«

Bob Baker stand ein paar Schritt weit hinter dem Eingang und begrüßte die eintretenden Trauergäste. Neben ihm stand eine Frau, die genauso aussah wie Barbara, nur mit einem fluffigen blonden Bob, dessen Stirnfransen seitlich abstanden, einer Frau, die ihren Look 1984 gefunden und seitdem nicht mehr verändert hatte.

Astrid schüttelte den Kopf. »Sie ist die Schwester.«

»Barbaras Schwester?«, hakte Porter nach. »Wohnt die hier?«

»Vermont«, murmelte Astrid durch zusammengepresste Zähne. »Hundezüchterin.«

»Sind das nicht Leute, denen es um Veredelung geht?«, fragte Cecelia. »Sind wir in unserer Kultur nicht übereingekommen, dass das Konzept des Reinrassigen den Beigeschmack von Eugenik hat und wir einfach adoptieren sollten? Wer wählt heute noch genetisches Material?«

»Hallo? Erstens könntest du etwas weniger überschlau sein«, bat Porter und zeigte auf ihren Bauch, »und zweitens brauchen einige von uns ein wenig Hilfe, weißt du?«

»Das ist eine ausgezeichnete Frage, Cecelia. Warum hast du nicht adoptiert, Porter?« Astrid hielt inne. »Hast du es in Erwägung gezogen? Ganz urteilsfrei. Ich bin nur neugierig.«

Porter rollte mit den Augen. »Wir sind auf einer Beerdigung. Können wir uns vielleicht später über meine Entscheidung unterhalten, mein biologisches Kind austragen zu wollen?« Sie schubste Cecelia nach hinten.

»Ich habe über Hunde gesprochen«, rechtfertigte sich Cecelia.

»Bist du auch eine Hundeliebhaberin?«, hörten sie jemanden fragen.

Sie drehten sich um und standen Barbaras Schwester gegenüber. Ihr ganzer Pullover war mit Hunden bestickt. Eine derartige Scheußlichkeit hätte Barbara niemals getragen.

»Ich habe Ziegen«, erwiderte Porter. »Aber ja, wir sind alle Hundeliebhaberinnen. Aufrichtiges Beileid.«

Astrid streckte ihre Hand aus. »Herzliches Beileid. Solche Anlässe sind nicht schön, ich weiß. Ich habe meinen Mann verloren. Man erwartet von einem die Gastgeberrolle, obwohl man sich am liebsten im Bett verkriechen würde. Bob sagte mir, dass Sie ihm eine große Hilfe sind.«

Barbaras Schwester nickte. »Er ist ein wunderbarer Mann. Sie waren ein großartiges Paar. Füreinander bestimmt.« Sie blickte himmelwärts. »Ich denke, wir werden bald anfangen, Sie sollten sich Plätze suchen.«

»Danke, das werden wir.« Astrid lenkte Cecelia an der Schulter in die letzte Reihe, nah am Ausgang. »Ich wette eine Million Dollar, dass Barbara ihre Schwester gehasst hat. Zwei Millionen. Füreinander bestimmt, dass ich nicht lache. Glaubst du, ihre Schwester wusste, dass Barbara zu ihrer Mutter ins Altersheim gezogen ist? Ich bezweifele das. Auf gar keinen Fall.« Astrid blickte zur Tür und entdeckte Birdie.

Sie hatte sich fein gemacht, trug eine marineblaue Button-down-Bluse zu einer Nadelstreifenhose, dazu eine schmale silberne Krawatte, die die Silbersträhnen in ihrem Haar betonte und sie zum Funkeln brachte. Jedenfalls sah es für Astrid so aus. Sie stand auf und winkte und lächelte vielleicht ein wenig zu übertrieben für diesen Anlass.

Ihr Mut kam und ging. An diesem Morgen hatte sie ihn gespürt, eine kleine Wolke, die über Birdies Bettseite geschwebt war. Birdie war immer sie selbst gewesen. Sie versuchte sich vorzustellen, was Russell gesagt hätte, wenn sie ihm erzählt hätte, dass sie sich manchmal vorstellte, mit einer Frau zusammen zu sein. Nicht öfter, als sie sich vorstellte, mit einem Mann zusammen zu sein, nur manchmal. Immer mal wieder, etwa einmal in fünf Jahren hatte es jemanden gegeben, der ihr ins Auge gefallen war, und sie hatte sich dann den ersten Kuss mit dieser Person ausgemalt, den Sex, die Ehe, aber nach ein paar Monaten war das Gefühl wieder vorbei gewesen. Porters Lehrer in der fünften Klasse hatte länger nachgewirkt, er war groß und kräftig gewesen und Auslöser einer ausgedehnten Fantasiereise, in der er sie mit zum Campen genommen hatte. Sie hatte sich ausgemalt, was er nachts im Zelt mit ihrem Körper anstellen würde. Dann hatte es die Frau mit den schönen dunklen Augenbrauen gegeben, die in Susan's Bookshop gearbeitet und dann aufgehört hatte, um Bibliothekarin zu werden.

Russell war feinfühlig gewesen, und es hätte ihn verletzt, wenn er es erfahren hätte. Wenn er noch lebte, wäre sie mit ihm verheiratet geblieben und hätte ihm nie etwas erzählt. Das war die Wahrheit einer erfolgreichen Ehe, wie Astrid sie verstand: Man musste alles daransetzen, um nicht geschieden zu werden oder zu sterben. Ansonsten war man vogelfrei. Man hatte sich entschieden. Jede Liebe beruhigte. Legte einen fest auf das, was man verdient hatte, und brachte einen zur Ruhe, wie der Atem in einem schlafenden Körper zur Ruhe kam und nicht mehr tat als nötig. War es das, was Nicky und Juliette zu vermeiden versuchten? Die Langeweile einer Durchschnittsehe? Wirkten Elliot und Wendy deshalb so unglücklich?

Sie verstand es. Es klang altmodisch und deprimierend, aber so war es nun mal, sie wollte es ihren Kindern sagen. Alle drei sollten es hören. So läuft das! Glaubt ihr denn, dass eure Großeltern und eure Urgroßeltern und eure Ururgroßeltern immer verliebt waren? Man hörte von Paaren, die jeden Abend nach dem Essen neben ihrem Esstisch tanzten, jeden Tag Händchen hielten, bis sie neunzig waren, und die dann im Abstand von zwei Tagen starben, weil sie den Verlust nicht ertragen konnten. Aber das waren doch wohl die Ausnahmen, oder? Sie nahm es an, aber sicher war sie sich nicht.

Sie und Russell waren ein gutes Paar gewesen, aber kein außerordentliches. Er hatte fürchterliche Musik gehört. Sie hatten sich gestritten und mit den Fingern aufeinander gezeigt, jeder von ihnen hatte Nächte auf der Couch geschlafen, zu wütend, um neben dem anderen im Bett liegen zu können. Wenn er noch lebte, würden sie zweifellos noch immer kämpfen. Und wären sie und Birdie dann dazu übergegangen, gemeinsam mittagessen zu gehen? Wären sie ins Kino gegangen, wo sie gleichzeitig mit ihren Händen in der fettigen Popcorntüte gruben, Fingerknöchel an Fingerknöchel? Und hätte sie dann einen Schauder über ihr Rückgrat sausen spüren bei Birdies Anblick? Sie wusste es nicht, konnte es nicht wissen.

»Granny, ich denke, du bist ein Barbara-Stan«, flüsterte Cecelia.

»Was ist das denn? Ein Land?«

Sie reckte den Hals und verfolgte Birdies Vorankommen. Trauergottesdienste waren wie Hochzeiten – man sprach nie mit den Leuten, deren Namen auf der Einladung standen, sondern verbrachte die ganze Zeit beim Plausch mit Bekannten, in der Hand Wegwerfteller und Papierservietten.

»Nein, es steht für eine Mischung aus Stalker und Fan. Du bist ihr Stan.«

»Verstehe«, sagte Astrid. »Jetzt seid aber still, ihr beiden.« Sie erhob sich und ließ Cecelia und Porter weiterrutschen, damit Birdie neben ihr Platz nehmen konnte.

»Hi«, sagte Birdie, als sie endlich angekommen war. »Ihr habt die billigen Plätze bekommen, wie ich sehe.«

Astrid lachte leise und hauchte Birdie dann einen Kuss auf die Lippen. Birdie war so angenehm überrascht, dass sie sich schämte, so lange dafür gebraucht zu haben, freute sich aber gleichzeitig, es endlich getan zu haben. Ihre Freundin quetschte sich in die

Bank und blickte aufmerksam nach vorn. Astrid fragte sich, ob es irgendwer gesehen hatte und ob sie später davon hören würde, vorsichtiges Nachfragen auf dem Gehweg vor dem Lebensmittelladen.

Eine Frau im schwarzen Talar und einem regenbogenfarbenen Webschal stieg aufs Podium, nickte allen zu und nahm Blickkontakt auf, bis die Menge still war.

»Wir sind hier, um das Leben unserer Freundin, Nachbarin, Schwester und Ehefrau Barbara Baker zu feiern«, begann die Frau, und sehr zu Astrids Überraschung brauchte es nicht mehr, und sie brach in Tränen aus.

Birdie nahm ihre Hand und schob ihre Finger zwischen ihre. Das hatten sie noch nie getan, nicht in der Öffentlichkeit, nicht so, mitten am Tag, umgeben von der ganzen Stadt. Sie weinte noch heftiger. Nachdem sie es nun ihren Kindern erzählt hatte, konnte sie es jedem erzählen. Und es war Barbara Baker, die glücklose Barbara Baker, die das irgendwie möglich gemacht hatte.

Eine Frau in der Reihe vor ihnen – Susan Kenney-Jones, die Besitzerin des Buchladens, deren Kinder etwa genauso alt waren wie ihre, aber woanders lebten – drehte sich um und reichte ihr eine Packung Papiertaschentücher. Susan's Bookshop war zwei Türen von Birdies Friseursalon entfernt – sie sahen Susan jeden Tag. Astrid kannte sie sogar länger als Barbara. Auch Susans Ehemann war gestorben, vor etwa vier Jahren. Gehirntumor. Noch mehr Tränen. Noch nie hatte Astrid so viel geweint, weder in der Öffentlichkeit noch im Privaten. Porter warf einen erschrockenen Blick auf sie.

»Alles in Ordnung mit dir?«, flüsterte Birdie Astrid ins Ohr. »Wir können gehen, wenn du möchtest, die Mädchen kommen schon klar.«

Astrid schüttelte den Kopf und gab sich einen Ruck.

Die Pastorin fuhr fort. »Diejenigen, die bisher noch an keinem Quäkergottesdienst teilgenommen haben, sollen wissen, dass wir alle hier während der nächsten Stunde still sitzen und uns mit unseren Körpern und unserem Atem zu einer Gemeinschaft verbinden. Wer das Bedürfnis hat, etwas zu sagen, möge aufstehen und es tun. Das ist alles. Danke.« Sie verneigte sich, und alle anderen taten es auch.

Astrid stammte aus einer Familie – eigentlich zwei Familien –, in denen man nicht hätte zugeben dürfen, dass man während einer religiösen Handlung seinen eigenen Gedanken nachgehangen hatte. Der Vorwand, jemandem zuzuhören, der mit kräftiger Stimme sprach und ein Experte in Glaubensfragen war und einem Raum voller Menschen erklärte, was sie zu glauben hatten und warum, hatte ihr immer gefallen. Was hier ablief, war als religiöse Erfahrung ihrer Meinung nach nicht ihr Geld wert. War es überhaupt eine Religion? Das sollte sie wissen. Sie trocknete ihre Tränen und wandte sich dann ihrer Tochter zu. Die hatte die Augen fest zusammengepresst und lächelte in sich hinein, während sie ihre Hände über ihren Bauch wandern ließ. Sie befand sich eindeutig mitten in einem Gespräch, dem ständigen nonverbalen Dialog, den Erstmütter mit ihren ungeborenen Kindern führten. Astrid erinnerte sich an ihre Schwangerschaft mit Elliot und wie ängstlich und aufgeregt sie gewesen war, wie sie ihm mitten in der Nacht etwas zugeflüstert hatte, bevor er noch ein Gesicht oder einen Namen gehabt hatte. Hatte Elliot sie damals gehört?

Eine Frau auf der anderen Seite des Raumes erhob sich. Sie strich sich die Haare aus den Augen und sagte etwas über Barbaras Kartoffelsalat, dann nahm sie wieder Platz. Porters Lider öffneten sich zuckend und schlossen sich wieder. Alle paar Minuten stand jemand anderes auf, sprach ein paar Worte und setzte sich wieder. Astrid spürte eine Erregung in sich, die sie auf ihrem Platz unruhig werden ließ. Dann erhob sie sich.

»Hallo«, sagte sie. Sie hielt Birdies Hand. Sowohl Porter als auch Cecelia blickten überrascht zu ihr hoch. »Ich heiße Astrid Strick und kannte Barbara seit vierzig Jahren. Ich habe so etwas noch nie gemacht, also Verzeihung, wenn ich es nicht richtig hinbekomme, aber ich möchte Folgendes sagen: Barbara hat die Wahrheit gesprochen.« Alle im Raum nickten zustimmend. »Und das ist nicht leicht. Das ist alles, was ich sagen möchte.« Astrid setzte sich wieder.

»Gut gemacht, Granny«, wisperte Cecelia und drückte kurz ihr Gesicht in ihren knochigen Arm.

Sie legte ihn auf Cecelias Rücken. Was wäre aus ihrem Leben geworden, wenn sie von Anfang an aufrichtig gewesen wäre? Ihren Kindern, sich selbst, ihrem Ehemann, Birdie gegenüber. Was, wenn all die benebelten Mütter recht gehabt hatten und sie falschgelegen hatte? Sie trug eine Menge in sich, was sie gerne vor einer schweigsamen, respektvollen Gruppe losgeworden wäre. Dies war ein weiteres Beispiel dafür, dass Barbaras Ernsthaftigkeit über das siegte, was ihr eigenes Leben bisher bestimmt hatte – nämlich die Triage, wie sie es für sich nannte. Bei ihren drei kleinen Kindern hatte sie Prioritäten setzen müssen, später dann auch als junge Witwe. Da war keine Zeit geblieben für perfekte Planung oder bewusste Elternschaft, wie andere Frauen, die sie kannte, sie von Anfang an angewandt hatten. Sie hatte immer versucht, den Tag zu überleben, um auch den nächsten zu überstehen. Dabei hatte sie gedacht, sie würde aus dieser Mühle irgendwann herauskommen, doch es hatte immer so viele Dinge gegeben, die jeden Tag erledigt werden mussten. Barbara hatte offenbar Zeit für jeden gehabt, wenn auch nicht für sich selbst.

Bob Baker saß in der ersten Reihe inmitten einer Schar von Frauen, deren gerundete Rücken mütterliche Fürsorge signalisierten. Sie ließen sich von hinten ganz leicht identifizieren – Astrid zählte mindestens zwei Witwen, dazu eine Frau, deren Mann im Altersheim untergebracht war. Es gab Leute, die brauchten einfach die Ehe, denn allein hatten sie das Gefühl, nur einen Schuh zu tragen. Sie hatte Freundinnen, die so gestrickt waren – hatte welche gehabt. Frauen, die so sehr einen Partner brauchten, erwiesen sich nach Astrids Erfahrung meist als unzuverlässige Freundinnen.

Es war nicht Sinn der Sache, sich hier nach anderen Leuten umzusehen, aber sie konnte nicht umhin. Sie kam sich vor wie auf einem Schiff, das über den Ozean fuhr. Neben Susan entdeckte sie Olympia und die alberne Yogalehrerin, die auch zugegen gewesen war, als Barbara überfahren worden war. Was wäre passiert, wenn sie, Astrid, gestorben wäre? Hätten Birdie und Porter die Trauerfeier dann gemeinsam organisiert? Es wäre genau so gewesen, überlegte sie, ein Raum voller alter Damen und netter Gemeindemitglieder. Wen davon hätte es wohl besonders betroffen, wenn sie gestorben wäre? Cecelia, ja, das süße Mädchen. Aber wer wusste schon, wo sie dann sein würde – wieder in Brooklyn, auf dem College oder irgendwo anders, zu beschäftigt, um sich ihrer Großmutter anzunehmen?

Es gab nicht viele Männer im Raum, und sie fing an, sie zu zählen. Sie begann auf der linken Seite, und als sie drei Viertel des Gemeindesaals erfasst hatte, zählte sie Elliot als Nummer vier. Er saß allein – zumindest saß niemand neben ihm, den sie kannte, aber er war flankiert von weißhaarigen Damen. Sie versuchte mit Handzeichen auf sich aufmerksam zu machen, aber Elliot bemerkte es nicht, sie bekam nur schräge Blicke von anderen Leuten zugeworfen. Schließlich erhob sich die Pastorin wieder und verkündete das Ende der Feier.

»Kommt, kommt schnell«, sagte Astrid, zog sowohl Cecelia als auch Porter hoch und schob sie in Richtung Gang. Birdie bildete das Schlusslicht. »Entschuldigt mich«, sagte sie und quetschte sich an den Trauergästen vorbei. Sie versuchte auf die andere Seite des Raums zu gelangen, wo Elliot gesessen hatte, wurde aber ins Treppenhaus und hinunter in den Empfangsraum abgedrängt. Man schob sie auf die langen Klapptische mit den sorgfältig arrangierten Käseplatten und Brownies zu. Bei den Krügen mit Limonade und Eistee musste sie, noch immer auf der Suche nach ihrem Sohn, Barbaras Schwester ausweichen. Als Elliot sie endlich entdeckt und es geschafft hatte, durch die Menge zu ihnen zu gelangen, stellte sie fest, dass sie schwitzte. Als sie ihn zur Begrüßung umarmte, sagte sie: »Warm hier drin, nicht wahr?«

Porter zuckte mit den Schultern. »Mir ist immer warm, in mir wächst ein Mensch.«

»Gewissermaßen«, meinte Cecelia.

»Nicht wirklich«, sagte Elliot. »Aber Frauen ist immer zu warm oder zu kalt.«

Porter gab ihm einen Klaps auf den Brustkorb. »Das ist so sexistisch. Halt die Klappe.«

»Ich wusste nicht, dass du kommst, mein Lieber, du hättest bei uns sitzen sollen!« Astrid schob Porters Faust beiseite. »Warum bist du gekommen?«

Ihr war so heiß. Er konnte es doch nicht wissen, das mit Barbara und dem Telefonat, oder? Astrid suchte in seinem Gesicht nach Indizien, fand aber keine. Abgesehen von Barbara war Elliot der Einzige, der wusste, dass sie eine Heuchlerin war.

»Bob arbeitet für Dutchess County Electrical, und wir haben oft für diese Firma gearbeitet.« Er warf einen Blick auf die Snacks. »Reich mir doch einen dieser Kekse, Porter, ja? Genau, von denen. Händchenhalten in der Öffentlichkeit – ein großer Schritt.« Er wies auf ihre und Birdies verschränkte Hände.

Sie fragte sich, wer sie sonst noch bemerkt, wer sonst Notiz genommen hatte, welcher Buchklub bei Caprese-Salat und Pasta mit Pesto über sie herziehen würde. Sollen sie doch reden, sagte sie sich und zog Birdie näher an sich heran. Sie verfolgte, wie Elliot einen ganzen Keks in den Mund schob. Er hustete und schob den nächsten hinterher. Wendy würde das nicht gutheißen. Einmal hatte sie anstatt eines Geburtstagskuchens eine halbe Wassermelone auf der Party der Zwillinge serviert und behauptet, sie würden nichts Süßes mögen.

»Ich muss zurück zur Arbeit«, sagte Elliot.

»So bald schon?«, fragte Astrid. »Du musst los?«

»Ja, Mom, ich muss. Tschüs zusammen.«

Er schnappte sich noch einen Keks für unterwegs, und alle sahen ihm hinterher, wie er sich seinen Weg zwischen den silber- und weißhaarigen Besucherinnen bahnte, bis er verschwunden war. Astrid hätte die Zeit gern angehalten, um ihm hinterherzurennen und ihm eine ehrliche Mutter zu sein. Wie viele Gelegenheiten bekam sie noch? Das war doch die Frage. Das war es, wofür Barbara stand. Als sie Elliots Hinterkopf verschwinden sah, wurde ihr klar, dass sie wieder einmal ihre Chance verpasst hatte, das Richtige zu sagen.

Kapitel 30

Alarm

Wenn Porter sich mies fühlte, munterten ihre Ziegen sie immer auf, und wenn sie aufgedreht war, versetzten ihre Schnüffelnasen sie in regelrechte Euphorie. Sie beugte sich hinunter, um Ziegensabber abzuwischen, als plötzlich ein stechender Schmerz durch ihren Unterleib fuhr. Die nächste Toilette befand sich neben ihrem Büro, das sie sich im Stall eingerichtet hatte, eine mit Rigips abgetrennte Ecke, die sie schon seit Jahren zu einem netten Badezimmer hatte umgestalten wollen. Aber da es auch so funktionierte, war bisher nichts passiert.

Sie setzte sich vornübergebeugt auf die Toilette und grub ihre Ellbogen in die Schenkel. Es fühlte sich an wie Krämpfe, aber es konnten keine Krämpfe sein. Sie drückte zusammengeknülltes Toilettenpapier zwischen ihre Beine, und sie sah, als sie ihren Arm langsam zurückzog, dass es blutig war. Ihr Handy steckte in ihrer Hosentasche, und sie wählte die Nummer von Dr. McConnell. Fünf Minuten später war sie auf dem Weg ins Krankenhaus. Von unterwegs schrieb sie Rachel eine Textnachricht, obwohl sie seit der Essensverabredung keinen Kontakt mehr gehabt hatten. *Fuck. Schlimme Sache, bin auf dem Weg zur Ärztin, wär schön, wenn du hinkämst. Ich vermisse dich.* Als sie nicht direkt eine Antwort bekam, schrieb sie ihrer Mutter, wohin sie unterwegs war. Dann begann sie zu weinen.

Nur eine Frau saß im Wartezimmer von Dr. McConnell, sie strickte an einer hellblauen Babydecke, deren bereits fertiger Teil über ihrem gewaltigen Bauch ausgebreitet lag. Sie produzierte Wärme in Echtzeit. Porter wartete am Empfang darauf, dass jemand kam. Sie musste sich überwinden, nicht nach der kleinen Klingel zu greifen, um sich bemerkbar zu machen, suchte Halt an der Thekenkante. Es war nicht der Schmerz, der sie nach unten zog, sondern die Angst. Die vielen Ablenkungen durch Jeremy und ihre Mutter und Birdie und Cecelia hatten sie ganz vergessen lassen, wie sehr sie ein Baby wollte. Jahrelang hatte sie daran gedacht und sich ausgemalt, wie ihr Körper sich runden und darin eine winzige zarte Person heranwachsen würde. Sie wollte es. Sie wollte das Baby. Sie wollte jemandes Mom sein mit Schlafentzug, Erschöpfung, wunden Brustwarzen … Wen kümmerte es! Sie war es leid, alte Freundinnen zu treffen, die mit falscher Bescheidenheit davon erzählten, wie früh sie geweckt wurden, und sich ihre vollgespuckten T-Shirts ansehen zu müssen.

Die Empfangsdame setzte sich auf ihren Platz hinter der Theke. »Strick?«, fragte sie. »Raum 3. Dr. McConnell kommt gleich.«

Porter ging eilenden Schritts in den Raum und

legte sich auf die Untersuchungsliege, die Hände auf den Bauch gepresst. Es tat nicht mehr weh, nicht mehr so wie auf dem Hof, was sie einerseits erleichterte, ihr aber auch Sorgen bereitete. Was war, wenn es nicht mehr wehtat, weil das kleine Wesen in ihr nicht mehr lebte? Man hörte das schon mal, Herzschläge, die einfach ausblieben.

Ein knappes Klopfen an der Tür, und Dr. McConnell steckte ihren Kopf herein, gefolgt von Astrid. »Ich habe Ihre Mutter auf dem Flur getroffen. Dürfen wir reinkommen?«

Sie nickte. Astrid stellte sich sofort neben sie, ergriff ihre Hand und sah sie besorgt an.

»Was ist denn passiert? Lassen Sie uns mal nachsehen. Sie sagten, da war Blut?« Dr. McConnell setzte sich auf den Rollhocker und streifte Handschuhe über.

Arzt zu sein war emotional recht heikel. In jedem anderen Beruf gab es den Spielraum der Notlügen, von Wahrheiten, die man durch Hoffnungen und Nettigkeiten abmildern konnte. Ärzte konnten nicht lügen. Sie gaben einem Ergebnisse, die niemals abgestuft auf einer Kurve abgebildet wurden.

»Ja«, sagte Porter.

Wenn ihre Tiere verletzt waren, zögerte sie nicht. Sie rief Dr. Gordon an, brachte stapelweise Tücher in den Pferch, und dort verweilten sie zu zweit so lange, bis das Problem vom Tisch war. Das könnte sie für sich auch tun. Ruhig bleiben. Weiteratmen.

Dr. McConnell bat sie, sich von der Taille abwärts freizumachen, und breitete ein dünnes Laken über ihren Knien aus. Porter stellte sich vor, ein Tier zu sein. Die Ärztin war still und hörte mit dem Hörrohr ihren Bauch ab, drückte an verschiedenen Stellen und fragte, ob es wehtue. Ihre Mutter wandte den Blick ab, als würde sie nicht jeden Zentimeter des nackten Körpers ihrer Tochter kennen, als wäre dieser nicht durch ihren eigenen nackten Körper zur Welt gebracht worden.

»Ich mache jetzt eine kurze Vaginaluntersuchung, nur um sicherzugehen, dass alles in Ordnung ist, einverstanden, Porter? Bisher scheint alles gut zu sein. Blut ist beängstigend, aber es ist nur Blut. Das bedeutet nicht unbedingt, dass was im Argen liegt. Wenn es nicht aufhören würde wie bei einer heftigen Regelblutung oder der Schmerz zunehmen würde, dann wäre das etwas anderes. Aber im Moment fühlen Sie sich doch gut, oder?« Sie nickte. »Und es war eher eine kleine Schmierblutung?« Porter nickte erneut und schloss die Augen. Sie konnte Dr. McConnell und ihre Mutter atmen hören und das Quietschen des über den Boden rollenden Hockers. »Okay, das fühlte sich alles gut an. Jetzt werfen wir noch kurz einen Blick darauf.« Sie drückte einen kleinen Gelwurm auf Porters Bauch und verteilte ihn mit dem Ultraschallstab. Porter öffnete die Augen und beobachtete ihr Baby beim kunstvollen Wasserballett. Ihre Mutter hielt die Luft an und drückte ihre Hand noch fester. Als sie ihre Mutter ansah, waren deren Augen feucht, und sie blinzelte.

»Wow«, sagte Astrid. »Da ist sie! Oh, mein Schatz.«

»Da ist sie, und sie sieht absolut gesund aus und

hört sich auch so an«, verkündete Dr. McConnell. »Ihnen geht es gut, ihr geht es gut. Nichts, weswegen man sich Sorgen machen müsste. Fühlen Sie sich irgendwie gestresst? Haben Sie Probleme?«

Sie ließ den Stab liegen, sodass ihr Gespräch von tröstlichem Schlagen untermalt wurde. Einige Ärzte waren besser als andere. Porter dachte kurz voller Mitleid an die Schwangeren mit einem männlichen Geburtshelfer.

Sie hatte eine Frage. Daran hatte sie bereits den ganzen Morgen gedacht. Porter sah ihre Mutter an, die ihr jetzt eine Hand auf die Schulter legte.

»Mom, bitte, sag jetzt nichts«, wandte sie sich an sie, »aber wegen meines Abbruchs …« Sie hielt inne und brauchte ihre Mutter nicht anzusehen, es reichte zu hören, wie sie scharf Luft holte. »Weißt du, ich hatte einen Abbruch, vor langer Zeit, und danach hat es geblutet, und heute Morgen hat die Blutung mich daran erinnert. Aber das passiert doch nicht, oder? Ich verliere dieses Baby nicht?«

»Nein, tun Sie nicht«, beruhigte Dr. McConnell sie. »Im Moment weist nichts darauf hin. Ihr Uterus ist ganz wunderbar, Ihre Schwangerschaft verläuft problemlos, alles ist gut. Da drin passiert eine Menge, wissen Sie? Und es zirkuliert eine Menge Blut in Ihrem Körper und kommt seiner Aufgabe nach. Es war richtig, dass Sie hergekommen sind, und jetzt haben wir Gewissheit, dass alles gut ist.«

»Was ist mit Sex?«, wollte sie wissen.

»Sex ist absolut in Ordnung während der Schwangerschaft«, sagte Dr. McConnell.

Wie konnte man derartig unbeteiligt dreinschauen? Bestimmt wurden während des Medizinstudiums ganze Semester darauf verwandt zu lernen, wie man bei Dingen, die normale Leute zum Lachen brachten, nicht lachte. Sie sah Reihen zukünftiger Ärzte vor sich, die einander ansahen, während sie Worte wie Penis, Vagina, Hoden und so weiter sagten.

Ihre Mutter ließ ihre Schulter los und verschränkte die Arme vor der Brust. »Porter. Genau deshalb habe ich dich auf Jeremy Fogelman angesprochen. Glaub ja nicht, ich hätte keine Augen im Kopf.«

»Halb so wild, Mom! Aber ihr geht es gut? Mir geht es gut?«

»Es geht Ihnen beiden gut.« Dr. McConnell reichte Porter ein Papiertuch, damit sie sich das Gel abwischen konnte. Es hatte die Farbe von Zahnpasta, ein unnatürliches Blau, und egal, wie gründlich man rubbelte, sie wusste, dass sie später noch Krümel davon finden würde, festgebacken im Bund ihrer Unterwäsche oder in ihrem Bauchnabel.

»Woher wussten Sie, dass Sie gut darin sein würden?«, fragte Porter.

»Gut worin?«

Dr. McConnell räumte auf. Zweifellos wartete schon die nächste Patientin, der man Gewissheit geben musste.

»Eine Mutter zu sein.« Sie richtete sich auf, ihr Bauch war kalt und feucht, und sie zog rasch ihr Shirt darüber, das an einigen Stellen kleben blieb. »Nur das.«

Ihre Mutter räusperte sich. Sie hatte wieder ihre gewohnte starre Haltung angenommen.

»Gilt Ihre Sorge einer speziellen Frage? Es gibt ganz hervorragende Geburtsvorbereitungskurse in der Stadt und Mutter-Kind-Gruppen für Neugeborene, Stillspezialisten …«

Porter lachte. »Ja sicher, all das. Aber ich habe vor allem Angst, dass das, was ich bieten kann, nicht reicht. Ich nicht gut genug, nicht klug genug, nicht geduldig genug bin. So etwas.«

Dr. McConnell nickte. Das war ihr nicht neu. »Was ich Ihnen sagen kann: Wenn Sie sich Gedanken darüber machen, in Ihrer Elternrolle nicht gut genug zu sein, bedeutet das meistens, dass Sie gut darin sind. Wenn Sie selbstkritisch genug sind, sich Gedanken über die geistige und emotionale Gesundheit Ihres Kindes zu machen, werden Sie es diesbezüglich auch unterstützen. Ich mache mir da keine Sorgen.« Sie legte ihre Hand auf Porters Unterarm. »Versuchen Sie einfach, entspannt zu bleiben. Achten Sie gut auf sich. Schwangerschaftsyoga. Akupunktur. Meditation. Sie sind in ständigem Dialog mit Ihrem Baby. Reden Sie mit der Kleinen. Sagen Sie ihr, wie Sie sich fühlen. Sie stehen das gemeinsam durch, verstehen Sie?«

»Okay«, erwiderte sie mit Blick auf ihre kleine Kugel.

»Wir sehen uns dann in ein paar Wochen, in Ordnung? Schön, Sie kennengelernt zu haben, Astrid. Kümmern auch Sie sich um Ihr Enkelkind.«

Dr. McConnell nahm sowohl sie als auch ihre

Mutter in den Arm und verschwand dann im Flur. Porter konnte hören, wie sie die nächste Patientin im nebenliegenden Untersuchungsraum begrüßte. Auch das war Erziehen, so vielen Frauen (und ihren Partnern) dabei zu helfen, von der einen Seite des Lebens auf die andere zu gelangen, diese wichtige Hürde zu überwinden. Keine, die Dr. McConnell sah, war noch dieselbe, wenn es zu Ende war.

Rachel hatte ihr erzählt, sie habe gehört, dass die Erfahrung des Gebärens für viele Frauen Anlass war, Geburtsbegleiterin oder Hebamme zu werden, weil Schwangerschaft und Geburt sie so verändert hatten, dass sie zu Junkies wurden, die die gemütliche warme Zone der Uteri nie mehr verlassen wollten.

Als sie auf den Flur kamen, rechnete sie damit, Rachel dort anzutreffen – sie selbst jedenfalls wäre gekommen, wenn sie eine solche Nachricht bekommen hätte, aber Rachel war nicht da. Freundschaft war genauso rätselhaft wie die Liebe und ohne Regeln. Vielleicht gab es ja auch Regeln, und sie kannte sie nur nicht. Sie war nie Brautjungfer gewesen. Das empfand sie plötzlich als beschämendes Eingeständnis ihres Versagens. Wie kam es, dass von allen Bräuten auf der Welt keine Braut sie an ihrer Seite hatte haben wollen? Sie rief an, sie schrieb E-Mails, schickte Geschenke fürs Baby, sie verabredete sich zum Essen. Es gab Leute, die offenbar als Herde durchs Leben trabten, umringt von Freundinnen wie Babyelefanten, die von Müttern und Tanten vor den Gefahren des Lebens beschützt wurden.

Sie hatte das Gefühl – hatte es immer gehabt –, allein zu sein. Vielleicht hatte ihre Mutter ja recht, und es war tatsächlich töricht, dieses Baby zu bekommen, aber eine Begründung hätte selbst Astrid nicht geben können. Sie, Porter, wollte jemanden ganz und gar lieben und ebenso geliebt werden. Sie wollte für jemanden unentbehrlich sein, so wichtig, dass eine beiläufige Löschung unmöglich war. Andere hatten das doch auch mit ihren Partnern? Dieses rechtsgültige Band, das einen Knoten schuf, der viel schwerer aufzudröseln war? Sie war glücklich, mit ihrem Baby verbandelt zu sein, glücklich, dass ihre Körper so gut zusammenarbeiteten, dass sie ein Team bildeten. War sie eine gute oder eine schlechte Mutter? Porter wusste nicht recht, ob sie Dr. McConnell glauben konnte, aber sie wollte es. Sie legte ihre Hand auf ihren Bauch. Ich liebe dich, dachte sie. Ich liebe dich, liebe dich, liebe dich.

Sie liefen langsam zum Aufzug.

»Du hast mir nie erzählt, dass du eine Abtreibung hattest«, sagte ihre Mutter. »Warum hast du es mir nicht gesagt?«

»Oh«, erwiderte sie. »Das wäre bestimmt ganz großartig abgelaufen. Hättest du wirklich mit mir, einen Tag nachdem ich Erntekönigin war, zur Familienberatungsstelle gehen wollen? Du wärst mit Sicherheit begeistert gewesen.«

Sie wollte nicht klingen wie ein zickiger Teenager, aber es ging nicht anders.

»Es geht nicht darum, ob ich begeistert gewesen wäre, Porter.« Ihre Mutter blieb stehen. »Es ist nur ein schwerer Brocken, den du so lange mit dir herumgetragen hast.«

»Nun, du hattest ein Geheimnis. Ich urteile nicht über dein Geheimnis. Also urteil du auch nicht über meins. Wäre es dir lieber gewesen, ich hätte noch zu Highschoolzeiten ein Baby bekommen? Das hätten deine Gärtnerfreundinnen, die Freunde im Stadtrat und beim Tennis sicherlich toll gefunden. Oh, Dad auch. Für Dad wäre das ganz sicher ganz wunderbar gewesen, wenn er es erfahren hätte. Das hätte ihn noch schneller umgebracht!«

»Porter Strick!« Astrid hielt sich die Augen zu. »Stopp! Hör auf!«

Eine hochschwangere Frau kam auf dem Flur auf sie zugewatschelt. Sie ging langsam und machte kleine Schritte und blieb immer wieder stehen, um die Augen zu schließen und zu atmen. Porter wollte fragen, ob sie Hilfe benötigte, doch da kam schon ein Mann mit einer Tasche und einem Stillkissen unterm Arm aus dem Aufzug gesprungen und stützte sie.

»Wir haben's fast geschafft, Schatz«, sagte er und führte sie den Flur hinunter zum Kreißsaal.

»Können wir das einfach auf sich beruhen lassen? Bitte«, sagte Porter, als die beiden weg waren, und drückte auf den Aufzugknopf. »Und seit wann weißt du das mit Jeremy?«

Astrid verdrehte die Augen. »Schon lange. Und um das klarzustellen: Ja, es ist in Ordnung, Geheimnisse zu haben. Jeder hat Geheimnisse. Wir sind Menschen. Wir erzählen nicht gern allen alles. Das ist gut so. Und wir sind auch nicht gerade eine besonders überschwängliche Familie, auch das weiß ich. Aber ich liebe dich, Porter. Und du hättest es mir erzählen können. Ich hätte dir Wärmflaschen gemacht. Und dir Schmerztabletten gegeben. Was immer nötig gewesen wäre.« Ihre Mutter streckte die Hände nach ihr aus. Im ersten Moment zuckte sie zurück, aber Astrids Hände weigerten sich aufzugeben. Porter erlaubte ihrer Mutter, ihr Gesicht zu umfassen.

»Ich liebe dich. Und ich liebe dein Baby.« Porter biss sich auf die Lippe, eine Angewohnheit, die ihre Mutter immer gehasst hatte. »Tut mir leid, dass ich dir das Gefühl vermittelt habe, es mir nicht sagen zu können.« Porter nickte. Sie hatte überlegt, es ihren Eltern zu erzählen, aber dann hätte sie gleich ein Flugzeug mieten und es über Clapham kreisen lassen können, um die Worte in Rauch auszustoßen. Wem hätte das geholfen? »Es tut mir leid«, wiederholte ihre Mutter und zog ihr Gesicht noch näher an sich.

Sie war es nicht gewohnt, von ihrer Mutter umarmt zu werden, und so dauerte es etwas, bis sie herausgefunden hatte, welche Arme wohin sollten, aber dann klappte es doch.

Der Aufzug pingte, und die Türen ruckelten auf. Sie gingen darauf zu, und völlig unvermittelt begannen ihre beiden Handys zu klingen.

»Was soll das denn?«, entfuhr es Porter. »Der Mobilfunkservice in dieser Stadt nervt. Kann sich da nicht mal einer drum kümmern?« Sie hielt sich ihr Handy ans Ohr und lauschte einer ganzen Nachrichtenserie. »Oh, Mist«, sagte sie. »Es ist Cecelias Schule.«

Astrid nickte und zeigte auf ihr eigenes Handy, das sie gerade abhörte. »Bei mir auch. Fahren wir gemeinsam zur Schule, okay?«

»Okay«, sagte Porter und stellte fest, dass sie ihre Fingernägel in die Innenfläche ihrer Hand gebohrt hatte.

Kapitel 31

Cecelia teilt aus

Es war die letzte Unterrichtsstunde des Tages, und da Freitag war, war das Mathe. An der Junior High überprüfte man die Matheleistungen genauso, wie das an ihrer Schule in Brooklyn gehandhabt wurde, und das bedeutete, dass die Schüler, die gut mit Zahlen umgehen konnten, in einer Klasse waren, die anderen, die zwei und zwei nicht zusammenzählen konnten, in einer anderen. Cecelia und August saßen nebeneinander in der letzten Reihe, wo wenig bis gar nichts bei ihnen hängen blieb, womit sie aber beide gut klarkamen. Es gab Menschen, für die höhere Mathematik wirklich wichtig war, um als Erwachsene großartige spezielle Dinge tun zu können: zum Beispiel Wissenschaftler, Astronauten, Professoren zu werden, deren Leben später einmal, gespielt von einem blassen britischen Schauspieler, auf die Kinoleinwand kam. Zu diesen Menschen gehörten Cecelia und August nicht.

Sidney Fogelman saß eine Reihe vor ihnen, aufgrund ihrer Befähigung ohne ihre Clique, und verwendete die ganzen fünfundvierzig Minuten Unterrichtszeit darauf, ihre Haare zu einem hohen

Pferdeschwanz zusammenzufassen und dann wieder zu lösen.

August schob sein Notizbuch an den Rand seines Pults und schrieb: *Ich glaube, Sidney stellt sich beim Zählen* My Little Pony *vor, kleine Pferdchen, die über einen Regenbogen springen.*

Cecelia grinste und kritzelte in ihr Notizbuch: *Auf ihrem Handy sind sicher gar keine Zahlen und Buchstaben, nur Emojis.*

Ihr Mathelehrer, Mr. Davidson, war zweiundzwanzig. Allein deswegen wäre Mathe es wert gewesen aufzupassen – sie hatten ihn am ersten Tag gefragt. Eine männliche Lehrkraft war immer Grund zur Freude oder wenigstens für ein interessiertes *Oh* von den Eltern, aber Cecelias Eltern hatten sich nie nach ihren Lehrern erkundigt, nicht nach ihren Fächern, hatten nicht wirklich daran gedacht, dass sie mit all diesen Erwachsenen jeden Tag zu tun hatte, ohne dass sie wussten, wer diese waren. Katherine hätte Mr. Davidson geliebt. Er war groß und schlank und trug einen Schnurrbart, der womöglich nur beweisen sollte, dass ihm einer wuchs. Er trug eine eierschalenfarbene Hose und Markensneakers.

An der Tafel stand eine raffinierte Algebragleichung, Striche und Schnörkel, deren Sinn ihr verborgen blieb. Sie war in den meisten Fächern eine gute Schülerin und fand es in Ordnung, dass sie es in diesem nicht war. Solange sie durchkam. Sie meldete sich.

»Ja, Cecelia?«, sagte Mr. Davidson.

»Entschuldigen Sie, aber könnten Sie das noch mal erklären? Ich hab das mit x/y nicht verstanden.«

»Möchte jemand an die Tafel kommen und es versuchen? Es erklären?« Er winkte mit der Kreide.

»Ich mach das«, sagte Sidney und band ihr Haar wieder zum Pferdeschwanz zusammen, als wollte sie sich gleich auf eine Prügelei einlassen. Sie drehte sich um und warf August und Cecelia einen verächtlichen Blick zu. »Ihr seid vielleicht Schwachköpfe.«

Sie schlenderte zwischen den Pulten hindurch, ließ sich von Mr. Davidson mit lasziver Geste die Kreide geben, als hätte er sie ausgewählt und nicht andersherum. Sie schrieb quietschend ein paar Zahlen, gab die Kreide zurück und wischte sich die Kreide von den Händen, während Mr. Davidson ihr Werk prüfte.

»Gut, ja. Kannst du auch erklären, wie du dazu gekommen bist?«

Sidney verdrehte die Augen. »Das ist ganz einfach. Man muss einfach x freistellen und dann alles multiplizieren, was übrig ist.«

»Ja, gewissermaßen«, sagte Mr. Davidson.

Sichtlich zufrieden, kehrte Sidney an ihren Platz zurück. Sie setzte sich und bearbeitete ihren Pferdeschwanz, bis der Gong ertönte. Als alle aufstanden und ihre Sachen einpackten, wirbelte sie auf ihren Absätzen herum und starrte August an.

»Du hältst dich wohl für richtig schlau, oder?« Sie lächelte, was allein schon Grund zur Besorgnis gab.

»Na ja, ich bin kein Mathegenie wie du … Oh, Moment, du bist ja mit uns in der Deppenklasse! Egal!« August schlug sich auf die Stirn. »Mein Fehler.«

»Ich habe eine Freundin, die ins Sunshine Village geht. Wusstest du das?« Sidney verschränkte die

Arme vor der Brust. »Die hat mir ganz schön verrückten Scheiß erzählt, *Robin.*«

»Das ist sein zweiter Vorname«, warf Cecelia rasch ein. »Mein zweiter Vorname ist Vivienne, und manche Leute nennen mich auch so. Vor allem die französische Seite meiner Familie.«

August atmete heftig. Cecelia griff nach seiner Hand.

»Moment, wenn du dich also kleidest wie ein Mädchen und dir einen Mädchennamen gibst«, hier drehte Sidney sich so, dass sie Cecelia direkt ansehen konnte, »und mit Mädchen Händchen hältst, bedeutet das etwa, dass … O mein Gott, bist du auch lesbisch? Wie deine Großmutter? Deine Familie ist *so* durchgeknallt, ich schwör's.« Sidney bog sich vor Lachen. »Ich kann's gar nicht erwarten, das allen zu erzählen.«

»Warte«, sagte Cecelia und ließ Augusts Hand los.

»Es ist okay, Cecelia«, sagte August.

»Lass es!«, erwiderte Cecelia. »Das ist nicht fair! Das geht dich gar nichts an, nichts davon!«

Sie wollte schreien, biss aber stattdessen die Zähne zusammen. Sie würde das nicht noch einmal zulassen. Sie verriet keine Geheimnisse, aber sie würde sich auch nicht widerstandslos erneut niedermachen lassen. Es ging nicht um Wahrheit, sondern um Schutz. Das war ihr Antrieb bei Katherine gewesen, und jetzt würde sie auch Robin schützen.

Sidney rollte mit den Augen. »Ich amüsier mich gerade köstlich. Das hier ist besser als jede Reality-TV-Folge.«

Cecelia sah August an, der kreidebleich geworden war. »Tut mir leid«, sagte sie zu ihm. »Ich muss.«

»Was musst du? Versuchen, mich zu küssen? Tu es, und du kriegst es zurück.« Sidney verzog den Mund und hielt ihr Handy auf Armeslänge vor sich. »Du kommst auch mit drauf, *Robin*, alle Mädels auf einem Bild!«

»Okay, es reicht«, sagte Cecelia und ließ ihre Faust vorschnellen, sodass sie direkt auf Sidneys Nase landete.

Es gab ein Geräusch, wie wenn man eine Aludose zerdrückte. Aus Sidneys Nase spritzte Blut, und sie keuchte vor Schmerz und Überraschung oder beidem und hielt sich die Hände vors Gesicht. Cecelia und August warteten geduldig, bis Mr. Davidson sich seinen Weg nach hinten gebahnt hatte. Das Lächeln verging ihm, als ihm klar wurde, dass seine drei Schüler um mehr als nur um Gleichungen kämpften.

Vor dem Büro der Direktorin der Mittelschule gab es einen mit Teppichen ausgelegten Warteraum, in dem Cecelia seit bereits einer Stunde saß. Augusts Eltern waren gekommen, um ihn abzuholen, sie hatten sich nach einem kurzen Gespräch im Büro mit feuchten Gesichtern und einem warmen Händedruck von Cecelia verabschiedet. Danach war Sidneys Vater gekommen, er hatte seine Tochter nach einem zweiten Gespräch unter vier Augen mitgenommen, und jetzt saß sie noch immer bei der Sekretärin der Direktorin, einer stämmigen Frau namens Rita, die in der Schule beliebt war für die große Auswahl an Keksen auf ihrem Schreibtisch, von denen jeder nehmen konnte. Bis jetzt hatte Cecelia drei gegessen. Die Direktorin selbst war vor einiger Zeit mit ihrer ledernen Aktenmappe verschwunden.

Rita hatte den Telefonhörer am Ohr, schüttelte den Kopf und legte wieder auf.

»Noch immer keine Antwort, meine Liebe.«

»Haben Sie es auch bei meiner Tante Porter versucht?«

Rita kontrollierte ihren Notizblock und hakte mit der scharfen Spitze ihres Bleistifts Namen ab. »Ich habe es bei deiner Großmutter, deiner Tante, deiner Mutter, deinem Vater und dann wieder bei der Tante versucht.« Mit besorgter Miene ergänzte sie: »Tut mir leid, Süße. Ich bin mir aber sicher, dass eine von ihnen dich sehr bald abholen wird.«

»Ich könnte noch immer den letzten Bus schaffen«, warf Cecelia mit Blick auf die Uhr ein.

»Die Schulordnung sieht nur leider vor, meine Liebe, dass dich nach einem Vorfall ein Erwachsener nach Hause bringen muss.« Rita hatte eine Brille auf, eine weitere hing an einer Kette um ihren Hals.

»Sie könnten es vielleicht mal bei Shear Beauty versuchen und nach Birdie fragen.«

Cecelia vertiefte sich in den Anblick ihrer Handflächen. Es gab auch noch Elliot und Wendy, aber sie hatte keine Lust auf eine Fahrt zwischen den Autositzen der Zwillinge, wo sie womöglich von herumfliegenden Gegenständen getroffen wurde, oder, noch schlimmer, allein neben ihrem schweigsamen Onkel sitzen zu müssen.

Die Tür ging auf, und Miss Skolnick rauschte herein, die Arme voller Bücher und einen Stapel Papiere zwischen den Zähnen. Die Papiere warf sie in ihre Ablage, die sich neben der Tür befand, dann entdeckte sie Cecelia und musste gleich zweimal hingucken.

»Hi!« Miss Skolnick sah Rita an. »Was ist denn passiert?«

»Es gab eine Auseinandersetzung in Mr. Davidsons Algebrastunde, achte Klasse«, erläuterte Rita. »Wir warten nur darauf, dass sie von einem Erziehungsberechtigten abgeholt wird. Einem Familienmitglied.«

Es war komisch, wie die Erwachsenen sich über ihren Kopf hinweg unterhielten, aber Cecelia hatte sich bereits daran gewöhnt, hinsichtlich ihres eigenen Schicksals keine Stimme zu haben. Hätte sie wählen können, wen sie durch diese Tür kommen sehen wollte, hätte sie das nicht gekonnt. Ihre Großmutter vermutlich, weil das momentane Arrangement dies so vorsah. Und dazu würde es auch kommen. Wären es ihre Mutter oder ihr Vater, die sie so gern gesehen hätte – so gern, dass sie etwas so Verrücktes tun konnte, wie einem bösartigen Mädchen einen Faustschlag zu verpassen –, dann würde das bedeuten, dass etwas Dramatisches passiert war. Die Ironie, dass ihre Wut darüber, ungerechterweise beschuldigt worden zu sein, sie dazu angestachelt hatte, etwas zu tun, was ohne Frage ihr Verschulden war, war ihr durchaus bewusst.

Miss Skolnick huschte leise über den Teppich, bis

sie Ritas Schreibtisch erreicht hatte. Dort ging sie in die Hocke. Sie hielt sich die Hand vor den Mund, wie um ihren Atem zu testen, und sprach dann so leise, dass Cecelia es nicht verstehen konnte, was sicherlich auch Sinn der Sache war. Rita nickte.

»Hast du denn einen Hausschlüssel, Cecelia?«, fragte Rita.

»Zum Haus meiner Großmutter? Ja.« Cecelia kramte ihn aus ihrer Tasche und wedelte damit.

Rita tauschte wieder einen Blick mit Miss Skolnick, die daraufhin nickte. »Nun, da die Direktorin bereits nach Hause gefahren und offenbar keiner zu erreichen ist, werden wir für nächste Woche ein Treffen einberufen, okay? Miss Skolnick hat angeboten, dich nach Hause zu fahren. Bist du damit einverstanden?«

»Natürlich«, sagte Cecelia, und schon hatte Miss Skolnick sie untergehakt und zog sie aus dem Büro und über den Flur zum Ausgang.

Der Lehrerparkplatz befand sich auf der Rückseite des Gebäudes neben dem Fußballplatz. Hauptsächlich standen Hondas und Nissans darauf, gelegentlich auch ein Ford. Der Himmel hatte sich über der schon tief über dem Horizont liegenden Sonne pink- und orangefarben gefärbt.

»Es tut mir leid«, sagte Cecelia.

»Schon gut! Bereitet mir keine Umstände.« Miss Skolnick klapperte mit Schlüsseln.

»Also, ich finde es höchst seltsam, dass sie überhaupt keinen erreichen konnte. Es ist schließlich nicht

Ihre Aufgabe. Ich habe eine riesige Familie. Gewissermaßen. Ich meine, es gehören viele Leute dazu.«

Cecelia kaute an einem Fingernagel. Wie riesig konnte eine Familie schon sein, wenn kein Mitglied davon sie abholen kam? Sie hatte noch ein paar Cousins in Frankreich – vielleicht sollte sie sich in ein Flugzeug setzen. Sie sprach gut genug Französisch, um dort zurechtzukommen.

»Ich mache das wirklich sehr gern.« Miss Skolnick legte beim Gehen die Hände auf ihren Bauch – sie war eindeutig schwanger. Das war Cecelia schon früher aufgefallen, aber sie war so erzogen, solche Dinge zu ignorieren, es sei denn, sie befand sich in einer überfüllten U-Bahn. »Puh, manchmal tritt sie so fest zu, als wollte sie sich auf eine Audition für *American Ninja Warrior*. vorbereiten und die Hürden für den Hindernislauf aus mir rauskicken.«

»Glückwunsch«, sagte Cecelia.

Mit einer Lehrkraft außerhalb der Schule zu sprechen – auch wenn es auf dem Lehrerparkplatz war – war wie die Bestätigung dessen, dass eben nicht jeder in seinem Leben nur eine Rolle spielte, sondern Lehrer Menschen mit einem eigenen Leben waren.

»Du hast Sidney Fogelman einen Schlag auf die Nase verpasst, stimmt das?« Miss Skolnick blieb stehen. Sie standen vor einem kleinen blauen Auto, das sie an der Fahrerseite öffnete, einstieg und dann die Verriegelung der Beifahrertür hochzog. Cecelia sah sie verdattert an. »So haben Autos früher funktioniert, in der alten Zeit. Steig ein.«

Inzwischen hatten sich noch ein paar weitere Lehrer auf dem Parkplatz eingefunden, Cecelia sah sie mit Zigaretten und E-Zigaretten in den Händen, bereit, diese anzuzünden, sobald sie das Schulgelände verlassen hatten oder sich im geschützten Raum ihrer Fahrzeuge befanden. Mr. Davidson hatte eine Jeansjacke anzogen, was Cecelia aus ihr unerfindlichen Gründen traurig stimmte. Sie umrundete den Wagen und zog die Tür auf. Miss Skolnick hatte bereits die Klimaanlage aufgedreht und schob ihren Sitz so weit nach vorn, wie ihr Bauch dies zuließ.

»Sie hat es wirklich verdient«, sagte Cecelia. »Ich kann Ihnen den Grund nicht nennen, aber Sie können es mir glauben. Sie ist der Teufel in Person. Es gibt nette Menschen und Menschen, die nicht ganz so nett sind, und dann noch welche, die einem auf der obersten Treppenstufe ein Bein stellen, und in diese letzte Kategorie fällt Sidney.«

»Inoffiziell bezweifele ich das nicht. Offiziell stehe ich hinter all meinen Schülern.« Miss Skolnick drehte den Kopf. Ihre Wangen waren knallrot. »Ich bin eine Freundin deiner Tante Porter, habe ich dir das schon erzählt? Wie geht es ihr?«

Cecelia nestelte am Reißverschluss ihres Rucksacks. Ihre Großmutter war nicht mehr auf das Angebot, ihr Fahren beizubringen, zurückgekommen, und sie war sich nicht sicher, ob sie es überhaupt lernen sollte. Die Verantwortung, als einzelner Mensch das Kommando über mehr als tausend Kilo Stahl zu haben, schien ihr zu groß zu sein. Pferdestärken nannte man es, als könnte ein Pferd einem menschlichen Körper dasselbe zufügen wie ein Auto.

»Ich glaube, ganz gut«, erwiderte sie und wusste, während sie es sagte, dass sie keine Ahnung hatte, wie es ihrer Tante ging, nicht in dieser verkehrten Welt, wo es Erwachsenen erlaubt war, sich wie Teenager aufzuführen. »Sie wissen ja, schwanger halt.«

Miss Skolnick legte den Rückwärtsgang ein, und sie fuhren rückwärts auf die Straße.

Cecelia hatte noch nie jemanden geschlagen. Nicht mit Boxhandschuhen, nicht im Spaß, nie. Ihr taten die Knöchel weh. Sidney war so überrumpelt gewesen, dass ihr das Handy aus der Hand gefallen und in seiner blinkenden rosa Gummischutzhülle über den Linoleumboden geschlittert war. August hatte sich hinter ihrem Rücken versteckt, und jemand im vorderen Teil des Raumes hatte Beifall gespendet. Sie hätte nicht sagen können, ob sie die Tatsache beklatschten, dass sie Sidney eine verpasst hatte, oder nur die Tatsache, dass es einen Faustschlag gegeben hatte – um die Mathestunde aufzupeppen!

In Brooklyn wäre sie zweifellos von der Schule geflogen – dort kam es immer mal wieder zu Handgreiflichkeiten, und das war's dann. Null Toleranz. Da das auf ihrer neuen Schule nicht sofort zur Sprache gekommen war, hatte sie das Gefühl, sich nun in einer Grauzone zu befinden. Sie stand vor einem echten mathematischen Problem: War sie dessen, weswegen man sie zuvor für schuldig befunden hatte, auch jetzt schuldig? Wenn ihre größte Sünde bisher gewesen war, etwas aufzudecken, und sie jetzt mit Gewalt eine Aufdeckung verhindert hatte, bedeutete dies, dass sie jetzt im Plus war? Sie wusste es nicht.

Besonders seltsam fand sie jedoch, und dies nicht zum ersten Mal in ihrem Leben, dass sie nicht nur auf eine Weise vernachlässigt worden war, wie das bei Künstlereltern manchmal vorkam, die ihre Kinder in ihren Kleidern schlafen ließen, wenn sie auf einer Party in einem Restaurant waren – kleine Körper, die man auf einen Mantelstapel legte –, sondern auf eine weitaus weniger glamouröse Weise. Ihre Eltern konnten sich einfach nicht auf sie einstellen, sich nicht auf sie konzentrieren, und sie vergaßen sie deshalb.

Wo verdammt waren ihre Eltern?

Sie texteten und riefen manchmal an, aber was brachte das? Augusts Eltern winkten ihm – *ihr* – zu, wenn er – *sie* – morgens in den Bus stieg, und kochten für ihn. Selbst der Dad der bekloppten Sidney war zur Schule geeilt gekommen, als hätte er bereits im Auto gesessen, den Schlüssel im Zündschloss, und nur darauf gewartet, gerufen zu werden. Ihre Eltern waren nicht mal ans Telefon gegangen. Sie stellte sich vor, ein drei Meter großer Feuer speiender Drache mit roten Schuppen zu sein. Sie sah sich als Godzilla, der auf das Big House stieg und es mit einem gewaltigen schwimmhäutigen Fuß dem Erdboden gleichmachte. Malte sich aus, durch den Hudson zu laufen, bis sie wieder in Brooklyn war, und auch dort alles zu zertrampeln. Einfach alles. Von Eltern erwartete man, dass sie da waren. Das war ihr ganzer Job. Ob gut oder schlecht, egal – wenigstens sollte die geringste Anforderung an den Arbeitsplatz erfüllt werden.

Als sie die letzte Kurve nahmen, die zur Einfahrt

des Big House führte, machte Miss Skolnick eine Vollbremsung. Astrids Wagen kam im Rückwärtsgang herausgeschossen und blieb kaum einen Meter von Miss Skolnicks Windschutzscheibe entfernt stehen. Cecelia holte tief Luft.

»Nun geh schon«, sagte Miss Skolnick. »Sie werden dir schon nicht den Kopf abreißen«, als hätte sie auch nur die geringste Ahnung, als wäre das ein Versprechen, das jeder machen konnte.

Sie öffnete dennoch die Tür und betrat mit ihren Sneakers den knirschenden Kies. Ihre Großmutter riss die Fahrertür auf, Porter die Beifahrertür, und beide kamen herausgesprungen und breiteten die Hände nach ihr aus. Sie beobachtete, wie behutsam sie auf sie zugingen, Jäger, die eine neue Spezies aufspürten: Mädchen in Schwierigkeiten – Originalschauplatz: Methodist Hospital, Brooklyn, New York. Sie lächelte nicht. Sie wollte diese Sekunde, in der alle Erwachsenen in ihrem Leben auf ihr nächstes Wort warteten, so lange wie möglich ausdehnen.

Kapitel 32

Freundschaft Liebschaft

Porter war die Erste, die Cecelia an sich drückte und in ihre Arme schloss, bevor sie Fragen stellte.

»Meine Klassenlehrerin Miss Skolnick hat mich gebracht«, sagte Cecelia, bevor sie sich aus ihrer Umarmung löste. »Ich denke, ihr zwei kennt euch, stimmt's?«

Ein paar Haarsträhnen klebten an der Stirn ihrer Nichte, sie wirkte ein wenig durcheinander. Porter strich mit dem Daumen über Cecelias Wange und wartete darauf, dass Rachel ausstieg. Die Fahrertür schwang auf, Rachel stemmte ihre Füße in den Kies und zog sich dann langsam hoch, bis sie stand.

»Hi, Rach«, begrüßte Porter sie.

»Rachel Skolnick, sieh mal einer an! Wird bestimmt ein Junge, Sie bestehen ja nur aus Bauch«, rief Astrid. Sie deutete darauf, als wüsste Rachel womöglich nicht, von wessen Bauch sie sprach.

»Zu mir sagst du das nie«, beschwerte sich Porter.

»Du bekommst ja auch ein Mädchen«, entgegnete ihre Mutter.

»Aus was bestehe ich denn? Nur aus Hüften? Nur aus Armfett?« Sie verdrehte die Augen.

»Hi, Porter, hi, Astrid«, sagte Rachel. Es stimmte, sie sah fantastisch aus, so wie Porter sich eigentlich nie fühlte, außer wenn sie zufällig ihre derzeitige Silhouette in einem Spiegel oder einem Schaufenster sah. Sie hätte sie gern umarmt, aber Rachel blieb auf ihrer Seite des Wagens stehen. »Schön, euch beide zu sehen«, log Rachel höflich. »Cecelia ist eine wunderbare Schülerin.«

»Bin ich das?«, fragte Cecelia.

»Natürlich bist du das!«, bestätigte Rachel. »Und es ist auch schön, dich im Festwagenteam zu haben.«

»Du machst beim Festwagenteam mit?« Porter war erstaunt. »Baust mit am Wagen? Warum hast du mir das nicht erzählt?«

»Eine Schreinerin!«, freute sich Astrid. »Porter war Erntekönigin.« Sie drückte den Arm ihrer Tochter. Es hörte sich fast nach einem Kompliment an.

»Darüber müssen wir jetzt nicht sprechen«, sagte Cecelia.

»Möchtest du mit ins Haus kommen, Rachel?«, fragte Astrid. »Ich fahre nur rasch den Wagen rein, dann kannst du in der Einfahrt parken.«

Sie ließ Rachel keine Chance zu reagieren und war schon auf dem Sprung in ihren Wagen, fuhr rückwärts die Einfahrt wieder hoch.

»Es tut mir so leid, Cece. Wir hatte beide keinen Mobilfunkempfang«, erklärte Porter. »Was ist passiert? Bist du okay?«

Rachel bedeutete Cecelia, dass sie antworten sollte.

»Die Kurzfassung lautet, dass meine Hand mit jemandes Gesicht kollidiert ist.« Cecelia versteckte sofort ihr Gesicht hinter den Händen.

»Was?« Porter packte Cecelias Unterarme und zog sie zur Seite wie Vorhänge.

»Jetzt erzähl ihr die längere Version«, forderte Rachel sie auf.

Astrid hupte und schlug dann die Tür zu. »Kommt, lasst uns reingehen, ich möchte nichts verpassen, und es gibt keinen Grund, warum andere mithören sollten«, sagte sie von der Haustür aus, als würden hier ständig Fußgänger vorbeilaufen und nicht nur die Hundebesitzer der Nachbarschaft. Rachel setzte sich gehorsam wieder hinters Lenkrad und fuhr in die Einfahrt, gefolgt von Porter und Cecelia, die hoch zum Haus liefen.

Sie nahmen alle am Küchentisch Platz. Astrid holte rasch eine Schale Blaubeeren aus dem Kühlschrank und schob sie Cecilia hin, überlegte es sich dann aber anders, nahm die Schale zurück und ersetzte sie durch einen Eisbecher mit Löffel.

»Ich sollte wohl öfter jemanden vermöbeln«, bemerkte Cecelia.

»Du hast jemanden *vermöbelt*? Das stand nicht in der Nachricht! Dort hieß es nur, es habe einen Streit gegeben, und du müsstest abgeholt werden!« Astrid hielt sich die Hände an die Wangen und wandte sich dann an Porter: »Soll ich ihr das Eis wieder wegnehmen?«

Porter winkte ab. »Nein, sei nicht albern. Was ist passiert, Cece?«

Cecelia drückte den Löffel in das hart gefrorene Eis und kratzte eine Schokoladenflocke ab. »Es gibt da ein sehr hinterhältiges Mädchen in meiner Matheklasse, und wir hatten eine Auseinandersetzung. Sie glaubte, es sei in Ordnung, jemanden zu beschämen und zu demütigen, und ich habe widersprochen.« Sie schob sich den Löffel in den Mund und zog ihn blank wieder raus.

»Wer ist dieses Mädchen?«, fragte Astrid. »Was hat sie gesagt? Das schockiert mich Cecelia! Wie es scheint, hast du eine moralische Position vertreten, jedenfalls bis du zugeschlagen hast. Du darfst niemanden schlagen, verstehst du? Dein Vater wird mit Sicherheit entsetzt sein. Schlagen! Er kann nicht mal einer Fliege etwas zuleide tun.« Sie wandte sich an Rachel. »Nicky ist Buddhist.«

»Ich habe niemanden umgebracht, Granny. Es war nur ein Schlag.« Cecelia grub noch etwas Eiscreme aus und bot ihren Löffel dann Porter an.

»Nun sag schon! Wer ist diese Kuh?«, fragte sie. »Ich bin bereit, sie so zu hassen wie du. Es ist mir egal, ob sie ein Kind ist oder nicht.«

»Dann mach dich auf was gefasst«, meldete Rachel sich zu Wort. »Das ist nämlich das Beste daran.« Sie sah Cecelia an. »Ich bin hier als Freundin der Familie, nicht als deine Lehrerin.«

Cecelia verdrehte die Augen. »Sie heißt Sidney Fogelman. Und ich glaube, ihre Nase ist gebrochen. Vielleicht auch nicht. Vermutlich braucht es mehr, um eine Nase zu brechen, oder?«

Porter verschluckte sich an ihrem Eis und hustete.

Astrid sah sie mit großen Augen an. »Fogelman? Jeremy Fogelmans Tochter?« Sie legte die Hände flach auf den Tisch. »Ach du liebe Güte.«

»Er sieht ziemlich gut aus für einen Dad und riecht nach nassem Hund. Der, der sie abgeholt hat, meine ich. Seltsam, dass er sich nicht vorgestellt hat.«

Cecelia forderte den Löffel zurück. Porter hustete noch immer in ihre Serviette, und Rachel lehnte sich zurück, legte die Hände auf ihren Bauch und lachte.

»Nein, ja, alles gut«, sagte Porter, während sich in ihrem Kopf alles drehte. »Ich bin gleich wieder da, okay? Ich muss nur pinkeln. Bin gleich wieder da. Und du schlägst Granny nicht, Cecelia, hörst du? Rachel, du hast das Sagen.«

Sie tätschelte Cecelias Kopf und warf ihrer Mutter einen scharfen Blick zu.

Anstatt in ihr ehemaliges Schlafzimmer zu gehen, das von Cecelia belegt war, ging sie in Elliots ehemaliges Zimmer. Es sah noch ziemlich so aus wie zu Elliots Highschoolzeit: penibel aufgeräumt, mit einer viel benutzte Dartscheibe an der Tür und mehreren Wimpeln der New York Yankees an den Wänden. Porter fand, dass seine Liebe zu den Yankees womöglich die meisten Probleme erklären konnte, die sie mit ihrem Bruder hatte: Mehr als alles andere, mehr als Geld sogar, wollte er gewinnen. Jetzt versuchte er einen Wettkampf mit sich selbst zu gewinnen, einen Wettkampf, den er (das war klar) nur verlieren konnte.

Das breite Bett war gemacht wie immer, darauf ein

karierter Überwurf und vierzehn Kissen, zu viel für einen normalen Menschen. Porter ließ sich rückwärts darauf sinken, so wie Sporttaucher sich ins Meer fallen lassen. Sie holte ihr Handy aus der Tasche und drehte sich auf die Seite, schob sich zwei der Kissen zwischen die Knie.

Jeremy antwortete nach drei Klingeltönen.

»Hey«, sagte Porter. »Hab's gerade gehört.«

»Von Sidneys Nase? Du kannst von Glück sagen, dass ich Arzt bin! Ansonsten hätte ich deinen verrückten Bruder verklagt.«

»Aber du bist …«, sagte Porter mit gedämpfter Stimme, »… doch gar kein richtiger Arzt.«

»Ach, kommst du mir jetzt so?«, fragte Jeremy. Er lachte. »Klingt so eine Entschuldigung?«

»Ich dachte, ich könnte mich später entschuldigen«, sagte Porter. »Hast du Zeit?«

»Ich treffe dich um zehn im Stall«, erwiderte Jeremy. »Ich erwarte ein krankes Tier. Einen Notruf.«

»SOS und tut mir leid«, sagte Porter, »wegen der Nase.« Sie wartete darauf, dass Jeremy auflegte, und als sie das Klicken hörte, blickte sie hoch zu Elliots Bücherregal, auf dem nur Paperbacks standen, die er in der Schule gelesen hatte, dazu mehrere Bände *Das Guinness-Buch der Rekorde*, Sporttrophäen, aber kein Anzeichen einer wie auch immer gearteten Persönlichkeit.

Es klopfte an der Tür. »Ja?«, rief sie, noch immer liegend.

Rachel öffnete die Tür. »Hey.«

Sie versuchte sich auf elegante Weise aufzurichten,

was ihr aber misslang. »Hi«, sagte sie. »Entschuldige, ich wollte gerade runterkommen.«

Rachel schloss hinter sich die Tür und lehnte sich dagegen. »Schon lustig, dass Cecelia Sidney Fogelman eine reingehauen hat. Dieses Mädchen ist ein Miststück.«

»Ich weiß, den Eindruck hatte ich auch«, erwiderte sie. »Was meinst du, wird Cecelia Schwierigkeiten bekommen?«

Rachel schüttelte den Kopf. »Ich weiß nicht genau, was Sidney gesagt hat, aber ich denke, es fällt in die Kategorie ›Hassrede‹. Wenn also jemand in der Scheiße steckt, dann sie.« Sie schwiegen eine Minute. »Wie geht es dir?«, erkundigte sich Rachel dann. »Du hast geschrieben, du seist beim Arzt gewesen?«

»Ich hatte eine Schmierblutung. Aber es geht mir wieder gut. Und dir?«

»Bei mir ist auch alles in Ordnung. Josh und ich haben ein bisschen geredet. Er ist zum Abendessen vorbeigekommen. Keine Ahnung.«

»Klingt doch gut, oder?«, meinte Porter.

Rachel zuckte mit den Schultern. »Ich würde ihn noch immer am liebsten umbringen. Ich teste es nur für den Fall aus, dass ich ihn vielleicht eines Tages nicht mehr umbringen möchte. Was ist mit dir?«

Sie hätte ihrer Freundin gern die Wahrheit erzählt, wollte es wirklich. Aber ihr Wunsch, weder vor sich noch vor anderen als die Frau dazustehen, die sich danebenbenahm, war größer. Sie wollte eine Frau mit Standards sein. Und das würde sie. Die Ziellinie, die Zielflagge, lag klar vor ihr. Sie hatte Zeit, bis das Baby geboren wurde – bis sie sich keuchend und pressend von einer Person in eine andere verwandelte. Sie würde alles rauspressen, zusammen mit dem Baby, würde den Teil von sich loswerden, der kindisch und egoistisch war und der eigentlich nicht zu ihrer Geschichte passte. Doch noch nicht jetzt.

»Ich habe ihn nicht mehr oft gesehen. Was sollte auch passieren?«

Sie wollte noch mehr sagen, doch sie merkte, dass sie es nicht konnte. Rachel kam auf sie zu und umarmte sie fest. Lügen durch Weglassen ist gar nicht so schlecht, sagte sie sich in der festen Absicht, das auch zu glauben.

Kapitel 33

Shear Beauty

Cecelias Bestrafung, soweit es eine war, bestand darin, Birdie im Salon zu helfen: ein unbezahltes Praktikum. August, der den Schlag mehr als unterstützt hatte, erklärte sich freiwillig bereit mitzumachen, und so hatte Birdie nun zwei Gehilfen aus der achten Klasse. Im Laden hatten noch zwei weitere Friseure einen Platz – Ricky, der zu sagen pflegte, er sei älter, als er aussehe, und hautenge Jeans trug, die immer so hoch aufgekrempelt waren, dass man seine farbenfrohen Socken sah, und Krystal, die ihre raspelkurzen Haare blau färbte, breite Hüften hatte und ein gutmütiges lautes Lachen. Wie überall in Clapham war auch der Shear-Beauty-Salon ein Ort, an dem man mit Nachbarn über das Wetter, den Präsidenten, die eigenen Kinder und Barbra Streisand plauderte, und obwohl Birdie und ihre Angestellten keine Ahnung von Sport hatten, gab es genügend Gesprächsstoff für die Dauer eines Haarschnitts.

August und sie wechselten sich ab beim Zusammenfegen der Haare und trugen Handtücher und Umhänge zum Waschsalon um die Ecke. An den Samstagen rannten sie auf die andere Seite des Kreisverkehrs zu Spiro's und holten Kaffee und Gebäck. Sie übten Shampoonieren, indem sie sich gegenseitig die Haare wuschen, und wischten dann auch gemeinsam die Spritzer auf, die danebengegangen waren. Vor allem aber quatschten sie mit den Kunden, die warten mussten, was nicht schwer war. August brachte Birdie bei, ein Lesegerät für Kreditkarten zu installieren, damit sie sich die Gebühren sparen konnte, die sie im Moment zahlen musste.

Nach der Auseinandersetzung hatte Cecelia August gefragt, wie sie ihn nennen sollte. In der Öffentlichkeit, privat, vor ihren Eltern, vor den Idioten in der Schule. Die Antwort war eindeutig: Allein war sie Robin. In der Öffentlichkeit war er August. Nicht für immer, nur für jetzt. Ihr Gehirn schaltete ungeschickt hin und her, aber sie verstand natürlich, dass sich ihr Versuch, es richtig zu machen, nicht mit der viel schwereren Aufgabe Robins vergleichen ließ, eine Entscheidung zu treffen. Hauptsächlich unterhielten sie sich über andere Dinge, etwa wie süß Mr. Davidson war und ob Shawn Mendes schön und talentiert oder einfach nur schön war, ob ihre Eltern die schlimmsten Eltern waren, die je gelebt hatten, ob Käsefritten immer besser waren als normale oder nur manchmal.

Der Salon hatte freitags bis acht Uhr abends geöffnet, weshalb Birdie dafür sorgte, dass sie zu essen bekamen, bevor sie heimkehrten. Ihre letzte Kundin war meist um halb acht draußen, dann mussten sie nur noch einmal durchwischen, alle Bürsten säubern, den elektrischen Wasserkocher ausstecken und alle Lichter ausschalten, bevor sie die Tür abschlossen. Spiro's und Sal's Pizzeria hatten lange geöffnet, ansonsten war die Innenstadt von Clapham bei Einbruch der Nacht dunkel und leer.

August saß in einem Sessel dicht am Fenster – Birdies Kundensessel –, während sie selbst die Shampooflaschen so anordnete, dass alle Etiketten in die gleiche Richtung schauten.

»Was wollt ihr denn zum Abendessen?«, rief Birdie von hinten.

»Mustache Pizza!«, schrie Cecelia.

August zuckte die Achseln und schob sich mit dem Fuß auf dem Sessel vor und zurück.

»Was meinst du, sollte ich mir die Haare schneiden lassen?«, fragte sie und stellte sich hinter ihn. Sie hob auf beiden Seiten ihres Kopfes die Haare an und hielt sie wie Pippi Langstrumpf von sich weg. »Meine Haare sind so langweilig. Es sind blöde Haare. Du hast tolle Haare.«

»Die sind nicht blöd«, widersprach August. »Die sind klassisch geschnitten. Aber ich hab wirklich tolle Haare.« August hauchte seinem Spiegelbild einen Kuss zu.

»Was meinst du, Birdie? Deine professionelle Meinung ist gefragt.« Sie tippte August an, und sie tauschten die Plätze.

Birdie kam von hinten, die Lesebrille an einer Kette um den Hals. »Hm. Lass mal sehen.« Sie plusterte Cecelias Haare auf und fuhr mit den Fingern hindurch, hielt den Kopf schief. »Weißt du, ich denke, wir könnten sie hinten spitz zulaufen lassen. Oder färben. Hast du schon mal über eine Farbe nachgedacht?« Cecelia war bisher nicht in den Sinn gekommen, mit ihren Haaren etwas anzustellen, das anderen Leuten auffallen könnte. Ihre Haarfarbe spottete eigentlich jeder Beschreibung, war irgendwas zwischen Hühnerfedern, Mäuseköteln und den Strohborsten eines Besens. Birdie war noch nicht fertig. »Okay«, meinte sie und pumpte den Sessel mit dem Fußpedal hoch, dann wirbelte sie ihn herum, sodass sie Cecelias Gesicht vor sich hatte. »Okay, jetzt sehe ich es. Wir schneiden ein bisschen was ab – auf Kinnlänge. Dann färben wir Flames. In Hellrot. *Lola rennt*. Hast du den Film gesehen? Nein. Ich glaube, der kam raus, bevor du geboren wurdest.«

»Oh, ja!«, warf August ein. »Ich hab ihn gesehen! Mach das, Cecelia. Warum nicht?«

Birdie griff zur Schere und stemmte die Hände in die Hüften. »Läufst du bitte mal rüber und bestellst uns eine Pizza, August? Ich fang schon mal an.« Sie zog ihre Geldbörse aus ihrer Gesäßtasche und reichte sie ihm.

Cecelia packte Augusts Arm, als hätte sie große Angst. Sie hatte das Gefühl, jemanden um Erlaubnis fragen zu müssen, aber da war niemand.

»Lass mich nicht allein! Oder, nein, ich will Pizza! Geh, aber komm bald wieder zurück!« August nickte.

»Schließ bitte hinter dir die Tür ab«, bat Birdie ihn. »Meine Schlüssel liegen auf dem Tisch.«

August nahm sie und lief los.

Auf der Main Street war alles dunkel – es war richtig herbstlich und so kühl, dass man einen Pullover brauchte. Er hatte nur ein T-Shirt an und überlegte kurz umzukehren, aber in der Pizzeria war es warm. Er setzte sich und wartete, bis die Pizza fertig war, sah dann, als er bezahlt hatte und wieder rausging, zwei Männer aus dem Eckgebäude kommen.

Augusts Eltern hatten eine Theorie: Da saß jemand und wartete, dass das große Geld in die Stadt kam. Ein paar Jahre zuvor hatte eine Drogeriekette einen alten Lebensmittelladen gleich hinter der Stadtgrenze gekauft und einen Markt darin eröffnet, und alle waren durchgedreht, als würde Clapham sich dadurch im Handumdrehen in eine seelenlose Shoppingmall verwandeln. Seine Eltern hatten eine Petition gestartet: LOKALE EINZELHÄNDLER UNTERSTÜTZEN. Sie weigerten sich nach wie vor, in diesem Drogeriemarkt einzukaufen, und sie unterhielten sich ständig über das Gebäude am Kreisverkehr – ob es ein Einheimischer gekauft hatte und er jetzt wartete, bis er genügend Geld für die Renovierung zusammenhatte, was seine Mutter aber im Stadtgremium erfahren hätte. Auch wenn es ein großes Unternehmen gewesen wäre, hätte sie es gewusst. Ruth und John hofften auf eine wirklich gute Eisdiele oder einen hervorragenden Schnellimbiss.

Die einzige Beleuchtung kam von den formschönen schmiedeeisernen Straßenlampen, die August immer an Paris denken ließen, obwohl er noch nie dort gewesen war. Sie waren so zart geschwungen, dass man vergaß, aus welch starrem Material sie gefertigt waren. Mitten im Lichtkegel der Lampe sah er, wie Cecelias Onkel Elliot die Hand eines anderen Mannes schüttelte und dann auf dem Gehweg zurückblieb, während der Mann sich entfernte. Dann wandte Elliot sich Shear Beauty zu und beobachtete durchs Schaufenster seine Nichte und Birdie. Cecelia lachte, Birdie ebenfalls, und er – Robin, in ihrem Kopf war sie immer Robin – begann zu überlegen, was sie später einmal mit ihren Haaren machen würde. Sie dachte an Meerjungfrauenhaare, wie ihre Mutter sie trug, so lang, dass man sich versehentlich schon mal draufsetzte.

»Warum gehen Sie nicht mit mir rein?«, rief er und erschreckte Elliot damit offenbar. »Ich bin mit Cecelia befreundet. Möchten Sie ein Stück Pizza mit uns essen?« Er zeigte mit der Pizzabox aufs Schaufenster.

»Ja, okay«, erwiderte Elliot und fuhr sich mit den Händen durch die Haare.

Sie liefen gemeinsam über die Straße, und Elliot nahm August die Pizza aus der Hand, sodass dieser aufsperren konnte.

Birdie arbeitete schnell. Mindestens zehn Zentimeter von Cecelias Haaren lagen auf dem Boden. »Da passiert was«, sagte Cecelia und neigte den Kopf.

»Kinn unten lassen«, befahl Birdie.

»Ich habe deinen Onkel Elliot draußen getroffen«, sagte August. »Und ihn eingeladen, mit uns zu essen.«

»Wen?«, fragte Cecelia und spähte durch ihren Haarvorhang.

»Hi, Elliot«, sagte Birdie. »Was für eine nette Überraschung.«

August nahm ein Stück Pizza aus der Packung, legte es auf einen Pappteller und stellte diesen vorsichtig auf Cecelias Schoß, bevor er es sich mit seinem Stück im Sessel daneben gemütlich machte.

»Wissen Sie, Birdie, ich dachte mir, ich rede mal mit Ihnen.« Elliot nahm sich ebenfalls ein Stück Pizza und faltete es zusammen.

Birdie blickte auf. Sie nahm über den Spiegel Blickkontakt mit Cecelia auf.

Cecelia wollte einfach nicht mehr die Person sein, der sich andere Leute anvertrauten. Nicht wirklich und auch nicht für immer, aber vorübergehend. Nicht dass ihr Onkel sich ihr anvertraut hätte – das hatte er nicht. Und sie hatte auch keinem davon erzählt, was sie in seiner Schreibtischschublade entdeckt hatte, und so konnte sie durchaus vorgeben, es gar nicht gesehen zu haben. Als existierte es nicht.

»Was gibt es?«, fragte Birdie und sah Elliot durch ihre auf den Nasenrücken gerutschte Brille an. Sie sorgte dafür, dass Cecelia besser aussah, und machte es umsonst. Da sie ihren Großvater nie kennengelernt hatte, wusste sie nicht, wie er im Umgang gewesen wäre, aber sie fand es schön zu sehen, wie ihre Großmutter und Birdie in der Küche miteinander schmusten, wenn sie sich allein glaubten. Ihre Fähigkeit, eins zu werden mit dem Hintergrund wie eine neutrale Tapete, erwies sich immer wieder als sehr praktisch. Katherine hatte von ihr erwartet, dass sie den Mund hielt. August erwartete es ebenso. Elliot hatte sie in sein Haus eingeladen und war davon ausgegangen, dass sie keine Schreibtischschubladen öffnete. Nie war sie das Subjekt, immer ein Objekt. Selbst jetzt nahm Birdie die Verwandlung vor, und sie selbst war nichts weiter als ein Kopf in einem Friseursessel. »Ich höre.« Birdie schnippelte weiter.

August hielt ihr ein Stück Pizza vor den Mund, ließ sie abbeißen und zog es dann weg, damit keine Haare drauffielen.

»Ich wollte mit Ihnen über das leer stehende Gebäude sprechen«, sagte Elliot. »Ich bin mir nicht sicher, ob meine Mutter das weiß, aber ich habe es gekauft.«

»Haben Sie?« Birdie hielt in ihrer Arbeit inne. »Wissen Sie, dass Astrid wie besessen davon ist? Aber das wissen Sie bestimmt. Oder? Sie wünscht sich nichts mehr, als dass dort was aufmacht, und ich sage ihr immer wieder, dass das passieren wird. Aber dass Sie das sind!«

»Ja«, sagte Elliot. »Es ist wahr.«

»Wie aufregend. Wissen Sie, Susan's Bookshop und mein Laden hier haben seit achtzehn Jahren denselben Vermieter. Spiro's gibt es schon eine Ewigkeit. Auch Frank. Es ist eine große Verantwortung, die Sie da übernehmen. Vor allem weil Sie hier leben. Die meisten Vermieter wollen zu ihren Objekten am liebsten so viel Abstand wie möglich haben.« Sie wandte sich wieder Cecelias Kopf zu und drückte ihn sanft nach unten.

»Ja«, sagte Elliot.

»Und was haben Sie mit dem Gebäude vor?«, fragte August. »Ich meine, als Sie es gekauft haben, was war da der Plan?«

»So einfach ist das nicht«, sagte Elliot. »Es geht erst mal um die Immobilie und nicht um Dienstleistungen.«

»Aber du lebst doch hier«, warf Cecelia ein.

»Und irgendwas müssen Sie doch planen«, ergänzte August.

»Das sind schlaue Kids«, sagte Birdie.

»Ich möchte eins dieser Instagram-Museen«, schlug Cecelia vor. »Ihr wisst schon, diese Dinger, die nur dafür da sind, damit Leute Fotos machen und diese dann im Internet posten können.«

»Ist nicht wahr«, sagte Birdie. »Gibt es das wirklich?«

»Gibt es«, sagte Cecelia.

»Denkst du denn, dass die Leute so was gern hätten?«, tastete Elliot sich vor.

Cecelia und August sahen sich im Spiegel an und prusteten los.

»Nein, natürlich nicht. Wusste ich doch, dass du scherzt«, sagte Elliot.

Er fühlte sich elend. Er kannte das Gefühl – das Gefühl, es falsch zu machen. Sein Bruder Nicky hatte nie irgendwas falsch gemacht, nicht wirklich. Und selbst wenn er etwas Dummes angestellt hatte, war es an ihm abgeglitten. Bei Porter war das nicht anders. Seine beiden Geschwister hätten versuchen können, auf Zementblöcken Wasserski zu fahren, und wären irgendwie über die Wasseroberfläche geschlittert. Selbstvertrauen. Das war ihnen eigen. Genügend Selbstvertrauen, um sich nicht darum zu kümmern, Geld zu machen, ein großes Haus zu haben oder ein normales Leben zu führen, ein Leben, wie jeder es haben wollte. Wenn er, Elliot, sich die seltsame Ehe seines Bruders und dessen kleine Wohnung ansah oder die Weigerung seiner Schwester, einfach mal jemanden zu heiraten, schämte er sich für sie, schämte sich aber auch selbst, dass sie eindeutig nichts von dem brauchten, was er brauchte, sondern von einem inneren Motor angetrieben wurden, der ihm fehlte, einem Motor, der ihnen erlaubte, sich im eigenen Rhythmus zu bewegen, wohingegen er sich immer mit dem üblichen Rhythmus zufriedengegeben hatte. Nur in seiner Familie fühlte er sich als Spinner, weil er geheiratet hatte, bevor er Kinder bekommen hatte, weil er sich auf die Warteliste für Küchengeräte setzen ließ.

Natürlich konnte man für all das nicht einem einzigen Gespräch die Schuld geben. Oder doch? Wie Gehirne funktionierten, davon hatte er keine Ahnung. Aber wenn ein Gespräch einen ganzen Lebenslauf verändern konnte – was war dann mit den Leuten, die sich von ihren Partnern anhören mussten, dass sie die Scheidung wollten, oder als Eltern oder Ehefrau oder Sohn einen Anruf bekamen und erfuhren, dass jemand bei einem Unfall ums Leben gekommen war? Bob Bakers Leben hatte sich wegen eines Gesprächs verändert, oder nicht? Warum also sollte sich seines nicht auch ändern?, fragte er sich.

Es war unmittelbar nach seinem Collegeabschluss gewesen. Er hatte den Eignungstest fürs Jurastudium so schnell wie möglich machen wollen, bevor alle bis dahin gespeicherten Informationen ihm nachts im Schlaf aus den Ohren rutschen konnten. Nachdem er während der Collegezeit weg gewesen war, hatte es sich gut angefühlt, wieder im Big House in seinem Zimmer zu sein. Einige seiner Freunde hatten bereits eine feste Arbeit, entweder in den Familienbetrieben oder bei Beratungsunternehmen in Manhattan und Boston. Er hatte seinen Vater gefragt, ob er bei ihm in der Anwaltskanzlei arbeiten könne, aber Russell hatte das für keine gute Idee gehalten, allerdings ohne einleuchtende Begründung. Er hatte gewollt, dass sein ältester Sohn sich erst woanders einen Job suchte. Später einmal könne er dann bei ihm arbeiten, hatte er gemeint. Nach dem Jurastudium. Nachdem er woanders Erfahrung gesammelt hatte. Als wäre das einfacher, als für den eigenen Vater zu arbeiten.

Seine Ergebnisse waren ein wenig unter dem Durchschnitt gewesen. Nicht so schlecht, dass man ihm hätte Unwissenheit unterstellen können, aber doch so schlecht, dass er es in keines der angesehenen Programme geschafft hatte. Und wer hätte ihn schon einstellen wollen, wenn er nur auf einer viertklassigen juristischen Fakultät angenommen worden wäre? Elliot hatte einen Sommerjob bei einer Baufirma in Aussicht gehabt. Den Test hätte er im Herbst wiederholen können.

Die Tage waren lang und heiß gewesen, und er hatte wie ein Toter geschlafen, sobald sein erschöpfter Körper, manchmal noch in Kleidern, ins Bett gefallen war, und dann zehn Stunden lang. An den Wochenenden sogar zwölf. Wenn er sonntagmorgens in Boxershorts und T-Shirt die Treppe heruntergestolpert war, hatten seine Eltern bereits beim Mittagessen gesessen.

Sobald ein Lüftchen gegangen war, hatten Astrid und Russell sich ins Freie an den kleinen schmiedeeisernen Tisch gesetzt. Am Wochenende hatte Russell keine Anzüge getragen, aber entspannt hatte er dennoch nicht gewirkt, nicht so wie andere Väter. Er hatte Polohemden und gebügelte Hosen getragen, Jeans seien was für Kinder und Cowboys, hatte er immer gesagt. Obwohl warmherziger als seine Ehefrau und durchaus auch mal zum Scherzen oder einer knappen Berührung am Arm aufgelegt, war er in anderen Dingen genauso wie sie gewesen – präzise und klar in seinen Ansagen.

An einem dieser Sonntage hatte er, Elliot, den Kühlschrank geöffnet und die kalte Luft hatte sich gut angefühlt, so gut, dass er sich vorgebeugt und seine Nase gegen eine Packung Orangensaft gepresst hatte. Er hatte sich verkatert gefühlt, aber wegen der körperlichen Arbeit und nicht wegen zu viel Alkohol am Abend zuvor. Es war absolut still im Haus gewesen. Er hatte den Orangensaft aus dem Kühlschrank genommen, die Tür geschlossen und sich dagegengelehnt, sich die dreieckige Tülle an den Mund gehalten und in langen, langsamen Schlucken direkt aus der Packung getrunken. Draußen hatte sein Vater gelacht.

Später sollte dieses Lachen immer heftiger schmerzen, aber in diesem Moment an diesem sonnigen Nachmittag hatte er selbst mit Lachen darauf reagiert. Das Lachen seines Vaters war albern gewesen, viel höher als seine Sprechstimme. Er hatte sich die Saftpackung an die Brust gehalten und sich der zum Garten hin offen stehenden Tür genähert. Ohne sich zu zeigen. Porter war irgendwo anders gewesen. Wäre sie zu Hause gewesen, hätte sie Lärm gemacht, telefoniert oder Kartoffelchips in sich hineinschlingend zwischen den Eltern gesessen und diese angestachelt. Er war als einziges der Kinder im Haus gewesen und hatte wissen wollen, worüber seine Eltern sprachen.

»Ach hör auf«, hatte sein Vater gesagt. »Das ist nicht dein Ernst.«

»Tut mir leid, das sagen zu müssen, aber ich meine es so«, hatte seine Mutter erwidert. »Ich möchte es nicht glauben. Aber ich tu's. Ich denke, er ist immer nur so durchgerutscht. Erst die Schule, dann hat er gerade so eben das College geschafft. Und jetzt bildet er sich ein, er wird Anwalt, nur weil du einer bist. Tut mir leid. Wir tun ihm keinen Gefallen, wenn wir ihn in seiner Einbildung bestätigen, dass es dazu kommen wird.« Elliot hatte sich abgewandt, aber nicht dazu aufraffen können, die Küche zu verlassen. Seine Mutter hatte weitergesprochen. »Ich denke einfach, er ist für die Geschäftswelt nicht geschaffen. Er sollte einen Joghurtladen aufmachen oder so.«

»Joghurt!«, hatte sein Vater gedröhnt. Russell

würde ihn verteidigen, natürlich tat er das. »Joghurt ist passé. Vielleicht sollte er beim Bau bleiben … ein paar imposante Häuser auf dem Hang planen.«

»Hm. Wir werden sehen. Vielleicht wenn ihm ein anderer sagt, wo die Balken hingehören. Nicht jeder kann ein Boss sein, Rusty.«

Elliot hatte das Schrappen eines Stuhls auf dem Steinboden gehört und den Saft auf die Küchentheke gestellt. Er war schnell aus der Küche und über die Treppe nach oben getapst, wo er für den Rest des Tages geblieben war.

»Also, was haben Sie für das Gebäude da drüben geplant?«, fragte Birdie.

Er schreckte aus seinen Erinnerungen hoch. »Ich habe mich gerade mit jemandem getroffen, der Eiscreme macht. Er wohnt in New Paltz. Ich weiß nicht. Er könnte nur halb so viel zahlen wie die anderen Unternehmer, die an mich herangetreten sind. Seine Frau ist mit Wendy im Spinning-Kurs. Keine Ahnung, wie sie herausgefunden hat, dass das Gebäude jetzt mir gehört.«

»Dann ist er also von hier, hat eine Bindung an die Gemeinde und macht zudem noch Eis«, fasste August zusammen.

»Pass auf, es ist eine unternehmerische Entscheidung, die ich da treffen muss. Es geht dabei ums Geschäft«, betonte Elliot.

Cecelia dachte an den Glanzordner und fühlte sich plötzlich einheimischer denn je. Ihrer Großmutter würde bestimmt nicht gefallen, was ihr Sohn in Wahrheit plante, und das wusste Elliot auch. Sie nahm ihren Mut zusammen, wollte aber nicht als Petze dastehen.

»Was immer du da planst, es wird bestimmt schön werden.«

Elliot sah sie mit großen Augen an, und sie senkte den Blick.

Nach zwei großen Bissen Pizza lehnte Elliot sich an die Wand. Er atmete tief ein und wieder aus. »Also, Birdie, ich sollte es Ihnen sagen. Beauty Bar ist an mich herangetreten. Ich glaube nicht, dass sie Haare schneiden, aber sie machen Frisuren. Und verkaufen Make-up.«

»Lokale Einzelhändler unterstützen …«, wiederholte August das Mantra seiner Eltern.

»Krass«, sagte Cecelia, als wüsste sie nicht Bescheid.

»Benehmt euch, ihr zwei«, mahnte Birdie liebevoll und gab Cecelia einen Kuss auf den Scheitel. »Es ist Ihre Entscheidung, Elliot. Darf ich Ihnen etwas dazu sagen?« Er nickte. »Es muss sich gut und richtig anfühlen. Meine Eltern wollten, dass ich Lehrerin werde. Aber zu unterrichten war nie mein Ding. Meine zwei Schwestern leben in Texas in derselben Stadt wie meine Eltern und sind beide Lehrerinnen. Ich will nicht behaupten, dass sie unglücklich sind. Ich sage nur, man muss Entscheidungen treffen, auf die man stolz sein kann, ohne sich darüber Gedanken zu machen, was andere Leute sagen werden. Das schließt Ihre Mutter mit ein.«

»Ich denke, Sie kennen eine völlig andere Seite

meiner Mutter als ich«, sagte Elliot. »Ich meine, offensichtlich ist das so. Aber nicht nur das. Ich bin es gewohnt, dass meine Mutter mich ständig kritisiert. Ich bin der Erstgeborene, wissen Sie?«

Birdie hielt die Schere in die Luft. »Ich auch. Da haben wir was gemeinsam.«

»Ich auch«, warf Cecelia ein.

»Ebenso«, sagte August.

»Nein, nein, ihr beide seid Einzelkinder«, korrigierte Birdie. »Das ist was anderes. Einzelkinder werden, von allen Problemen mal abgesehen, wie Porzellan behandelt. Die ältesten Kinder behandelt man erst so und ignoriert sie dann zugunsten der süßeren, neueren Modelle. Einzelkinder sind die Belohnung. Älteste Kinder sind Tests. So sehe ich das.«

Elliot nahm sich das nächste Stück Pizza aus der Schachtel und setzte sich auf den dritten Friseursessel. Durch Beauty Bar würde er reich werden, und er wäre schließlich ein schlechter Geschäftsmann, wenn er sich die Chance auf eine Menge Geld entgehen ließe. Er schlenkerte mit den Beinen wie die beiden Kids. Es war nicht fair, noch immer der Zustimmung der Eltern zu bedürfen. Nicky brauchte diese definitiv nicht. Auch Porter schien sie nicht zu brauchen. Er schloss die Augen und versuchte sich vorzustellen, wie sich das anfühlte. Wendy hatte gemeint, es sei nun an der Zeit, sich mehr Gedanken um seine Kinder als um seine Mutter zu machen, und das tat er auch, wenn sie damit auf den prozentualen Anteil seiner Gedanken anspielte, was natürlich nicht der Fall war. Wendy war der Ansicht, man solle sein Handeln von der Zukunft bestimmen lassen, ein Optimismus, von dem er wusste, dass er ihn nicht besaß. Ihm war klar, dass das Einzige, was wirklich jemanden antrieb – ihn antrieb –, die Vergangenheit war.

Kapitel 34

Verbale Kommunikation

Auf einem Hof gab es nie Langeweile: Immer war etwas zu tun, mussten Aufgaben erledigt werden. Selbst in der Nacht. Es musste gesäubert oder versorgt werden. Als Jeremy nach zehn Uhr an die Tür klopfte, sortierte Porter gerade einen Berg von Papierkram auf ihrem Schreibtisch, eine Aufgabe, die sie stets so lange hinausschob, bis der Stapel umzukippen und sich wie ein Tuch aus frischem Schnee auf dem Boden ihres Büros zu verteilen drohte. Es hatte doch ein paar Tage länger gedauert, bis er für den vorgetäuschten Notfall am kranken Tier Zeit gefunden hatte. Aber was machten schon ein paar Tage? Porter rief, dass die Tür offen sei, und er kam herein.

»Hast du hier drin keine Beleuchtung?«, fragte er.

Erst da merkte sie, dass es dunkel geworden war. Die einzige Lichtquelle im Raum war die kleine Schreibtischlampe.

»Ziegen brauchen keine Beleuchtung«, erklärte sie. »Die können ganz ausgezeichnet sehen, selbst im Dunkeln. Wusstest du, dass ihre Pupillen horizontal sind und sie fast gleichzeitig in alle Richtungen schauen können? Wie bei einer Fisheye-Linse.«

»Das heißt dann wohl, dass Ziegen Fischaugen haben«, folgerte Jeremy und trat hinter den Schreibtisch, um sie zu umarmen.

»Oho, du warst wohl auf einer guten tierärztlichen Hochschule.«

Sie ließ sich von ihm küssen. Für notwendige Nickerchen oder Nächte, die gelegentlich im Stall verbracht wurden, gab es eine schäbige Couch in dem kleinen Büro, und Porter dirigierte sie beide darauf zu. Jeremy schaffte es immer wieder, dass sie sich wie ein Teenager fühlte, nur dem Moment und der Frage verpflichtet, was sie als Nächstes mit ihren Körpern anstellen würden. War das mit Verliebtsein gemeint? Sie jedenfalls empfand es so, vor allem den Rausch, sich mit einem anderen Menschen zu vereinen. Jeremy streifte ihr die Unterhose unter dem Kleid ab und schnippte sie in den Raum, bevor er sein Gesicht dort vergrub, wo diese gewesen war.

»Bei dir fühle ich mich immer wie ein Teenager«, sagte sie.

Jeremys Mund war beschäftigt, und er ging nicht darauf ein. Sie fühlte sich sogar so, wie sie sich als Teenager gefühlt hatte. Porter wollte nicht in diese Zeit zurückkehren, ganz und gar nicht, aber sie verstand die damalige Beziehung zu Jeremy als die letzte Phase, in der sie wirklich und wahrhaftig nur ein Kind gewesen war. Sie wollte ihr Baby, sie wollte all den Sex, den sie mit wem auch immer haben wollte: War es denn zu viel verlangt, die verschiedenen Teile ihres Lebens säuberlich voneinander zu trennen? Sie schob ihn weg und kletterte auf ihn, nahm ihn in ihren Körper auf. Egal, wie groß ihr Bauch war, er liebte sie, und sie liebte ihn, und was sie taten, war okay.

Eine halbe Stunde später zog Jeremy sich an. Porter beobachtete ihn, wie er die Beine seiner Hose rausstrampelte, bevor er sie anzog.

»Hey«, sagte sie, »sollten wir nicht darüber reden?«

Jeremy fuhr sich durch die Haare. »Ja, wohl schon. Ich meine, früher oder später werden wir das müssen. Ich weiß, dass meine Frau mich fragen wird.«

»Ja«, sagte Porter. »Natürlich. Was willst du ihr sagen?«

Jeremy knöpfte die Jeans zu und suchte dann zwischen den Couchpolstern nach seinem T-Shirt. »Ich werde ihr wohl sagen, dass wir darüber gesprochen haben und Cecelia sich von Sidney fernhalten wird. Denn die Schule wird nichts unternehmen. Das hat man mir mitgeteilt. Offenbar hat Sidney ein paar Dinge gesagt, die politisch nicht korrekt sind, obwohl es sich für mich gar nicht so schlimm anhörte.«

»Nein«, widersprach Porter, »ich meine uns. Willst du ihr von uns erzählen? Was meinst du, weiß sie es? Sie muss doch was wissen, oder? Wir haben nie darüber gesprochen. Aber sie ist ja nicht dumm und wird deshalb was mitbekommen haben. Und ich fühle mich auch beschissen, lügen zu müssen, es geht nicht nur um dich.«

Das Baby strampelte solidarisch.

»Puh«, sagte Jeremy. Er setzte sich auf. »Davon habe ich nicht gesprochen.« Er legte seine Hände auf ihre Knie. »Ich meinte das mit Sidney und deiner Nichte. Ich sagte ihr, dass ich mit dir darüber reden und mich vergewissern werde, dass sie es nicht wieder tun wird, auch, dass wir keine Anzeige und so erstatten würden, als wäre wirklich was Schlimmes passiert, aber eine formelle Entschuldigung sollte es schon geben, damit es danach normal weitergehen kann. Ich denke, das sind Kristens Überlegungen dazu.« Er lehnte sich zurück und benutzte ihre Beine als menschliches Lendenkissen. »Was meinst du?«

»Na ja«, begann sie, »ich denke, dass Cecelia und Sidney und die Schule sich darauf einigen sollten, welche Entschuldigungen angebracht wären. Natürlich sollte niemand Schläge bekommen, aber es sollte auch keiner Dinge sagen, die einen anderen dazu bringen zuzuschlagen. Ich weiß übrigens nicht, was Sidney gesagt hat. Cecelia ist da sehr diskret.« Ächzend befreite sie ihre Beine und schwang sie schwerfällig zurück auf den Boden. »Und was ist mit dem Rest?«

Jeremy zog an seinem Kinn. »Dem Rest?«

»Ja. Uns zum Beispiel. Ich frag dich nicht, ob wir zusammen zum Abschlussball gehen, wüsste aber gern, was das ist mit uns.«

Wann immer sie im Geiste dieses Gespräch geführt hatte, hatte Jeremy sie lächelnd angesehen. Er war über den Boden auf sie zugekrochen, hatte einen Ring in der Hand gehalten, eine Badewanne mit Rosenblüten gefüllt. Das war natürlich albern, sie wollte ohnehin keine große Geste. Sie wollte einfach eine hörbare Bestätigung.

»Ach nicht doch, Port«, erwiderte Jeremy und schüttelte den Kopf. »Du weißt doch, dass es weitaus komplizierter ist. Du weißt, ich liebe dich – hab dich immer geliebt. Liebe ich dich mehr als meine Frau? Vielleicht. Ja, Mist. Weißt du was? Ich tu's. Verdammt, so ist es. Wenn ich mit dir zusammen bin, hab ich das Gefühl, wieder sechzehn zu sein, absolut unbesiegbar, als wäre ich Superman. Wenn du mich ansiehst, fühl ich mich nicht wie ein Loser mittleren Alters, der den ganzen Tag seinen Finger in Hundeärsche steckt, der Katzen einschläfert, wie das schon sein Vater getan hat, verstehst du? Ich fühl mich wie ein Kid, das sich die ganze Nacht das Gehirn rausvögeln wird, vielleicht auch noch den ganzen nächsten Tag. Weißt du, wie oft ich mit meiner Frau schlafe? Nie. Ich schlafe überhaupt nie mit meiner Frau. Vielleicht an meinem Geburtstag oder unserem Hochzeitstag, wenn sie dann nicht ihre Periode hat. Ihr wär's egal, wenn mir beim Scheißen der Schwanz abfiele und ich ihn versehentlich runterspülen würde.« Er beugte sich über sie und zog sie in seine Arme. »Du bedeutest mir alles. Du bist wunderbar, und ich liebe dich. Ist das eine Bestätigung? Ich möchte mir darüber klar werden. Hast du eine Ahnung, wie glücklich es mich machen würde, jeden Tag zu dir nach Hause kommen zu können?«

Porter schlang die Arme um ihn. Jeremy war warm und roch nach Schweiß. Sie hatte es hören wollen, aber nicht damit gerechnet, dass es so traurig klang. Als ihre Mutter in der Küche von Birdie erzählt hatte, war ihr Gesicht von grenzenloser Freude erfüllt gewesen. Sie war aufgeregt, aber glücklich gewesen, das hatte man sehen können. Aber nun, da Jeremy mehr oder weniger gesagt hatte, worum sie ihn gebeten hatte, war ihr danach, heimzugehen und sich unter die Dusche zu stellen, als hätte sie einen ganzen Kuchen auf einmal gegessen und alles müsste auf die ein oder andere Weise wieder herauskommen.

»Ich muss gehen«, sagte sie. »Wir müssen beide gehen.«

Als sie nach Hause kam, war es fast elf Uhr. Die Veranda lag im Dunkeln, weil sie den ganzen Tag weg gewesen war und kein Licht angelassen hatte. Sie fuhr den Wagen in die Garage und schloss die Haustür auf, trat mit der Schuhspitze dagegen und stieß sie auf. Alle alten Gebäude in Clapham waren klapprig und verschroben. Als sie den Lichtschalter fand, schnippte sie gleich die ganze Reihe an und beleuchtete das Haus. In ihrem Wohnzimmer schwebten ein Dutzend rosa Ballons. Sie schrie auf und hielt sich dann die Hand vor den Mund.

»Hallo?«, fragte sie in den Raum.

Ein Mörder würde wohl kaum auf so einen Gedanken kommen, aber sie behielt für alle Fälle die Schlüssel in ihrer Faust.

Aus der Sofaecke kam ein Stöhnen. Dort lag unter einer Decke ihr kleiner Bruder Nicky.

»Überraschung«, murmelte er, den Kopf noch unter Kissen begraben. »Wo bist du gewesen? Ich habe Abendessen mitgebracht. Und Ballons. Es ist nicht leicht, so eine Menge Ballons im Zug mitzunehmen, nur dass du's weißt.«

Porter schrie wieder, fröhlicher diesmal, und kletterte dann auf ihren Bruder, setzte sich auf seinen Brustkorb. Unter Geschwistern gab es keine Privatsphäre. Auch wenn sie immer mal wieder auf ihre Mutter wütend war, sie hatte ihr zwei Brüder gegeben, von denen sie einen wirklich gernhatte. Sie war nicht allein.

»Mein Baby«, sagte sie und hüpfte ein bisschen, bis Nicky sich für besiegt erklärte. »Was bin ich nur für eine Idiotin.« Sie schüttelte den Kopf. »Ich kann's dir nicht mal sagen. Ich meine, ich könnte schon, aber du wirst es mir nicht glauben. Oder doch, du würdest es mir glauben.«

»Ich auch«, sagte Nicky. »Ich bin ein Idiot, weil ich aus Angst vor ein paar Teenagermädchen und dem Internet Cece hergeschickt habe. Und warum bist du eine Idiotin?«

Sie rutschte von seinem Körper herunter und setzte sich neben ihn. »Ich hab mit Jeremy Fogelman geschlafen. Wieder mal.«

»Wieder? O mein Gott.«

Sie grapschte sich ein Kissen und hielt es sich vors Gesicht. »Ich weiß. Es ist mehr als dumm. Aber ich denke, ich musste das einfach ein für alle Mal loswerden. Kindische Dinge hinter mich bringen.«

»Das ist okay«, beruhigte Nicky sie und legte eine Hand auf ihre Schulter. »Wir machen alle Fehler. Ich werde es ihr nicht erzählen.«

Dabei nickte er und sah auf ihren Bauch.

Kapitel 35

Und dann waren sie zu dritt

Elliot kam in Arbeitshose und einem zerknitterten, locker herabhängenden Hemd nach unten, eindeutig die erstbesten Kleidungsstücke, die ihm in der verdunkelten Höhle seines Schlafzimmers in die Hände gefallen waren. Nicky hatte sie am Hupen gehindert, als Elliot nach den versprochenen drei Minuten noch nicht erschienen war. Es war spät – alle anderen schliefen. Aber das war Porter egal. Es war ihr auch egal, dass sie bei Buddy's, der einzigen Bar im Ort, die spät noch geöffnet hatte, höchstens an den Getränken ihrer Brüder würde nippen können. Das Einzige, was für sie an diesem Abend und vielleicht nur an diesem Abend zählte, war, dass sie ihren jüngeren Bruder ganz für sich hatte, wenn man ihren großen Bruder nicht mitzählte.

Elliot stand einen Moment zitternd auf der Türschwelle und blinzelte in Richtung Auto, als könnte er sich nicht mehr daran erinnern, wer ihm sechzehn Mal getextet hatte, dass seine Anwesenheit zwingend erforderlich war. Nicky kurbelte das Beifahrerfenster herunter und winkte.

»Alle an Bord, alter Junge.«

Elliot kam angerannt und rutschte auf den Rücksitz, bis er ganz in der Mitte saß und die Hände um beide Vordersitze legen konnte.

»Wann bist du angekommen?«, fragte er und rieb sich die Augen.

»Hast du schon geschlafen?«, fragte Porter. »Wie alt bist du, neun?« Natürlich war auch sie sonst um diese Zeit schon im Bett.

»Vor ein paar Stunden. Ich wollte unsere schwangere Schwester überraschen, aber sie war nicht zu Hause, und so hab ich bei einem kleinen Nickerchen auf ihrer Couch gewartet und sie dann überrascht.« Nicky legte seine Hand auf die seines Bruders. »Schön, dich zu sehen.«

»Ja, Mann.«

»Die liebe Güte, El, du fließt ja über vor Liebe, nicht zu fassen«, sagte Porter und verdrehte die Augen. »Ihr beide braucht was zu trinken, und ich werde mich betrinken, indem ich meinen kleinen Finger in euer Bier tunke.«

»Fermentation ist gut für dich«, meinte Nicky. »Ein Bier kann nicht schaden. Gewisse Biersorten sind sogar gut für die Milchbildung. Du brauchst diese Enzyme.«

»Genau das meine ich«, sagte Porter. »Endlich mal familiäre Unterstützung.«

Buddy's machte immer einen geschlossenen Eindruck trotz der riesigen Neonreklame draußen. Das Lokal befand sich im Erdgeschoss eines großen Gebäudes, drei Stufen unterhalb des Straßenniveaus, war feucht und den ganz Tag ohne Sonnenlicht. Das machte den Charme aus. Die drei Strick-Geschwister drängelten sich nacheinander durch die schmale Tür und steuerten eine Nische ganz hinten in der Bar an.

»Der Laden hier hat sich überhaupt nicht verändert«, bemerkte Nicky.

Er baute aus feuchten Untersetzern einen kleinen Turm, der über kurz oder lang zum Einsturz kommen würde. Porter legte den Kopf auf seine Schulter und schloss die Augen. Ihr Bauch stieß gegen die Tischkante.

»Cecelia war zum Babysitten bei uns«, sagte Elliot.

Seine Stimme dröhnte, als müsste er laute Musik übertönen, die nur er hören konnte. Er hatte ihnen gegenüber Platz genommen. Porter hätte sich nicht vorstellen können, ihren Kopf auf die Schulter ihres älteren Bruders zu legen. Er war eher so wie ihre Mutter, als hätte er einen unsichtbaren elektrischen Zaun um seinen Körper. Nicht sehr einladend. Nicht wie Nicky, den sie bereits in den Armen gehalten hatte, als er einen Tag alt und rundum noch ganz weich und fast halslos gewesen war. Er war der geborene Schmuser.

»Das ist wunderbar, ganz wunderbar«, freute sich Nicky. Er strich Porter übers Haar. »Mein Gott, ich vermisse sie so. Es schien das Einfachste von der Welt zu sein, sie zu Astrid zu schicken, aber jetzt bin ich mir da nicht mehr so sicher. Ob man die richtige Entscheidung gefällt hat, ist verdammt schwer einzuschätzen.«

Elliot legte seine Hände auf den Tisch und stemmte sich hoch. »Also wenn du über fragwürdige Elternentscheidungen reden willst, werden wir die ganze Nacht hier sein. Ich hole mal die erste Runde.«

»Für mich bitte Selterswasser«, rief Porter ihm hinterher, was Elliot mit aufgerichtetem Daumen kommentierte. »Er ist so nervig«, sagte sie zu Nicky, obwohl Elliot gar nichts getan hatte. Er ging ihr einfach immer auf die Nerven.

»Dann meinst du also, dass Cece klarkommt?«, erkundigte sich Nicky.

Es war so schön, ihn wieder hierzuhaben, und sei es nur für kurze Zeit. Nicky war für sie die schönste Puppe gewesen, ihr lachendes und gurrendes Spielzeug. Wie gern hätte sie ihn damals in den Kindergarten mitgeschleppt, um ihn vorzuführen und über ihn zu berichten.

»Sie ist toll, Nicky. Wirklich. Ich weiß nicht genau, was da letzte Woche in der Schule vorgefallen ist, aber ich vermute, sie hat sich in eine Superheldin verwandelt. Und das finde ich gut.« Sie drückte seinen Arm. »Ich glaube nicht, dass du dir ihretwegen Sorgen machen musst. Sie ist so ein gutes Kind. Wirklich gut. Viel besser, als wir das waren.«

»Hey!«, wehrte sich Nicky, als fühlte er sich gekränkt. Elliot kam mit drei Gläsern zurück. Er stellte sie ab, rutschte zurück in die Nische und lehnte sich an die abgewetzte Rückenlehne. »Erzählt mir mal von Birdie«, bat Nicky. »Ich meine, in groben Zügen kenne ich die Geschichte. Aber wie ist es? Es hörte sich so an, als ginge das schon eine Weile.«

Es gab eine Jukebox, und es lief Hall & Oates. Porter vermutete, dass es keinen Song gab, der nach 1997 erschienen war.

»Ich finde es erstaunlich«, sagte sie, »als würde man eine Folge von *Black Mirror* ansehen, aber eine der erbaulicheren, nicht eine, bei der man denkt, die Roboterherrscher hätten bereits gewonnen. Ich glaube, dass Astrid glücklich ist, ob du es glaubst oder nicht.«

Elliot beugte sich vor und breitete seine Unterarme auf dem Tisch aus. Der Turm aus Untersetzern kippte zur Seite. »Erstaunlich ist das nicht, es ist einfach nur verdammt schräg.«

»Aha«, warf Porter ein.

»Nein, Porter, wirklich! Mal ganz ehrlich. Findest du es nicht auch seltsam? Nach all den Jahren, in denen Mom mehr oder weniger die Margaret Thatcher des Hudson Valley war, ist sie jetzt plötzlich Ellen DeGeneres? Ich mag Birdie. Ich mag sie sogar sehr. Aber seltsam ist es dennoch.« Elliot schüttelte den Kopf.

»Oh, machst du immer so ein Gesicht, wenn du dir eine Frau vorstellen musst, die einfach tut, was sie will? Weißt du nicht, in welchem Jahr wir leben? Es ist das Jahr der Frauen! Frauen können alles tun. Wir können Dummes und Verblüffendes, Kluges und Albernes tun. Und wir brauchen dazu keine Erlaubnis.« Porter schlug auf den Tisch und brachte Nickys Bier zum Überschwappen.

»Das meine ich doch gar nicht«, rechtfertigte sich Elliot. Er machte einen Rückzieher, wie sie das geahnt hatte. Elliot knurrte, aber er biss nicht. »Es sieht Mom nur so gar nicht ähnlich. Ich habe nichts dagegen, sie glücklich zu sehen, es ist nur, dass sie zuvor noch nie glücklich gewirkt hat, und das ist … keine Ahnung. Es ist, als wäre sie ein völlig anderer Mensch.«

»Ich glaube, sie war glücklich«, warf Nicky ein. »Nur lebt ihr Glücksgefühl in einer kleinen Schachtel, versteht ihr? Ihr Glücksgefühl hat Grenzen. Und ich finde es gut. Birdie ist jünger als sie. Kameradschaft ist wichtig. Fürsorge ist wichtig.«

»Sie ist nicht ihre Pflegerin, Nicky, sie ist ihre Geliebte!« Porter hatte nicht damit gerechnet, sie beide schelten zu müssen.

»Das weiß ich doch, Puerto«, beschwichtigte Nicky. »Aber älter werden ist nicht leicht, und ich glaube, dass Menschen, die das in Gemeinschaft tun, glücklicher sind und länger leben. Ich habe mir Sorgen wegen ihres Alleinseins gemacht. Ihr beide seid zwar hier, das weiß ich, aber aus der Distanz betrachtet bin ich erleichtert.«

»Du bist so ein selbstgerechter Mistkerl«, sagte Elliot und trank einen Schluck. »Mein Problem ist vermutlich, dass sie immer so hartherzig war, und das war unser Vorbild, versteht ihr? Nachdem Dad gestorben war, hatten wir nur sie, und sie war so. Wie eine Ente, die sich umdreht und all ihren Entchen erklärt, dass sie in die völlig falsche Richtung gewatschelt sind, obwohl sie ihnen genau das beigebracht hat.«

Nicky legte seine Hand an die Wange seines Bruders. »Du läufst immer noch wie eine Ente.«

»Ach, hör auf. Dir kann das ja auch egal sein, dich hatte sie am liebsten hier. Alle lieben dich! Sie hat nicht mal so getan, als würde sie uns genauso mögen. Oder stolz auf uns sein oder was auch immer. Als wäre alles, was du gemacht hast, ganz großartig und wichtig. *Jake George* war ein verdammt blöder Film.« Elliot hielt seine Hand hoch und wartete auf das zustimmende Nicken seines Bruders, und es kam. »Siehst du? Du weißt es. Alle wussten es. Aber Mom wartet noch heute darauf, dass dein Oscar in der Post liegt.«

»Und der Nobelpreis«, ergänzte Porter. »Das stimmt. Du bist noch immer ihr Liebling. Ich meine, sieh uns doch an, sie behandelt mich und Elliot wie große Enttäuschungen, wohingegen du sie nie anrufst, sie aber feuchte Augen bekommt, wenn sie nur deinen Namen ausspricht. Es überrascht mich, dass sie kein Foto von dir am Kühlschrank kleben hat.«

»Lass gut sein.« Nicky trank einen Schluck Bier. »Das stimmt so doch gar nicht.«

»Und ob es stimmt«, sagte Elliot. Porter stieß mit ihm an. Vielleicht nervte er ja doch nicht immer. Einen kurzen Moment lang stellte sie sich eine Zukunft vor, in der sie und Elliot sich bewusst sehen würden, weil sie Lust dazu hatten. »Eltern sollten das nicht tun. Wenn ich meine Kinder auch für Monster halte, so halte ich sie wenigstens *beide* für Monster.«

»Ich kann dazu nur sagen«, begann Nicky, »dass sie anders mit mir umgegangen sind, weil sie selbst anders waren. Hätten Juliette und ich ein paar Jahre nach Cecelia noch ein weiteres Kind bekommen, wären wir andere Eltern gewesen. Du hattest ein Elternpaar, El, das stimmt, und Porter hatte dann ein anderes und ich ein drittes. Von außen betrachtet, sehen sie allerdings gleich aus.«

»Und wird es dadurch besser? Müssen wir alle einfach nur akzeptieren, dass unsere Eltern dich lieber mögen als uns?« Elliots Wangen waren gerötet, aber er wirkte nicht sauer. Sie kannte diesen Ausdruck ihres Bruders – es war das Gesicht, das er als Kind gehabt hatte, wenn sein Team verloren hatte, weil ein paar Freiwürfe von ihm übersehen worden waren, oder er bei einer Klassenabstimmung nicht gewonnen hatte. Ungute Gefühle, egal welcher Art, kehrte Elliot immer nach innen. »Sie hätten lügen müssen. Sie hätten uns etwas vormachen müssen.«

»Es ist nicht dein Fehler«, sagte sie. »Genauso wenig, wie es mein Fehler ist.«

»Schön«, Elliot rollte die Augen. »Es ist nicht mein Fehler.«

»Hey«, beschwichtigte Nicky. »Ist es wirklich nicht.«

»Darf ich dir zu einer anderen Sache eine Frage stellen, El?«, fragte Porter. Sie bewegten sich ohnehin schon auf dünnem Eis, und sie beschloss weiterzumachen. Sie richtete sich auf und ließ die Fingerknöchel knacken. »Wendy hat mir von dem Gebäude erzählt.«

»Von welchem Gebäude?«, fragte Nicky.

Elliot kippte den Rest seines Drinks herunter. »Was hat sie dir erzählt? Und wann? Hat sie dich angerufen?«

»Wendy und ich waren zusammen mittagessen.« Sie wandte sich an Nicky. »Unser großer Bruder hat das leer stehende Gebäude am Kreisverkehr gekauft. Aber das ist streng geheim.«

Sie legte einen Finger an die Lippen. Nachts mit ihren Brüdern in einer Bar zu sein reichte ihr schon, um sich ein wenig beschwipst zu fühlen, obwohl sie nur einmal kurz an Nickys Bier genippt hatte.

»Du meinst den Weinladen?«, fragte Nicky und sah dabei abwechselnd seine Geschwister an.

»Das war einer der letzten Mieter, ja. Main Street Nummer 72. Neben Sal's. Unfassbar, dass Wendy es dir erzählt hat.« Elliot war sauer. »Ich wollte einfach nicht, dass daraus ein Riesendurcheinander entsteht, versteht ihr, dass alle mir sagen, was ich tun soll und was nicht. Ich bin erwachsen, und es ist nun mal mein Job, etwas zu bauen.« Sein Glas war leer, aber er hielt es sich dennoch an die Lippen.

»Ich finde das spannend, El«, sagte Nicky. »Was willst du dort reinsetzen? Mit deinem Büro umziehen? Oder es vermieten? Was Neues bauen? Tolle Sache. Du setzt dich damit ganz ins Zentrum. Weiß Astrid es denn? Sie wird ausflippen. Sie wird eine E-Mail losschicken, ohne irgendwen in die Blindkopie zu setzen, und wir bekommen jeder fünfhundert Antworten.«

»O Gott …« Porter stöhnte. »Weißt du, es wäre vielleicht besser, wenn Birdie wirklich noch jung wäre und ihr beibringen könnte, wie sich so etwas vermeiden lässt.«

»Nein, Mom weiß es nicht. Und ich würde es

sehr begrüßen, wenn sie es nicht von euch beiden erfährt. Ich bin mit ein paar Dutzend potenziellen Geschäftsleuten im Gespräch und möchte, dass alles in trockenen Tüchern ist, bevor ich es ihr sage.« Elliot schob sein Glas an der Tischkante entlang. »Welche Entscheidung ich auch treffe, es wird die falsche sein, und ich kann nicht behaupten, mich darauf zu freuen.«

Glocken läuteten. Nicky fuhr mit der Hand in die Hosentasche und zog sein Handy heraus. »Das ist meins, es ist Juliette, da muss ich drangehen. Ich sollte sie anrufen, wenn ich angekommen bin, doch dann bin ich eingeschlafen.«

Porter machte Platz, damit er aufstehen konnte, und Nicky flitzte zum Eingang und schob die schwere Tür auf. Sie streckte die Hand aus, aber Elliot winkte ab und erhob sich. Gemeinsam gingen sie an die Theke und lehnten sich an das blank gescheuerte Holz. Ein weiterer Drink für Elliot, für sie wieder Selterswasser. Sie konnte sich nicht erinnern, wann sie nach Einbruch der Dunkelheit ihrem Bruder mal so nah gewesen war. Im Dunkeln konnte sie ihn deutlicher erkennen, die vertraute Form seiner Nase, wie er seine Ellbogen hielt, wenn er nervös war.

»Warum willst du es ihr denn nicht erzählen?«, hakte sie nach. Familie zu sein war wie *Und täglich grüßt das Murmeltier*. Egal, was passierte, ob sie an diesem Abend Spaß zusammen gehabt oder einander, wie üblich, angestänkert hatten, am nächsten Morgen würde Elliot noch immer ihr großer Bruder sein. Ihre Mutter nach wie vor ihre Mutter. Sie stellte mathematische Gedankenexperimente an, um zu einer Lösung zu kommen: Würden sich, wenn sie und Elliot und Nicky verschiedene Eltern hätten, diese verschiedenen Konstellationen entlang alternativer Zeitachsen fortsetzen bis in die Gegenwart? Gab es eine Reset-Taste? Der Tod ihres Vaters war ein Reset gewesen, das wusste sie. Vielleicht hatten Astrids Veränderungen dort eingesetzt, und sie waren alle zu sehr mit ihrer Trauer beschäftigt gewesen, um es mitzubekommen.

»Siehst du denn nicht, wie viel strenger sie zu mir ist als zu euch beiden? Erinnerst du dich noch, als ich mit Scotty zu lang aus war und sie mich dann die ganze Nacht auf der Veranda schlafen ließ?«

»Das stimmt nicht«, sagte Porter.

»Doch. Ich meine, ja, gut, eine Stunde später kam sie dann an und ließ mich in mein Zimmer, aber sie hat es vorgehabt. Oder weißt du noch, dass du und Nicky, dass ihr zwei eine Woche lang in einem Bett geschlafen habt nach Dads Tod? Ich bin in meinem Apartment geblieben.« Elliot trank einen Schluck.

»Du hast nie gesagt, dass du bei uns übernachten möchtest«, ereiferte sich Porter. »Hätten wir Gedanken lesen sollen?«

»Du kapierst es immer noch nicht. Aber du wirst es irgendwann kapieren. Und wer weiß, vielleicht gebe ich es ja an meine Kinder weiter. Im Moment sind sie noch zu jung, um sich zu erinnern.«

Nicky kam fröhlich hereingeschneit und gab ihnen einen Kuss auf die Wange. »Juliette kommt morgen«, verkündete er. Bart und Atem stanken nach

Gras. »Wir wollen Cecelia überraschen. Oh, bevor ich es vergesse – ich muss euch was fragen. Wer um Himmels willen ist Barbara Baker? Mom redet immer wieder von ihr, wenn ich mit ihr telefoniere, und ich habe absolut keine Erinnerung an sie.«

»Sie war mit Bob Baker verheiratet. Du weißt schon, dem, der beim Herbstumzug immer den Festwagen gefahren hat. Das Schlimme an der Sache ist, dass Mom direkt vor Ort war, als sie überfahren wurde. Es hätte auch sie treffen können. Das geht mir nicht aus dem Kopf.« Elliot nahm wieder einen Schluck.

Porter wollte gerade zu der Erklärung ansetzen, dass Barbara mehr war, als nur die Frau ihres Mannes, und seine Erklärung ungeeignet, als am anderen Thekenende eine Mittdreißigerin die Augen zukniff zu einem Blick, den sie alle bestens kannten.

»Oh-oh«, sagte Nicky.

Die Frau glitt von ihrem Barhocker und stakste auf sie zu. »Bist du Jake George?«

Fans von Nickys Film waren mittlerweile zwischen dreißig und vierzig, steckten tief in lebenswichtigen Entscheidungen, hatten aber noch immer eine Schwäche für ihr Teenie-Idol, jenen Traummann, der ihnen die Augen für das geöffnet hatte, was Liebe sein konnte. Cecelia hatte Porter erzählt, dass auch einige Kids in ihrer Klasse den Film gesehen hatten und Dialoge daraus zitierten, die heute unglaublich rassistisch und sexistisch rüberkamen. Wie konnte es sein, dass vor ungefähr zwanzig Jahren solche Scherze zulässig, ja sogar lustig gewesen waren? Nicky war damals entsetzt gewesen und war es jetzt, aber er war höflich, und so streckte er ihr die Hand hin und sagte Ja. Die Frau kreischte und brachte sich ganz schnell in Position für ein Selfie. Nicky stand hinter der No-Selfie-Politik, aber die Frau war in Anbetracht ihres Alkoholpegels unglaublich schnell, und so blieb ihm, nachdem es geblitzt hatte, nichts anderes übrig, als im Schutz seiner Geschwister in ihre Ecke zurückzukehren.

Kapitel 36

Astrid ist bereit

Astrid fuhr Birdie zu ihrem Salon, setzte sie ab und fuhr langsam weiter über die schattengesprenkelte Straße. Der Oktober war der herrlichste Monat im ganzen Jahr – die Sommer konnten heiß und die Winter schneereich sein, der Herbst war perfekt. Sie hätte hier selbst mit verbundenen Augen fahren können, wenn es keine Leute oder Hunde zu beachten gäbe, so sehr hatte sich ihr jeder Winkel des Ortes eingeprägt. Sie passierte Spiro's, den Lebensmittelladen, die Stallgebäude von Clap Happy, das YMCA, das Altenheim, den Bahnhof, Porters Haus, die Kirche, in der Elliot und Wendy geheiratet hatten, die Junior Highschool, die Highschool, und natürlich passierte sie den Kreisverkehr.

Nicky hatte ihr getextet, er sei in der Stadt, habe bei Porter übernachtet und wolle sie am späten Vormittag besuchen. Dass Nicky wieder in der Stadt war, machte sie nervös – sie wusste, dass er Clapham nicht mochte und vielleicht auch sie nicht mochte. Wenn beide Elternteile noch lebten und zusammen waren, konnte immer einer dem anderen vorwerfen, schwierig zu sein, aber wenn man allein war, gab es diese Möglichkeit nicht. Sie war um eine Verbesserung ihrer Beziehung zu ihren Kindern bemüht, doch egal, was sie auch versuchte, es machte alles nur noch schlimmer. Ihm Raum geben, nicht wütend werden, wenn er sich verspätete, wie sie das bei Elliot versuchte. Sie bemühte sich, ihre Fehler zu korrigieren. Das war das Problem, wenn man eine Familie hatte: Man meinte es gut, und es wurde doch eine Katastrophe. Liebe heilte nicht alles. Liebe vermochte nichts auszurichten bei einem fehlinterpretierten Tenor einer Textnachricht oder einem hitzigen Temperament oder einem verpassten Gespräch.

Sie hatte Nicky und Juliette jeweils separat angerufen und ihnen vom Vorfall an Cecelias Schule erzählt. Astrid wusste, dass sie dem armen Kind nicht ihre ganze Aufmerksamkeit geschenkt hatte. Wäre Barbara eher gestorben, hätte sie sich vermutlich nicht auf ihren Plan eingelassen, Cecelia zu ihr zu schicken. Sie war froh, ihre Enkelin bei sich zu haben – sie liebte Cecelia. Das Problem war, dass sie, Astrid, als Person und Mensch nicht aus Stahl gemacht war, wie ihre Kinder das annahmen.

Es war das erste Mal seit der Geburt der Zwillinge, dass Nicky wieder nach Clapham kam. Drei Jahre! Sie konnte sich noch gut an die Zeit erinnern, als drei Jahre ihr wie eine Ewigkeit vorgekommen waren und man das Alter der Kinder in Monaten oder halben Jahren angegeben hatte, weil ein ganzes Jahr in seiner endlosen Ausdehnung nicht abzusehen gewesen war. Jetzt kamen einem drei Jahre wie Tage oder Wochen vor, nur dass Nicky ihr Nesthäkchen war und sich jeder Zeitraum ohne ihn, ob lang oder kurz, schnell oder langsam, wie eine Tragödie anfühlte. Aber bei wem sollte sie sich beklagen? Porter und Elliot waren es gewohnt, in Nickys charismatischem Schatten zu leben, und das war nicht fair, also konnte sie bei ihnen ihre Klage nicht loswerden. Russell lebte nicht mehr. Und zwei ihrer drei Kinder wohnten im Umkreis von fünf Autominuten – also konnte sie auch nicht bei ihren Freundinnen jammern, deren Kinder nach Los Angeles, Portland oder Chicago gezogen waren, Orte, die man nur mit dem Flugzeug erreichte und für die man FaceTime-Verabredungen planen musste, damit die Enkelkinder nicht vergaßen, wie man aussah. Juliette und Cecelia waren zwei- oder dreimal im Jahr zu Besuch gekommen, hin und wieder auch einfach so übers Wochenende, um in den Streichelzoo zu gehen oder ins Schwimmbad, wenn es in Brooklyn zu heiß und stickig wurde. Es war ja wirklich nicht weit – sie hatten sich nicht entfremdet oder ähnlich Entsetzliches, Nicky kam einfach nicht gern, er war gern für sich und liebte es zu reisen. Sobald Kinder da waren, gab es keine grenzenlosen Möglichkeiten mehr für Besuche. Das verstand Astrid. Zudem war es nicht angemessen, sich als Mutter nach der Liebe eines erwachsenen Sohnes zu sehnen.

Astrid wendete und stellte kurz darauf fest, dass sie in die Straße eingebogen war, in der Elliot mit seiner Familie lebte. Vermutlich hatte sie von Anfang an dieses Ziel gehabt und es unbewusst angesteuert.

Kinder, dachte sie, haben so unterschiedliche Bedürfnisse. Wollten die einen ständig geknuddelt und in den Arm genommen werden, brauchten die anderen viel Raum und Ruhe. Sie hatte sich Mühe gegeben, hatte versucht, jedem ihrer Kinder zu geben, was es brauchte, aber es war unmöglich, dieser Aufgabe perfekt nachzukommen. Sie nahm an, dass Nicky seinen Bruder noch nicht gesehen hatte, und wollte Elliot deshalb zum Abendessen einladen – wollte all ihre Kinder und Enkelkinder gleichzeitig im Haus haben. Es war eine so simple Idee – nicht weil Ferien waren oder eine Feier anstand, die eine Person in den Mittelpunkt stellte, um die alle anderen sich drehten, sondern nur weil sie alle noch am Leben waren. War das nicht ein Wunder?

Je älter sie wurde, desto besser verstand sie, dass niemand sich näherstehen konnte als Eltern und ihre Kinder, dass Generationen rasch entglitten und die Jahre, die zwischen ihr und ihrer Mutter und zwischen ihr und ihren Kindern lagen, absolut nichts waren. Es gab immer noch Menschen, die den Holocaust erlebt hatten, der nicht einmal zehn Jahre her gewesen war bei ihrer Geburt, den sie aber nur aus Geschichtsbüchern kannte. Ihre Kinder waren Kinder gewesen, jetzt waren sie erwachsen, sie waren jetzt alle Erwachsene, und die Zeit war schneller als ein Augenblick vergangen.

Astrid parkte den Wagen in Elliots Einfahrt und drückte dann auf die Klingel, die laut tönte, eine prahlerische Glockenimitation. Als keiner öffnete, versuchte sie es an der Klinke und stellte fest, dass die Tür nicht verschlossen war. Durchs Panoramafenster im Wohnzimmer sah sie, dass Wendy und die Jungs draußen waren. Wendy hockte auf den Knien und kümmerte sich um das Wehwehchen von einem der Zwillinge. Sie war eine gute Mutter – taff, aber liebevoll. Astrid respektierte Wendy, die unendliche Geduld für ihre beiden Kinder zu haben schien, obwohl sie extrem anstrengend sein konnten. Sie fand, dass die Zwillinge schwieriger waren als ihre eigenen Kinder damals, aber die Achtziger waren auch eine andere Zeit und die Erwartungen an sie als Mutter geringer gewesen.

Sie hätte Wendy gern mehr Hilfe angeboten – wäre häufiger zum Babysitten gekommen, hätte mehr Ratschläge gegeben und nette Geschichten über Elliot und seine Geschwister aus der Kindheit erzählt –, aber sie wusste, dass dies nicht willkommen war, und bot sich deshalb nicht an. Wann immer ihr eine Bemerkung über Aktionen des Kleinkinds Elliot herausgerutscht war, etwa wie er sich immer wieder auf seine dicke Windel hatte fallen lassen, als er laufen gelernt hatte, wurden Elliots Augen zu Schlitzen, und er sah sie an, als würde sie ihn nach seiner Verdauung fragen.

Die Tür von Elliots Arbeitszimmer war geschlossen. Es war so ein riesiges Haus – Aidan und Zachary teilten sich ein Zimmer, und die anderen Zimmer, gedacht für weitere Kinder, die Wendy und Elliot haben könnten, wurden für völlig absurde Aktivitäten zweckentfremdet: Ein Raum beherbergte Heimtrainer, einer war das Spielzimmer, einer die Bibliothek, für die Elliot ledergebundene Bücher gekauft hatte, um den Regalplatz zu füllen, ohne auch nur im Entferntesten vorzuhaben, sie auch zu lesen.

Astrid klopfte an und wartete auf Elliots Antwort. Sie hörte ihn erschöpft seufzen und drückte dann langsam auf die Klinke.

Elliot spielte Golf. Das hieß, er tat, als würde er Golf spielen – mit einem Videospiel auf dem Fernsehbildschirm. Astrid fand es schrecklich, dass er einen Fernseher in seinem Büro hatte. Das war kein Büro, das war ein Clubhaus, eine Teenagerfantasie dessen, was Erwachsenenleben ausmachte.

»Hi, Mom«, sagte Elliot, ohne sich umzudrehen.

»Woher wusstest du, dass ich es bin?«, fragte Astrid.

Elliot zog seine Ellbogen mit Schwung zurück, hatte aber nur einen winzigen Joystick in der Hand und schlug einen vorgetäuschten Ball in das Simulakrum eines blauen Himmels. Auf dem Bildschirm erschien eine Punktzahl, dann drückte Elliot auf einen Knopf, sodass der Bildschirm grau wurde, und warf den Joystick auf den Schreibtisch.

»Was gibt's?«

»Ich wollte mit dir über ein paar Dinge reden. Darf ich mich setzen?«

Sie zeigte auf den Ledersessel gegenüber von Elliots Schreibtisch. Er nickte, und sie setzte sich steif, die Füße übereinandergeschlagen, die Handtasche auf dem Schoß.

Elliot nahm sein Handy vom Schreibtisch und sah darauf. »Sicher. Ich erwarte zwar ein Gespräch, aber ja.«

Er setzte sich auf die Schreibtischkante.

Ihr Herzschlag beschleunigte sich, sie spürte ihn gleich unter der Haut. Sie betrachtete Elliots Körper, der noch immer so schlank war wie als Junge. Es gab keinen Fixpunkt im Leben einer Person, keine klar umrissene Phase. Ja, die Freunde aus Kindertagen schienen immer die Erwachsenenversion der Kinder zu sein, und Arbeitskollegen konnte man sich nur schwer als Heranwachsende mit komplizierten Zahnspangen vorstellen, aber wenn sie ihren Ältesten betrachtete, sah sie alle Lebensphasen auf einmal: den sportlichen Teenager, das reizende Kleinkind, das untröstliche Baby, den Jurastudenten, den Ehemann, den frischgebackenen Vater. Alles war da, alles war eins zu eins Elliot.

»Es tut mir leid«, sagte sie und stand wieder auf.

Elliot hatte sich vom Schreibtisch zum Fenster bewegt. Sie lief zu ihm und stellte sich hinter ihn, und gemeinsam schauten sie hinaus auf den Rasen. Zachary und Aidan waren draußen und schlugen abwechselnd Wiffle-Bälle von einem Abschlagpunkt aus. Sie schwangen dabei jedes Mal mit ihren kleinen Körpern mit und fielen dabei fast um, egal, ob sie den Ball trafen oder nicht. Wendy sah aus sicherem Abstand von einem Gartensessel aus zu. Die Jungs waren grob anderen Menschen und Dingen, aber nicht sich selbst gegenüber, und Astrid fand Gefallen daran zu beobachten, wie geduldig jedes der Kinder wartete, bis es an der Reihe war.

Elliot versteifte sich. »Hat Porter dich angerufen? Oder Wendy?«

»Weswegen denn? Nein mein Lieber, ich bin gekommen, um mich bei dir zu entschuldigen.« Sie hatte es falsch angepackt, er verstand es nicht. »Es geht eigentlich um Barbara Baker. Sie ist es damals gewesen, die mir mitgeteilt hat, sie habe dich gesehen. Du erinnerst dich?«

Elliot drehte sich zu ihr um. Die Sonne schien ins Fenster, sein Gesicht lag im Schatten. »Meine Güte, Nicky hat wirklich recht, du bist besessen von Barbara Baker, seit sie diesen Unfall hatte. Es ist verrückt. An was soll ich mich denn erinnern?«

Einen Moment lang überlegte Astrid, ob sie sich das Ganze zusammengereimt hatte, ob es nur ein Traum gewesen war. Aber nein: Sie kannte den Unterschied zwischen Einbildung und Erinnerung, meistens wenigstens.

»Du warst in der siebten Klasse. Ich erzählte dir, dass mich jemand darüber informiert habe, dich gesehen zu haben. Dass jemand dich gesehen hat. Auf den Steinen am Wasser. Mit diesem reizenden Jungen, der dann weggezogen ist. Und ich sagte dir, du sollst mit dem, was ihr da gemacht habt, aufhören. Und dafür möchte ich mich entschuldigen.« Es war natürlich zu wenig, zu wenig und um Jahrzehnte zu spät. Aber dennoch fiel in dem Moment, als sie die Worte aussprach, eine Last von ihren Schultern. »Es tut mir leid, mein Lieber. Es hatte offenbar mehr mit mir zu tun, als mir bewusst war. Du hast nichts Falsches getan.«

Elliot hielt den Kopf schief. Sein Gesicht – was sie davon sehen konnte – zeigte keine Regung. »Ich erinnere mich nicht daran«, sagte er.

Draußen gab es einen dumpfen Schlag, aber keiner von ihnen drehte sich um. Die Jungs jubelten. Einer der beiden hatte den Ball erwischt und durch die Luft segeln lassen. Wendy klatschte, sie konnten das Knallen ihrer Handflächen hören.

»Dein Freund Jack. Seine Eltern zogen nach Kalifornien, nach Berkeley, da bin ich mir ziemlich sicher. Nicht weit weg von dort, wo Wendy herkommt. Du erinnerst dich nicht an ihn?« Das war das Ärgerliche an der Kindheit – man vergaß Dinge. Immer wieder hatte sie diese Erfahrung gemacht, wenn eins ihrer Kinder (alle drei) die Worte eines Liedes vergessen hatten, das sie ihnen fünfhundertmal vorgesungen hatte, oder ein Buch, das sie zusammengekuschelt sechs-, sieben-, achtmal am Tag gelesen hatten. Sie hatten keine Erinnerung mehr daran, während die als wichtig markierte Information in Astrids Kopf feststeckte. Vielleicht war dies wieder so ein Fall, etwas, das sie im Laufe der Jahre mit Bedeutung aufgeladen hatte, bis es ihr wie ein Mühlstein um den Hals hing, der tatsächlich ihr Mühlstein war und nicht der seine. »Oh«, sagte sie. »Na gut. Ihr wart enge Freunde.« Dann hielt sie inne.

»Es ist okay, Mom«, sagte Elliot schließlich. »Es ist alles gut. Ich bin mir sicher, es war nicht so schlimm, egal, was es war.« Elliots Handy vibrierte, und er riss sich los. »Da muss ich drangehen.«

Er nahm das Handy, sagte Hallo und öffnete dann die Tür seines Büros, wartete darauf, dass sie ging. Astrid trat in den Flur, und er schloss hinter ihr die Tür. Sie hatte es getan. Sie hatte es getan. Hocherhobenen Kopfes verließ sie das Haus.

Kapitel 37

Paarmassage

Bei ihrer ersten Trennung hatten sie und Jeremy sich persönlich gegenübergestanden, diesmal hielt Porter es für klug, es telefonisch zu tun. Sie meinte, wenn sie ihm dabei nicht ins Gesicht sehen musste, würde es ihr leichter fallen, an ihrem Entschluss festzuhalten. Sie wusste nicht, was an ihm so unwiderstehlich war, aber es war so. Diabetiker durften auch nicht in einen Kühlschrank voller Coca-Cola schauen, wenn sie ihre Diät radikal durchziehen wollten. Manchmal war der einfachste Weg der beste.

Es war ein Wochentag, und deshalb rief sie in der Klinik an. Jeremys Assistentin, die Stephanie oder Tracy hieß, sie vergaß es immer wieder, stellte sie durch. Sie hatte heftiges Herzklopfen, aber sie wusste, was sie tun musste.

»Hey«, sagte Jeremy.

»Hey«, begrüßte sie ihn. »Ich weiß, ich habe das schon mal gesagt, es war wirklich mein Fehler, dass wir es wieder getan haben. Das ist für uns beide nicht gut. Hab ich recht? Was meinst du?«

Sie hätte sich für diese Frage ohrfeigen können, als

wäre alles noch offen und müsste erst noch entschieden werden.

»Das sagst du jedes Mal.«

Sie konnte das Grinsen in seiner Stimme hören. Jeremy musste nicht vor ihr sitzen, sie konnte sein Gesicht auch übers Telefon deutlich sehen.

»Ja … na ja … Aber diesmal ist es mir ernst. *Bye*, Jeremy.«

Sie legte auf, bevor er Gelegenheit zu antworten hatte. Ihre Tränendrüsen waren trocken, doch ihre Hände zitterten. Sie schloss die Augen und holte tief Luft. Und mit geschlossenen Lidern sah sie es vor sich: sie beide als dumme Kids, sie im Festumzug, das kalte Wartezimmer, das erste Mal, als sie miteinander schliefen, das erste Mal, als sie nach seiner Heirat miteinander schliefen. Porter wollte besser sein, als sie war. Wenn ihre Brüder recht hatten, bedeutete Elternschaft, Fehler zu machen. Da sie nun so dicht davorstand, wollte sie anfangen, diese versehentlich und nicht mit Absicht zu machen. Vielleicht würde sie Elliot sogar irgendwann erzählen, dass sie auf ihn gehört hatte. Sie atmete ein und wieder aus und griff erneut nach ihrem Handy, scrollte durch ihre Kontakte, bis sie fand, wonach sie suchte. Sie drückte auf Anrufen und wartete. Als Rachel dranging, platzte sie gleich damit raus.

»Ich habe einen Plan.«

Um vier Uhr nachmittags stand sie bereits auf dem Parkplatz, als Rachel angefahren kam. Da sich das Festumzugsteam an diesem Tag nicht traf, hatte sie schon frei. Porter sah, dass sie beide an Umfang zugelegt und den Punkt, an dem Leugnen noch möglich gewesen war, längst überschritten hatten. Rachels Mantel stand offen, ihr Bauch ließ das Schließen eines Reißverschlusses nicht mehr zu.

»Na, du Schwangere«, begrüßte Rachel sie.

»Und du Schwangere«, erwiderte Porter.

Sie umarmten sich.

»Was genau passiert jetzt hier?« Sie zeigte auf das Gebäude hinter ihnen. Es war das Seascape Spa. »Pediküre?«

»O nein«, sagte Porter und führte sie über den gepflasterten Weg zur Tür. »Lass dich überraschen.«

Die junge Frau drinnen nahm ihnen die Mäntel ab. Das Geräusch eines plätschernden Bachs kam von allen Seiten aus den Lautsprechern, doch es klang weniger nach Bach als nach einem Platzregen, der auf einen niederprasselte, während man unter einem Gully gefangen war.

»Ich muss pinkeln«, sagte Rachel.

Die Empfangsdame bot ihnen alkoholfreie Cocktails an – Orangensaft gemischt mit Selterswasser. »Ich denke, ein halbes Glas Champagner kann uns nicht schaden«, sagte Rachel. »Was meinst du, Port?«

»Mit Sicherheit nicht«, erwiderte sie. Die junge Frau zögerte, fühlte sich sichtlich unwohl und malte sich wohl schon zwei Babys mit Gehirnschäden aus. Also erklärte Porter: »Nur Orangensaft geht in Ordnung.«

»Hm.« Rachel trank einen Schluck und ließ sich dann auf einem der Sessel nieder. »Ich kann beinahe den Schuss mittelmäßigen Champagner schmecken, den sie dazugeben wollte.«

Auch Porter trank einen Schluck. »Oh, ja. Eine leichte Citrusnote.«

Zwei Frauen steckten ihre Köpfe zur Wartezimmertür herein. »Paarmassage?«, fragte die größere, stämmigere der beiden.

»Ja«, sagte Porter. Sie nahm Rachel an die Hand. »Lass es uns tun, Baby.«

Rachel lachte. »Wenn man es sich genau überlegt, ist es mehr als eine Paarmassage – es ist eine Vierfachmassage.«

Die Frauen führten sie über einen Flur in einen mit gedämpftem Licht beleuchteten Raum. Darin standen zwei Massagebänke nebeneinander, die frischen Laken zurückgeschlagen. In der Mitte jeder Bank befand sich eine kreisförmige Öffnung.

»Was ist das denn?«, wunderte sich Rachel. Sie strich mit den Fingern um die Öffnung herum.

»Das ist für Ihren Bauch, Miss. Sie können auch, wenn Ihnen das lieber ist, in Seitenlage liegen. Aber einige unserer Kunden bevorzugen es so.«

Rachel sah Porter an. »Du hast mir ein Loch gebucht.«

Sie begann zu lachen. Dabei wackelte ihr ganzer Körper.

»Entschuldige, ich hatte diesen Scherz nicht geplant, aber er funktioniert doch, oder?« Porter grinste.

»Moment, ich muss erst mal pinkeln.« Sie watschelte den dunklen Flur hinunter, während Porter sich auszog und versuchte, sich so anmutig wie möglich unter das Laken zu legen. Ihr Bauch glitt in das Loch. Es war wie Schwimmen. Sie schloss die Augen und lauschte auf die Wasserspülung aus der Toilette und dann auf die Geräusche, die Rachel machte, als sie zurückkam und unter leichtem Stöhnen ein Kleidungsstück nach dem anderen ablegte, bevor sie auf die Bank kletterte und dieselbe Position wie sie selbst einnahm. »Aaahhh«, sagte Rachel. »Das tut gut.«

»Es hat noch gar nicht angefangen«, wandte Porter ein. Sie zog den Arm unter dem Laken hervor und hielt ihre Hand einladend zwischen die beiden Bänke. »Rach«, sagte sie.

Rachel nahm ihre Hand. Sie verschränkten die Finger ineinander. Porter hätte Rachel gern mitgeteilt, dass sie es endlich geschafft und sich von Jeremy losgesagt hatte, aber nach Rachels Informationsstand war das schon längst passiert.

»Bereit?«, fragte eine der Therapeutinnen aus dem dunklen Flur, wo sie und ihre Kollegin schweigend verharrt hatten wie Meuchelmörderinnen.

»Bereit«, sagten sie wie mit einer Stimme.

Sie lösten die Hände, und Porter war glücklich, allein und doch mit ihrer Freundin zusammen zu sein, jede in ihrem Körper einen unbekannten Passagier. Allein, zusammen und vollständig.

Kapitel 38

Heimkehr der Eltern

Astrid und Cecelia hatten vor, den Nachmittag darauf zu verwenden, Listen für die neu belebte Petition LOKALE EINZELHÄNDLER UNTERSTÜTZEN zu erstellen – wofür Astrid ein halbes Dutzend Klemmbretter und eine Schachtel Stifte gekauft hatte. Es war ihre Idee gewesen, die Sache wiederzubeleben. Im Big House sollte das Material zusammengestellt werden, dann wollten sie in die Stadt fahren und den ganzen Tag über die Main Street auf und ab gehen und Unterschriften sammeln. Cecelia hatte sich bereit erklärt mitzumachen, um auf diese Weise einen Teil ihrer Strafe abzubüßen, obwohl inzwischen klar geworden war, dass ihre Strafen allesamt in Anführungszeichen gesetzt werden mussten und man sie eher als angenehmen Zeitvertreib mit Freunden und Familie hätte bezeichnen können. Cecelia hatte August gefragt, ob er mithelfen wolle, er hatte eingewilligt, sofern seine Eltern ihn nicht im Laden benötigten. Als es klingelte, saßen sie am Küchentisch.

»Gehst du bitte?«, bat Astrid.

Sie setzte die Brille ab und sah Cecelia an. Achselzuckend stand ihre Enkelin auf.

Cecelia öffnete die schwere Tür, ohne erst durchs Guckloch zu schauen. Wer sollte einen in Clapham schon aufsuchen, den man nicht hereinlassen wollte? Ein gemeingefährlicher Irrer etwa? Keiner machte sich hier die Mühe, vor dem Öffnen erst durchs Guckloch zu schauen.

Auf dem Fußabstreifer standen ihre Eltern, jeder mit einem kleinen Koffer in der Hand. Ihr Vater hatte sich den Bart gestutzt, wie Cecelia sofort feststellte, und die Haut ihrer Mutter war braun und sommersprossig, wie immer im Spätsommer und Frühherbst. Ihre Münder waren zu einem Lächeln erstarrt, als würden sie für ein Foto posieren.

»Mom? Dad?«

Cecelia spürte einen Kloß im Hals und schluckte dagegen an.

Juliette trat als Erste vor und zog sie eng an die Brust, und als ihr Gesicht in den Haaren ihrer Mutter vergraben war und sie ihr Parfüm und ihr Naturdeodorant roch, das nie wirklich seinen Sinn erfüllte, dazu den Duft des Waschmittels, über den sie bis zu diesem Moment noch nie wirklich nachgedacht hatte, wurde der Kloß zu groß, um ihn runterzuschlucken, und sie vergrub ihr Gesicht so tief, dass ihre Tränen keinem auffallen würden. Das hoffte sie zumindest. Ihr Vater umfing sie und schloss sie wie in einem Elternsandwich ein.

Vor ihrem Einzug bei ihrer Großmutter war sie nur selten ohne ihre Eltern im Big House gewesen, jetzt aber fand sie deren Anwesenheit seltsam, als bekäme man plötzlich Zoobesuch. Welches Tier sie in diesem

Fall wäre, wusste Cecelia nicht – vielleicht eins der wilden, die eigentlich wie Hunde aussahen, damit die Kinder ganz nah ans Gehege kamen, reinguckten und rasch weitergingen. Nachdem sie eingetreten waren und Astrid mit Küssen begrüßt hatten, begleiteten ihre Eltern sie nach oben in ihr Zimmer.

Nicky lief darin umher, berührte die Vorhänge und die Knöpfe der Kommode und die geschwungenen Kanten des Ganzkörperspiegels. Dann setzte er sich auf die gepolsterte Fensterbank und schlug die Beine übereinander, wobei seine behaarten Zehen in den Sandalen zuckten.

»Ich habe dieses Zimmer immer gemocht. Es hat das beste Licht«, sagte er.

Juliette legte sich mit ihr aufs Bett. »Das ist ein hübsches Zimmer. Richtig groß!«

Sie ließ sich von ihrer Mutter fest an sich drücken. Sie ähnelte mehr ihrem Vater, hatte sein Haar, seine Haut geerbt. Sofern der Vater nicht Brad Pitt ähnelte, wünschte man sich das nicht unbedingt. Cecelia hatte sich immer mehr Beweise dafür gewünscht, dass man auch ihr die Schönheit ihrer Mutter ansah. Nun, da der Körper ihrer Mutter dem ihren so nah war, erinnerte er sie an all das, was sie nicht hatte: Juliettes Fußknöchel, die in Sneakers einfach fantastisch aussahen – ein Körperteil, das geradezu dazu aufforderte, für ein Magazin fotografiert zu werden –, die Art und Weise wie Juliettes Shirts von ihren Schlüsselbeinen hingen, als wären diese Kleiderbügel. Ihre Gesten wirkten nie linkisch, außer sie wollte es so. Auf Cecelia traf die genaue Umkehrung zu. Sie bewegte sich immer linkisch. Selbst wenn ihre Mutter sie umarmte, wusste sie nicht recht, wohin mit ihren Armen.

»Nun sag schon, wer ist dieses Mädchen auf deiner Schule?«, fragte Nicky. »Was ist passiert?«

»Müssen wir jetzt schon darüber reden? Sie ist einfach nur ein Mädchen, das nicht sehr nett ist«, sagte Cecelia. »Ich weiß, dass ich sie nicht hätte schlagen sollen. Das hatte ich auch nicht vor. Ich kann mich kontrollieren, meistens jedenfalls.«

»Ist sie tatsächlich Jeremy Fogelmans Tochter?«, hakte ihr Vater mit neugierig hochgezogenen Brauen nach.

»Wer ist Jeremy Fogelman?«, fragte ihre Mutter.

»Porters Freund aus der Highschool. Ein menschlicher Lacrosse-Schläger.« Nicky schüttelte den Kopf und rieb sich die Wangen, als wollte er damit den Bartwuchs anregen.

»Was ist denn Lacrosse?«, fragte Juliette. »Ist das wie Hockey?«

Cecelia liebte es, wenn ihre Mutter englische Wörter aussprach, die ungewohnt für sie waren und noch dazu mit einem H begannen: Oh-key.

»Ja«, bestätigte Nicky. »Weniger brutal.«

»Hm. Okay. Aber was hat sie zu dir gesagt, *amour*? Was hat sie gemacht?«

»Sie sagte ein paar wirklich hässliche Dinge zu meinem Freund August.«

Sie war zwar entschlossen, Augusts Geheimnis für sich zu behalten, doch da sich so nur schwer darüber sprechen ließ, ging sie davon aus, dass August es verstehen würde, wenn sie es mit ihren Eltern teilte. Natürlich galt das nicht für die Schule, nur Nicky und Juliette sollten verstehen, was sie zu ihrer Tat bewogen hatte. Sie schloss die Augen und zog den Arm ihrer Mutter enger um ihren Körper. Nachdem sie ein paar Minuten so getan hatte, als würde sie schlafen, spürte Cecelia, dass sie tatsächlich vor sich hin zu dämmern begann, und stellte sich vor, auf einem Floß zwischen Inseln dahinzutreiben. Jedes Mal wenn sie sich einer näherte, stieß sie gegen irgendwelche unter Wasser liegenden Felsen und trieb wieder zurück aufs Meer.

Wenn zu Hause eine Situation so schlimm wurde, dass sie tatsächlich mit ihren Eltern darüber sprechen wollte, saßen sie und ihr Vater diesseits und jenseits der Badezimmertür und redeten miteinander, die Stimmen leicht gedämpft durch das Holz. Es war die einzige richtige Tür in der Wohnung. Im Moment waren ihre Augenlider das Holz. Sie hörte ihren Vater über den Teppich laufen und spürte dann das Absacken der Matratze, als er sich neben ihre Füße setzte.

Sie hatte nichts über Katherine erzählen wollen – sie wusste, es würde nach Neid klingen, wenn sie ihrem Kummer über den älteren Freund einer Freundin Luft machte. Genau das hatte Katherine auch gesagt, dass Cecelia eifersüchtig sei, dass sie sich *wünschte*, Jungs würden versuchen, sich online mit ihr zu verabreden. Es war nicht das erste Mal gewesen, dass Typen Katherine Nachrichten geschickt hatten. Aber dieses war das erste Mal gewesen, dass sie sich tatsächlich mit einer Instagram-Bekanntschaft getroffen hatte. Katherine meinte, Cecelia könne das nicht verstehen, sie sei schließlich noch keine Frau – sie wolle immer noch in ihrer Fantasiewelt leben.

Zwei Wochen später hatte Katherine ihr erzählt, der Typ habe sie in seiner Wohnung eingesperrt und vor ihren Augen masturbiert, während sie neben ihm auf der Couch gesessen habe. Sie hatte sich bemüht, dem Ganzen einen lustigen Anstrich zu geben, als wär's ein Scherz und etwas, das ganz normale Erwachsene taten, aber sie hatte gewusst, dass dem nicht so war und es sehr wahrscheinlich nicht in Ordnung war. Es war verdammt schwer, jemandem etwas zu sagen, das dieser nicht hören wollte, und sie hatte sich gequält mit der Überlegung, ob sie es ihren Eltern erzählen sollte, wohl wissend, dass das nur der Anfang wäre und sie es immer mehr und mehr Leuten erzählen müsste, bis sie sich genauso gut mit einem Megafon vor Katherines Fenster hätte stellen können.

So etwas war schon kompliziert genug, wenn es um die eigene Geschichte ging, aber die von jemand anderem? Ihr war klar gewesen, dass es sowohl unverzeihlich als auch das einzig Richtige war. Sie hatte ihre Freundin verraten müssen, um sicherzustellen, dass ihr nichts Schlimmeres widerfuhr. Was würde mit August passieren, wenn sie es ihrem Vater zuflüsterte? Würde ihre Mutter verlangen, dass sie es wiederholte, weil sie es nicht verstand? Würden sie die Schule anrufen? Cecelia wollte gut sein. Wollte gute Gedanken haben und von guten Menschen umgeben sein. August (Robin!) war ihr Freund, und sie wollte sich ihm gegenüber anständig verhalten. *Ihr* gegenüber. Wollte sich ihrer Freundin gegenüber anständig verhalten.

Cecelia spürte, wie auch ihr Vater sich hinlegte, den Kopf an ihren Füßen. Der Rest seines Körpers rollte sich am Fußende des Betts zusammen. Ihre Mutter machte Platz für ihn, und sie atmete aus, wusste, dass Teile ihres Körpers sich schweigend berührten und dass da auch Gefühle im Spiel sein mussten. Sie sich vorzustellen war immens, wie der Versuch, sich vorzustellen, welche Erinnerungen Babys an den Mutterleib hatten.

»Tut mir leid, meine Süße«, sagte ihr Vater.

Er stützte sich auf, wie sie durch ihre Wimpern hindurch sehen konnte.

»Sie schläft, Schatz«, sagte ihre Mutter. »Lass sie schlafen.«

»Ich möchte nur nicht das Gefühl haben, sie im Stich gelassen zu haben«, sagte ihr Vater. Er atmete geräuschvoll. »Das wäre nie passiert, wenn wir sie in der Schule behalten hätten. Wir hätten gegen diese Arschlöcher kämpfen können. Mein Gott, wie ich Katherines Eltern hasse. Und wir haben sie gewinnen lassen.«

Cecelias Herz raste. Ihr Vater sagte nie etwas Schlechtes über andere Leute. Und entschuldigte sich auch nie. So wie sie ihn verstand, war dies die Kehrseite des Buddhismus und der vielen in Therapie verbrachten Jahre, dass niemand sich jemals für irgendwas schuldig fühlte. Alles stand jedermanns

Gefühlen oder der ultimativen Balance des Universums jederzeit offen gegenüber. Wenn der Sinn des Lebens darin bestand loszulassen, dann musste einem auch nie etwas leidtun.

»Ist schon okay, *amour*«, sagte ihre Mutter. »Komm.«

Ihr Vater kam auf alle viere und kroch zur Außenseite des Bettes. Ihre Mutter rückte näher an sie heran, und Nicky legte sich hinter sie, drei Anchovis in einer Dose.

Sie ließ sich im Atem ihrer Eltern treiben. Es kam nicht darauf an, dass sie zu spät kamen oder das Falsche getan hatten. Was zählte, war, dass es ihnen leidtat und sie ihretwegen gekommen waren.

Kapitel 39

Team Kids, Teil 1

In jeder Familie gab es Allianzen, welche die darin Eingebundenen über jedes Trauma oder die tägliche Langeweile hinweghalfen. Jeder brauchte einen Stellvertreter, einen Kumpel, einen Berater. Als Elliot geboren worden war, waren Astrid und er zu einer eingeschworenen Gemeinschaft geworden. Als dann Porter zur Welt gekommen war, waren Russell und Elliot zu einem Duo geworden, sodass sie Porter hundertmal am Tag füttern und ihr die Windeln auf dem wackeligen Konsolentisch in ihrem Schlafzimmer wechseln konnte. So hatten sich die Gewichtungen in der Familie über die Jahre verschoben, bis alle drei Kinder im Schulalter gewesen waren und keins mehr unmittelbaren Anspruch auf ihre Mutter gehabt und damit die Bedürfnisse der anderen zunichtegemacht hatte.

Porter und Nicky hielten zusammen wie Pech und Schwefel und waren sich immer einig, wenn Abstimmungen in der Familie erforderlich waren: ob es Zeit war, einen Toilettenstopp auf einer Fahrt einzulegen, ob man *Alice im Wunderland* oder *Robin Hood* zum x-ten Mal ansah, wer hinten im Auto sitzen musste. So war es nur natürlich, dass Nicky zuerst Porter aufgesucht hatte. Da es für Astrid keine Überraschung war, konnte sie deswegen auch nicht verschnupft sein. Es war ja auch unwichtig – Hauptsache, er war jetzt hier unter ihrem Dach. Nicht dass sie sich von ihrem Jüngsten hätte einschüchtern lassen, nicht wirklich, aber das Gefühl, dass Nicky durch seinen Wegzug ihre elterlichen Entscheidungen in Zweifel gezogen hatte, hielt sich hartnäckig. Es schien ihr nicht nur möglich, sondern sogar wahrscheinlich, dass er Dinge begriff, die sie nicht verstand.

Sie und Birdie kauften gemeinsam fürs Abendessen ein. Es war unklar, was Nicky und Juliette gern mochten – für sie stand nur fest, dass sie alle bewirten wollte. Birdie hatte ihr ganzes Leben als Single zugebracht, war allein zu Thanksgiving-Einladungen und auf Hochzeitsempfänge gegangen und schien nun das Chaos der Elternschaft und die Herausforderung, für die ganze Brut zu kochen, zu genießen. Sie empfahl Tacos, die nicht nur Interaktivität und Spaß versprachen, sondern sich auch leicht für den Vegetarier Nicky anpassen ließen. Astrid verfolgte, wie Birdie ihren Wagen mit all den Dingen füllte, die sie selbst nicht in der Küche hatte: drei verschiedene Sorten Chili, eine Ananas, Koriander, Kohl.

»Das ist schön«, meinte sie, als sie neben Birdie herlief, die den Wagen schob. »Ich komme mir vor, als hätte ich eine Verabredung, und du würdest versuchen, mich zu beeindrucken.«

»Du hast eine Verabredung«, sagte Birdie und küsste sie auf die Wange. »Aber ich muss dich nicht beeindrucken.«

Sie zahlten und trugen die schweren Tüten zum Wagen. Der Lebensmittelladen lag auf der Main Street, zwei Blocks vor dem Kreisverkehr, und verfügte über einen großen Parkplatz. Vom Eingang aus konnte man die ganze Main Street überblicken. Im Herbst war Clapham ein hübscher Ort. Der Blätterfall hatte bereits eingesetzt, und alles Laub, das noch auf den Bäumen hing, war gelb, orange und rot gefärbt. Und jetzt waren alle drei Kinder da. Sie entfernte sich ein paar Schritte vom Parkplatz. Die Autos fuhren langsamer, wenn sie sich dem Stoppschild vor dem Kreisverkehr näherten, und hielten an, wenn jemand die Straße überqueren wollte. Die Leute hier waren insgesamt freundlich. Sie hielten sich an Regeln und waren Gutmenschen. Sie gingen zu den Wahlen. Sie mähten ihre Rasen.

»Hast du jemals daran gedacht, zurück nach Texas zu gehen?«, fragte sie.

Birdie legte ihr Kinn auf ihre Schulter. »Nein. Ich mag den Winter. Als Kind bekamen wir manchmal Kataloge mit der Post, die Wintermäntel im Angebot hatten, und ich habe mir diese Seiten markiert. Auch Stiefel. Ich liebe Winterstiefel.«

»Findest du, dass Clapham ein akzeptabler Ort ist? Ich weiß nicht, ich denke nur gerade darüber nach. Ist die Stadt zu klein? Hätte ich nach Russells Tod woanders hinziehen sollen?«

Eine Frau betrat den Zebrastreifen und hielt die

Hand hoch, um den entgegenkommenden Lastwagen anzuhalten, als könnte ihre kleine Hand so viel Stahl aufhalten. Astrid hielt die Luft an, aber der Laster hielt quietschend und mit genügend Abstand an. Sich Gedanken um Zurückliegendes zu machen war die einfachste Übung, denn man hätte den Verlauf, auch wenn man gewollt hätte, nicht mehr ändern können, auch der Blick seitwärts in Paralleluniversen half nicht weiter. Astrid hätte Clapham genauso wenig verlassen können, wie ihr Flügel wachsen würden.

»Clapham ist absolut akzeptabel«, erwiderte Birdie. »Sogar nett. Und wärst du an einen besseren Ort gezogen, hättest du mich nicht.« Sie stellte die Einkaufstüten ab und rieb Astrids Unterarme. »Lass uns heimfahren und das Essen zubereiten, dann wirst du dich gleich besser fühlen.«

Wie sich herausstellte, war Nicky kein Vegetarier mehr. Kinder brauchten einem ja nichts zu sagen. Er kam in die Küche, als Birdie mit einem scharfen Messer fachmännisch Paprika schnitt, und er half sofort mit. Astrid setzte sich und sah Nicky und Birdie beim Arbeiten zu.

So war er immer gewesen – er war leicht einzubinden, unkompliziert im Umgang. Schon als Teenager hatte Nicky ausführliche Gespräche mit Frauen mittleren Alters über Gärtnern, Hundetraining und andere Themen führen können, von denen er angeblich keine Ahnung hatte. Er war ein guter Zuhörer.

»Ich möchte an diesem Wochenende alle hier versammelt sehen«, kündigte Astrid an. »Ich weiß ja nicht, wie lange du und Juliette vorhabt zu bleiben, aber ich wünsche mir, dass alle drei Kinder und die drei Enkelkinder hier zusammenkommen.«

Birdie hatte sie für die Guacamole eingeteilt, und sie halbierte pflichtschuldig die weichen Avocados und löffelte dann das grüne Fruchtfleisch in eine große Schüssel.

»Klar«, sagte Nicky. Er hackte jetzt Knoblauch, kümmerte sich um alles, was Birdie ihm vorsetzte. »Elliot habe ich allerdings schon gestern Abend gesehen. Porter und ich haben ihn überredet, mit zu Buddy's zu kommen.«

»Buddy's?« Sie sah erfreut auf. »Ihr drei? Davon wusste ich nichts.«

Sie war ein wenig eifersüchtig, nicht dazu eingeladen worden zu sein, obwohl sie natürlich überglücklich war, dass ihre Kinder nicht dazu gedrängt werden mussten, sich zu treffen, sondern dass es ihnen wichtig war. Sie widmete sich der Zwiebel auf ihrem Brett und zerteilte sie. Sofort liefen die Tränen. Wieso hatte dieses Problem noch keiner gelöst?

»Ja, Elliot ist mitgekommen«, berichtete Nicky.

»Was für einen Eindruck macht er auf dich? Ich glaube, er und Wendy haben ein paar Probleme. Ich weiß nicht. Er macht einfach einen unglücklichen Eindruck, aber mit der Arbeit scheint es gut zu laufen, und auch den Jungs geht es gut. Ich stelle nur Vermutungen an. Es geht mich ja nichts an. Ich habe versucht, mit ihm darüber zu sprechen, aber man kommt nur schwer an ihn ran.« Sie wischte sich mit dem Ärmel über die Augen. »O mein Gott.«

»Ich glaube, dass es Wendy gut geht. Ich meine, man muss sich anpassen, wenn man zusammen arbeitet, aber ich sehe das nicht als Problem.«

Er blickte auf, biss sich auf die Unterlippe und wartete ab, ob seine Mutter sich darauf stürzte.

»Sie arbeitet mit ihm zusammen? Bei Strick Brick? Mir erzählt ja keiner etwas. Weißt du, ich mache mir Sorgen, ob er womöglich nicht genügend Aufträge hat. Ich weiß ja, wie wichtig ihm die eigene Firma ist, aber engagieren die Leute ihn auch? Hat er genügend Projekte?« Sie blickte auf, ihre Augen schwammen in Tränen.

»Oh, ich bin mir sicher, dass es seiner Firma gut geht«, warf Birdie ein. Sie sah Nicky an. »Hat er mit dir über irgendwelche neuen Projekte gesprochen?«

Nicky legte den Kopf schief. »Hat er. Hat er auch mit dir gesprochen?«

»Hat er«, sagte Birdie leise. »Die Kinder und ich waren kürzlich abends im Laden, und August hat Elliot am Kreisverkehr gesehen und eingeladen, zu uns reinzukommen. Er schien sich Immobilien angeschaut zu haben.«

Nicky nahm Augenkontakt zu Birdie auf. »Ach ja?«

»Worüber um alles auf der Welt sprecht ihr?« Astrid weinte noch immer. Sie kam hinter dem Tisch hervor und trug ihr Schneidbrett zur Küchentheke. »Welche Immobilien?«

Die Haustür ging auf. Cecelia und Juliette lachten – Juliette, die seit einem Jahrzehnt nicht mehr hinter einem Lenkrad gesessen hatte, war mit Astrids Wagen gefahren, um in der Stadt Wein zu kaufen. Sie wollte Cecelia noch immer das Fahren beibringen – wollte es noch tun, bevor zu viel Schnee auf den Straßen liegen würde.

»Hallo, mein Liebling«, sagte Nicky.

Cecelia schlich wie eine Katze um alle herum und blieb vor dem Herd stehen. Birdie hob den Deckel erneut an und ließ Cecelia die Nase in den Dampf halten.

»Oh, das riecht gut«, sagte Cecelia. »Ich habe solchen Hunger.«

»Gibt Granny dir nicht genug zu essen?«, fragte Nicky. Er zwinkerte seiner Mutter zu, weil er die entnervten Geräusche kannte, die sie gleich von sich geben würde. »Ist ein Scherz, Mom.«

»Nein, warte, lasst uns nicht vom Thema abkommen«, sagte Astrid. Sie legte die Hände auf Cecelias Schultern, wie um körperliche Verantwortung geltend zu machen, obwohl das Mädchen natürlich mehr zu ihren Eltern gehörte. »Was hat Elliot gemacht? Was ist das für ein Geschäft? Wovon redet ihr?«

Cecelia erstarrte. »Du hast es ihr erzählt?« Sie sah Birdie an.

Birdie schüttelte den Kopf. »Hab ich nicht.«

»Ist was Gutes, Mom.« Nicky vergewisserte sich bei Birdie. »Denke ich jedenfalls, oder?«

»Wer weiß«, sagte Birdie. »Da haben sich schon andere dran versucht.«

»Wer hat sich WORAN versucht? Okay, raus mit der Sprache, einer von euch erzählt mir jetzt, was los ist!«, rief Astrid. »Wo willst du diese Zwiebeln haben, Birdie?«

Birdie deutete auf die Küchentheke. »Stell sie einfach dorthin. Alles ist gut, meine Liebe.« Sie sah erst Cecelia an, dann Nicky. Cecelia hielt sich die Ohren zu, aber Birdie war die Ruhe selbst. »Er gibt sich Mühe, Liebling. Es ist das Gebäude am Kreisverkehr. Er hat es gekauft. Was ich großartig finde. Wir haben ein gutes Gespräch darüber geführt.«

Cecelia sank langsam zu Boden und kroch unter den Tisch.

»Und ich will jetzt nicht aus dem Nähkästchen plaudern, aber er ist mit ein paar großen Firmen im Gespräch«, ergänzte Nicky.

»Großen Firmen? Und du Birdie, du wusstest davon?« Astrids Blicke wanderten zwischen beiden hin und her. »Was ist eine große Firma? Eine Kette? Welche?« Visionen von Clapham als Shoppingmeile tanzten in ihrem Kopf. »Warum erzählt mir keiner was? Ich bin die Einzige, die ihm wirklich Fragen stellt, und er erzählt mir nichts. Was mache ich falsch? Sagt mir das mal bitte jemand! Was mache ich falsch?«

Sie bebte – es war wie mit Porter. Wie viele Dinge hatte sie nicht mitbekommen, wie viele Entscheidungen, wie viele Fehler, wie viel Kummer? Sie hatte keine Ahnung, was den anderen wichtig war, was in ihnen brodelte. Und dabei fragte sie! Sie hatte immer gefragt. Zusehen zu müssen, wie Barbara überfahren wurde, hatte in ihr den Wunsch geweckt, aufrichtig zu sein, aber wie sollte das funktionieren, wenn nur einer aufrichtig war? Sie hatte das Gefühl, sich ihren Weg durch Spinnweben zu bahnen. Sie hatte von Porter immer nur gewusst, dass sie unbekümmert und ziellos war wie Peter Pan. Da sie nun von dem Schwangerschaftsabbruch wusste, musste sie da nicht zurücktreten und alles neu einstellen, alles, was danach gekommen war, neu interpretieren? Und war Elliot glücklich in seiner Ehe, wenn er ein historisches Gebäude mitten in der Stadt kaufte, war er dann wirklich glücklich? Sie glaubte, etwas Schreckliches getan zu haben, diese eine Sache, und vielleicht war sie auch schrecklich. Sie war es. Aber was war ihr sonst noch an Elliot entgangen, wenn dieser Moment alles war, was sie sehen konnte?

»Nun«, sagte Nicky einfühlsam. »Ich denke, du fängst an, endlich die richtigen Fragen zu stellen.«

Sie betrachtete ihren hübschen Jungen, die Augen zwiebelfeucht wie die ihren. Bestimmt gab es Dinge, die sie auch bei ihm falsch gemacht hatte. O Gott. Sie wünschte, es gäbe einen Knopf, auf den jeder drücken konnte und der sofort nur die guten Absichten zeigte – wie viel Schmerz einem das ersparen würde. Aber Nicky konnte sie vermutlich auch so sehen. Er drückte ihr einen Kuss auf die Wange.

Kapitel 40

Der Erntefestumzug

Der Erntefestumzug, auf den die Stadt sehr stolz war, sollte um zehn Uhr an einem Freitag stattfinden. Der Rest des Erntefestwochenendes war für die Touristen und die dafür anreisenden Wochenendgäste gedacht, ein Schwanengesang bei gutem Wetter, bevor alle sich bis Weihnachten zurückzogen. Um den Kreisverkehr herum und beidseits der Main Street stellten Leute schon im Morgengrauen Klappstühle auf, sicherten ihren Posten. Eltern kauften ihren Kleinkindern Tüten mit Snacks und ließen sie auf den vorübergehend gesperrten Straßen herumlaufen. Wesley Drewes hatte für seine Liveübertragung in einer Bude Position bezogen, und die Leute blieben davor stehen und machten Selfies mit ihm im Hintergrund. Es duftete nach Zimtdonuts, die es an einem Stand vor Spiro's zu kaufen gab, Olympia servierte dazu dampfenden Apfelwein in Pappbechern. Cecelia, August und der Rest des Festumzugsteams standen etwa fünfzehn Meter hinter der Verkehrsinsel außer Sichtweite mit ihrer Kreation, die ein richtiger Hingucker geworden war.

Viel Zuversicht hatte Cecelia nicht gehabt. Der

Umzugswagen war nicht mehr als eine geschmückte Plattform auf einem kleinen Pritschenwagen, ihre Fähigkeiten hatten sich darin erschöpft, Anweisungen zu befolgen und darauf zu achten, dass ihre Finger nicht zusammenklebten. August und der Rest der Gruppe hatten jedoch wirklich gezaubert. Sie hatten nicht nur einen kleinen Pavillon erschaffen, der genauso aussah wie das auf ein Achtel seiner Größe reduzierte Original, sondern darüber hinaus alle Läden rund um die Verkehrsinsel in hüfthohen Miniaturen nachgebaut. Es gab einen Buchladen, Spiro's und Shear Beauty, eine kleine leer stehende Ladenzeile, kleine Bäume, Bänke, das ganze Drumherum. Cecelia hatte geholfen, den Kunstrasen aufzukleben. Sie hatte die Spanplattenplanken gestrichen. August hatte winzige Vorhänge genäht und Hunderte vielfarbiger Laubblätter ausgeschnitten. Das ganze Gebilde saß auf einer kreisrunden Plattform, die von einem Mitglied des Festumzugsteams, das neben dem Wagen herlief, langsam gedreht werden konnte.

»Das könnte mal dein Job werden«, sagte Cecelia zu August. »Dinge fabrizieren.«

August verdrehte die Augen. »Hört sich lukrativ an. Aber danke.«

Miss Skolnick trommelte alle zusammen. Megan und James waren von ihrem Werk so gerührt, dass sie nicht aufhören konnten, mit den Händen in den Gesäßtaschen des jeweils anderen wild miteinander zu knutschen.

»Bitte Leute«, mahnte Miss Skolnick und senkte die Kamera. »Das hier ist jugendfrei.«

Sie lächelten alle und quetschten sich zusammen. Zum ersten Mal sah Cecelia Clapham – das große Clapham – als möglichen Teil ihrer Zukunft. Sie und August würden in komplementären Kleidern zum Abschlussball gehen, Porters Baby würde, begleitet von aufmunternden Zurufen, an ihren Händen laufen lernen. Gar nicht so schlecht, diese Vorstellung. Könnte sogar ganz nett werden. Die Highschool hatte einen Wagen, ebenso die Feuerwehr und die Elks Lodge, was auch immer das war. Sie standen in Reih und Glied, eine kleine Armada. Miss Skolnick verteilte Zweige – echte Zweige mit großen Blättern –, die vom Team entlang der Route geschwenkt werden sollten, was sich einerseits ganz lustig anhörte, aber auch nach absoluter Demütigung, je nach Perspektive.

»Melde mich zum Dienst«, sagte jemand.

Cecelia wirbelte herum. Da stand Sidney mit verschränkten Armen, über dem Nasenrücken ein hautfarbenes Pflaster. Sie ging nicht davon aus, dass sich darunter ein Bluterguss befand, aber wenn es dort tatsächlich einen gäbe, hätte Sidneys dick aufgetragenes Make-up allemal ausgereicht, diesen zu überdecken. Ihre Augenlider funkelten golden, die Lippen glänzten magentafarben, ihre Haut sah aus wie von einer Maske überzogen. Ungeachtet des kühlen Herbstwetters, dem alle in Fleecejacken trotzten, trug Sidney ein trägerloses Partykleid, das sich um ihre Knie blähte. Ihre nackten Arme und Beine zierte bereits Gänsehaut.

»Oh, großartig«, sagte Miss Skolnick. »Alle hierher und einsteigen.«

Sie schob mit dem Fuß eine kleine Trittleiter neben den Wagen und streckte die Arme einladend aus. Sidney stakste auf ihren High Heels wackelnd hoch. Als sie die Plattform erreicht hatte, legte sie lässig einen Finger auf den Pavillon, der ihr bis zur Taille reichte.

»Süß.« Ihr Gesichtsausdruck bestätigte ihr Urteil nicht, noch leugnete er es. Sidney rieb sich die Arme und wippte auf ihren Zehen. »Die anderen sollten auch bald hier sein.«

Damit meinte sie den Rest der Clapham-Junior-High-Erntefesthofdamen, deren Königin sie war. Die Liste der Namen hatte niemanden überrascht: Sidney, Liesel, Bailey. Fantasie war nicht gefragt. Aber das war es nicht, woran Cecelia dachte. Sie und August liefen zur anderen Seite des Wagens und stellten sich hinter das Modell von Shear Beauty. Cecelia guckte hinein, als rechnete sie damit, winzige Figuren von Birdie und ihrer Großmutter zu entdecken.

»Hey!«, sagte sie. »Bist du dir wirklich sicher?«

August hielt eine Einkaufstüte hoch. »So sicher und bereit, wie ich nur sein kann. Kommst du mit zum Umziehen?«

Cecelia nickte. »Miss Skolnick, wir sind gleich wieder zurück, okay? Wir gehen nur noch schnell auf die Toilette.«

Miss Skolnick warf einen Blick auf ihr Handy. »Wir haben noch zehn Minuten. Beeilt euch!«

Cecelia rannte mit August bis zur Stadthalle, wo es die besten öffentlichen Toiletten gab. Sie betraten gemeinsam eine Kabine.

»Ich bin ganz aufgeregt«, sagte Cecelia. »Nicht meinetwegen, sondern deinetwegen. Bist du dir sicher, dass du das tun möchtest? Ich weiß, ich habe dich das schon mal gefragt, aber ich will einfach nicht, dass jemand gemein zu dir ist. Tust du es, weil ich Sidney geschlagen habe?«

August stellte die Tüte auf einen Stuhl und zog ein langes Kleid heraus. Cecelia kannte das Kleid aus dem Laden seiner Eltern – die Schaufensterpuppe hatte es angehabt. Es war im Stil der Siebzigerjahre, hellgelb, aus Polyester mit fließenden Ärmeln – ein Kleid zum Tanzen.

»Es geht hier nicht um dich, Cecelia«, sagte Robin.

»Ich weiß. Ich weiß, dass es nicht um mich geht. Ich möchte nur nicht dafür verantwortlich sein, dich bedrängt zu haben, bevor du bereit dazu bist.«

Robin strich das Kleid glatt und hielt es sich vor ihren Körper. »Ich verspreche es«, sagte sie. »Ich würde das nicht tun, wenn ich nicht bereit dazu wäre.« Dann zog sie ihr T-Shirt über den Kopf. Sie trug einen gepolsterten BH – sie selbst hatte den gleichen, und ihr Herz flatterte ein wenig, als ihr klar wurde, wie viel mehr als gedacht sie und Robin gemein hatten, wie viele Dinge es gab, über die sie immer würden reden können. Sie nahm ihr das Kleid aus den Händen und öffnete den Reißverschluss, hielt ihrer Freundin die Öffnung hin. Robin stützte sich leicht auf ihrer Schulter ab und stieg ins Kleid, bevor sie ihre Jeans abstreifte. Cecelia schloss den Reißverschluss, dann betrachteten sie sich beide im Spiegel. Und da war sie. Sie hatte ihre Kostümierung abgelegt.

»Okay, Robin«, sagte Cecelia.

Robin sah Cecelia im Spiegel an. Sie standen als zwei Mädchen nebeneinander. Robin zog ihr Haar aus dem Knoten, und sie fielen ihr über die Schultern. Cecelia sah es vor sich: Robin als Erwachsene, die stolz war auf alles, was sie getan und geleistet hatte, und sich nur wünschte, sie hätte noch etwas Zeit gehabt, um sich das Haar zu frisieren. Ihr Blick reichte weiter: ein zukünftiges Klassentreffen der Clapham Highschool, das erste, zu dem sie Robin überreden könnte mitzukommen – Cecelia sah die sich ihr kleinlaut am Punschtopf nähernde Sidney Fogelman, Robin, die sich zwar recht liebenswürdig gab, aber geduldig darauf wartete, mit jemandem ins Gespräch zu kommen, der ihr tatsächlich auf der Schule was bedeutet hatte.

Porter stand mit Nicky, Elliot und Wendy vor Shear Beauty. Sie versuchten, die Zwillinge vom Abtauchen in der Menge abzuhalten. Astrid und Birdie waren im Salon, und Juliette rauchte heimlich um die Ecke.

»Ihr Wagen ist der erste«, sagte Porter und zog Nicky am Ärmel.

Sie bedauerte es sofort wieder – es dürfte nicht leicht sein für Nicky und Juliette, herzukommen und feststellen zu müssen, dass sie und ihre Mutter so viel mehr über Ceces Leben wussten, ihre Lehrer und ihre Freunde kannten. Ihren Freund. Ein bisschen was wussten sie wenigstens.

»Ich bin aufgeregt«, sagte Nicky. »Ich weiß nicht, warum, aber ich bin aufgeregt.«

Juliette kam zurück und schob ihren Arm wie einen Sicherheitsgurt um Porters Bauch, Nicky griff nach ihrer Hand. Porter versuchte, sich unsichtbar zu machen, aber das war schwierig, zumal ihr Bauch dick wie ein Ballon war. Das Baby trat wie aufs Stichwort, und sowohl Nicky als auch Juliette wandten sich ihren Händen zu, als hätte ihre Berührung ein kleines Erdbeben ausgelöst.

»War sie das?«, fragte Nicky.

Juliette nickte, weil Mütter so etwas wussten. Wie zur Antwort drückte das Baby dagegen. »*Bonjour*«, sagte Juliette mit zärtlicher Stimme.

Porter beobachtete, wie Juliette Nicky ansah. Sah, dass beide sich an Juliettes Bauch mit Cecelia darin erinnerten, ein rätselhafter unsichtbarer Fisch. Ständig betatschten Leute ihren Bauch – Bekannte im Lebensmittelladen, Dr. McConnell, Leute, die sie kaum kannte, ihre Mutter, Jeremy –, aber sie reagierten so, als ob sie ein süßes Hündchen auf dem Gehweg sähen: entzückt, ja, aber nicht zu Tränen gerührt. Wer sie berührte, war vorher anderen Schwangerschaften näher gewesen, die ihnen mehr bedeutet hatten, und benutzte ihren Bauch als Zeitmaschine in die eigenen Erinnerungen. Aber Nicky und Juliette kümmerten sich – dieses Baby war ihnen wichtig, und das bedeutete, dass auch sie ihnen wichtig war. Sie war bereits jemandes Mutter. Es war passiert. Das Baby war da und gedieh. Sie hörte zu. Sie passte auf.

Von weiter unten ertönte Applaus – der Festumzug hatte sich in Bewegung gesetzt. Aidan und Zachary jubelten, und Elliot und Wendy hoben jeder ein Kind hoch. Nicky drehte sich um und klopfte an die Scheibe von Shear Beauty, um seiner Mutter Bescheid zu geben. Sie reckten alle die Hälse nach der langsam in Gang kommenden Prozession.

Cecelia und Robin verließen händchenhaltend die Toilette. Über ihren Kleidern trugen sie aufeinander abgestimmte perlenbestickte Pullover, denn die Luft war frostig. Sie waren aufgeregt. Cecelia glaubte, das Lachen von Jugendlichen zu hören, aber die ganze Stadt war beim Festumzug, und alle waren bestens gelaunt – wer hätte da schon sagen können, worüber gelacht wurde. Sie drängelten sich durch die Menge zurück zu ihrem Wagen, wo Miss Skolnick bereits unruhig den Kopf zwischen ihrem Handy und der Menge hin und her bewegte und eindeutig nach ihnen Ausschau hielt.

»Oh, Gott sei Dank, da seid ihr ja, kommt her! Wir sind die Ersten. Die Königinnen werden schon ganz unruhig!« Sie zeigte auf das zitternde Trio über dem kleinen Kreisverkehr. Megan führte eine alberne Tanznummer auf, und Cecelia wusste nicht recht, ob sie sich damit über Sidney und ihre Clique lustig machte oder James imponieren wollte, aber es schien in beide Richtungen zu funktionieren. Sidney und Liesel warfen finstere Blicke nach unten, während Bailey für Fotos posierte, Bilder, deren Post die anderen beiden bestimmt nicht zulassen würden und die somit wertlos waren. Dann bemerkte Miss Skolnick, dass sie sich umgezogen hatten. »Oh! Du siehst fantastisch aus, August. Und du auch, Cecelia. Aber August ist wirklich hinreißend.«

»Sie können mich Robin nennen. Nennen Sie mich Robin. Könnten Sie mich Robin nennen?« Sie knickste.

»Robin, ja sicher kann ich das«, erwiderte Miss Skolnick. »Weißt du was?« Der Fahrer, der den Festwagen zog, hupte. Sie waren an der Reihe. Das Festumzugsteam hatte sich versammelt, rieb sich die Hände, wartete auf Anweisungen. Die einzige Person, der nie kalt zu sein schien, war ein Junge in Shorts, der selbst im Februar nicht fror. »Was hältst du davon, oben mitzufahren, Robin?«, fragte Miss Skolnick.

Das würde Winken bedeuten. Lächeln. Es würde bedeuten, dicht an dicht mit Sidney und Liesel und Bailey zu stehen und fotografiert zu werden. Es würde auf ein Foto im Jahrbuch hinauslaufen, mit all ihren Namen darunter. *Robin Sullivan, achte Klasse.* Es wäre eine Vorstellung, ein Debüt, würde tausend Korrekturen, Verwirrung, Applaus bedeuten. Robin wandte sich an Cecelia.

»Du kannst das«, sagte sie. »Ich bin hier, wir sind alle hier. Ich werde dein Bodyguard sein. Nicht dass du einen nötig hättest.«

»Also gut«, willigte Robin ein.

»Wunderbar«, sagte Miss Skolnick. »Mach Platz, Sidney!« Die drei Mädchen, die bereits oben auf dem Wagen standen, rückten, so gut sie konnten, zusammen. Viel Platz war nicht, da der Pavillon die gesamte Mitte des Festwagens einnahm und sie die kleinen

Gebäude mit ihren Körpern nicht verstellen wollten. Robin stieg auf den Wagen und lächelte.

»Wow«, sagte Bailey. »Du siehst ja toll aus.«

»Ja«, schloss Liesel sich an und musterte Robin von Kopf bis Fuß. »Das Kleid gefällt mir.«

»Danke«, sagte Robin. »Deins gefällt mir auch.«

Ihr Blick flatterte runter zu Cecelia, um ihr zu signalisieren, dass sie nur nett sein wollte, weil es ein netter Moment war, ihre Wachsamkeit geschätzt wurde, aber unnötig war. Dass sie sich zurückhalten konnte, jedenfalls im Augenblick. Cecelia begriff: Mochten sie auch zu Sidneys Gefolge gehören, waren sie eigentlich nur dumme Elstern, die auf alles flogen, was glitzerte. Womöglich bestand gar keine echte Bindung an Sidney, vielleicht hatten sie sogar Angst vor ihr. Sidney war nun einmal das hübscheste Mädchen in ihrer Klasse, und Glamour verlieh Macht. Bailey und Liesel brauchten nur ein Vorbild, das sie nachahmen konnten, damit sie sich selbst in der giftigen Atmosphäre der Junior High besser fühlen konnten. Aber jetzt war plötzlich Robin der glamouröseste Anblick. Das bedeutete nicht, dass nicht trotzdem gemeine Dinge gesagt werden würden oder mit Rückschlägen gerechnet werden musste, aber Cecelia erkannte, dass Robin selbst es war, die es Mädchen wie Liesel und Bailey leicht machen würde, die sie ansehen und in ihr sich selbst sehen konnten – schön. Selbst der Oberflächliche konnte es akzeptieren. Es war seltsam tröstlich.

Der Wagen setzte sich in Bewegung, und Cecelia blieb an Robins Seite, wollte ihr für alle Fälle seelischen und körperlichen Beistand leisten. Ihre Rolle war die der Detektivin. Sidney blickte nach vorn und taumelte auf ihren Absätzen, als sich der Wagen in Bewegung setzte – sie hatte keinen, der aufpasste, nicht wirklich, und für einen kurzen Moment tat sie Cecelia leid. Sidney schaute starr geradeaus, wie jemand, der durch ein Unwetter zu fahren versucht. Sie hätte gern gewusst, was Sidney dachte – ob sie sauer war, weil sie weniger Platz hatte, oder ob ihr Beliebtheitswettbewerb doch nicht alles war, was zählte, oder etwas anderes. Hineinschauen in den anderen konnte man nie.

Robin winkte, und der Wind wehte ihr das Haar von den Schultern. Cecelia fragte sich, wo Robins Eltern wohl standen, aber dann sah sie die beiden auf der linken Seite in der Mitte einer Sackgasse, die vom Kreisverkehr zum Fluss führte. Robins Vater hielt sich die Hand vor den Mund, und er weinte, weinte und lächelte, weinte und lachte und jubelte. Robins Mutter reckte ihre Fäuste in die Luft, und Cecelia war stolz auf ihre Freundin und stolz auf sich, weil sie um den Unterschied zwischen Privatsphäre und Geheimhaltung wusste, zwischen Stütze sein und schmückendes Beiwerk. Sie winkte Robins Eltern zu und hätte fast vergessen, dass auch ihre Eltern irgendwo in der Menge standen.

Porter sah den Festwagen kommen, die jungen Mädchen standen in ihren der Jahreszeit völlig unangemessenen Kleidern obendrauf, als würde ihre Jugend sie unempfindlich gegen das Wetter machen. Als sie Erntekönigin auf dem Wagen der Highschool gewesen war, hatte sie sich erwachsen gefühlt. Aber sie war es nicht gewesen, egal, wie sie es damals empfunden hatte. Ihr Kleid war grün gewesen und fließend, ein Discokleid. Astrid hatte es gehasst, hatte alles Mögliche versucht – Bestechung, Beschimpfungen –, um sie zu bewegen, etwas anderes anzuziehen. Bob Baker hatte den Wagen gefahren. Sie konnte sich nicht mal daran erinnern, wer die anderen Mädchen gewesen waren.

Sie hatte gewusst, dass irgendwo ihre Eltern standen, Nicky und Jeremy und alle, aber sie hatte keinen davon sehen wollen. Es war ihr einfach peinlich gewesen. Aber dann hatte sie ihren Namen gehört, und ihr war klar geworden, es waren ihre Eltern, die vor dem Haushaltswarengeschäft auf dem Gehweg standen und beide winkten. Ihre Mutter hatte sie deutlicher wahrgenommen als ihren Vater – und noch Jahre später sollte Porter darunter leiden. Sie hätte wie eine Heldin in einem Actionfilm vom Wagen herunterspringen und zu ihm laufen sollen, um ihr Gesicht dicht vor seins zu halten und auf den Auslöser ihrer inneren Kamera zu drücken. Sie wollte sich besser an ihn erinnern können.

Als ihre Periode an diesem Wochenende noch immer nicht gekommen war, hatte sie Jeremy gebeten, einen Schwangerschaftstest zu besorgen und zur Schule mitzubringen. Es hatte nicht mal die in der Beschreibung angegebene ganze Minute gedauert, bis die beiden rosa Linien sich gezeigt hatten. Jeremy hatte geglaubt, sie würde übertreiben – gemeint, er sei gut im Rausziehen. Als sie zur Klinik gefahren waren, war sie zu benommen gewesen, um zu weinen. Nichts an ihr hatte ein Baby gewollt. Das war nie geplant gewesen. Für sie hatte damals der Rest ihres Lebens auf dem Tisch gelegen – ihre ganze Zukunft. Dies oder das, dies oder das, hatte sie gedacht, ich kann nicht beides haben. Jahr für Jahr hatte es mindestens ein Mädchen auf der Schule gegeben, das schwanger und im Laufe des Jahres immer dicker und dicker geworden war, bis es eines Tages verschwunden war, als hätte es sich in Luft aufgelöst. Manchmal waren die Mädchen zurückgekommen und hatten die Schule zu Ende gebracht, aber das waren die wenigsten gewesen. Man hatte sie später in der Stadt mit einem Kinderwagen gesehen oder auf Spielplätzen mit ihren Babys, manchmal auf denselben Spielplätzen, auf denen sich die Schüler nachts getroffen hatten, um Joints zu rauchen und Bier zu trinken.

»Ich denke, wir sollten mal eine Pause einlegen«, hatte sie gesagt und aus dem Fenster des Wagens gesehen. »Wenn das erledigt ist, meine ich.« Ihre Überlegung war gewesen, dass ihre Eltern eher dahinterkommen würden, wenn sie und Jeremy zusammenblieben. Sie hatte ihm ein Geschenk geben wollen. Ob ihm das bewusst gewesen war? Sie hatte ihm geschenkt, dass er nicht darüber nachdenken musste, es ein für alle Mal vergessen konnte. Es war nur ein Nachmittag gewesen. So gut funktionierte ihr Körper – sie konnte alles festhalten, sogar die Erinnerung an die winzigen Zellen, die sie loswerden würde.

Als Jeremy sie danach nach Hause gebracht hatte, waren ihre Eltern nicht da gewesen. Nicky war bei ihr im Zimmer gewesen und hatte aus dem Fenster einen Joint geraucht, er war der Einzige gewesen, dem sie es erzählt hatte. Im nächsten Jahr würde das Erntefest eine neue Königin haben. So lief das.

»Da sind sie, da sind sie«, rief Nicky. Er zeigte auf den Wagen, der langsam angezockelt kam.

Cecelia trug ein langes Kleid und bewegte sich unbeholfen. Doch statt in die Menge zu schauen und zu winken wie die anderen Kids, die neben dem Festwagen herliefen, starrte sie hoch. Porter folgte Cecelias Blick und sah Jeremys Tochter missmutig und blau vor Kälte neben einem strahlenden Mädchen in Gelb stehen. War das August? Er war es. Sie versuchte, sich an einen Moment zu erinnern, in dem sie selbst je so tapfer gewesen war, und legte nach ein paar Sekunden Überlegung die Hände auf ihren Bauch.

»Ich suche mal die Toilette«, teilte sie Nicky und Juliette mit, die wie gebannt auf ihre Tochter starrten, die bereitwillig mitmachte bei diesem kleinstädtischen Ritual.

Die Zwillinge waren so glücklich, wie Porter sie noch nie erlebt hatte. Sie winkten allen zu, auch Wendy und Elliot strahlten sich und die ganze Welt an. Es brauchte tatsächlich nicht viel, um ein elterliches Stirnrunzeln umzukehren.

Die Toiletten der Stadthalle befanden sich noch immer am gleichen Ort wie früher, und sie lief rasch den Flur hinunter. Überall waren Eltern mit Kindern – Papas telefonierten, als könnte das, was sie zu besprechen hatten, nicht noch eine Stunde warten, und Mütter jagten jüngere Geschwisterkinder über den Flur, um sie einzufangen. Vor der Toilette wartete eine kleine Schlange, alle lächelten freundlich und ignorierten einander dann.

Die Kabinentür schwang auf. Der Bauch schob sich zuerst durch – ein gewaltiger Schwangerschaftsbauch, der den von Porter in den Schatten stellte, fast eine volle Kugel. Das Kleid über der Wölbung saß hauteng und erinnerte mit den vertikalen roten und weißen Streifen an ein riesiges Pfefferminzbonbon aus *Charlie und die Schokoladenfabrik*. Porters Augen wanderten über den Körper der Frau bis zu ihrem Kopf. Kristen Fogelman ertappte sie dabei und lächelte.

»Oh, hallo«, sagte sie und zeigte auf Porters Bauch. »Gratuliere. Jeremy erzählte mir, dass du schwanger bist.«

»Ja«, sagte Porter und verscheuchte im Geiste eine ganze Salve von Kraftausdrücken, die aus ihr herausdrängte. Ihr Mund fühlte sich an, als hätte ihr jemand die Zunge mit einem Papiertuch abgewischt. Sie sichtete sämtliche Wörter in ihrem Kopf, bis sie sich endlich in der Lage sah, einen vollständigen Satz herauszuwürgen. »Ich wusste gar nicht …«

»Nicht?« Kristen schüttelte sich das überschüssige Wasser von den Händen. »Ich fühl mich wie eine Wassermelone.«

»Ein ganz schöner Altersunterschied zu den beiden anderen«, sagte Porter und versuchte den Gedanken zu vertreiben, dass Jeremy auch der Vater ihres Babys war, wohl ahnend, dass dem nicht so war. Sie und Jeremy hatten viermal keine Kondome benutzt, und Porter stellte sich Abertausende winzige Spermien vor, die sich in ihrem Körper versteckten, um neue Eier zu finden, die noch gar nicht bereit waren, sich einzunisten, und die deshalb auf die Geburt ihres Babys warten mussten. Hatte sie denn gar nichts gelernt? »Ist er hier? Jeremy?«

»Oh, ja. Natürlich. Sidney und ihre Freundinnen sind heute die kleinen Königinnen, so süß«, sagte Kristen. »Künftige Babysitter!« Sie richtete sich auf und trat auf Porter zu, blieb dicht vor ihr stehen, den Mund so nah an Porters Ohr, dass er es fast berührte. »Nur damit das klar ist«, zischte sie. »Er hätte sich niemals für dich entschieden. Das wissen alle, Porter. Du bist die Einzige, die glaubt, ein Geheimnis zu haben. Das machte es irgendwie nur noch trauriger, oder?« Kristen legte ihre Hände unter ihren gewaltigen Bauch. »Irgendwann wirst du erwachsen werden. Oder auch nicht.«

Sie entfernte sich hüftschwingend wie ein majestätischer Elefant, der um seinen angestammten Platz im Tierreich wusste.

»Genau«, sagte Porter. Hinter ihr war die Schlange länger geworden, alle Frauen warteten geduldig darauf, endlich an die Reihe zu kommen. Als Porter nicht sofort in die nächste frei werdende Kabine ging, meldete sich die Frau hinter ihr – Porter kannte sie, sie arbeitete bei einem Bäcker. »Wollen Sie nicht reingehen?«

Sie schüttelte den Kopf, und die Frau zwängte sich an ihr vorbei. Er war zu ihr gekommen, weil sie ihn gelassen hatte, nicht weil er unglücklich in seiner

Ehe war. Als die nächste Kabine frei wurde, schlich sie hinein und setzte sich. Von draußen drangen die Klänge des Festumzugs herein, die Fröhlichkeit, die Menschen. Vasektomien waren reversibel, wieder ein Gewinn für das männliche Ego. Das hätte er ihr natürlich nicht erzählt. Porter machte sich einen Bausch aus Toilettenpapier zurecht und versuchte hineinzuatmen wie in eine improvisierte Papiertüte, aber winzige Fasern lösten sich und setzten sich in ihrer Kehle fest. Sie hustete und hustete und begann zu schluchzen, vergaß, dass sie sich in der Öffentlichkeit aufhielt, vergaß, dass sie schließlich würde aufstehen und aufbrechen müssen, um zurück zu ihrer Familie zu gehen. Andere Familien zu sehen. Augusts Eltern, die eindeutig das Richtige taten, und ihre Brüder, die es versuchten. Astrid, die verliebt war. Sie konnte sich nicht erklären, wie sie es geschafft hatte, die größte Versagerin von allen zu sein.

»Porter?«, rief jemand von der anderen Seite der Kabinentür. Astrids entschlossenes Klopfen war unmissverständlich. »Was ist los mit dir, Porter? Ist alles in Ordnung?«

»Hi, Mom«, sagte sie, beugte sich vor und entriegelte die Tür.

Ihre Mutter starrte auf sie herunter, machte einen zögernden Schritt nach vorn und quetschte sich dann seitlich vorbei, bis sie hinter sich die Tür schließen konnte.

»Okay«, sagte sie und hockte sich hin, bis ihre Stirnen auf einer Höhe waren und die Knie gegeneinanderschlugen. »Es wird alles gut. Du bist stark, du bist tapfer, und du wirst eine ganz großartige Mutter sein.«

Porters Schluchzen wurde heftiger. »Das sind die drei nettesten Dinge, die du mir je gesagt hast. Du kannst so was ruhig öfter sagen, weißt du.«

»Ich will's versuchen«, versprach Astrid und legte ihr die Arme um die Schultern, sodass sie sich mit ihrem ganzen Gewicht fallen lassen konnte wie als Baby.

Kapitel 41

Team Kids, Teil 2

Nachdem der Umzug vorbei war und alle von dem Festwagen gestiegen waren, war es, als wäre Robin die Erntekönigin. Sidney Fogelman hielt Abstand, aber ihr Gefolge war unter denen, die sich um sie scharten, um ihr zu ihrem Wagemut zu gratulieren. Liesel machte ein Selfie. Fast alle Mädchen der siebten Klassenstufe drängten sich um Robin und erklärten ihr, wie schön sie in ihrem Kleid aussehe, was ja auch stimmte. Nicky entdeckte Robins Eltern – mit laufenden Nasen und leuchtenden Augen – und ging hin, um Hallo zu sagen. Porter kam mit Astrid zurück von der Toilette, und sie steckten vor Birdies Frisiersalon die Köpfe zusammen. Es redeten so viele Menschen, dass sie nicht gleich mitbekamen, dass da noch etwas anderes im Gange war, als sie zu ihrer Familie zurückkehrten.

Elliot beugte sich zu ihr herunter, und weil es laut war, hatte sie Mühe, sich verständlich zu machen. Nicky kam von Robins Eltern zurück, und sie hockte sich mit ihren Brüdern auf eine Bank, die neben der

Eingangstür stand, und brachte auch Nicky auf den neuesten Stand.

Nicky und Elliot standen auf und sahen sich um, und dann zeigte Nicky auf die andere Straßenseite, die voller Menschen war. Sie joggten los, auf Jeremy Fogelman zu. Er lehnte am Schaufenster des leer stehenden Gebäudes, das Elliot gekauft hatte, und lächelte in sich hinein, Sidney und ihre Mutter redeten mit Freunden. Nicky und Elliot bauten sich vor ihm auf. Es war laut auf der Straße, und sie mussten schreien, um gehört zu werden.

Porter beobachtete sie und rief: »Nein, nein, nein! Nein, Jungs, nein!«, doch ihre Brüder waren viel zu weit weg, um sie zu hören.

Sie sah, wie Jeremy die Hand ausstreckte, Elliot sie aber wegschlug. Jeremy in vorgetäuschter Kapitulation die Hände hob. Jetzt sahen auch Kristen und Sidney zu, ohne es sich anmerken zu lassen. Porters einziger Gedanke galt den vielen Therapiestunden, die Sidney Fogelman irgendwann benötigen würde, und dem Anteil, den sie selbst daran hatte. Wendy und die Zwillinge hatten sich Gott sei Dank dem Festwagen genähert, um ihn sich genauer anzuschauen. Porter wollte sich schließlich nicht dafür verantworten müssen, alles ruiniert zu haben.

Nicht dass sie niemals ihr Verhalten reflektiert hatte – natürlich hatte sie das. Das war der Grund dafür gewesen, sich von Jeremy zu trennen. Beim ersten und beim zweiten Mal. Als Erwachsene. Sie hatte sich von Jeremy getrennt, weil sie jemand sein wollte, der gute Entscheidungen traf und sich für mehr als nur ihre Bereitwilligkeit zu Fantasiespielen geschätzt fühlen wollte. Sie hatte sich für ein Baby entschieden, und das ganz toll hinbekommen, und jetzt das? Was hatte diesen Rückfall ausgelöst? Die Tatsache, dass Cecelia im Haus war, als auch das Wiedersehen mit Rachel hatten die Zeitreise zurück in ihre Jugend bewirkt, obwohl diese Jahre nun wirklich ein für alle Mal vorbei waren. Und sie wusste jetzt, sie würde sie nicht mehr vermissen.

»Jeder macht Fehler, Porter«, hatte Astrid auf der Toilette zu ihr gesagt. »Du brauchst nicht perfekt zu sein. Du brauchst nicht mal so zu tun, als wärst du perfekt.«

Elliot hielt Jeremy seinen Finger ins Gesicht, er berührte ihn fast.

»O Gott«, stieß sie stöhnend aus, drückte sich hoch und eilte in dem Moment über die Straße, als Elliot ausholte.

Sie wich einem großen, gutmütigen Golden Retriever aus, der den Gehweg blockierte, und schaffte es gerade rechtzeitig zu ihrem Bruder, um Zeugin zu werden, wie Elliots Faust direkt auf Jeremy Fogelmans Nase krachte. Oder besser gesagt, sie wäre auf Jeremy Fogelmans Nase geschnellt, hätte Jeremy sich nicht weggeduckt. Elliots Faust landete in der Glasscheibe hinter Jeremy.

»Du Idiot!«, rief sie. »Das kann doch nicht wahr sein! Was zum Teufel tust du da?«

»Ich beschütze dich«, sagte Elliot und verfolgte erstaunt, wie sich der winzige Riss in der Scheibe rasch zu einem Spinnennetz ausweitete. Jeremy sprang beiseite. Elliots Atem ging heftig, er hielt sich seine blutende Faust. »Verdammt Mann, das ist mein Fenster!«, brachte er schließlich hervor. »Verdammt!«

»Ich brauche nicht beschützt zu werden«, sagte Porter sanft. »Und ganz bestimmt brauche ich nicht vor diesem Loser beschützt zu werden.«

Jeremy zuckte die Achseln und verdrückte sich rasch, er hatte wohl Angst davor, dass ihre Brüder es sich anders überlegten.

»Ich hab versucht, es ihm zu sagen«, warf Nicky ein.

»Du hast ihm gesagt, er hätte sie sitzen lassen! Und dass er Porter nicht erzählt hat, dass seine Frau schwanger ist, was eine verdammt miese Nummer ist!«

»Das hab ich so nicht gesagt«, widersprach Nicky. »Ich denke nicht, dass ich das gesagt habe.«

»Jetzt hört mal zu, Jungs«, sagte Porter. »Ich danke euch für euren Versuch, für mich einzutreten, aber das ist nicht nötig. Ich meine, ich brauche das, nur nicht so. Hier geht es nicht um Jeremy, okay? Hier geht es um mich.«

Astrid beobachtete ihre drei Kinder – und sie hatte auf einmal das Gefühl, nichts, aber auch gar nichts falsch gemacht zu haben. Auch kleine Siege sind Siege, oder?, dachte sie.

»Alle Stricks auf die andere Straßenseite, und zwar sofort«, befahl sie.

Sie war Porter nachgeeilt und an ihrer Seite geblieben, aber jetzt reichte es. Wenn sie noch immer ihre

Kinder waren, dann war sie ihre Mutter. Sie klatschte in die Hände und lief dann, eine Hand wie ein Stoppschild hochhaltend, auf die Mitte der Straße. Dort wartete sie, bis ihre drei Kinder sowie Juliette und Cecelia sicher vor den vorsichtig fahrenden Autos, die wieder unterwegs waren, die Straße überquert hatten, auf der noch immer viele Menschen unterwegs waren. Wendy und die Zwillinge hoben die Köpfe und folgten der Familienprozession, wunderten sich erst, kapierten aber wohl schnell, worum es ging: Die Stricks waren auf Achse, und sie waren es gemeinsam.

Genau hier an dieser Stelle hat Barbara gestanden, dachte Astrid. Wenn sie die Zeit zurückdrehen und Barbara zurück auf den Gehweg hätte eskortieren, mit ihr neben dem Briefkasten ein Gespräch hätte führen können, wäre Elliots Faust dann auch verletzt? Würde Porter sich immer noch wie ein Teenager benehmen? Würden sie und Birdie sich wie Teenager aufführen? Sie stürmte in den Salon und wühlte in einer Lade unter der Theke, bis sie Pflaster und Antiseptikum fand. Die Zwillinge rannten durch den Salon, und Wendy hielt Elliots verletzte Faust und küsste seine Knöchel.

»Ich würde gern wissen, ob ich das richtig sehe«, meldete Cecelia sich zu Wort. »Ich kümmere mich darum, dass meine Freundin nicht womöglich vergewaltigt und ermordet wird, dafür werde ich aus der Stadt geschickt. Ich schlage jemanden und bin jetzt das Vorbild für die ganze Familie?«

Astrid reichte Wendy die Schachtel mit dem Pflaster. »Was um alles in der Welt … also wirklich.«

»Können wir uns vielleicht mal für eine Sekunde auf mich konzentrieren?«, forderte Porter. »Ich habe dich nicht gebeten, ihn zu schlagen. Es war mein Fehler, nicht seiner. Ich habe nicht geheult, weil ich sauer auf ihn war, ich war sauer auf mich.« Sie hatte zu weinen aufgehört und hielt sich den Bauch.

»Ich habe ihn doch überhaupt nicht schlagen wollen«, rechtfertigte sich Elliot. »Ich will überhaupt niemanden schlagen! Ich habe einfach nur meine Beschützerrolle zu ernst genommen.«

Nicky wandte sich an Cecelia. »Es tut mir unendlich leid, meine Süße. Wirklich. Wir haben es total vermasselt. Ich weiß doch, dass du nichts getan hast. Bevor du dieses Mädchen geschlagen hast, meine ich. Du solltest nie jemanden schlagen.« Er begleitete seine Worte mit einem finsteren Blick auf seinen Bruder, abgeschwächt durch ein winziges belustigtes Augenzwinkern. »Ich weiß, dass es nicht so war, wie Katherine behauptet hat. Ich wollte dich nur aus der Schusslinie holen. Aber ich weiß jetzt, dass dir das den Eindruck vermittelt haben muss, wir würden nicht hinter dir stehen. Wir stehen immer hinter dir, Süße. Okay? Immer.«

Cecelias Augen brannten. Sie wandte den Blick von ihrem Vater ab und starrte auf die Wand hinter ihm, musterte eine Stelle der Tapete, die ihr vorher nie aufgefallen war. Zwei Bahnen trafen dort nicht ganz aufeinander. Wie hatte sich wohl ihr Vater sein Leben vorgestellt, als er in ihrem Alter gewesen war? Träumten Jungs von Ehe und Kindern? Taten das Mädchen?

Sie selbst tat es nicht. Sie träumte von Linienbussen, die an ihrem Fenster vorbeifuhren, und von Müllwagen. Sie träumte von ihren Freundinnen. Sie wollte weder fröhlich noch traurig sein, sie wollte normal sein und normale Eltern haben, was das auch immer bedeuten mochte.

Von Robin hatte sie ein Buch über Elizabeth Taylor und einen ihrer Ehemänner bekommen, das ihre stürmische Liebesbeziehung beschrieb, und im gesamten Buch, in dem es um Flugzeugreisen und Hotelzimmer und schicke Autos ging, sah man im Hintergrund immer Kinder und Haustiere, auf die keine Rücksicht genommen wurde. Elizabeth Taylor war zu beschäftigt damit, mit Blumentöpfen auf den Kopf ihres Geliebten zu zielen. Cecelia hatte nicht weiterlesen können. Sie bevorzugte die Bücher von Richard Scarry, wo Eltern aller Art ihren Kindern beim Zähneputzen halfen oder verhinderten, dass sie von einem Lastwagen überrollt wurden.

»Robin hat mich zum Abendessen eingeladen«, sagte sie. »Darf ich hingehen?«

»Natürlich«, erwiderte Nicky. Er nahm ihre Hand und drückte sie. »Wer ist Robin?«

Die Glocke bimmelte, und alle wandten sich um. Astrid sah, wie Birdie mit ihrer Hüfte die Tür aufschob, in der einen Hand eine Flasche Wein, in der anderen einen Blumenstrauß. Sie und Birdie hatten es in all den Jahren nicht verheimlichen wollen, und es war ein gutes Gefühl, mehr daraus zu machen. Je länger man Dinge im Verborgenen hielt, desto ungebührlicher schienen sie zu werden, und an Birdie war nichts Ungebührliches – sie arbeitete hart, war freundlich und lustig und schön.

»Bird«, sagte Astrid.

Elliot, der neben Wendy auf einer Bank im Wartebereich saß, klopfte mit dem Fuß und wackelte mit dem Kopf, als lauschte er einer Musik, die nur er hören konnte. Sie saßen alle so dicht aufeinander wie Pendler zur Stoßzeit, nur dass sie kein Ziel hatten. Er biss die Zähne zusammen, wie er sich das als wütender Teenager angewöhnt hatte. Warum war er so wütend gewesen? Warum hatte sie ihm als seine Mutter nicht geholfen? Es war so einfach, den Weg durchs Labyrinth zu erkennen, aber es war so viel schwerer, ihn zu gehen.

»Zu dem, was du gesagt hast …«, sagte Elliot zu ihr, »… ich habe darüber nachgedacht. Über das, weswegen du zu mir gekommen bist. Ich erinnere mich. Jack. Und an deine Worte. Aber ich bin es nicht, weißt du. Es war nichts. Ich meine, es war nichts Ernstes, es war nur …« Elliots Gesicht nahm einen komischen Ausdruck an. »Es ist peinlich, mit der eigenen Mutter darüber zu reden, weißt du, aber egal. Ich denke, es bedeutete Jack mehr, als es mir bedeutet hat, wenn du weißt, was ich meine. Und das ist es nicht, wofür du dich entschuldigen musst.«

Jetzt wurde Astrid hellhörig. »Okay?«

Elliot nickte, irgendwas nagte eindeutig an ihm. »Du sagtest Dad, ich sei nicht klug genug, um Anwalt zu werden. Oder gut genug. Ihr beiden saßt draußen und lachtet, redetet darüber, was für ein Idiot ich bin.«

Astrid legte einen Finger an ihre Lippen. »Ich habe *was* gesagt? Wann war das? Ich glaube nicht, dass ich das gesagt habe.«

»Natürlich hast du es gesagt. Ich weiß nicht, es war in dem Sommer, als ich anfing, bei Valley zu arbeiten. Und du und Dad, ihr wart draußen, ich war in der Küche und habe euch gehört. Dad *lachte*. Aber es tat ihm leid, das spürte ich. Du hast nicht gelacht. *Dafür* möchte ich eine Entschuldigung, nicht dafür, weil irgendein Jugendlicher versucht hat, mich zu küssen.«

»Mist«, sagte Porter.

»Verdammt«, sagte Nicky.

»Ja, und mir tut es leid, dass ich ein wenig antriebsschwach bin, wenn Entscheidungen getroffen werden müssen, so wie damals, als es um meinen Berufswunsch ging, aber es ist schließlich hart zu wissen, dass selbst deine Eltern dich für einen totalen Idioten halten.«

Ihr fiel die Kinnlade herunter, sie schüttelte den Kopf. »Nein, nein, mein Lieber!«, rief sie. »Ich habe das gesagt?« Sie legte ihre Hand auf Elliots Arm. »O Gott. Und arme Barbara. Ich habe mich so geschämt – nicht deinetwegen, sondern wegen meiner Reaktion –, dass ich ihr so lange aus dem Weg gegangen bin und darüber ganz den Grund dafür vergessen habe. Bis sie vom Bus erfasst wurde, hatte ich überhaupt nicht mehr daran gedacht, warum ich sie in all den Jahren nicht hatte leiden können. Ich liebe dich doch«, sagte sie.

Sie wünschte, sie hätte eine Liste mit all den Fehlern, die sie in ihrer Elternrolle gemacht hatte, den großen und den kleinen, nur um zu sehen, wie viele davon ihr bewusst waren (ihr Geduldsfaden war immer besonders kurz gewesen, wenn es ans abendliche Baden gegangen war) und wie viele nicht. Sie fragte sich, wie sehr ihre Geheimniskrämerei zu Porters Geheimnissen geführt hatte und wie viel Schmerz sie anderen hätte ersparen können.

»Der Grund«, fuhr Elliot fort, »warum ich das jetzt erzähle, ist, dass ich das Richtige tun möchte. Für dich, für Dad, für Clapham. Ich möchte nicht das Arschloch sein, das die Stadt in etwas völlig anderes verwandelt, weißt du? Ich möchte, dass du dich getäuscht hast.«

Wendy umklammerte seinen Arm. Sie liebte ihn – wenn Wendy ihren Sohn so ansah, hasste Astrid sich dafür, sie jemals anders als eine perfekte Partnerin gesehen zu haben. Das war es doch, was jeder wirklich brauchte.

»Ich habe mich getäuscht«, gab sie zu. »Entschuldige.« Sie konnte sich nicht an den Tag erinnern, den er erwähnt hatte, aber sie hatten Hunderte solcher Gespräche über ihre Kinder geführt. Über jedes von ihnen. So etwas machte man in einer Ehe und mit Kindern – man sprach über die guten und die schlechten Dinge, und der eine sah für gewöhnlich das Positive, der andere das Negative. So war das zwischen ihr und Russell gewesen – sie war der böse Bulle, er der gute gewesen. Aber es hatte alles nur dazu gedient, sich über die Dinge klar zu werden, die das Leben ausmachten. Sonst wäre es zu viel gewesen, ein zu großer Kraftakt. Manchmal dachte Astrid, sie hatten nur deshalb ein drittes Kind bekommen, weil die ersten beiden einen kleinen Sprung in der Schüssel und sie und Russell einen Neuanfang gewollt hatten. Einen Neuanfang als Eltern. Aber das hatten die Kinder nie erfahren sollen. Sie hatten immer absolutes Vertrauen in sich und ihre Eltern haben sollen. Jetzt kamen ihr die Worte leicht über die Lippen. »Du hast mich nie enttäuscht«, sagte sie. »Und es steht mir nicht zu, darüber zu urteilen, Elliot. Dein Leben, deine Entscheidungen, sie gehören mir nicht. Auch nicht dieser Stadt. Nicht mehr als diese jeden von euch angeht.«

Sie sah ihrem Sohn in die Augen und dachte an den Moment seiner Geburt, wie er aus ihrem Körper gekommen war und Russell geweint hatte und wie sie dieses neue Baby betrachtet hatten, das Schönste, was sie je gesehen hatten, und wie die Schwester Elliot – noch blutig und schreiend – Russell in die Arme gelegt hatte. Dann hatte er ihn in ihre Arme gelegt. Bis zu diesem Moment war sie nie wirklich nackt gewesen – ein Kind zu gebären und es dann am eigenen Körper zu halten rührte an das tiefste Innerste.

Was für Eltern waren sie gewesen? Die armen Kinder erwarteten Liebe ohne Bedingungen, aber es gab immer einen Kontext – sie hatte nicht gern gestillt, Elliot war zimperlich gewesen, ein Winterkind, sie waren alle im Haus gefangen gewesen, anders als bei Porter und Nicky, die das Glück gehabt hatten, im April und im Juni zur Welt gekommen zu sein. Wer machte beim ersten Versuch schon alles richtig?

Astrid wusste, dass sie versagt hatte, vielleicht nicht so, wie sie das gedacht hätte, aber in vielerlei Hinsicht und ohne es zu bemerken. Das war der Job von Eltern: es immer und immer wieder zu vermasseln. Und der Job eines Kindes: dennoch groß zu werden.

Elliot stand auf.

»Dein Vater war so stolz auf dich«, sagte sie. »Er wäre so stolz auf dich. Weißt du, dass er, nachdem du geboren warst, nicht schlafen konnte und deshalb die Nachtschichten übernahm? Er setzte sich in deinem Zimmer in den Schaukelstuhl und sah dir beim Schlafen zu. Wenn ich morgens reinkam, war er manchmal im Stuhl eingeschlafen, während du wach warst und brabbeltest, als wärst du derjenige, der auf ihn aufgepasst hatte.« Sie streichelte seinen Arm. »Ohne dich wären wir keine Eltern gewesen. Sondern nur zwei Menschen, die sich auf ihren eigenen Bahnen bewegten. Du warst es, der uns zu einer Familie gemacht hat. Ich liebe dich.«

Sie sah, dass ihr Sohn angestrengt versuchte, nicht zu weinen. »Egal«, erwiderte er. »Ich liebe dich auch.«

Eine bessere Reaktion hätte sie nicht erwarten können.

Birdie kam zu ihnen. »Hi«, sagte sie.

Elliot ging in den hinteren Teil des Salons zu seinem Bruder und legte seinen Arm um dessen Schultern. Die Zwillinge machten sich am Waschbecken zu schaffen, spritzten einander an. Später würde man aufwischen müssen, aber keiner ging dazwischen und hielt sie davon ab. Astrid legte ihre Hand an Birdies

Wange, küsste sie und dachte: Ich will dich heiraten. Dann flüsterte sie ihr ins Ohr: »Ich will dich heiraten.«

Wenn sie eins gelernt hatte, dann dies: Sprich es aus. Sag es jetzt, solange du noch Gelegenheit dazu hast.

Kapitel 42

Barbara flippt aus

Barbara kaufte immer Orangensaft ohne Fruchtfleisch, weil Bob den bevorzugte. Er hatte sehr eng stehende Zähne, und wenn sie den besonders fasrigen Saft kaufte, den sie gern trank, weil er mehr nach Orange und weniger nach Wasser schmeckte, verfingen sich die Fasern in seinen Zähnen wie ein Hummer in einer Falle, und er wurde sie ohne Zahnseide nicht mehr los. Und deshalb kaufte Barbara den Orangensaft, der eigentlich für pingelige Kinder gedacht war, und beklagte sich nicht. Tagsüber hatte sie Zeit und konnte tun, was sie wollte, und war deshalb bereit, bei weniger wichtigen Dingen auch Kompromisse einzugehen.

Als Bob dann in den Ruhestand ging und den ganzen Tag zu Hause war, wurde bald offensichtlich, dass es nicht nur der Saft war. Er benötigte Hilfe, ständig. Hilfe bei der Essenszubereitung, Hilfe bei der Entscheidung, ob er einen Spaziergang machen wollte, bei der Wahl der Route und ob er eine Jacke anziehen sollte. Bob folgte Barbara bis zum Badezimmer und redete weiter durch die geschlossene Tür, während sie auf dem Klo saß. Einige ihrer Freundinnen hatten sie vor diesem Phänomen gewarnt und ihr erklärt, dass Ehemänner Hobbys brauchten, aber Bob wollte kein Hobby, sofern es nicht mit ihr zu tun hatte, und so beschloss Barbara, sich stattdessen selbst ein Hobby zu suchen, eins, wohin Bob ihr nicht folgen konnte.

»Was soll das heißen, eine Spange?«, fragte Bob. »Für deine Zähne?«

»Ja, für meine Zähne«, sagte Barbara. »Was denn sonst?«

Es gab so viele unterschiedliche, von denen sie nie gehört hatte. Natürlich die aus Metall, aber auch welche aus Plastik und aus Keramik, Spangen, die hinter den Zähnen angebracht waren, und unsichtbare wie Kondome, die jedem Zahn einzeln angepasst wurden! Die bunten Gummibänder gab es für jeden, der die Spange nicht verstecken wollte. Es gab so viele Wahlmöglichkeiten, und es waren viele Zahnarztbesuche nötig. Barbara war in heller Aufregung.

Um zu der neuen Praxis für Kieferorthopädie zu gelangen, die auf der anderen Flussseite in Kingston eröffnet hatte, war Barbara doppelt so lange unterwegs wie zu der von Dr. Piesman, der alle Heranwachsenden Claphams mit Metallspangen versorgte. Aber genau darum ging es ihr, um die Zeit, die sie für den Hin- und Rückweg benötigen würde. Sie hatte sich online kundig gemacht und einen Kieferorthopäden entdeckt, der mit einem hübschen Foto warb, ein junger Mann im weißen Mantel und (natürlich) mit einem strahlenden Lächeln. Ein solches Lächeln wünschte sich Barbara. Ihre Zähne hatten schon vor

Jahrzehnten ihre Position verändert, wenn auch langsam wie Gletscher, waren sich jetzt massiv ins Gehege gekommen und überlappten sich in merkwürdigen Winkeln, allesamt in der Farbe von hellen Maiskörnern am Kolben. Es war an der Zeit.

River Valley Orthodentics befand sich im Erdgeschoss eines frisch renovierten Gebäudes mitten in Kingston. Das Wartezimmer war gepflegt, denn noch hatten sich keine Teenager mit ihren schmutzigen Sneakern auf den Stühlen verewigt. Barbara nannte am Empfang ihren Namen und wartete dann, bis sie aufgerufen wurde. Als die Zahntechnikerin sie in das Untersuchungszimmer führte und sie ihre Tasche auf einem Stuhl abstellte, war sie glücklicher als beim Besuch eines Schönheitssalons, wo sie sich zu alt und zu aufgedunsen fühlen würde. Doch sich um die eigenen Zähne zu kümmern war keine Eitelkeit. Zähne waren wichtig.

Die Zahntechnikerin legte Barbara ein Papierlätzchen um und veränderte die Stuhlposition, bis sie in der Horizontalen lag.

»Möchten Sie sich etwas ansehen?«, fragte die Frau durch ihren Mundschutz. Sie legte Werkzeuge auf einem kleinen stählernen Tablett zurecht und ordnete sie klirrend.

»Was ansehen? Oh, nein danke«, sagte Barbara.

Sie gehörte nicht zu den Menschen, die ständig mit einem Smartphone oder einem Fernseher oder einem Podcast stimuliert werden mussten. Es gefiel ihr, einfach hier zu sein.

»Sind Sie sich sicher? Wir haben Netflix.«

Die Zahnhygienikerin drehte an einem kleinen Rechteck, bis es direkt über Barbaras Gesicht hing, drückte auf einen Knopf, und der Bildschirm ging an.

»Nein, nein danke«, wiederholte Barbara, nun verlegen ob ihrer Entscheidung.

Der Bildschirm mit dem Auswahlmenü blieb an, und so starrte sie auf die bunten Kästchen, von denen jedes eine halbe Stunde fröhlicher Unterhaltung versprach. Die Zahnhygienikerin versicherte ihr, indem sie ihr den Arm tätschelte, dass der Kieferorthopäde gleich zu ihr kommen werde.

Barbara schloss die Augen und gab sich ihren Erinnerungen hin.

Als Kind hatte Barbara keine Zahnspange getragen – ihre Zähne waren gerade genug gewesen. Mittlerweile hatte die Hälfte der Mittelschüler die Münder voller Metall. Während ihrer Teenagerzeit galt ihre einzige Sorge den Haaren, die sie gern so lockig gehabt hätte wie Shirley Jones in *Music Man*. Das waren sie nicht, und schließlich gab sie es auf. Ihre Schwester Carol war die mit den Locken in der Familie, ihr galten die Aufmerksamkeit der Jungs und die Sorge der Eltern. Ihre Schwester war die Hübsche, und sie, Barbara, zwei Jahre jünger, war der Familienhund, folgsam und immer hungernd danach, dass was für sie abfiel.

Nach der Highschool belegte sie ein paar Kurse in Betriebswirtschaft am Norwalk Community College mit dem Ziel, Sekretärin zu werden. Carol sah sich als Schauspielerin und war nach Los Angeles gezogen, wo sie unverheiratet mit einem Mann zusammenlebte, was für ihre Eltern sehr schmerzhaft war. Barbara lernte Bob in einer kleinen Cafeteria kennen – er studierte Ingenieurswesen –, und sie kamen gut miteinander aus. Sie konnte sich an kein einziges Gespräch aus dieser Zeit erinnern, nur dass Bob sie immerzu ansah, als wäre sie ein Filmstar, als wäre sie bedeutsam und begehrenswert, lange bevor sie sich verlobten und heirateten. Ihre Eltern waren begeistert, und die Hochzeit – im Hochsommer im Garten mit zwei Dutzend Gästen, hauptsächlich Freunden ihrer Mutter – war ein kurzes nettes Ereignis. Barbara trug Perlen, Carol blickte die ganze Zeit mürrisch drein und ärgerte sich, weil ihre Eltern ihren Freund nicht eingeladen hatten, nur weil er (wie sich herausstellte) mit einer anderen verheiratet war. Die freie Liebe hatte Connecticut noch nicht erreicht.

Natürlich wollten sie und Bob Kinder haben. Das erwartete man schließlich auch. Die einzige Frau, die sie kannte und die sich entschlossen hatte, keine Kinder zu bekommen, war ihre als Junggesellin lebende Tante Dora, eine Krankenschwester, die glücklich mit einer Zimmergenossin in Rhode Island lebte und diese im Urlaub auch mitbrachte, zusammen mit Pies und Kuchen, die sie gebacken hatten, und keiner dachte sich irgendwas dabei, höchstens wie traurig es war, dass die zwei sehr netten Damen nie Männer zum Heiraten gefunden hatten. Barbara wollte so viele Kinder haben, dass die Verantwortung und der Druck sich gleichmäßig verteilten, so wie ein Baseballteam es insgesamt als seine Pflicht ansah, einen

Treffer zu landen, und nicht nur derjenige, der gerade den Schläger hielt.

Und sie versuchte es. Das Diaphragma warf sie nach der Hochzeit mit dramatischer Geste in den Müll, fischte es allerdings später am Abend wieder heraus. Sie und Bob liebten sich in dieser Woche fast jeden Abend, selig, endlich zusammenzuleben. Sie hatten auch schon vor der Ehe Sex gehabt, aber nicht oft – es war zu kompliziert gewesen, Raum und Zeit fürs Alleinsein zu finden. Aber jetzt in ihrer eigenen Wohnung konnten sie Sex haben, wann immer sie wollten, und hatten ihn. Barbara zog die Vorhänge zu, als könnte jemand in ihre Fenster im ersten Stock spähen, und wenn sie von der Arbeit nach Hause kamen, sprangen sie nach einem belanglosen Abendessen ins Bett und spielten mit ihren Körpern, als wären es die schönsten Geschenke.

Als sie nach einem Jahr noch immer nicht schwanger geworden war, suchte sie einen Arzt auf, der ihr viele Fragen zu ihrem Menstruationszyklus stellte und ihr aus der Armbeuge eine, wie sie es empfand, Unmenge Blut abzapfte. Im nächsten Jahr hatte sie eine Fehlgeburt und im Jahr danach noch einmal zwei. Barbaras Arzt erklärte ihr, sie müsse noch mit weiteren rechnen und solle sich überlegen, ob vielleicht eine Adoption die Lösung für ihren Kinderwunsch wäre. Sie und Bob diskutierten darüber jahrelang, bis Barbara dreißig war und Bob schließlich befand, dass er kein Baby von jemand anderem haben wollte. Damit hatte es sich dann. Es war gut, wenn man sich über sich selbst im Klaren war. Besser Klarheit, als einen ständigen Konflikt mit sich herumzutragen. Auf lange Sicht jedenfalls. Ihre Haltung dazu war eine andere – sie hätte jedes Baby lieben können, das man ihr in die Arme legte, das wusste sie genauso gut, wie sie ihren eigenen Namen kannte – aber hier kam es schließlich nicht nur auf sie an.

Die Tür knarrte, und Barbara schreckte aus ihren Erinnerungen hoch.

Sie drehte sich um. Der junge Kieferorthopäde, dessen Foto sie auf der Website gesehen hatte, trat ein und setzte sich auf den Hocker, der neben ihr stand.

»Hallo«, sagte er. »Ich bin Dr. Dan. Sie können mich auch Dr. Weiss nennen, wenn Sie mögen, aber fast alle meine Patienten nennen mich Dr. Dan.« Er schüttelte ihr die Hand, die ein wenig verschwitzt war, weil sie auf ihrem Unterarm gelegen hatte. Sie hoffte, dass er es nicht bemerkte.

»Hallo«, begrüßte sie ihn und lächelte.

Er sah leibhaftig noch viel besser aus, war noch keine dreißig, vermutete sie. Er schien frisch vom Friseur zu kommen und hatte sich zweifellos am Morgen rasiert, wie der leichte Rasurbrand auf seinen Wangen verriet.

»Darf ich mal nachsehen?«, fragte er und zeigte auf ihren Mund.

Barbara verdrehte verlegen die Augen. »Natürlich«, erwiderte sie und riss den Mund auf.

»Beißen sie bitte zu? Ich würde Sie gern lächeln sehen.« Dr. Dan ging in Vorlage, indem er zubiss und lächelte. Die Wände des Behandlungszimmers waren von zartem Orange wie ein kalifornischer Sonnenuntergang. Ihr war bekannt, dass verschiedene Farben verschiedene Gefühle auslösten – Leute in roten Räumen häufiger stritten, so was in der Art. Vielleicht sollte Orange einen beruhigen? Dr. Dan würde das vermutlich wissen. Barbara demonstrierte die Bewegung ihres Kiefers. »Verstehe«, sagte Dr. Dan. »Darf ich?«

Er wartete auf Barbaras zustimmendes Nicken und griff dann sanft mit seinen behandschuhten Händen in ihren Mund. Es war komisch, sich von einem Arzt, der doch in vielerlei Hinsicht ein Fremder war, völlig ungezwungen berühren zu lassen, weil man dafür einen Termin vereinbart hatte. Dr. Dan strich mit den Fingerspitzen an ihren Zähnen entlang, ließ sie von einem zum nächsten gleiten wie ein Fahrrad, das über sanft geschwungene Hügel fährt. Sie schloss die Augen, als er sich dem Unterkiefer zuwandte.

Keiner berührte sie mehr. Bob kuschelte sich nachts eng an sie und klammerte sich an ihren Oberkörper wie ein Koala, doch keine fünf Minuten später drehte er sich um und fing zu schnarchen an. Sie konnte sich nicht erinnern, wann er ihr das letzte Mal an die Wäsche gegangen war. Und wer sonst? Barbara versuchte im Geiste eine Liste der Menschen aufzustellen, die sie körperlich berührten, doch es fiel ihr niemand ein, bis auf eine Frau, für die sie auf der Bank die Tür aufgehalten hatte und die daraufhin ihre Schulter getätschelt hatte wie einem Labrador, nachdem er einem einen speichelgetränkten Tennisball vor die Füße geworfen hatte. Das hier war anders.

Es war fürsorglich. Barbara verdrängte alles andere aus ihrem Kopf und konzentrierte sich auf Dr. Dans junge kräftige Hände.

»Okay«, sagte er, zog diese behutsam aus ihrem Mund und streifte die Handschuhe ab. »Das dürfte kein Problem sein. Wir machen einen Abdruck. Ich denke, es wird reichen, wenn Sie sechs Monate lang eine Spange tragen. Vielleicht ein Jahr. Und wir können sie ganz natürlich aussehen lassen, zahnfarben anstatt in Silber, dann fällt sie weniger auf. Dafür entscheiden sich viele Erwachsene.«

Barbara nickte. »Oh, ja, das wäre wunderbar.« Sie wünschte sich, er würde seine Hände wieder in ihren Mund schieben. Es gab in Japan doch diese Frauen, die dafür bezahlt wurden, sich nur mit den Männern zu unterhalten, anstatt mit ihnen zu schlafen, oder? Das war es, was sie wollte. Nicht notwendigerweise Sex. Sie wünschte sich einen Gefährten, der nichts von ihr brauchte. Wünschte sich jemanden, der den Saft kaufte, den sie mochte, ohne das vorher abzusprechen, und ihr einen Kuss auf die Wange gab. So etwas musste es doch geben. Schließlich war man in Amerika, wo alles möglich war. Aber solche Dinge konnte sie nicht auf ihrem Computer recherchieren, denn was, wenn Bob es mitbekäme? Konnte man nicht sehen, wonach man gesucht hatte? Aber Bob wüsste gar nicht, wie das ging. »Und wie oft würde ich dann herkommen?«, erkundigte sie sich, bemüht, nicht allzu hoffnungsvoll zu klingen.

Dr. Dan zuckte mit den Schultern. »Alle sechs Wochen wäre gut. Lächeln Sie noch mal für mich?«

Barbara lächelte. »Ja«, befand Dr. Dan. »Einmal in sechs Wochen sollte reichen. Das wird sicherlich ganz großartig. Außerdem werden wir so viel Zeit zusammen verbringen!« Er lachte. Keiner wollte Zeit mit seinem Kieferorthopäden verbringen. Keiner außer ihr. Sie lachte über seinen Scherz und dann noch länger über ihren. Dr. Dan sah sie erfreut an. »Also gut! Cassidy wird ein paar Röntgenaufnahmen machen und alles für die notwendigen Abdrücke vorbereiten. Klingt das gut? Bin gleich wieder zurück.«

Sie schluckte. »Ja, danke.«

Sie verfolgte, wie Dr. Dan seinen Hocker in Richtung Tür rollte und dann anmutig aufsprang, Gene Kelly im Arztkittel. Sie kuschelte sich zurück in ihren Stuhl und starrte hinauf zum Bildschirm. Wer wollte schon dorthin schauen, wenn man Dr. Dan anschauen konnte? Als die Behandlung vorbei war, vereinbarte sie einen Nachfolgetermin in fünf Wochen. Sie schwindelte, indem sie behauptete, sie werde auf Reisen gehen und wolle sich zuvor noch die Spange einpassen lassen, obwohl sie gar keine Reisepläne hatte.

Als Barbara nach Hause kam, wartete Bob bereits an der Tür.

»Wie war's?«, fragte er. Die Katzen sprangen zur Begrüßung über die Eingangsstufen und rieben ihre Körper an ihren nackten Beinen. Offenbar hatten sie nun doch adoptiert, nur dass Bob das noch nicht wirklich bemerkt hatte. Hätten sie Kinder gehabt, wäre sie nicht so wütend auf ihn gewesen. Die

Kinder, die sie tausendmal hin und zurück über die Straße begleitet hatte, hatte sie als die ihren angesehen, was sie aber nicht wirklich waren. Sie kehrten heim zu ihren Müttern, die sie am besten kannten. Sie selbst war nur ein Zaungast, eine Zuschauerin gewesen. Das war nicht dasselbe. Wenn sie Kinder gehabt hätten, würde Bob mit ihnen telefonieren und ihnen lästige Fragen zu ihrem Alltag stellen, wie er das auch bei ihr tat. Er wäre ein ganz wunderbarer Vater gewesen, das tat weh. Aber jetzt, so viele Jahrzehnte später, war er das Kind, und sie hatte die Elternrolle inne, dabei hatte sie doch nur ein Leben, oder? »Hast du unterwegs Orangensaft eingekauft?«, fragte Bob. »Wir haben nur den fasrigen.«

»Nein«, sagte sie. Sie war noch immer jung genug, um Entscheidungen zu treffen.

Barbara ging an Bob vorbei und wäre dabei fast über eine schlafende Katze gestolpert – oh, sie würde diese Katzen nachts vermissen. Auf direktem Weg ging sie nach oben in ihr Schlafzimmer, wo sie eine kleine Tasche packte. Die Details würde sie sich später überlegen. Für den Moment reichte es.

»Wohin gehst du denn, Barb?«, fragte Bob mit großen Augen. Er beobachtete, wie sie die Treppe herunterkam, zurück durch die Tür und zu ihrem Auto ging.

»Ich werde eine Weile zu meiner Mutter gehen, Bob«, sagte sie. »Ich melde mich. Den Saft, den du magst, findest du im Gang mit der Milch, nur damit du Bescheid weißt. Im Laden auf der rechten Seite. Direkt hinter der Milch.«

Bob öffnete den Mund, aber es kamen keine Worte heraus. Barbara stellte ihre Tasche auf den Rücksitz, warf die Tür zu und fuhr in Richtung Altersheim. Vorübergehend. Alles war vorübergehend. Wer etwas anderes glaubte, täuschte sich. Aber dennoch fühlte es sich gut an.

Epilog

Als Birdie und Astrid ihre Flitterwochen planten, informierte Astrid sich, was die Reisebüros an Kreuzfahrten im Programm hatten, und fand genau das Richtige: *Kommen Sie an Bord und erforschen Sie im kommenden Sommer Amerikas eisige Grenze! Unsere sechstägige Kreuzfahrt startet in Seattle, dann geht es an der Pazifikküste entlang mit Stopps in Ketchikan, Juneau und Skagway, von wo aus wir zurück zum Zielhafen Vancouver, Kanada, fahren. Die Tage werden erlebnisreich sein, von den Decks aus können Sie Weißkopfseeadler, Wale, Bären und Seelöwen sehen, außerdem Gletscher. Und neben Ihnen werden tausendzweihundert lesbische Frauen an Bord sein. Wenn das keine Kreuzfahrt ist!* Astrid buchte auf der Stelle.

Das Baby – Porters Baby Eleanor Hope Strick, das Astrid Hopie nannte – war sechs Monate alt und benahm sich gut. Es hatte einen kahlen Schädel und kreisrunde Augen wie eine Comicfigur. Astrid hatte hin und her überlegt, ob sie reisen und die zwei allein lassen konnte, aber Porter hatte ihr versichert, dass sie zurechtkommen würde – Nicky und Juliette hatten angeboten, zu kommen und ihr zu helfen. Und so rollten die beiden Frischvermählten ihre Koffer zum Flughafen und flogen über Land, um in See zu stechen.

Es war ein gewaltiges Schiff, viel größer als Astrid es sich vorgestellt hatte, trotz der Fotos auf der Website. Ein schwimmendes Hotel! Und kein Hotel, wie sie es kannte, sondern ein Koloss von einem Hotel, mit einem Casino, einem Theater, drei Swimmingpools und fünf verschiedenen Restaurants. Ihr war nicht recht klar, ob dahinter die Idee steckte, das Schiff oder die Welt außerhalb des Schiffs zu genießen – das kam wohl auf die jeweilige Person an. In einem Meer aus Frauen warteten sie darauf, an Bord zu gehen, alle waren aufgeregt und besorgt und zerrten ihr Gepäck mit. Einige küssten sich, andere zankten mit ihren Ehefrauen, Geliebten oder Freundinnen, wieder andere versuchten sich vorzudrängeln genau wie an jedem Flughafengate, von dem man die Männer verbannt hatte. Mit so vielen jungen Frauen hatte Astrid nicht gerechnet – Frauen in den Vierzigern, einige sogar noch jünger. Sie hatte erwartet, nur ältere Damen wie sie und Birdie anzutreffen, ein Meer grauer Haare wie im Wassergymnastikkurs im YMCA von Rhinebeck.

»Jetzt geht's los«, sagte sie.

Eigentlich war sie ein Reisemuffel. Einmal waren sie in Disney World gewesen, als die Kinder noch jünger gewesen waren. Dort hatten sie Nicky kurz verloren, während Russell mit den beiden Größeren auf dem Space Mountain gewesen war. Der Schrecken hatte sie für den Rest der Reise begleitet. Sie hatte die Kinder angeblafft, sobald eins aus ihrem Blickfeld verschwunden war, und hatte Elliot angeschrien, als ihm versehentlich ein Klacks kalte Butter weggeflutscht und durchs Hotelrestaurant geflogen war. Danach hatten sie nur noch Orte aufgesucht, die man mit ihrem Kombi erreichen konnte. Und wohin hätte sie allein reisen sollen? Inzwischen lagen diese Familienerlebnisse so weit zurück, dass sie ganz vergessen hatte, was der Sinn des Reisens war.

Das Schiff wirkte viel zu gewaltig, und einen Moment lang war Astrid in Sorge, es würde untergehen, sobald sie alle an Bord waren, ein riesiges Spielzeug, das auf den Meeresboden sank, doch sie wurde rasch abgelenkt. Ihr Zimmer lag am Verandadeck im sechsten Stockwerk von zehn. Uniformierte Angestellte standen aufgereiht auf den Gängen.

»Ich komme mir vor, als wären wir in *Downton Abbey*«, sagte Birdie und verneigte sich.

»Oder auf der *Titanic*«, flüsterte Astrid, als sie die Tür zu ihrer Kabine öffnete.

Es sah wie ein ganz normales Hotelzimmer aus, nur dass alles Mobiliar am Boden festgeschraubt war und nichts von dem Krimskrams herumstand, der sie immer wahnsinnig machte – »dekorative« Keramikseesterne, eine Schale mit ungenießbarem Obst. Vielleicht waren Kreuzfahrten was für praktisch denkende Menschen. In ihrem Schrank lagen zwei Rettungswesten, bereit für die Notfallübung, auf die man sie gleich an Bord hingewiesen hatte. Bevor das Schiff in See stechen würde, mussten alle lernen, wie sie die Westen anzulegen hatten und wie sie zu ihren Rettungsstationen kamen, wo sie gezählt und theoretisch vor dem nassen Tod gerettet würden. Für eine

Reise ein recht unheilvoller Start, aber so waren nun mal die Regeln.

In ihren Flitterwochen mit Russell war sie mit dem Zug nach Montreal gefahren. Es war April gewesen und viel kälter, als sie gedacht hatten. Bei der Heimreise waren ihre Koffer vollgestopft mit warmen Klamotten gewesen, mit denen sie sich in kanadischen Kaufhäusern ausstaffiert hatten. Woran erinnerte sie sich sonst noch? Sie hatten in der Hotellobby Gin Rummy gespielt mit Erdnüssen als Einsatz, doch da der Kellner ihre Schälchen ständig nachgefüllt hatte, war es darauf gar nicht angekommen. Sie hatten sich jeden Tag geliebt. Astrid dachte an Eintagsfliegen, die nur einen Tag lang lebten, und an Schildkröten, die Hunderte von Jahren alt wurden – keins der Geschöpfe hatte nur annähernd den Erfahrungshorizont, den ein Mensch haben konnte. Wie lustig, dass sie noch immer dieselbe Person war, die sie in der Hotellobby gewesen war, als sie Russell Strick gegenübergesessen hatte.

Sie und Birdie hatten im familiären Kreis geheiratet: die Kinder, die Enkelkinder, ein paar Freunde. Nicky war trauungsberechtigt und hatte die Zeremonie abgehalten, nachdem er geschworen hatte, es sei alles legal. Porter hatte geweint, Cecelia und Wendy auch. Um neun Uhr an einem Sonntagmorgen hatten sie alle auf der Verkehrsinsel im Pavillon gestanden. Nicky hatte ein Gedicht von Mary Oliver gelesen, und Birdie hatte einen Ring an Astrids Finger und Astrid einen an Birdies Finger gesteckt, und plötzlich waren sie Bräute gewesen, mitten in der Stadt.

Danach waren sie alle zum Pfannkuchenessen zu Spiro's gegangen.

Man hatte sie darauf hingewiesen, dass der Internetempfang auf offener See problematisch werden konnte, und so ging Astrid mit Birdie an Deck, wo schwere Sessel und Tische standen, auch diese fest mit dem Schiffsboden verschraubt, sodass nichts in den Ozean fliegen und Delphine bewusstlos schlagen konnte (vermutete Astrid). Sie wollten für alle Fälle hören, wie es zu Hause lief, bevor sie zu weit weg waren. Sie wählten sich für ein FaceTime-Gespräch mit Porter ein. Astrid schlug sich die Hand vor den Mund, als auf dem Display anstatt ihrer eigenen Gesichter auf einmal das von Eleanor Hope zu sehen war, die mit ihrem zahnlosen Mund am Zeigefinger ihrer Mutter nuckelte.

»Wie ist es?«, fragte Porter, von deren Gesicht nur die untere Hälfte zu sehen war.

»Großartig!«, sagte Birdie.

»Großartig!«, bestätigte Astrid. »Sie ist doch gewachsen seit gestern, findest du nicht?«

»Mom, *entspann* dich, bitte. Birdie, sorg dafür, dass sie sich amüsiert. Eleanor hat nichts Aufregendes getan seit gestern, das schwöre ich.« Auf dem Display sah man das Baby nuckeln und nuckeln und Porters Finger vollsabbern.

»Nein, wirklich nicht«, meldete sich eine weitere Stimme aus dem Hintergrund, und nach einem Schwenk füllte Nickys Gesicht das Display. Er lachte mit weit geöffnetem Mund, sodass Astrid seine Zahnfüllungen sehen konnte. »Eleanor hat sich lediglich auf den Rücken gedreht und ist dann wieder zurückgerollt! Es war unglaublich.«

Astrid stöhnte. »O nein, wusste ich's doch, dass wir was verpassen würden.«

Elliot blickte über die Schulter seines Bruders. »Es war wirklich unglaublich.«

Porter holte sich das Handy zurück. »Seid still, Jungs. Es ist alles gut, Mom. Birdie, macht euch eine schöne Zeit. Adoptiert eine Robbe, rettet einen Gletscher, macht irgendwas Nettes.« Sie hielt die Kamera wieder auf das Baby, das sie mit seinen riesigen braunen Augen anblinzelte.

Astrid rieb Birdies Rücken. »Ja. Ja, das werden wir.«

Birdie warf ihr eine Kusshand zu. »Ich liebe dich, kleine Eleanor!«

Es gab so vieles, was Astrid nicht erwartet hätte: wieder zu heiraten, jemanden als Co-Elternteil, Co-Pilotin, Co-Großelternteil an der Seite zu haben! Und was für ein gewaltiger Schritt für Birdie, die Elternphase zu überspringen und gleich Granny zu werden. Sie war ganz zauberhaft darin. Von allen Erwachsenen gelang es ihr am besten, Eleanor in den Schlaf zu tanzen. Vielleicht lag es an ihren Armen, die vom jahrelangen Haareschneiden stark waren, vielleicht aber auch daran, dass Eleanor und Birdie sich schnell angefreundet hatten. Astrid hätte sich nie für jemanden gehalten, der einfach nur verheiratet sein wollte, aber jetzt, da sie es war, war sie wieder rundum begeistert. Das Wort *Ehefrau*, das sich einmal so niederdrückend, so herabsetzend angefühlt hatte – sie musste an die vielen Male denken, die sie einfach als Russells Ehefrau vorgestellt worden war, ohne zusätzliche Qualifizierungsmerkmale –, hatte nun eine Bedeutung. Und daran war nicht Russell schuld, sondern die Welt! Da es jetzt eine Doppelung gab – deine Frau, meine Frau –, fühlte sich das Wort auch doppelt so gewichtig an. Und so wollte sie es empfinden. Nicht nur, dass sie zu jemandem gehörte, sondern dass sie zugehörig war.

»Es ist alles bestens, Mom«, sagte Porter. »Uns geht es gut. Ganz ehrlich. Wir sind erwachsen. Bis auf Cece und Eleanor. Aber wir kommen gut zurecht. Wir lieben dich. Amüsier dich.«

»Okay«, sagte Astrid.

Porter und Eleanor verschwanden viel zu schnell, und sie starrten wieder nur ihr eigenes Spiegelbild an.

Manchmal dachte Astrid über all das nach, was in ihrem Leben hätte anders sein können – all die Männer und Frauen, die sie hätte heiraten, mit denen sie ihre Kinder hätte haben können oder auch keine, sie hätte nach Paris ziehen können, sie und Russell hätten als Hundertjährige gemeinsam im Bett sterben können. Sie überlegte, wie jede Entscheidung Auswirkungen auf das Leben ihrer Kinder gehabt hatte, selbst die jetzige, wo sie nach wie vor ihre Mutter war, aber ohne verantwortlich für ihr Leben zu sein und ohne Entscheidungen für sie treffen zu müssen. Man sagte zwar, jeder werde allein geboren und jeder sterbe allein, aber das stimmte nicht. Wenn jemand geboren wurde, brachte er so viele Menschen mit, Generationen von Menschen, die im Mark seiner winzigen Knochen eingeschlossen waren.

Sie tastete unter dem festgeschraubten Tisch nach Birdies Hand, und es fühlte sich noch genauso an wie bei ihrer ersten Verabredung sechs Jahre zuvor. Damals war sie noch so viel jünger gewesen, obwohl sie es nicht gewusst hatte. Ging das etwa immer so weiter, bis man starb, dass man sich ständig vor Augen hielt, wie jung man vorher gewesen war, wie töricht und voller Möglichkeiten? Sie hoffte es.

Astrid sah in die Ferne. Das Sonnenlicht wurde von der Wasseroberfläche reflektiert, als wollte der Ozean zeigen, wie erstaunlich der Himmel tatsächlich war. Jeder Tag war ein neuer Tag. Später würde sie Cecelia anrufen, auch Wendy und die Jungs, ihre ganze Familie. Sie würde sie anrufen, bis sie übervoll waren von Liebe, so wie sie selbst. Versonnen betrachtete sie sich und Birdie, ihre Ehefrau, auf dem Display ihres Handys und war überglücklich.

Danksagung

Während ich dieses Buch schrieb, fanden in meinem Leben gewaltige Veränderungen statt, und ich bitte deshalb, für meine ausführliche Danksagung Nachsicht zu zeigen. Beim Verfassen meiner beiden letzten Bücher war ich schwanger (mit zwei separaten Kindern – ich bin keine Maschine und auch kein Elefant), aber während ich an *Die Launen des Lebens* schrieb, gebar ich mithilfe meines Ehemanns einen Buchladen.

Manche Leute gehen fälschlicherweise davon aus, dass die Arbeit in einem Buchladen darin besteht, dass man auf einem Sessel thront und in völliger Stille stundenlang liest. Wenn es doch so wäre! Books Are Magic ist ein raffiniertes Biest voller Kisten und Ordner und Systeme und Eigentümlichkeiten und ja, Tausenden und Abertausenden Büchern, dazu fünfzehn Mitarbeiter. In den beiden letzten Jahren fanden zudem mehr als sechshundert Events statt.

Der Erste, dem ich danken möchte, ist mein Ehemann Michael Fusco-Straub, der sich um unseren Buchladen und die Menschen darin kümmert, tagtäglich von früh bis spät, was es mir ermöglichte, dieses Buch zu Ende zu schreiben. Der Buchladen hat unser Leben bereichert, aber auch schwieriger gemacht, und so bin ich meinem Mann dankbar, dass er in meiner Abwesenheit alles wunderbar am Laufen hält. Es erfordert unglaublich viel Arbeit, vom Austauschen der Glühbirnen bis zum Bezahlen der Rechnungen und allem dazwischen, und – ich danke meinen Sternen – er kann einfach alles.

Ein Dank auch an alle Mitarbeiter von Books Are Magic (zum Zeitpunkt des Lektorats), denen der Laden ein Großteil seines Zaubers verdankt: Colleen Callery, Abby Rauscher, Ikwo Ntekim, Michael Chin, Liv Stratman, Margaret Myers, Maritza Montañez, Heather Wood, Hannah Sassoon, Danilo Machado, Danni Green, Rebekah Jett, Zoey Cole, Serena Morales und Shira Erlichman. Ich schätze euren Scharfsinn, eure Energie, eure Fürsorge, eure Liebe und danke euch dafür, dass ihr euch mit eurem ganzen Sein im Laden einbringt und uns dabei helft, daraus einen Ort zu machen, an dem man sich gern aufhält. Dank an Eddie Joyce und Martine Beamon, dass ihr von Anfang an Vertrauen in unser Potenzial hattet und so wunderbare Partner seid.

Dankeschön an Alex Sagol und alle bei Cantine, wo ich viele Stunden verbracht habe, um zu arbeiten, und danke an Audrey Gelman und allen Mitarbeitern von Wing Dumbo, wo ich ebenfalls viele, viele, *viele* Stunden an diesem Buch gesessen habe. Die Möglichkeit, irgendwo außerhalb der eigenen vier Wände, wo überall Wäsche herumliegt und Spielzeug weggeräumt werden muss, angenehm sitzen zu können und mit Essen und zahllosen Kannen Tee versorgt zu werden, ist ein unglaubliches Geschenk, für das ich dankbar bin.

Ein Dankeschön an meine Freunde und meine Familie, auf deren diverse Kompetenzbereiche ich zurückgreifen konnte: Laura Royal, Tyler Ford, John Fireman, Meg Wolitzer und Adam Koehler.

Danke auch an Julian Foster, meine Mutter und die Lehrer meiner Söhne, dass sie sich so gut um meine Kinder gekümmert haben.

Danke an Claudia Ballard, meine Agentin und Freundin.

Danke an das Team Riverhead und insbesondere an meine aufmerksame und empathische Lektorin Sarah McGrath, die dieses Buch hat immer besser werden lassen, und danke an meine hart arbeitenden Kolleginnen Claire McGinnis und Lydia Hirt sowie an Geoff Kloske, Kate Stark und Jynne Martin, die das Schiff in eine so gute Richtung gelenkt haben. Danke an Jessica Leeke und Gaby Young, meine Kolleginnen jenseits des Teichs bei Michael Joseph.

Als ich dieses Buch abschloss, stieß ich auf zwei Dinge, die mich inspirierten. Ich empfehle wärmstens die Entschuldigungsepisode von Jenna Worthams und Wesley Morris' immer brillantem Kultur-Podcast *Still Processing* und Mary Olivers Dichtkunst, die nach ihrem Tod wie eine Welle über mich hereinbrach.

Emma Straub